Sie möchten keine Neuerscheinung verpassen?
Dann tragen Sie sich jetzt für unseren Newsletter ein!

www.ylva-verlag.de

AUS DEM *Takt* GERATEN

CHRIS ZETT

Danksagung

Die deutsche Übersetzung meines eigenen Buches war einfacher und gleichzeitig schwieriger, als ich zunächst dachte. Praktischerweise wusste ich bei jedem Ausdruck und jeder Doppeldeutigkeit, was sich die Autorin dabei gedacht hatte, überraschenderweise fehlten mir in meiner Muttersprache oft die passenden Worte. Um die ganzen Anglizismen, merkwürdigen grammatikalischen Konstruktionen und Kommafehler auszumerzen, brauchte ich tatkräftige Hilfe.

Bianca leistete großartige Vorarbeit, ohne die Geduld zu verlieren, und Susanne war nicht nur unglaublich schnell, sondern auch sehr kompetent und präzise.

Für den Feinschliff danke ich meiner Lektorin Andrea Fries.

Vielen Dank auch dem Team des Ylva Verlages, insbesondere Astrid.

Widmung

Für Bianca – ich kann mir keine schönere Arbeitsromanze als unsere vorstellen.

Kapitel 1

Diana trat näher an die Glaswand, um zwischen den großen roten Buchstaben des Wortes Notaufnahme diskret einen Blick auf ihr Spiegelbild zu erhaschen. Brave Frisur, langweilige Kleidung. Noch nicht einmal nah dran an dem Rock-Star-Style, den sie letztes Jahr getragen hat.

Sie klammerte sich noch eine Sekunde länger an ihren extragroßen Macchiato, dann schmiss sie den leeren Pappbecher in den Müll und wischte ihre feuchten Handflächen an der Stoffhose ab. Ein Blick auf ihr Handy bestätigte, dass sie zwanzig Minuten zu früh dran war. *Lieber früh als spät.* Das war ihre letzte Chance auf eine medizinische Karriere und wenn sie die mit einem schlechten ersten Eindruck vergeigte …

Sie schluckte. *Werde ich nicht.*

Die automatische Tür öffnete sich mit einem Zischen. Sofort erinnerte sie der saubere Geruch von Desinfektionsmittel an die Praxis ihres Vaters und beruhigte sie. Der Eingangsbereich war offen gestaltet, in imposantem Granit, der eher an ein Bankgebäude erinnerte, und ihre hallenden Schritte verstärkten diesen Eindruck. Sie versuchte, möglichst selbstbewusst und entspannt zu wirken, als sie die Frau am Empfangstresen ansprach.

»Guten Morgen. Mein Name ist Diana Petrell, ich bin die neue Assistenzärztin. Ich suche Dr. Emily Barnes, falls sie schon da ist.«

»Hallo, Dr. Petrell. Wir haben Sie schon erwartet. Hier sind Ihre Unterlagen und die ID-Karte. Damit kommen Sie hier durch«, sie zeigte auf eine Tür in der Glaswand, »und in die Umkleide, Cafeteria und so weiter.« Als Diana zwei Versuche benötigte, um die Karte in der richtigen Richtung durchzuziehen, lachte die Frau sanft. »Ich bin Stacy. Willkommen im Seattle General Hospital.«

Diana lachte mit ihr, konnte aber nicht mehr als »Danke« sagen, als Stacy ihr schnell den Weg zur Umkleide erklärte.

»Ziehen Sie sich um und dann halten Sie am besten nach Tony, dem Schichtleiter der Pflege, Ausschau.« Stacy zeigte auf einen schlaksigen Mann in blauer OP-Kleidung, der winkte und lächelte. »Er wird Dr. Barnes für Sie finden«, fügte sie hinzu und verzog das Gesicht.

Was ist hier los? Neuankömmlinge zogen Stacys Aufmerksamkeit auf sich, bevor Diana mehr über Dr. Barnes herausfinden konnte.

Sie ging Richtung Umkleide. Ein konstantes Hintergrundgeräusch aus eilenden Schritten, Piepstönen in verschiedenen Rhythmen und dem Quietschen von schlecht-geölten Rädern umarmte sie wie ein lang-verlorener Freund, sobald sie den fahlen beigen Korridor betrat.

Sie hastete vorbei an Rollstühlen, Infusionsständern und Materialwagen in den Bereich, der nur für Mitarbeiter war. An der Frauenumkleide schaffte sie es auf Anhieb, die ID-Karte in der richtigen Richtung durchzuziehen, und betrat den fensterlosen Raum.

Mehrere der angeschlagenen Metallspinde standen leer. Die Wände hatten einen tristen Grünton, der vermutlich vor einigen Jahren ein freundliches Frühlingsgrün gewesen war. Oder eher vor Jahrzehnten.

Auf einer Ablage neben der Tür stapelte sich sorgsam gefaltete blaue Funktionskleidung: OP-Oberteile und -Hosen. Diana griff sich ein Paar in einer Größe, unter die noch ihr langärmliges weißes T-Shirt passen würde. Sie suchte sich einen der unbenutzten Spinde aus und zog sich schnell um. Die weiche Baumwolle war einfach perfekt, sie hatte das wirklich vermisst.

Aus ihrem Rucksack holte sie ihre gut eingelaufenen weißen Turnschuhe und schlüpfte hinein. Immer noch bequem. Sie hatten die neun Jahre im Lager überraschend gut überstanden. Sie hatte sie in derselben Kiste wiedergefunden wie ihre Medizinbücher, ihre Arztkittel und das dunkelrote Stethoskop, das ihr Lieblingsbruder Henry ihr zum Abschluss geschenkt hatte.

Diana verteilte einen Kugelschreiber, eine Pupillenleuchte, ihr Handy und ein kleines schwarzes Notizbuch auf die verschiedenen Taschen ihres Oberteils. Das Ritual erinnerte sie an das Anlegen einer Rüstung vor dem Kampf, aber sie würde nicht so weit gehen, sich mit einem noblen Ritter zu vergleichen. Das ungewohnte Gewicht zog an ihren Schultern und sie würde einige Tage brauchen, um sich wieder daran zu gewöhnen.

Sie setzte ihr viel geübtes Lächeln auf, das Selbstvertrauen ausstrahlen sollte, und machte sich auf den Weg, Tony wiederzufinden. Showtime.

»Und hier ist der Aufenthaltsraum für Mitarbeiter und dort sitzt Dr. Barnes. Viel Glück!« Tony beendete seine kurze Führung durch die Notaufnahme. Er öffnete die Tür und zwinkerte. War das eine Anmache oder sein normaler Kommunikationsstil?

Diana ignorierte es und lenkte ihre Aufmerksamkeit auf den Aufenthaltsraum. Die Mitte des Raumes wurde durch zwei dunkle Ledersofas dominiert, die auf gegenüberliegenden Seiten eines Couchtisches standen. Kleine runde Brandmarken zeigten, dass er bereits länger hier war als die Nichtraucher-Regeln. Nicht zusammenpassende Tische mit Computer-Arbeitsplätzen flankierten zwei Wände. Diana war froh, eine Küchenzeile mit einem riesigen Kaffeespender, einer Mikrowelle und einem Kühlschrank zu sehen. Das ideale Rüstzeug für eine Zwölf-Stunden-Schicht.

Sie richtete ihre Aufmerksamkeit auf Dr. Barnes, die Fachärztin, die sie beaufsichtigen würde. Diana war es nicht gelungen, etwas Näheres über sie von ihren neuen Kollegen zu erfahren. Jeder hatte entweder gezuckt oder die Stirn gerunzelt, wenn Dr. Barnes Name fiel.

Die schlanke, blasse Frau sendete eindeutige Sprich-mich-nicht-an-Signale aus. Sie saß auf einem der Sofas und tippte auf einem Laptop. Ihre gerade Haltung schrie nahezu nach Balletttänzerin oder Militär. Oder vielleicht Bibliothekarin. Ein strenger Knoten hielt alle Strähnen ihres hellbraunen Haares gefangen und verstärkte diesen Eindruck.

Sollte sie warten, bis sie angesprochen wurde? Das war eigentlich nicht Dianas Art. *Ein höflicher Gruß hat noch niemandem geschadet.* »Guten Morgen. Dr. Barnes?«

Die Frau schaute auf, nickte und musterte Diana für einen Moment mit einem kühlen Blick aus eisgrauen Augen. »Neue Assistenzärztin?«

Was für eine ungewöhnliche Farbkombination von Augen und Haaren. »Ja. Hi, ich bin Diana Petrell. Mir wurde gesagt, ich soll Sie hier treffen.« Diana trat näher und streckte ihre Hand aus.

Dr. Barnes drückte sie kurz und kräftig. Sie stand nicht auf, und obwohl sie zu Diana aufsah, schaffte sie es, dass Diana sich kleiner vorkam.

Beeindruckend.

»Sie sind zu spät.«

»Ich dachte, ich sei zu früh.« Ein kurzer Blick auf die Wanduhr bestätigte ihre Aussage. Fünf vor acht.

»Falsch gedacht. Die Tagschicht fing vor einer Stunde an.«

Diana biss sich auf die Innenseite ihrer Wange, um sich davon abzuhalten, auf den kalten Ton zu reagieren. Stattdessen konzentrierte sie sich auf den Inhalt der Aussage. »Es tut mir leid. Mir wurde gesagt, ich solle um acht hier sein. Ich werde zukünftig pünktlich sein.« Sie musste sich beherrschen, um nicht die Hände zu Fäusten zu ballen.

Dr. Barnes ließ sich Zeit, den Laptop zur Seite zu stellen. Es war vermutlich kein Zufall, dass er präzise parallel zur Tischkante zu liegen kam. »Ich erwarte Pünktlichkeit, harte Arbeit und gründliche Vorbereitung. Wenn Sie sich nicht auf unseren Zeitplan einstellen können, wird die Assistenzarztausbildung hier nicht funktionieren. Es ist sehr ungewöhnlich, dass Sie Ihre Ausbildung in der Mitte des Jahres nach der Hälfte des Programmes anfangen. Nicht ohne guten Grund haben wir hier in Amerika standardisierte Vier-Jahrespläne zur Facharztausbildung.« Sie runzelte die Stirn, aber in ihrem makellosen Make-up waren die Linien kaum sichtbar.

Es war schwierig, ihr Alter zu schätzen. Alles zwischen fünfundzwanzig und fünfundvierzig schien möglich. Sie war wahrscheinlich nah an Dianas eigenen siebenunddreißig Jahren.

»Ich beurteile Ihre Leistungen und supervidiere Sie, bis wir entscheiden, was Sie alleine tun können.« Dr. Barnes zeigte auf das andere Sofa. »Setzen Sie sich. Dr. Wallace hat mir Ihren Lebenslauf gemailt. Aber was für eine Arbeit haben Sie wirklich gemacht?«

Dr. Barnes hatte eine lange Liste von Prozeduren, sowohl diagnostisch als auch therapeutisch, die sie abfragte. Nach fünfzehn Minuten schwitzte Diana. Das war schlimmer als ihr Vorstellungsgespräch letzte Woche. Dr. Wallace, der Ärztliche Direktor und nominelle Leiter der Notaufnahme, war immerhin höflich gewesen.

Gerade als Diana dachte, sie seien fertig, stellte ihr Dr. Barnes einen Fall vor. »Ein dreißigjähriger Mann mit Brustschmerz. Er ist blass und etwas kurzatmig. Seine Vitalzeichen sind stabil. Was denken Sie?«

War das wie eine Facharztprüfung? Diana beschloss, die Frage zu beantworten, als ob dem so sei. »Zunächst stelle ich mich dem Patienten vor und frage ihn nach der Art des Schmerzes und der Situation, in der er auftrat. Dann erhebe ich die Anamnese zu seiner Vorgeschichte und dann …«

»Überspringen Sie das. Drei Differenzialdiagnosen. Jetzt.« Der Tonfall war schneidend genug, um Diana zusammenzucken zu lassen.

Diana schluckte jeden rebellischen Instinkt herunter, auf dieselbe Art zu antworten. »Pneumothorax, Pneumonie und Interkostalneuralgie. Ohne weitere Informationen ist es unmöglich …«

»Pneumothorax. Was tun Sie?« Dr. Barnes trank einen Schluck aus ihrer Tasse.

»Falls das Röntgenbild die freie Luft im Brustkorb bestätigt, lege ich eine Thoraxdrainage an.« Diana wünschte, sie könne auch etwas trinken. Das morgendliche Koffein war schon völlig aufgebraucht. Aber sie würde Dr. Barnes nicht die Befriedigung geben und Schwäche zeigen, in dem sie nach Kaffee fragte. »Soll ich erklären, wie das gemacht wird?«

Dr. Barnes schüttelte den Kopf. »Das heben wir uns für später auf. Haben Sie schon eine gelegt?«

»Viele. Wir haben regelmäßig Schuss- und Messerstichverletzungen in LA behandelt.« Diana könnte sich ohrfeigen, weil sie das eine Thema angeschnitten hatte, das sie vermeiden wollte: ihre letzte Assistenzarztzeit.

»Ist das der Grund, warum Sie aufgegeben haben? Zu viel Gewalt?« Dr. Barnes lehnte sich nach vorne. Sie musterte Diana streng und ihr Blick machte deutlich, dass sie keine Ausreden gelten lassen würde.

Diana straffte ihre Schultern und zwang sich, den Augenkontakt zu halten. Ja, sie hatte etwas zu verbergen, aber sie hatte nichts Falsches getan. »Während meines letzten Jahres musste ich meine Facharztausbildung aus persönlichen Gründen unterbrechen. Die Patienten der Notaufnahme hatten nichts damit zu tun.« Sie musste die Kontrolle über die Diskussion zurückgewinnen und Dr. Barnes etwas über die Neun-Jahres-Lücke in ihrem Lebenslauf mitteilen, bevor sie zu viele Fragen stellte. »Ich konnte danach nicht mehr im medizinischen Bereich arbeiten, aber ich las regelmäßig Fachzeitschriften und besuchte Konferenzen, um auf dem Laufenden bezüglich der aktuellen Standards und neuen Medikationen zu bleiben.« Diana versuchte, Dr. Barnes Reaktion abzuschätzen, aber ihr leicht kritischer Gesichtsausdruck, der von Anfang an bestanden hatte, hatte sich nicht verändert. Sie fuhr fort, bevor Dr. Barnes sie wieder unterbrechen konnte. »Sie werden sehen, dass ich Patienten beurteilen kann, die meisten Standardprobleme behandeln kann und vor allem weiß, wann ich um Hilfe bitten muss.«

Dr. Barnes musterte sie für einen Moment und Diana zwang sich, nicht zu reagieren. Wenn sie sich durch Vertragsverhandlungen mit Geschäftsführern bluffen konnte, dann konnte sie auch jetzt Selbstbewusstsein ausstrahlen.

Schließlich lehnte sich Dr. Barnes im Sofa zurück, aber ihre Bewegung wirkte nicht entspannt. »Fachzeitschriften? Konferenzen? Löblich, aber sie können nicht wahre Erfahrung ersetzen. Heute bearbeiten wir alle Fälle zusammen und schauen einmal, wie Sie sich schlagen. Ohne mein Einverständnis fassen Sie niemanden an und geben keine Anweisungen.« Sie wartete auf Dianas Nicken, um fortzufahren. »Stellen Sie sich einfach vor, Sie wären wieder eine Medizinstudentin und dann kommen wir gut miteinander aus.«

Studentin? War das ein Witz? Diana biss die Zähne zusammen. Ihre Rückkehr zur Medizin nach der langen Pause war ungewöhnlich, aber sie war keine Studentin.

Sie hatte Patienten eigenverantwortlich behandelt und kannte ihre Grenzen. Sie kämpfte gegen den Drang an, Dr. Barnes genau das zu sagen. Wieder am unteren Ende der Nahrungskette zu stehen, tat weh, aber heute ging es nicht um ihr Ego. Sie entspannte ihren Kiefer und verzog ihren Mund in Imitation eines Lächelns. »Kein Problem. Ich folge Ihnen. Sagen Sie mir nur, was ich tun kann.« Sie würde die perfekte unterwürfige Medizinstudentin sein, bis sie Dr. Barnes Vertrauen erarbeitet hatte und sie würde sich dabei verdammt noch mal ganz reif und erwachsen benehmen.

Gerade als sie dachte, sie habe das Schlimmste überstanden, stellte Dr. Barnes noch mehr Fragen – diesmal wie aus der Pistole geschossen. »Was bedeutet *persönliche Gründe*? Hausfrau? Kinder? Gefängnis? Drogen?«

Diana lachte, bis sie merkte, dass die letzten beiden Fragen kein Scherz waren. Dachte Dr. Barnes wirklich, dass sie ihre Approbation behalten hätte nach neun Jahren Gefängnis? Unpraktischerweise hatte ihr der Ärztliche Direktor verboten, über die wahren Gründe zu sprechen, die sie in den letzten Jahren dem Krankenhaus fernbleiben ließ. Sie hoffte, dass die Geschichte, die sie sich ausgedacht hatte, nicht zu schwach war, aber die Wahrheit war nicht hilfreich, wenn sie sich ihren Respekt als Ärztin wieder erarbeiten wollte. »Nein, nichts in der Art. Ich … ähm … ich hatte andere Verpflichtungen und keine Zeit für eine Vollzeitfacharztausbildung. Und wir lebten weit vom nächsten Krankenhaus entfernt … auf einer Farm.« Diana unterdrückte ein Seufzen. Das klang laut ausgesprochen noch weniger überzeugend als in Gedanken.

Sie rückte ein wenig auf dem Sofa hin und her und suchte nach einer alternativen Richtung für das Gespräch. Ihr Blick fiel auf den Laptop. »Ich nehme an, Sie haben mittlerweile eine elektronische Patientenakte? Ich hoffe, das ist ein Vorteil, wenn wir nicht mehr die hohen Papierstapel durch die Gegend tragen müssen. Wie viele Patienten haben wir heute Morgen? Wie kann ich helfen?«

Nach dem Blick zu urteilen, den Dr. Barnes ihr zuwarf, hatte sie ihren schwachen Versuch der Ablenkung durchschaut, aber anstatt weitere Fragen zu stellen, drückte sie einige Tasten auf dem Laptop und drehte ihn um. »Hier, nehmen wir diese: weiblich, einundzwanzig, abdominelle Schmerzen seit fünf Stunden im unteren rechten Quadranten, kein Erbrechen oder Durchfall.«

Diana lächelte. Blinddarmentzündung war ein einfacher Anfang. Sogar ihre Großmutter würde das diagnostizieren können. Oder war das ein Trick von Dr. Barnes?

Dr. Barnes führte sie durch einen weiteren Flur, der mit medizinischen Utensilien vollgestopft war, zu einem großen Raum. Mehrere Untersuchungsbereiche wurden durch Vorhänge getrennt. Sie zeigte auf eine schmale Patientenakte in einem Metallhalter am Eingang eines Bereiches. »Das ist alles Papier, was wir noch benutzen, der Rest ist digital. Gehen Sie rein und untersuchen Sie die Patientin. Ich beobachte und anschließend diskutieren wir den Fall, bevor Sie weitere Untersuchungen oder eine Therapie empfehlen. Versprechen Sie nichts, was Sie nicht halten können.«

Diana schluckte ihre Antwort runter. Jeder Student lernte in der ersten Woche des Praktikums, Versprechen zu vermeiden. In der Überzeugung, dass ihre Gesichtsmuskeln am Abend schrecklich schmerzen würden, nahm sie ihr Lächeln wieder auf und betrat den Untersuchungsbereich.

Sobald sie die Patientin sah, beschleunigte sich ihr Puls. *Endlich zurück auf der Arbeit.* Schnell desinfizierte sie ihre Hände mit der Flasche neben dem Eingang. Die alkoholische Lösung half, ihre feuchten Handflächen zu verbergen.

»Ms. Miller? Mein Name ist Dr. Petrell. Sie kommen aufgrund von Bauchschmerzen, ist das richtig?«

Die junge Frau nickte und verzog gleichzeitig das Gesicht. Angst umgab sie wie eine Wolke.

Diana setzte sich auf einen Hocker, um sich auf Augenhöhe mit der Patientin zu bringen. Diesmal war ihr Lächeln nicht erzwungen, als sie versuchte, Ruhe auszustrahlen. »Können Sie mir mehr dazu sagen?«

Ms. Miller zählte ihre Beschwerden erneut auf und Diana hörte konzentriert zu, ließ sich einige Details noch mal erklären und befragte sie zu Vorerkrankungen, Medikation und Allergien. Das vertraute Ritual half ihr, ihre Nervosität zu überwinden.

»Sie nehmen keine Medikamente? Nicht einmal gelegentlich nichtverschreibungspflichtige Schmerzmittel oder die Pille?« Die meisten Patienten vergaßen diese und Diana hatte auf dem harten Weg gelernt, nichts für selbstverständlich zu nehmen.

Ms. Miller schüttelte den Kopf und errötete. »Wir sind vorsichtig«, murmelte sie.

Diana nahm Schwangerschaft auf ihre mentale Checkliste mit auf. Sie stand auf und wärmte das Stethoskop in der Hand. »Ich muss Sie jetzt untersuchen. Sagen Sie mir, wenn etwas wehtut, okay?«

Sie hatte das seit Jahren nicht mehr getan, aber nach tausenden Patienten war die Routine immer noch vorhanden. Sie arbeitete sich von oben nach unten vor, bis sie das Abdomen erreichte.

Als Diana das Krankenhausnachthemd hochzog, spannte sich die Patientin an und hielt beide Hände vor ihren Unterbauch.

Diana sah auf und hielt ihren Blick stand.

Ms. Millers dunkelbraune Augen waren weit aufgerissen und Tränen glitzerten in ihnen. Ihre Lippen zitterten, aber sie sagte nichts.

Diana mochte diesen Teil auch nicht, aber es nicht zu tun, war keine Option. »Ich bin vorsichtig, aber ich muss mir das leider selbst anschauen.« Sie lächelte aufmunternd und Ms. Miller senkte ihre Hände zurück auf die Liege. Das Einzige, was Diana tun konnte, um es erträglicher zu machen, war, es so schnell wie möglich zu beenden.

Zunächst prüfte sie mit dem Stethoskop, ob Darmgeräusche vorhanden waren, dann untersuchte sie die Bauchdecke der Patientin mit sanftem Druck. Den rechten unteren Quadranten hob sie sich bis zuletzt auf. Als sie ihre Hände dort auf die weiche Haut presste, stöhnte die Patientin. Diana ignorierte es und presste mit allen Fingern so tief in den Unterbauch, wie es die Abwehrspannung erlaubte. Sie hielt den Blick der Patientin, während sie die weiteren Tests so schnell wie möglich durchführte, immer mit dem Bewusstsein, das Dr. Barnes ihr über die Schulter schaute.

Diese lehnte mit über der Brust verschränkten Armen gegen den Arbeitstisch an der anderen Wand. Immer wenn Diana in ihre Richtung schaute, bohrte sich Dr. Barnes Blick in sie.

Diana zog das Nachthemd wieder runter, ohne erneut den Bauch zu berühren. »Sind die Schmerzen erträglich, wenn Sie so liegen, oder brauchen Sie etwas?«

Ms. Miller holte tief Luft. »Solange Sie hier nicht mehr drücken, ist alles okay. Was habe ich? Was passiert jetzt?«

Diana schaute sie mit einem, wie sie hoffte, beruhigenden Gesichtsausdruck an. »Ich bespreche das mit meiner Kollegin und eine von uns wird gleich wiederkommen und es Sie wissen lassen. Ruhen Sie sich einfach für einen Moment aus.«

Ms. Miller nickte und schloss ihre Augen.

Dr. Barnes trat an Diana vorbei und hielt den Vorhang offen. Als Diana ihr folgte, führte sie sie zu einem langen Tresen mit einigen Computern. Ein paar Krankenschwestern unterbrachen ihre Unterhaltung mitten im Satz und verschwanden in verschiedene Richtungen.

Diana schaute Dr. Barnes an, ob ihre neue Vorgesetzte die Ursache für die plötzliche Flucht war.

Ihr Gesicht zeigte keine Reaktion. »Und?«

Diana lächelte, ihre Vermutung mit der Blinddarmentzündung hatte sich bestätigt. »Ich glaube, es ist eine Appendizitis.«

Dr. Barnes hob nur ihre Augenbrauen.

Konnte die Frau nicht einfach sagen, was sie von ihr wollte? Diana hasste Quizspielchen. »Wollen sie eine ausführliche Antwort?« Als sie nickte, fuhr Diana ohne Zögern fort. »Die klinische Präsentation ist klassisch für eine Appendizitis, genauso wie das Alter. Allerdings ist sie eine junge Frau mit einem Freund ohne regelmäßige Verhütung, sodass wir eine Eileiterschwangerschaft ausschließen müssen. Ein Harnwegsinfekt könnte die Symptome ebenfalls verursachen, aber das Resultat der körperlichen Untersuchung ist dafür nicht wirklich typisch. Sie könnte auch einfach Verdauungsprobleme oder die Erstmanifestation einer chronisch-entzündlichen Darmerkrankung wie Morbus Crohn haben.«

Dr. Barnes Gesichtsausdruck war immer noch neutral. »Was würden Sie als Nächstes tun?«

Jeder Medizinstudent und wahrscheinlich auch die meisten Fans von Grey's Anatomy könnten die Frage beantworten, aber Diana hatte sich versprochen, dass sie sich diesmal an die Regeln halten würde, insbesondere die ungeschriebenen. Wenn Dr. Barnes Quizstunde spielen wollte, würde sie lächeln und antworten. »Ich würde eine Blutentnahme machen und mindestens ein Blutbild mit Leukozyten, CRP und Beta-hCG, sowie einen Urinstreifen, danach Ultraschall. Während wir auf die Ergebnisse warten, würde ich ihr ein Schmerzmittel geben und sie nüchtern lassen. Und je nach Ergebnis würde ich die Chirurgie oder Gynäkologie informieren.«

Dr. Barnes nickte. »Das werden wir tun. Haben Sie schon einmal einen Ultraschall gemacht?«

Diana schüttelte den Kopf. »Das war Aufgabe der Radiologie.«

»Nun liegt es in Ihrer Verantwortung.« Dr. Barnes verzog die Lippen nach unten. »Es ist eine wirklich nützliche Fähigkeit, aber man kann es nicht aus Zeitschriften oder Vorträgen lernen.« Sie ging los, sprach aber weiter. »Lernen Sie die Grundlagen und dann üben Sie viel. Sie können oft eine viel schnellere Diagnose erhalten, statt auf die Laborergebnisse zu warten.« Sie beschrieb die verschiedenen Einsatzgebiete des Ultraschalls, während sie sich ein fahrbares Ultraschallgerät aus einem unbenutzten Behandlungsraum schnappte. Auf dem Rückweg zur Patientin hielt sie eine Schwester an und ordnete Morphin für Ms. Miller an.

Diana machte sich eine mentale Notiz zu der Dosierung.

Dr. Barnes parkte das Ultraschallgerät neben Ms. Miller und erklärte Diana die Basiseinstellungen. Dann drehte sie sich zur Patientin, die die Maschine misstrauisch beäugte.

»Ms. Miller, ich bin Dr. Barnes.« Ihre Stimme war eine Spur wärmer als zuvor. »Ich werde einen Ultraschall machen, um zu sehen, was hier vorliegt. Wir gehen von einer Blinddarmentzündung aus, aber wir müssen noch ein paar Dinge abklären, bevor wir die Chirurgie verständigen können. Sie bekommen jetzt ein Schmerzmittel.«

Bei der Erwähnung von Chirurgie zuckte Ms. Miller zusammen, legte sich aber wieder zurück, als die Schwester das Morphin spritzte.

Dr. Barnes führte die Untersuchung schnell durch. Blinddarm, wie Diana vermutet hatte. Dann half sie Diana, zum selben Untersuchungsergebnis zu kommen. Sie lehnte sich näher, um ihre Hand über Dianas zu halten, und kippte sanft den Ultraschallkopf in die richtige Richtung. Ihre Berührung war warm, sanft, ganz anders als ihr Benehmen bislang.

Als Diana den vergrößerten Blinddarm mit den aufgetriebenen Wänden fand, grinste sie stolz. Innerhalb einer Stunde an ihrem ersten Tag hatte sie bereits etwas Neues und Sinnvolles gelernt. Und ihre distanzierte Vorgesetzte war eine überraschend gute Lehrerin.

Dr. Barnes Erklärung der Operation für Ms. Miller riss Diana aus ihren Gedanken.

»Keine Sorge, Ms. Miller.« Dr. Barnes lächelte und tätschelte der jungen Frau die Hand. Sie wirkte authentisch, nur ein wenig steif. »Es ist ein Routineeingriff und unser chirurgisches Team arbeitet hart daran, die Schmerzen und Narbenbildung zu minimieren. Sie werden bald wieder auf den Beinen sein.«

Während der nächsten Stunden wiederholten sie Untersuchung, Medizinquiz und Lernlektion immer wieder mit unterschiedlichen Patienten. Die meisten Fälle waren so einfach wie der erste, aber Dr. Barnes war nie zufrieden mit Dianas Leistung.

Jedes Mal, wenn Diana dachte, sie habe einen guten Eindruck hinterlassen, schoss Dr. Barnes noch eine Frage hinterher. Wenn Diana nicht schnell genug antwortete oder keine andere Diagnose fand, musste sie sich einen Seitenhieb anhören. Und sie fing langsam an, Dr. Barnes kalte graue Augen zu hassen. Nicht, dass sie unattraktiv waren, ganz im Gegenteil, aber sie blieben der ausdrucksstärkste Anteil in ihrem künstlich-glatten Pokerface.

Endlich kam die Nachtschicht und Diana durfte gehen.

»Dr. Petrell.«

Dr. Barnes Stimme hielt sie davon ab, die Tür zur Umkleide zu öffnen.

Dianas Hand klammerte sich um den Türknauf.

»Nicht vergessen. Sieben Uhr. Pünktlich.«

Dachte sie, Diana sei ein Kind, das sich ihre Termine nicht selbst merken könne? Sie drehte sich um, um ihr zu sagen, dass sie keine Erinnerungshilfe brauche, aber der Flur war leer. *Arrogante Schnepfe.*

Diana betrat die Umkleide und schloss die Tür mit mehr Kraft als notwendig. Immerhin würden sie sich nicht zusammen umziehen. Sie brauchte ein paar Minuten allein, um herunter zu kommen. Nachdem sie den ganzen Tag ihr Temperament zügeln musste, waren ihre Schultern jetzt steif und Kopfschmerzen krochen von ihrer verknoteten Muskulatur im Nacken bis zur Stirn. Sie seufzte, als sie die zerknitterte OP-Kleidung auszog. Wenn sie doch nur eine bequeme Jeans mitgebracht hätte statt des förmlichen Erster-Tag-auf-der-Arbeit-Outfits, das keinen beeindruckt hatte.

Für einen Moment schloss Diana die Augen und lehnte ihre Stirn an den Spind. Das kalte Metall brachte nur wenig Erleichterung. Ihre Finger zuckten, sehnten sich danach, einen Rhythmus auf das Metall zu klopfen, der ihre Spannung in Musik verwandeln würde. Stattdessen zwang sie sich, zu gehen.

Sie hatte den ersten Tag überlebt. Warum auch sollte ihre zweite Chance einfacher sein als die erste?

Kapitel 2

Emily erwachte mit rasendem Herzen. War da ein Geräusch? Sie lauschte für eine Minute, konnte aber nichts hören. Ihr Schlafzimmer und der Rest der Wohnung waren komplett still, noch nicht einmal der Nachbarshund bellte. Die Dämmerung kurz vor Sonnenaufgang warf lange Schatten ohne Bewegungen. Sie war allein.

Ihr Herzschlag wurde langsamer, aber warum atmete sie immer noch so schnell? Mehrere Diagnosen rasten durch ihre Gedanken. Lungenembolie, Panikattacke, akutes Koronarsyndrom. *Ja, klar.* Sie rollte mit den Augen.

Wahrscheinlich war es einfach nur ein Albtraum gewesen. Als sie sich aus dem durchgeschwitzten Laken befreite, bemerkte sie das Pulsieren zwischen ihren Beinen. *Oder vielleicht hast du auch einfach nur das Offensichtliche übersehen, Dr. Barnes: Erregung.*

Sie stöhnte. *Nicht schon wieder dieser Traum.* Was hatte ihn diesmal ausgelöst? Sie zuckte mit den Schultern, es war nicht wirklich wichtig.

Gähnend rollte sie sich zur Seite, um noch etwas mehr Schlaf zu bekommen.

Das Geräusch vorbeifahrender Autos verwandelte sich in Wellen, die ans Ufer rollten, die feste Matratze wurde zu lockerem Sand und die weichen Baumwolllaken streichelten ihre Haut wie die Meeresbrise in jener Nacht. Emily atmete tief ein. Salz, Schweiß, ihre eigene Erregung rochen immer noch wie damals am Strand. Nur der Rauch fehlte.

Denk an was anderes. Sie drehte sich zur anderen Seite und wünschte, ihr Gehirn würde wieder einschlafen, am liebsten traumlos.

Es richtete sich nicht nach ihren Wünschen. Das tat es nie.

Als sie die Augen wieder schloss, funkelten die Sterne über ihr, leuchtender in der Erinnerung, als sie in jener Nacht gewesen sein konnten. Funken und Rauchschwaden von dem großen Lagerfeuer am Strand blitzten am Blickfeldrand. Das Knistern und Knacken der Holzscheite, das Lachen der anderen Studenten, der warme Geschmack von Merlot auf ihrer Zunge. Alles rollte über sie hinweg, wie brechende Wellen, bis die Strömung drohte, sie unter Wasser zu ziehen, und sie kämpfte, um der überwältigenden Erinnerung zu entkommen.

Ihr Puls hämmerte an Hals und Schläfen, als ob die Trommeln in ihr schlugen. Einige Studenten hatten seit Stunden am Feuer gesessen und einen hypnotischen

Rhythmus gespielt, der langsam an- und abstieg, anscheinend ohne Plan und Richtung. Trommler waren gekommen und gegangen, ohne den Klangteppich aufzulösen. Ein neuer Musiker fädelte sich ein und legte eine weitere Klangebene über den Rhythmus. Emily spürte sofort den Unterschied. Das war kein entspannender Hintergrund mehr. Plötzlich forderte die Musik ihre volle Aufmerksamkeit.

Zunächst konnte sie die dunklen Schemen, die auf großen Stämmen saßen, nicht unterscheiden, bis sich ihre Augen an das flackernde Licht gewöhnt hatten. Und dann sah Emily sie.

Sie saß mit dem Rücken zu ihr. Die große Trommel zwischen ihren Beinen war von hinten kaum sichtbar. Breite Schultern und muskulöse Arme zogen Emilys Blick an. Um einen wohlgeformten Bizeps wand sich eine schlangenförmige Figur, smaragdgrün glitzernd im Feuerschein. Sie schlängelte sich über die rechte Schulter und verbreiterte sich zu einem schuppigen Körper, bevor sie in ihrem schwarzen Trägertop und der umgebenden Dunkelheit verschwand. Die rhythmische Bewegung von Schultern, Armen und Händen war hypnotisierend. Muskeln und Sehnen spielten unter der Haut und forderten Emily auf, sie zu benennen, aber sie hatte alles vergessen, was sie jemals im Anatomieunterricht gelernt hatte.

Emily verlor jedes Zeitgefühl, als sie sich auf diese Hände konzentrierte. Ihr Blut schlug im Rhythmus der Trommel. Deren Vibrationen berührten ihre Haut.

Die Hände spielten jetzt auf Emily. Ihre Haut brannte, ihre Brüste wurden schwerer unter der Berührung der Fremden. Oder waren es ihre eigenen Hände? Finger glitten über eine Bauchdecke, die straff wie das Trommelfell war, und tauchten ein in die Feuchtigkeit zwischen ihren Beinen.

Der Rhythmus wurde schneller. Die anderen Trommelspieler versuchten mitzuhalten, schafften es aber nicht. Die Hände der Fremden flogen schneller als alle anderen. Emilys Hände flogen ebenso. Stunden, Tage oder auch nur Minuten später kam ihr Spiel zum Höhepunkt und Emily mit ihr.

Emily erwachte wieder mit rasendem Herzen, ihre Glieder waren geschwächt und entspannt. Die Erleichterung durch den Orgasmus mischte sich mit Scham und Bedauern. Wieso musste ihre blöde Libido den Abend am Strand immer und immer wieder hervorholen?

Nach fünfzehn Jahren hatte sie erwartet, endlich über ihr Erlebnis hinweg zu sein, das ihr die Augen geöffnet hatte. Immer wieder erinnerte sie der Traum an den Moment, in dem sie sich selbst eingestanden hatte, dass sie lesbisch war oder zumindest von sexy weiblichen Armen mit einem Tattoo angezogen wurde.

Nicht, dass sich diese Erkenntnis in den Alltag übertragen hatte. Arbeit war ihr Hauptfokus, Lesen kam direkt danach. Sie hatte eine Freundin, mit der sie auch einmal weggehen konnte. Eine Liebhaberin war nicht mehr Teil des Planes seit ihren zwei kurzen Beziehungen am College. Die Zeit mit ihrem Freund hatte sie gelehrt, dass sie nicht auf Männer stand und ihre Freundin hatte ihr gezeigt, dass sie die Ablenkung nicht brauchen konnte.

Der Wecker riss sie aus ihrer Grübelei und schickte sie Richtung Badezimmer. Ohne darauf zu warten, dass das Wasser warm wurde, trat sie unter die kalte Dusche, als ob es den Traum verbannen könnte oder die nachklingende Einsamkeit und Unzufriedenheit.

Nach der Umkleide steuerte Emily direkt den Aufenthaltsraum an. Sie brauchte Kaffee. Extra groß. Sie mochte den bitteren Geschmack nicht, aber ihr üblicher Darjeeling Tee würde heute nicht reichen. Ihr Ausflug in die Vergangenheit hatte sie ausgelaugt.

Dr. Petrell saß bereits auf dem Sofa, ein Bein unter sich geklemmt, und studierte den Bildschirm ihres Laptops. Seit ihrem ersten Treffen am Montag hatte Dr. Petrell sie jeden Morgen bei der Ankunft zur Arbeit geschlagen, eine Tatsache die Emily wohl oder übel bewundern musste. Sie hatte befürchtet, dass die Fähigkeiten einer Assistenzärztin, die mitten im Jahr begann, eingerostet waren und sie die gut-geölte Maschinerie der Notaufnahme verlangsamen würde. Obwohl sie eine Sonderbehandlung durch den Ärztlichen Direktor erhalten hatte, zeigte Dr. Petrell keine Spur von Anspruchshaltung. Stattdessen hatte sie hart daran gearbeitet, um auf den neusten Stand zu kommen.

Als sich Emily auf das Sofa auf der anderen Seite des Tisches setzte, schaute Dr. Petrell auf und lächelte. »Guten Morgen, Dr. Barnes.«

»Sie waren am ersten Morgen nicht zu spät.« Emily zuckte zusammen und der noch zu heiße Kaffee schwappte fast über. Sie stellte die Tasse auf den Tisch und wünschte, sie könnte ihren Kopf danebenlegen. Warum hatte sie das jetzt zugegeben? Sie musste den Kaffee noch dringender brauchen, als sie gedacht hatte. Neulingen zu sagen, sie seien zu spät, war eine Art Ritual am ersten Tag. Vielleicht war es ihre Art, den Frust darüber weiterzugeben, dass sie immer diejenige war, die alle Extraaufgaben bekam, so wie Babysitter für neue Assistenten zu spielen. Was auch immer es war, normalerweise fühlte es sich gut an. Allerdings diesmal nicht.

Dr. Petrell stellte keine Fragen und verlangte keine Entschuldigung. Sie sagte nur »Okay«, mit demselben freundlichen Ton, den sie für alle benutzte. Ihr Blick schien jedoch eine Erklärung zu verlangen.

Emily blies auf ihren Kaffee und nahm einen kleinen Schluck, um Zeit zu gewinnen. Sobald der Geschmack richtig ankam, spuckte sie ihn fast wieder aus. »Igitt! Wer hat den denn gekocht?« Sie ging zum Kühlschrank auf der Suche nach etwas Milch oder Kaffeesahne, um ihn erträglicher zu machen.

»Der ist noch von der Nachtschicht übrig.« Dr. Petrell lachte und hielt ihren Thermobecher hoch. »Ich habe meinen eigenen mitgebracht, sonst hätte ich Sie gewarnt. Trinken Sie nicht normalerweise Tee?«

»Mhm, ja. Manchmal brauche ich eben Koffein.« Emily roch an der Milch. *Trinkbar*. Sie verdünnte den Kaffee, bis er annähernd genießbar war, und kehrte zum Sofa zurück. Es war Zeit, die Unterhaltung in Richtung Arbeit zu steuern. »Was liegt an?« Sie zeigte auf den Laptop.

»Nichts.« Dr. Petrell reichte ihn rüber. »Ich bin mir sicher, dass sich der Warteraum schnell füllen wird, aber die Nachtschicht hat es erst mal geschafft, die Warteliste zu leeren.«

Emily kontrollierte das Computerprogramm. Jeder Patient in der Notaufnahme war entweder fertig, nach Hause zu gehen, oder wartete auf die Verlegung auf eine andere Station. Mist. Keine Arbeit, um sie abzulenken. Jetzt musste sie *das Gespräch* mit Dr. Petrell führen.

Sie war eine fähige Assistenzärztin, beschwerte sich nie und war immer professionell mit den Patienten. Die ersten Tage hatte Emily sie genau beobachtet und nur Kleinigkeiten entdeckt, nichts Lebensbedrohliches bislang. Sie musste zugeben, dass Dr. Petrell so gut war wie die Assistenzärzte, die sie selbst ausgebildet hatte. Vielleicht sogar besser, da sie eine Reife zur Arbeit mitbrachte, die nur durch Zeit erworben werden konnte. Die zehn oder mehr Jahre, die sie den anderen Assistenzärzten voraushatte, brachten sie näher an Emilys sechsunddreißig Lebensjahre und erleichterten die Zusammenarbeit. Wieso war es so schwierig ihr genau das zu sagen?

»Der nächste Fall gehört Ihnen alleine. Rufen Sie mich, um ihn am Ende abzuzeichnen oder wenn Sie Hilfe brauchen. Ich bin in meinem Büro.« Da. Sie hatte alles gesagt. Nun ja, zumindest das meiste. Zwischen den Zeilen. Irgendwo.

Sie gab den Laptop zurück, nahm ihre Tasse und stand auf. Sie ignorierte Dr. Petrells offen stehenden Mund, als sie aus dem Raum floh.

Emily klickte zum tausendsten Mal *Erneuern* auf ihrem Bildschirm. Sie grinste. *Cyberstalking, nur komplett harmlos.* Immer noch nichts Neues. Wie lang konnte es nur dauern, ein paar Notizen zu schreiben? Sie griff nach ihrer Tasse, um sich davon abzuhalten, die digitale Akte noch mal zu kontrollieren. Leer. Sollte sie sich einen neuen Kaffee holen? Das würde ihr eine Ausrede geben, um am Pflegetresen vorbeizugehen und Dr. Petrells Fortschritt zu überprüfen. Allerdings war sie nur eine Tasse von einem Herzinfarkt entfernt.

Sie schaute sich auf der Suche nach Ablenkung in ihrem winzigen Büro um. Ihre Zeitschriften waren gestapelt und nach Veröffentlichungsdatum sortiert, ihre Fachbücher waren frisch entstaubt und die Schachtel mit Kugelschreibern war sorgfältig in blau und schwarz geteilt. Ihre digitale To-do-Liste war leer.

Zu warten, dass Dr. Petrell mit ihren Patienten fertig wurde, war erstaunlich produktiv für Emily gewesen. Sie hatte alle E-Mails beantwortet, zwei Fallberichte geschrieben, einen Artikel beendet und einen weiteren für einen Kollegen Korrektur gelesen. Das warme Gefühl von vollbrachter Leistung ließ sie lächeln. Dr. Wallace würde stolz auf sie sein, wenn sie eine weitere Veröffentlichung für die Abteilung verbuchen konnte.

Heute war einer der seltenen Tage ohne echten Notfall oder überlaufendes Wartezimmer. Dr. Petrell hatte ihre Hilfe nicht benötigt, aber sie hatte pflichtbewusst über jeden Patienten berichtet, bevor sie ihn heimgeschickt hatte. Jetzt war es kurz vor Ende der Tagschicht und Emily könnte Platzen vor Langeweile.

Wasser. Sie sprang auf und quetschte sich an ihrem Schreibtisch vorbei. Sie könnte eine Flasche Wasser aus der Snackmaschine im Warteraum holen. Das würde sie an dem Pflegetresen vorbeiführen.

Gerade als sie nach dem Türknauf griff, klopfte jemand.

Sie öffnete die Tür und stand direkt vor Dr. Petrell. Waren diese Augen braun oder grün? Das war nichts, was sie interessieren sollte, wenn sie eine Assistenzärztin ansah. Hitze stieg in ihre Wangen. Ihr bescheuerter blasser Teint verriet immer alles, egal wie viel Make-up sie benutzte. Sie trat zurück und ging wieder zum Schreibtisch.

»Kommen Sie rein. Setzen Sie sich.« Emily zeigte auf den Besucherstuhl und konzentrierte sich darauf, die digitale Akte zu öffnen. Hoffentlich würde ihr Erröten bald verschwinden.

»Ich bin gerade mit dem letzten Patienten fertig geworden.« Dr. Petrell trug die Symptome, ihre Diagnose und ihren Therapievorschlag vor.

Die Entlasspapiere zu unterschreiben, ohne den Patienten anzuschauen, war verlockend. Eine einfache Erkältung brauchte keine Aufmerksamkeit von zwei Ärzten. Aber ihre Frustration über die Extraaufgaben war kein Grund, diese nur oberflächlich zu machen und außerdem gab es ihr endlich etwas zu tun. Sie seufzte und stand auf. »Lassen Sie uns einmal schauen.«

»Dr. Barnes! Diana!« Courtney stürmte in ihr Büro, ohne zu klopfen. »Wir bekommen mehrere Opfer eines Auffahrunfalls.« Die Stimme der Assistenzärztin im zweiten Jahr überschlug sich beinah, entweder aus Vorfreude oder Angst. Vermutlich beides. Sie drehte sich auf dem Absatz um und rannte zurück in Richtung Behandlungsbereich.

»Nicht rennen!« Emily schüttelte den Kopf. Sie hatte ihr immer wieder gesagt, dass Rennen in der Notaufnahme unprofessionell war. Wann würde Courtney endlich etwas Zurückhaltung lernen?

Dr. Petrell schmunzelte, wurde aber schnell wieder ernst, als sie Courtney folgten. Sie kommentierte nicht die Neuigkeit, dass ihre Abendpläne vereitelt wurden.

Emily kontrollierte schnell das Erkältungsopfer und schloss sich dann ihren wartenden Kollegen, Assistenzärzten und Pflegekräften an.

Auf der gegenüberliegenden Seite des Raumes stand Dr. Petrell, ohne sich an den Gesprächen und Spekulationen des Teams zu beteiligen.

Emily nutzte die Gelegenheit, sie zu beobachten. Einige Strähnen ihres dunkelbraunen Haares hatten sich aus dem kurzen Pferdeschwanz gelöst, welcher, in Kombination mit ihrem gesunden Teint, sie deutlich jünger erscheinen ließ. Die zerknitterte blaue OP-Kleidung hing lose über einem Langarmshirt und verriet nichts von ihrer Figur. Dr. Petrells Lippen hoben sich in einem leichten Lächeln und ihre rechte Hand klopfte auf ihrem Oberschenkel einen komplizierten Rhythmus, schneller als Emily folgen konnte. Es war hypnotisierend und sie starrte länger auf Dr. Petrells Bein und ihre langen, muskulösen Finger, als es höflich war. Sie erinnerten Emily an irgendetwas oder irgendjemand. Die Verbindung schwebte direkt an der Grenze ihrer Wahrnehmung.

Dr. Petrell schaute auf und schien Emilys Blick auf ihr zu bemerken. Ihre Finger hörten auf, sich zu bewegen. »Ich hasse warten.«

Ihr Hals war plötzlich trocken und Emily musste ein paarmal schlucken, bevor sie antworten konnte. »Wer nicht?« Sie schaute sich um, damit sie nicht zusah, wie Dr. Petrell ihren lockeren Pferdeschwanz erneuerte.

Die Automatiktüren öffneten sich und die ersten Rettungsassistenten traten mit einem Patienten auf einer Transporttrage ein.

Emily seufzte vor Erleichterung. Sie konnte ihren Fokus von Dr. Petrells Händen und der Verbindung, die sie nicht greifen konnte, auf ihren Job lenken. Schnell organisierte sie die Gruppe in Teams und wies jedem einen Patienten zu. Sie musste ein unangemessenes Lächeln unterdrücken. Endlich richtige Arbeit.

Kapitel 3

Diana stopfte ihre Hände in die Taschen der OP-Hose, um sich zu zwingen, sie still zu halten und ihre Anspannung nicht zu verraten. Das Adrenalin, das durch die Stichworte *Auffahrunfall* und *mehrere Opfer* ausgeschüttet wurde, hatte sie mit Energie geflutet. Jetzt musste sie mit dem Drang kämpfen, es zu verbrennen. Sie erinnerte sich an das Gefühl von gebündelter Kraft von früher und schätze es, allerdings hatte sich etwas verändert, wie eine neue Note, die sich in ein bekanntes Lied geschlichen hatte, leicht schief.

Was, wenn sie einen Patienten bekäme, mit dem sie nicht fertig würde?

Hör auf. Du hast das schon öfter geschafft. Das war die Wahrheit, sie hatte erfolgreich Polytraumapatienten behandelt, aber das war vor vielen Jahren. Zuletzt hatte sie nur noch Erfahrungen im Simulator und durch Fachzeitschriften gesammelt. Sie hatte noch nie unter Lampenfieber gelitten, aber vermutlich war das flaumige Gefühl in ihrem Magen genau darauf zurückzuführen. Wie ironisch, dass sie ausgerechnet jetzt damit anfing.

Als der erste Patient ankam, folgte Diana ihrem zugewiesenen Team in den Schockraum. Sie kannte nur Tony namentlich und Dr. Clarkson, die die Leitung übernahm. Diana hatte mit dieser Fachärztin noch nicht gearbeitet, aber sie wirkte nett und, was wichtiger war, strahlte Selbstvertrauen aus.

Sobald die Rettungsassistenten die Trage in den Raum geschoben hatten, sprang jeder in Position und alle fingen gleichzeitig an, am Patienten zu arbeiten. Einer zählte die Vitalzeichen des Patienten auf und vermutlich auch noch, was passiert war, aber Diana verstand nur die Hälfte, als sie ihren Gesichtsschutz richtete. Sie schnappte sich ein paar Handschuhe und eilte zum Patienten, um beim Umlagern auf die Krankenhausliege zu helfen. Sobald er dort zu liegen kam, schnitt ein Teil des Personals die Kleidung auf, befestigte die Überwachung und stach ihn mit diversen Nadeln.

Dr. Clarkson führte eine systematische Untersuchung von oben nach unten durch. Jeder schien ohne Anweisungen seinen Platz in dem komplexen Orchester gefunden zu haben und Diana suchte nach einer Gelegenheit, einzusteigen.

»Dr. Petrell. Kommen Sie hier hoch und legen Sie einen zentralen Zugang.« Dr. Clarkson ging zum Kopf des Patienten und kontrollierte seine Pupillen, bevor sie sich an einen Pfleger wandte. »Lass uns intubieren.«

Glücklich, dass sie was zu tun hatte, tauschte Diana ihre normalen gegen sterile Handschuhe, die ihr jemand anbot, und schlüpfte in einen Papierkittel. Die Wahrnehmung der Bewegungen der Kollegen verschwand, als sich ihr Fokus auf das kleine Areal Haut unter dem rechten Schlüsselbein richtete. Desinfektion, Abdecktuch, Nadel, Draht, Zugang, Kochsalzspritze, Annaht. Alles, was sie brauchte, erschien magisch direkt neben ihren Händen, noch bevor sie sich Gedanken über den nächsten Schritt machen konnte. Sie hatte noch nie so schnell einen zentralen Venenkatheter gelegt. Stolz auf ihre Leistung schaute Diana auf, direkt in ein Paar dunkle Augen, die sie feindselig anblickten.

»Fertig? Ich muss hier ran.« Der Röntgenassistent schubste Diana aus dem Weg, um eine digitale Röntgenplatte unter den Patienten zu legen, dann drehte er sich um und scheuchte sie mit einer Handbewegung weg.

Diana trat mit dem Rest des Teams zurück. Einige verließen den Raum, aber die meisten pressten sich flach an die Wand wie Diana.

Dr. Clarkson war als Erste am Röntgenmonitor. »Pneumothorax.«

Mist. Hatte sie beim Legen des ZVK die Lunge verletzt? Diana schaute auf den Monitor.

Nein, der Pneumothorax war auf der linken Seite und am wahrscheinlichsten durch den Aufprall im Auto verursacht worden, zusammen mit den gebrochenen Rippen. Sie atmete aus und wendete sich an Dr. Clarkson. »Ich kann die Thoraxdrainage legen.«

»Vielleicht das nächste Mal. Schauen Sie, ob sie die Blutung da oben stoppen können.« Dr. Clarkson war schon auf dem Weg zur linken Seite des Patienten. »Tony, ruf die Radiologie an, wir brauchen ein CT und besorge ihm ein Bett auf der Intensivstation. Wir müssen ihn bald hochschicken.«

Eine oberflächliche Kopfplatzwunde zu nähen, mochte zwar Teil der Teamleistung sein, aber es wirkte banal im Gegensatz zu der Arbeit, die Dr. Clarkson beim Stabilisieren des Patienten leistete.

»Status?« Dr. Barnes betrat den Raum mit einem älteren Mann, dessen grüne OP-Kleidung und arrogante Haltung ihn als Chirurgen identifizierten.

Ohne von ihrer Arbeit aufzusehen, listete Dr. Clarkson die Vitalzeichen des Patienten auf, sowie seine Verletzungen und deren bisherige Behandlungen. Wann hatte sie einen Ultraschall gemacht? Sein Handgelenk geschient? Wie hatte Diana das verpasst?

»Also nichts Dringendes für dich, Richard.« Dr. Barnes trat direkt hinter Diana und griff über Dianas Schulter, um die Pupillen des Patienten zu untersuchen. Ihr Körper presste sich an Dianas Rücken und die Wärme und Weichheit standen in direktem Kontrast zu der Kälte ihrer Stimme.

Diana traute sich nicht, sich zu bewegen.

»Liz, schick ihn über das CT auf die Intensivstation. Dort kann er auf einen OP-Platz warten, falls sich die Neurochirurgen ihn nicht sofort schnappen.« Dr. Barnes ging so schnell, wie sie gekommen war.

Nachdem sich die Tür hinter ihr geschlossen hatte, tauschte Dr. Clarkson einen Blick mit Tony aus, der mit den Augen rollte.

»Aye, aye, Kapitän Barnes.« Dr. Clarkson lachte leise vor sich hin und schüttelte den Kopf.

Diana biss sich auf die Lippen, um nicht ebenfalls zu lachen, während sie die Naht beendete. Also war sie nicht die Einzige, die ständig von Dr. Barnes kontrolliert wurde. Noch nicht einmal eine Fachärztin wie Dr. Clarkson war vor ihr sicher.

Sie säuberte die fertige Naht mit einer feuchten Kompresse und befestigte einen Verband. Gut, die Blutung war fürs Erste gestoppt. Sie schaute, ob ihr noch etwas am Patienten auffiel, das sie tun konnte. Nichts trat hervor. »Soll ich die Papiere fertig machen?«

Dr. Clarkson nickte. »Das meiste sollte schon eingetragen sein. Aber schauen Sie bitte alles noch mal durch und verschönern Sie den Text ein wenig. Ich versuche, seine Familie zu erreichen.«

Bis Diana fertig war, hatte das Transportteam den Patienten in Windeseile abgeholt. Dr. Clarkson schaute über ihre Schulter, um den Bericht zu lesen und wies auf einige Dinge hin, die sie übersehen hatte, dann unterschrieb sie ihn digital. Sie stand genauso nah, wie es Dr. Barnes getan hatte, aber Diana machte es diesmal nichts aus. Warum machte Dr. Barnes sie nervös?

Ein Mitarbeiter des Reinigungspersonals wischte um ihre Füße herum und Dr. Clarkson zog Diana zur Seite. »Schauen wir einmal in die anderen Räume. Vielleicht können wir irgendwo helfen.«

Als nach ein paar Stunden endlich die Warteliste abgearbeitet war, suchte Diana nach Dr. Barnes, um zu sehen, ob es noch Arbeit gab oder sie gehen konnte. Sie fand sie am Pflegetresen, im Gespräch mit Dr. Clarkson.

Dr. Barnes runzelte die Stirn. »Was machen Sie noch hier?«

Warum klang Dr. Barnes so angepisst? »Ähm, ich bin gerade in Raum drei fertig geworden. Brauchen Sie meine Hilfe noch irgendwo anders?«

»Sie wissen doch, dass Sie Überstunden mit mir abklären müssen. Wir nehmen das Arbeitszeitgesetz hier sehr genau.«

Diana hatte das nicht gewusst, aber sie war zu müde zum Streiten. »Das werde ich nächstes Mal so machen.«

Dr. Barnes wollte etwas erwidern, als Dr. Clarkson sie unterbrach. »Wir haben gerade unsere Runde durch die Behandlungsräume gemacht. Die Nachtschicht hat alles unter Kontrolle. Sie können nach Hause gehen.« Sie lächelte. »Und danke dafür, dass Sie länger geblieben sind. Gute Arbeit, Dr. Petrell. Und schönes Wochenende.«

Dr. Barnes runzelte immer noch die Stirn, widersprach ihrer Kollegin aber nicht.

Diana nickte beiden zu. »Danke. Bis Montag.«

Ihre Gedanken überschlugen sich, als sie zur Umkleide ging. Sie hatte nicht wirklich gute Arbeit geleistet. Bei ihrem ersten Patienten war sie viel zu langsam gewesen, egal wie es ihr in dem Moment vorgekommen war. Und die Situation hatte sie so überwältigt, dass sie den Überblick verloren hatte. Wenn sie alleine gewesen wäre, hätte die Behandlung in einer Katastrophe enden können.

Sie schälte sich die OP-Kleidung vom Leib und rümpfte die Nase, als der Geruch von Schweiß aufstieg, vermutlich eine Mischung aus ihrem eigenen und dem ihrer Patienten. Rostbraune Flecken und Streifen bedeckten die Kleidung. Immerhin übernahm das Krankenhaus die Wäsche. Sie zog ihre Jeans an und zögerte. Flecken und Geruch hatten sich auf das Langarmshirt ausgebreitet, dass sie immer unter der Arbeitskleidung trug. Auf gar keinen Fall würde sie das auf dem Heimweg tragen und riskieren, ihre Lieblingslederjacke zu verschmutzen. Sie schaute sich um, um sich zu vergewissern, dass sie immer noch alleine war, und schnappte sich ein sauberes OP-Oberteil.

Gerade als sie ihr Hemd ausgezogen hatte, öffnete sich die Tür.

Diana sprang mit einem peinlichen Quietschen zurück und schlüpfte schnell in ihr Oberteil. Vielleicht hatte niemand ihr Tattoo gesehen. Sie schloss den Spind und riskierte einen Blick in Richtung Tür.

Dr. Clarkson sah sie mit hochgezogenen Augenbrauen an. »Alles okay?«

»Ähm, ja. Mein Shirt war nur schmutziger als gedacht und ich hoffe es ist okay, dass ich mir ein Oberteil geborgt habe. Ist es okay?« Toll. Jetzt hatte sie sich in eine stammelnde Idiotin verwandelt.

»Klar. Das machen alle.« Sie öffnete ihren Spind und zog sich rasch aus.

Diana konzentrierte sich darauf, ihr Langarmshirt so zu falten, dass die Flecken nicht noch ihre Tasche verschmutzten. »Es tut mir leid, dass ich bei dem ersten Patienten nicht so eine große Hilfe war, Dr. Clarkson.«

Die Fachärztin hatte sich fertig umgezogen und drehte sich lächelnd herum. »Nenn mich Liz. Jeder macht das. Du bist Diana, richtig?«

Diana nickte. Sie stopfte ihr Shirt in ihren Rucksack und wünschte, sie könnte ihre Probleme so einfach wegpacken.

»Keine Sorge. Wir waren alle einmal so. Es ist deine erste Woche.« Liz warf ihre OP-Kleidung in den Wäschesack.

»Ich dachte, ich sei besser.« Und sie war auch besser gewesen, vor etlichen Jahren.

»Dann wirst du beim nächsten Mal besser sein. Denk nicht zu viel darüber nach. Wenn du willst, können wir uns am Montag unterhalten und schauen, wie wir deine Ausbildung verbessern können. Lass uns hier verschwinden.« Liz hielt die Tür für sie auf.

»Danke.« Diana meinte nicht nur die Tür und Liz schien sie zu verstehen, dem Blick nach zu urteilen, den sie ihr zuwarf.

Dianas Handy lärmte und vibrierte direkt neben ihrem Ohr. Wer rief mitten in der Nacht an? Ihr Puls schlug schneller als der Klingelton. Hatte sie im Krankenhaus etwas Wichtiges vergessen? Sie schnappte das Telefon und antwortete, ohne auf die Nummer zu achten. »Petrell. Hallo?«

»Hey, Dee. Habe ich dich geweckt, alte Frau?« Laute Musik und Stimmengewirr im Hintergrund machten es schwierig, Mel zu verstehen.

Diana stieß einen zitternden Atemzug aus. Nicht das Krankenhaus. Nur ihre beste Freundin und Kollegin. Ehemalige Kollegin, korrigierte sie sich selbst. »Ähm, ja. Wie spät ist es? Und überhaupt, du bist älter.«

»Mitternacht. Und weißt du nicht, dass es unhöflich ist, das Alter einer Dame zu erwähnen?« Mel lachte. »Ich dachte, wir könnten uns auf ein Bier treffen.«

Noch vor ein paar Wochen wäre das eine ganz normale Uhrzeit für Diana gewesen, um wegzugehen, aber jetzt wollte sie nur noch weiterschlafen. »Lieber demnächst? Die Arbeit war heute kein Vergnügen.«

»Das wollte ich eigentlich mit dir feiern, deine erste Woche als Ärztin.« Der Lärm im Hintergrund ebbte ab und ließ vermuten, dass Mel rausgegangen war. »Willst du mir davon erzählen?«

»Vielleicht später.« Sie gähnte. »Viel später. Warum rufst du mich nicht morgen früh an? Oder nachmittags. Falls du dir wirklich anhören willst, wie ich darüber jammere, dass ich wieder ganz am unteren Ende der Nahrungskette gelandet bin. Oder über meinen ständigen Kampf, mich wie eine Erwachsene zu benehmen, oder wie ich nicht zu den anderen Kids passe.«

»Klar. Immerhin ist es was Neues und es geht nicht schon wieder um deine Ex und ihre bescheuerten Lebensentscheidungen.« Mel seufzte. »Ich wollte dich um einen Gefallen bitten, aber das hat Zeit. Morgen Abend gehen wir aus und feiern.« Der letzte Satz war keine Frage, sondern eine Feststellung.

Diana stöhnte. »Kannst du dich nicht an das letzte Mal erinnern, als wir meine erste Woche als Ärztin gefeiert haben? Wir haben zwei Tage am Stück Party gemacht und ich bin am Ende mit einem Kater zur Arbeit gegangen. Ich überlebe so was nicht mehr. Ich bin definitiv nicht mehr in den Zwanzigern.«

»Ich auch nicht. Wir halten uns nur von hartem Alkohol und Tattookünstlern fern, dann wird das schon.«

Diana fuhr über den kleinen Asklepiosstab über ihrem linken Knöchel. »Ich erinnere dich morgen daran.«

»Nicht notwendig.« Jemand rief Mels Namen und die Hintergrundgeräusche nahmen wieder an Intensität zu. »Ich lass dich jetzt schlafen.«

»Danke. Viel Spaß heute Abend.«

Diesmal steckte Diana das Telefon auf die Ladestelle in der Küche, wo es hingehörte, bevor sie wieder ins Bett ging.

Diana nahm einen tiefen Atemzug der frischen Luft, während sie sich am Eingang zum Green Lake Park dehnte. Ihre Muskeln und Sehnen protestierten nach einer Woche der Vernachlässigung. Sie hatte sich eigentlich selbst versprochen, dass sie sich während ihrer zweiten Assistenzarztzeit besser um ihre Gesundheit kümmern und fit bleiben würde.

Immerhin hatte sie keinen Kater nach dem Abend mit Mel. Sie hatten die Feier simpel gehalten und in einem kleinen vietnamesischen Restaurant Pho gegessen und Bier getrunken, anstatt in einer Bar mit viel zu jungen Frauen Schnäpse zu trinken. Davon hatte sie in LA genug gehabt und sie vermutete stark, dass Mel in Wahrheit auch einen ruhigeren Abend bevorzugt hatte.

Diana band einen Schnürsenkel neu und joggte entspannt los. Die meisten Bäume um sie herum hingen noch im Winterschlaf fest, aber hier und da waren schon einige kleine grüne Knospen gesprossen. Sie freute sich schon auf die blühenden Kirschbäume auf der anderen Seite des Sees.

Diana wich einem kleinen Mädchen aus und stieß mit einer Frau zusammen, die in die entgegengesetzte Richtung lief. Beide hielten sich aneinander fest, bis sie das Gleichgewicht wiedergewonnen hatten.

»Es tut mir leid.«

»Entschuldigung. Ich habe Sie nicht …« Diana schaute auf. *Dr. Barnes? Wie unwahrscheinlich ist das denn?*

»Guten Morgen, Dr. Petrell.« Dr. Barnes verlagerte ihr Gewicht von einem Fuß auf den anderen und schaute Diana nicht direkt an. Sie trug Laufkleidung, die brandneu aussah. Und wer trug so viel Make-up zum Joggen?

»Guten Morgen. Tut mir leid, aber ich war so enthusiastisch, endlich loszulaufen. Ich freue mich drauf, endlich etwas Sonne tanken zu können.« Vielleicht war das eine gute Gelegenheit, sich etwas besser kennenzulernen und die steife Arbeitsatmosphäre etwas aufzulockern. Diana wippte auf ihren Zehen auf und ab und lächelte. »Haben Sie auch vor, auf dem Pfad um den See zu laufen?«

»Nein. Ich habe, ähm, empfindliche Haut. Ich könnte niemals bei Sonnenschein laufen gehen. Normalerweise gehe ich in das Fitnessstudio da drüben.« Dr. Barnes zeigte auf die andere Straßenseite, dann schob sie eine Haarsträhne hinter ihr Ohr.

Diana konnte sich gerade noch beherrschen und verzog nicht das Gesicht. Drinnen Rennen würde sie nicht gerade als ihr Lieblingstraining bezeichnen. Wer würde nicht einen schönen See und frische Luft einem Raum schwitzender Leute vorziehen? Die Haut war doch nur eine Ausrede, dafür gab es schließlich Sonnencreme.

Oder hatte Dr. Barnes ihr das gesagt, um eine Einladung zum gemeinsamen Laufen zu verhindern?

Herzlich willkommen zurück in der Welt strenger Hierarchie: Fachärzte verbrachten ihre Freizeit nicht mit Assistenzärzten. Vielleicht war die Erinnerung auch notwendig, sie hatte Dr. Barnes genau das fragen wollen.

Mit einem oberflächlichen Lächeln nickte Diana. »Okay. Ich geh dann los. Bis morgen.«

»Warten Sie, bitte.« Dr. Barnes fuhr sich wieder durch ihr Haar, obwohl es sich keinen Zentimeter bewegt hatte. »Wenn Sie ein paar Minuten haben, würde ich gerne über Freitag reden.«

Diana zuckte mit den Schultern. Das war sicherlich nicht der optimale Ort für Kritik an ihrer Arbeit. Aber sie sollte sich glücklich schätzen, dass es nicht in Hörweite der anderen Assistenzärzte war.

»Ich habe beobachtet, wie Sie einige der kleineren Verletzungen behandelt haben. Sie waren gründlich und haben sich nicht hetzen lassen …«

»Sie meinen, ich war zu langsam. Ich weiß.« Diana wollte sich keine höflichen Floskeln anhören. Sie nahm ihre Kritik lieber direkt an.

»Es stimmt. Sie hätten schneller sein können, aber was für mich wichtiger ist, Sie haben nichts übersehen. Das wäre inakzeptabel.« Dr. Barnes Stimme war mit den letzten Worten kalt geworden. »Übersteigertes Selbstbewusstsein ist ein typischer Assistenzarztfehler.«

Diana nickte. Es gab nicht wirklich etwas, das sie darauf erwidern konnte. Was wollte Dr. Barnes ihr sagen? War es eine Warnung, dass sie beobachtet wurde? Immer noch auf Bewährung war? Dr. Barnes konnte sie so viel beobachten, wie sie wollte, übersteigertes Selbstbewusstsein war im Moment bestimmt nicht ihr Problem.

»Sie sind reifer als die anderen. Ich denke, es liegt am Altersunterschied.«

Das klang fast wie ein Kompliment, aber Dr. Barnes verteilte keine. Zumindest wenn man den anderen Assistenzärzten Glauben schenkte.

»Danke.«

»Vielleicht haben Sie medizinische Erfahrung verloren, aber Ihre Arbeitseinstellung hat durch die Pause nicht gelitten.« Dr. Barnes neigte den Kopf zur Seite und sah ihr zum ersten Mal seit Beginn der Unterhaltung direkt in die Augen. »Was haben Sie in den neun Jahren gemacht? Sie sagten, Sie haben einer Freundin geholfen und auf einer Farm gelebt?«

Mist. Diana biss ihre Zähne zusammen und schluckte die aufsteigende Wut herunter. Das Fast-Kompliment war nur ein Vorspiel für die wahre Frage gewesen. Sie wich Dr. Barnes Blick aus. Warum hatte sie sich nicht eine bessere Tarngeschichte ausgedacht? Sie musste die Unterhaltung beenden, bevor sie entweder log oder gegen die Anweisung ihres Vorgesetzten verstieß. »Dr. Clarkson hat mir angeboten, mir am Montag zu helfen, damit ich schneller werde. Ist das in Ordnung?«

Dr. Barnes runzelte die Stirn. »Natürlich. Wenn Liz Ihnen helfen will …«

»Großartig. Dann bis Montag.« Diana hoffte, dass ihr Ton nicht ihre Besorgnis verriet.

Dr. Barnes schaute sie für einen Moment nur an. Ihr Gesichtsausdruck war angestrengt neutral, vermutlich derselbe, den sie auf der Arbeit aufsetzte, wenn ihre Patienten ihr die seltsamsten Geschichten erzählten. Dann lockerte er sich ein wenig. »Genießen Sie Ihren freien Tag.« Sie winkte und ging, ohne einen Blick zurückzuwerfen.

Diana nahm einen tiefen Atemzug, aber die Frühlingsluft, die sie vorher genossen hatte, half ihr nicht, einen freien Kopf zu bekommen. Sie schaute nach oben. Die Sonne schien, kleine flauschige Wolken waren auf dem leuchtenden Blau verteilt und die Temperatur war angenehm mild. Ein perfekter Frühlingstag. Sie würde sich ihren Sonntagmorgen nicht von dieser Begegnung verderben lassen. Sie lief los, schneller und schneller.

Sobald sie den See erreicht hatte und auf den Rundweg eingebogen war, lief sie langsamer und konzentrierte sich auf ihren Herzschlag. *Das ist kein Wettrennen. Du musst hier nichts beweisen.* Sie lachte leise und ein älteres Pärchen, das auf einer Bank saß, starrte sie an. Jetzt, da ihre Verlegenheit, und wenn sie ehrlich war auch ihr Ärger, abgeklungen waren, konnte sie die Ironie in der Situation erkennen.

In den letzten Jahren war sie diejenige gewesen, die andere beeindrucken wollten. Zu viele Leute hatten versucht, ihr zu schmeicheln. Das war einer der vielen Gründe gewesen, warum sie ihr altes Leben verlassen hatte und zur Medizin zurückgekehrt war. Sie wollte wieder wie eine normale Person behandelt werden. Und nun gefiel es ihr nicht, als es endlich passierte. Dr. Barnes hatte jedes Recht, ihr Fragen zu stellen.

Dianas Abwehrreaktion war eigentlich nicht das, was sie von sich selbst erwartete; jetzt da sie angeblich so reif und erwachsen war. Das nächste Gespräch würde sie auf jeden Fall auf einem professionelleren Level führen.

Auf dem Rückweg vom Fitnessstudio ging Emily erneut durch den Park. Sie ließ sich dabei Zeit in der Hoffnung, Dr. Petrell noch einmal zu treffen. *Und was würdest du ihr sagen? Das erste Gespräch war ja auch nicht so großartig.* Sie wusste auch nicht, was schiefgelaufen war. Genau wie Liz es am Freitag getan hatte, wollte sie Dr. Petrell wissen lassen, dass sie gute Arbeit geleistet hatte, aber sie hatte reagiert, als ob sie kritisiert werden würde.

Und gerade als sie gedacht hatte, dass sie das Gespräch in die richtige Richtung gelenkt hatte, hatte sie das Gespräch im Keim erstickt, als sie nach der Neun-Jahres-Lücke im Lebenslauf gefragt hatte. Sie hatte bereits gesagt, dass es etwas Persönliches war und Emily hätte das wahrscheinlich einfach respektieren sollen. Aber was, wenn sie etwas getan hatte, das den guten Ruf des Krankenhauses bedrohte?

Ein eiskalter Schauer lief Emilys Rücken hinab. Das würde sie nicht zulassen.

Und warum war Dr. Petrell so verschlossen mit ihrer Vergangenheit? Und warum machte das Emily überhaupt etwas aus? Normalerweise hielt sie Abstand zu ihren Kollegen, insbesondere zu den Assistenzärzten. Sie traten nur kurzzeitig in ihr Leben. Warum war Dr. Petrell anders?

Emily seufzte. Warum war es so schwer für sie, Menschen zu verstehen? Insbesondere auch sich selbst. Manchmal ärgerte sie sich darüber, dass ihre Eltern sie so isoliert von anderen Kindern gehalten hatten, aber es war nicht fair, ihnen alleine die Schuld zu geben. In der Schule und an der Universität hatte sie absichtlich die meisten Einladungen zum Ausgehen abgelehnt. Die Gesellschaft ihrer Bücher war ihr schon immer lieber gewesen als die ihrer Altersgenossen. Und wenn Jenn nicht darauf bestanden hätte, Freundinnen statt Mitbewohnerinnen zu sein, hätte sie keine beste Freundin.

Emily blickte ein letztes Mal durch den Park, konnte aber Dr. Petrell in der Masse der Läufer, Fahrradfahrer, Skater und Spaziergänger nicht entdecken. Dieselbe Sonne, die sie alle nach draußen gelockt hatte, drängte Emily zurück nach drinnen. Wenn sie nicht mit würdelosen Sommersprossen und Hautrötungen enden wollte, musste sie jetzt gehen.

Sie würde am Montag mit Dr. Petrell reden. Nein, nicht reden, sie würde ihr einfach mitteilen, dass sie ihre Arbeit schätzte. Einfach und direkt, ohne die Gefahr eines weiteren Missverständnisses.

Kapitel 4

Nach nur einer Woche hatte Diana ihr wichtigstes Talent als Ärztin in der Notaufnahme wiedererlangt: die Jagd nach frischem Kaffee. Sie nahm einen tiefen Atemzug und genoss das herbe Aroma. Der Geruch war fast schon stark genug, um ihre Gehirnzellen aufzuwecken. Schade, dass er noch zu heiß zum Trinken war. Sie brauchte den Energiekick, um sich direkt zu Beginn ihrer Schicht einen Vortrag anzuhören.

Die Möbel im Aufenthaltsraum waren umgestellt worden, sodass die Sofas jetzt in Richtung der Wand standen, die der Tür gegenüberlag. Eine weiße Leinwand war von der Decke heruntergelassen worden und verdeckte den Großteil der Küchenzeile. Diana stand am Ende des Raumes im Dunkeln, in der Hoffnung, so Fragen vermeiden zu können.

Jemand stieß von hinten gegen sie.

Sie streckte ihre Tasse vom Körper weg, um Flecken oder, noch schlimmer, Verbrennungen zu verhindern.

»Habe ich was verpasst?« Courtneys Flüstern war nicht so unauffällig, wie sie vermutlich dachte. Schnelle Schritte hatten ihre Ankunft begleitet und Dr. Barnes unterbrach ihren Vortrag, um ihr verärgerte Blicke zuzuwerfen.

Diana hielt sich mit einer Antwort zurück. Sie war dankbar, dass sie heute Morgen nicht das Opfer dieser Blicke war.

»Wie schön, dass du dich entschlossen hast, uns zu beehren. Wieso kommst du nicht nach vorne, um uns zu helfen?« Dr. Barnes wartete, bis Courtney sich durch die kleine Gruppe Assistenzärzte und Studenten nach vorne gearbeitet hatte. »Da du zu spät gekommen bist, nehme ich an, dass du nichts mehr über chronisch rheumatische Krankheiten lernen musst und uns stattdessen etwas beibringen willst.«

Courtney stöhnte leise und einige andere Kollegen lachten.

Es war die erste hausinterne Weiterbildung, die Diana besuchte, aber die anderen Assistenzärzte hatten sie gewarnt. Wenn sie nicht peinlich vorgeführt werden wollte, dann musste sie vermeiden, Dr. Barnes Aufmerksamkeit auf sich zu ziehen. Pünktlichkeit war daher einfach nur logisch. Sie kam extra fünfzehn Minuten zu früh und trotzdem hatte sie keinen Sitzplatz mehr ergattern können.

Ein paar gut formulierte Fragen zeigten Courtneys Mangel an Vorbereitung und schickten sie dann wieder zurück in die Menge.

Bald versuchte Diana, ihr Notizbuch auf dem Kaffeebecher zu balancieren, um sich einige Punkte zu notieren. Sie schaute sich nach einem Platz um, an dem sie ihr Getränk unauffällig abstellen konnte. Vielleicht am Fenster? Zwei Assistenzärzte lehnten an der Fensterbank und sie ging zu ihnen. Sie war dem Kleineren der beiden vorgestellt worden, ein bleicher Mann mit einem nach hinten schwindenden Haaransatz, der ihn älter erscheinen ließ, sowie einem Taillenumfang, der zeigte, dass Sport nicht sein liebstes Mittel zum Stressabbau war.

Diana versuchte, sich an seinen Namen zu erinnern. Alex, Andy, Alec, oder so etwas in der Art.

»Die Zicke langweilt mich heute Morgen zu Tode«, flüsterte er dem größeren Kollegen zu.

Der andere Assistenzarzt nickte und rieb sich die Augen. Die Schatten darunter waren fast so schwarz wie sein kurzes Haar.

Sie zögerte. Für sie war der Vortrag alles andere als langweilig. Sollte sie das alles eigentlich schon wissen? Das war deutlich weitergehender als alles, was sie in ihrer letzten Ausbildung gehört hatte. Sie kam näher, um die Tasse auf der Fensterbank abzustellen.

Vielleicht-Alec grinste. »Kaffee? Gut mitgedacht. Ich wünschte, ich wäre früh genug gewesen, um noch einen abzubekommen.«

»Du kannst meinen haben. Ich habe noch nicht davon getrunken.« Sie war zu sehr mit Zuhören und Notizen machen beschäftigt gewesen, aber vermutlich war es besser, das nicht zu erwähnen. Wenn die anderen alle dachten, das sei Grundlagenwissen, wollte sie nicht zugeben, dass sie etwas aufzuholen hatte. Eines der ersten Dinge, die sie im Medizinstudium gelernt hatte, war, dass ihre Kommilitonen alle anderen als Konkurrenz betrachteten und jede Schwachstelle ausnutzten, um einen Vorteil zu erlangen. Zuzugeben, dass man eine Wissenslücke hat, war genauso gefährlich, wie nackt und mit Blut beschmiert zwischen Haien zu schwimmen. Diana schlich zurück an ihren vorherigen Platz, einem Gespräch wollte sie lieber aus dem Weg gehen.

Eine Stunde später beendete Dr. Barnes ihren Vortrag.

Diana steckte ihren Stift weg und schüttelte die Hand aus. Sie runzelte die Stirn, als sie ihre eigenen fast unleserlichen Notizen betrachtete. Sie musste es bald digital übertragen oder sie würde es nicht mehr für die Arbeit gebrauchen können.

»Danke für den Kaffee. Du bist diejenige, die aus einer anderen Klinik gewechselt ist, richtig? Diana?« Vielleicht-Alec und der langgewachsene Assistenzarzt stellten sich zu ihr.

Sie nickte. »Genau, ich bin Diana.«

»Mein Name ist Peter und das ist Alec. Freut mich, dich kennenzulernen.« Peter winkte nur, aber Alec streckte seine Hand aus. Er hatte die Art von schlaffem Händedruck, den Diana schon immer gehasst hatte.

»Woher kommst du?« Einige andere Kollegen hielten auf dem Weg aus dem Raum neben ihnen an und stellten ihre eigenen Fragen. »In welchem Ausbildungsjahr?«

Sie war eigentlich nicht in der Stimmung, ihre Vergangenheit jetzt auszubreiten, aber es war vermutlich die schnellste Methode, um ihre Geschichte zu verbreiten. Sie hatte in all den Jahren, in denen sie Interviews geben musste, genug über Informationsmanagement, Gerüchtekontrolle und die Bedeutung eines guten ersten Eindruckes gelernt.

Sie lächelte alle Kollegen, die eine Frage gestellt hatten, mit ihrem besten PR-Lächeln an. »Ich habe nicht direkt aus einer anderen Klinik gewechselt. Ich habe früher in Los Angeles gearbeitet, habe aber einige Jahre Pause gemacht. Die Entscheidung, in welches Jahr ich platziert werde, ist noch nicht endgültig gefallen. Vermutlich komme ich ins zweite.« Das zumindest hatte der Ärztliche Direktor ihr gesagt. Sie sollte dankbar sein, dass ihr immerhin das Wenige anerkannt wurde, aber sie war kurz vor Ende ihres vierten und letzten Jahres gewesen, als sie alles hingeworfen hatte.

Alec stellte ihr einige der anderen in der Gruppe vor. Nach den üblichen Begrüßungsfloskeln wendete sich das Gespräch schnell zu Small Talk über das Wetter in Seattle, die besten Bars und wie die Arbeit sie davon abhielt, diese zu erkunden.

Diana lehnte die Einladungen, sie mit dem Nachtleben bekannt zu machen, freundlich ab. Das Letzte, was sie jetzt brauchte, war, sich zu betrinken und sich Gejammere über die Arbeit anzuhören. »Danke, aber ich bin nicht wirklich neu in der Stadt. Ich war hier auf der Uni.«

Dieser Kommentar inspirierte einen Themenwechsel vom Jammern über die Arbeit hin zu den schlimmsten Erinnerungen an das Medizinstudium.

Nichts hatte sich geändert. Ärzte waren noch immer wie Medizinstudenten, immer fixiert auf die gleichen Themen: Studium und Arbeit. Das hatte sie vor neun Jahren genervt und ihre Geduld war jetzt auch schon wieder dem Ende nahe. Sie suchte nach einem höflichen Ausstieg aus der Unterhaltung, als sie Dr. Barnes bemerkte.

Sie musste durch die Gruppe gehen, um den Raum zu verlassen, und der Effekt auf die Studenten und Assistenzärzte war beeindruckend. Sie unterbrachen ihre Gespräche und bildeten schweigend eine Gasse.

»Müssen wir heute keine Patienten sehen?«

Die Frage vertrieb die Kollegen.

Diana lächelte. Endlich konnte sie wieder ihre eigenen Gedanken hören. »Wollen Sie, dass ich ihnen heute wieder folge, Dr. Barnes?«

Sie schüttelte den Kopf. »Sie haben am Freitag gute Arbeit geleistet. Sie können sich ab jetzt ihre eigenen Patienten auswählen, aber holen Sie mich, wenn Sie mich brauchen.« Sie ging weg, drehte sich aber nach wenigen Schritten um. War das tatsächlich ein Lächeln? »Du kannst Emily zu mir sagen.«

Es war ein Lächeln, und es veränderte komplett ihr Gesicht. Die harten Konturen ihrer Lippen wurden weicher. Und zu Dianas großer Überraschung hatte Dr. Barnes – nein, Emily – ihr ein Kompliment gemacht. Und sie sozusagen von der Leine gelassen.

Emily verließ den Raum, bevor Diana eine angemessene Antwort einfiel.

Diana ging zum nächsten Computerarbeitsplatz und loggte sich in die elektronische Patientenverwaltung ein. Sie grinste, während sie die Liste der Abkürzungen der Beschwerden durchging. Sie fühlte sich plötzlich wie ein Kind im Spielzeugladen.

Freitagabend stand Emily am Fußende einer Behandlungsliege und beobachtete, wie Diana einen zentralen Zugang in die Subclaviavene des Patienten legte. Er war bewusstlos und intubiert. Das Team, das ihn gleich auf die Intensivstation bringen würde, wartete ungeduldig auf der anderen Seite des Raumes.

Emily war nicht genervt davon, dass sie ihre Assistenzärztin überwachen musste. Sie hatte festgestellt, dass sie es genoss, Diana zuzusehen. Sie war fähig, mehrere Handlungen gleichzeitig und unabhängig mit beiden Händen durchzuführen. Das war für nicht-chirurgische Assistenzärzte eher unüblich. Emily selbst konnte es, vermutlich weil sie endlose Klavierstunden als Kind ertragen musste. Immerhin eine gute Sache war dabei herausgekommen.

»Spielst du Klavier?« Emily hatte eigentlich nicht geplant, die Frage laut auszusprechen.

»Ja. Wieso?« Diana schaute nur kurz hoch und fuhr dann mit ihrer Arbeit fort. Sie hatte schon den Führungsdraht platziert und fädelte darüber den Katheter in das

Blutgefäß. Nachdem Diana sich in den letzten Tagen freiwillig für jeden Katheter gemeldet hatte, hatte sie ihre Geschwindigkeit deutlich gesteigert.

»Ähm. Nicht wichtig. Nur ein Gedanke.« Definitiv kein Thema, das sie mitten in der Notaufnahme vertiefen würde. »Ist das dein letzter Patient? Wenn du fertig bist, können wir die anderen Patientenakten durchgehen und dann das Wochenende beginnen und nach Hause gehen.« Durch einige zusätzliche Schichten war es das erste Mal seit vier Wochen, dass Emily zwei Tage am Stück frei haben würde und sie wollte die Zeit komplett ausnutzen.

»Ich bin gleich bei dir. Hast du es eilig, nach Hause zu kommen?« Ihre Stimme verriet, dass Diana sie ein wenig aufzog.

Emily zögerte. Ihr Privatleben war auf der Arbeit immer tabu gewesen. Niemand stellte Fragen oder zog sie auf, niemals. Nicht, dass sie es laut zugeben würde, aber Emily mochte, dass Diana entspannter mit ihr umging, seit sie ihre eigene Zurückhaltung etwas aufgegeben hatte. Und es war hilfreich, dass Diana dabei immer noch respektvoll blieb.

»Nein. Na ja, vielleicht. Ich treffe meine beste Freundin und ich weiß nicht, was sie diesmal geplant hat. Es ist jedes Mal eine Überraschung.« Okay, vielleicht war das ein wenig zu viel private Information gewesen, um sich damit noch wohlzufühlen, aber sie war nervös. Das letzte Mal, als sie mit Jenn ausgegangen war, hatte diese versucht, Emily zu verkuppeln und eine sehr nette, aber sehr langweilige Bekannte mitgebracht, was zu einem Abend mit erzwungener Unterhaltung geführt hatte. Sie hoffte, dass sie stattdessen in Jenns Lieblingsclub tanzen gehen würden, etwas, was sie sich nie alleine traute.

Emily unterbrach ihre Gedanken und konzentrierte sich wieder auf Diana, die fertig war, ihre Handschuhe auszog und ihre Hände desinfizierte. Wieso konnte Emily nicht aufhören, auf diese Hände zu schauen? Sie drehte sich abrupt um und rief über ihre Schulter. »Komm schon, nicht trödeln.«

Ohne auf eine Antwort zu warten, verließ sie den Raum auf der Suche nach einem freien Computerarbeitsplatz und zweifelte nicht daran, dass Diana ihr folgen würde.

Die Musik war ohrenbetäubend und Emily gab es auf, Jenns Bemerkungen verstehen zu wollen. Sie waren etwas zu früh in den Club gegangen. Ein DJ unterhielt die Menge, bevor das Konzert begann, und die Tanzfläche lief fast über mit tanzenden Frauen. Jenn sollte eigentlich arbeiten und etwas über eine der Bands für eine der

Musikzeitschriften oder Webseiten berichten, für die sie arbeitete. Das hielt sie nicht davon ab, die Frauen im Publikum abzuchecken und Emily ihre Favoritinnen zu zeigen. Eine von ihnen würde zweifellos am Ende des Abends mit Jenn nach Hause gehen.

Emily signalisierte ihr, dass sie tanzen wollte, und drängte sich auf die Tanzfläche. Der Bass vibrierte in ihrem Bauch und forderte sie auf, sich dem Takt anzuschließen. Sie schloss ihre Augen und ließ sich in die rhythmischen Bewegungen ihrer Hüften und Beine fallen. Sie wurde eins mit der Musik und schwankte und floss im Strom der Noten. Andere Menschen waren Felsen im Fluss, die ihn lenkten, aber nicht aufhalten konnten. Sie berührte ihre Körper, wurde berührt, sie war nicht mehr allein, tauchte unter in der Menge. Sie war in Sicherheit.

Die Musik wurde langsamer und Paare nutzten die Gelegenheit, um sich näher zu kommen.

Sie ging zurück Richtung Theke auf der dringenden Suche nach etwas zu trinken. Auf dem Weg stolperte sie fast über Jenn, die eine dunkelhaarige Frau anstarrte, die mit dem Rücken zu ihnen stand.

Emily versuchte, einen guten Blick auf sie zu erhaschen, aber immer wieder versperrten andere Frauen ihre Sicht.

»Wer ist das?« Emily sprach direkt in Jenns Ohr, damit sie nicht schreien musste.

»Dee Dragon. Ist das nicht wahnsinnig, sie hier zu sehen?« Jenn drehte sich zu Emily um und grinste bis über beide Ohren.

»Sollte ich sie kennen?« Emily konnte sich nie an all die Namen der Musiker erinnern, über die Jenn sprach.

»Du kennst doch Eos, die Band?« Jenn wippte auf den Zehenspitzen auf und ab. »Sie war die Drummerin.«

Emily hatte von der Band gehört und mochte die Musik, sie besaß sogar ein paar der CDs. Aber der Name der Drummerin kam ihr nicht bekannt vor. »Ist das nicht die Band, mit der zierlichen blonden Sängerin mit dem extrem dunklen Augen Make-up und der großen, schwarzen Gitarristin? Ich glaube, ich habe noch nie ein Foto der Drummerin gesehen.«

»Ja, genau. Die Gitarristin ist super heiß.« Jenn fächelte sich selbst Luft zu. »Dee Dragon war nicht auf den Covern der Alben und hielt sich auch sonst von den Medien fern. Vor ungefähr einem Jahr hat sich die Band getrennt und sie verschwand aus der Szene. Keine Ankündigung oder Erklärung. Es gibt eine Million Gerüchte: Drogen, Alkohol, Drogen, Hirntumor, Drogen… Du kannst es dir vorstellen. Vielleicht bekomme ich ein Interview.« Jenn dreht sich wieder herum und betrachtete die Frau, die an der Theke lehnte. »Ich brauche nur einen guten Einstieg in die Unterhaltung.«

Die Menschenmenge um die Theke lichtete sich etwas und Emily konnte den ersten richtigen Blick auf Dee Dragon werfen, zumindest von hinten. Sie war groß und ihr braunes welliges Haar fiel bis kurz über die Schultern. Ihr auffälligstes Merkmal war ein riesiges Tattoo, das den Großteil ihres Rückens bedeckte. Zumindest den Teil, den Emily sehen konnte. Ein smaragdgrüner Drache mit gespreizten Schwingen schaute sie direkt an und spie Feuer. Leuchtend rote Flammen schlängelten sich über ihre linke Schulter zu ihrem Arm und wanden sich um ihren Bizeps. Der schuppige Schwanz tat es ihnen gleich auf der rechten Seite.

Emilys Herzschlag raste und sie bekam keine Luft mehr. Das war unmöglich. Das musste ein Zufall sein.

Dee Dragon konnte nicht die Frau vom Strand sein, die seit über fünfzehn Jahren ihre Träume heimsuchte. Aber jedes Detail dieser Nacht war in ihr Gedächtnis graviert, sie konnte sich an alles erinnern, als ob es gestern geschehen wäre. Die Haare waren anders, die Schultern vielleicht ein wenig breiter, die Muskeln etwas ausgeprägter. Aber das Tattoo war dasselbe.

»Ich habe sie schon einmal getroffen.« *Warum hast du das gesagt?* Ihr Magen zog sich zusammen. Jenn würde das nicht auf sich beruhen lassen.

»Wen? Dee Dragon? Du hast mir gerade gesagt, dass du noch nicht mal weißt, wer sie ist. Wo?« Jenn sprang fast auf der Stelle auf und ab.

»Am Strand.« Je weniger sie sagte, desto besser.

Jenn suchte den Augenkontakt. Es war ihr patentierter Ich-weiß-du-wirst-mir-alles-sagen-Blick. »Was für ein Strand? Wovon sprichst du?«

Emily versuchte, wegzuschauen. »Erinnerst du dich an die Strandparty, auf die du mich am Ende der Collegezeit geschleppt hast? Ich habe dir doch erzählt, dass ich den ganzen Abend einem Trommelkreis zugehört habe. Ich habe sie da spielen gehört.« Jahre später hatte sie auch zugegeben, während dieser Party erkannt zu haben, dass sie lesbisch war. Hoffentlich erinnerte sich Jenn nicht an das Geständnis.

»Bist du sicher? Das ist perfekt. Ich kann das benutzen, um ein Gespräch anzufangen.« Jenn nahm Emilys Hand und zog. »Lass uns hingehen und mit ihr reden.«

»Nein.« Emily zog ihre Hand zurück. »Ich kann nicht.«

Jenn musterte sie. »Was ist los? Warum nicht?«

Sie würde auf gar keinen Fall darauf antworten, hier inmitten des Clubs. »Ich muss gehen. Auf die Toilette.«

Bevor Jenn weitere Fragen stellen konnte, hastete Emily in die entgegengesetzte Richtung, weg von der Theke und Dee Dragon und ihrem faszinierenden Tattoo.

Auf der Toilette wusch sie sich die Hände und drückte die kalten Finger gegen ihre Schläfen, ganz vorsichtig, um nicht ihr Make-up zu verwischen. Die Augen, die sie aus dem Spiegel heraus anstarrten, wirkten unnatürlich groß in ihrem bleichen Gesicht. Ihre Oberlippe zitterte und ihr Atem kam immer schneller. Sie griff nach dem Waschbecken, um sich festzuhalten.

Hör auf zu hyperventilieren! Ganz bewusst verlangsamte sie ihre Atmung. Ohnmächtig zu werden, wäre mehr als peinlich. Vielleicht würde jemand den Notruf wählen und der Rettungsdienst würde sie in ihre eigene Notaufnahme bringen.

Sie lachte kurz auf. War sie eigentlich schon hysterisch oder nur im Panikmodus?

Sie hatte die Frau noch nie getroffen und konnte sich nicht vorstellen, mit ihr zu reden. Was sollte sie sagen? *Nett, dich kennenzulernen, du bist schon seit Jahren die Frau meiner Träume.* Oder *hallo, du bist noch schöner als in meiner Masturbationsfantasie?*

Und jetzt hatte Jenn sie ins Visier genommen. Emily wusste, was passieren würde. Jenn würde Small Talk machen, sie auf ein paar Drinks einladen, mit ihr tanzen und dann würde der Abend entweder im Bett oder mit einem Interview enden, vermutlich mit beidem. Jenn war hartnäckig, einfallsreich und meistens erfolgreich. Dee Dragon hatte nicht den Hauch einer Chance. Der Gedanke schmerzte wie ein Tritt in den Magen.

Emily ärgerte sich über Jenn und sie spürte, wie sich ihr Brustkorb zusammenzog. Dieses Gefühl verbrannte ihre Panik und half ihr, ihre Fassung wiederzufinden. Sie sah auf ihre Hände hinab, die immer noch das Waschbecken wie einen Schraubstock umfassten. Ihre Fingerknöchel hatten fast die Farbe des Porzellans angenommen.

Emily löste die Umklammerung und streckte sorgfältig jeden einzelnen Finger. Sie würde nicht da raus gehen und zusehen, wie sich ihr Traum in eine verzerrte Version ihrer Fantasien verwandelte. Sie würde einfach nach Hause gehen und Jenn alleine an ihrem Ziel arbeiten lassen.

Auf dem Weg zum Ausgang musste sie an der Theke vorbei. Sie versteckte sich hinter einer großen Frau mit breiten Schultern und versuchte, nicht zu Dee und Jenn zu schauen. Es war aber wie bei einem Unfall auf der Autobahn. Unweigerlich wurde sie langsamer und konnte ihren Blick nicht abwenden.

Jenn stand zwischen der Theke und Dee, redete und lachte. Dee hatte Emily immer noch den Rücken zugewandt und das Tattoo hatte eine fast hypnotisierende Wirkung.

Emily zwang sich, wegzusehen.

Gerade als sie es an den beiden vorbei geschafft hatte, tauchten ein paar Frauen mit einem Krug Bier und einem Stapel Gläser aus dem Nichts auf.

Alles passierte in Zeitlupe: Eine harte Schulter bremste Emily aus. Bier ergoss sich in einem goldenen Bogen aus dem Krug.

Emily sprang rückwärts und stieß gegen einen weiteren Körper, hart wie ein Fels.

»Pass auf!«

»Bist du blind?«

Emily hob ihre Arme mit den Handflächen nach außen. »Es tut mir so leid.« Sie zog ein paar Dollarscheine aus ihrer Hosentasche und stopfte sie in die Hand einer der Frauen, um für das verschüttete Bier zu zahlen.

Sie musste hier raus. Schnell.

Bevor sie sich wieder verstecken konnte, ergriff Jenn ihre Hand und zog sie zu sich.

»Bist du okay?« Jenn schaute hoch und runter.

Bis auf die wenigen Tropfen Bier auf ihrem Oberteil, die trockene Zunge, die am Gaumen klebte, und ihr Herzrasen war alles gut. Unfähig zu sprechen, nickte Emily nur.

Jenn trat zur Seite und wies auf die Frau, mit der sie gesprochen hatte. »Dee, das ist die Freundin, die ich vorhin erwähnt habe, Emily Barnes. Emily, das ist Dee Dragon.«

Emily zwang sich, Dee anzusehen. Ihr Blick blieb an grün-braunen Augen hängen, die so riesig schienen wie ihre eigenen.

Jenns Stimme verschwamm zu einem fernen Gemurmel und für einen Moment konnte Emily nur noch verschwommen sehen.

Sie konnte nicht sprechen; sie konnte nicht atmen. *Nicht umfallen!* Sie biss sich fest auf die Innenseite ihrer Wange und der Schmerz half ihr, sich zu konzentrieren.

Das war buchstäblich die Frau ihrer Träume. Und sie kannte sie.

Kapitel 5

Wieso jetzt? Diana hatte es während all ihrer Jahre im Musikgeschäft geschafft, die wahre Person hinter ihrem Künstlernamen zu verbergen. *Fuck!* Jetzt wo ihre medizinische Karriere davon abhing, das Geheimnis zu bewahren, wurde sie im ersten Monat enttarnt – und auch noch von ihrer Fachärztin!

Diana brauchte einen Plan. Schnell. Vielleicht würde Emily ihr helfen?

Sie atmete tief ein und zwang ihre Stimme in eine normale Tonlage. »Hallo, Emily, nett dich kennenzulernen.« Sie versuchte, mit ihren Augen zu bitten. War es wirklich möglich, so zu kommunizieren? Hoffentlich verstand Emily die Botschaft.

Emily schluckte mehrfach. »Hi.« So bleich hatte Diana sie noch nie gesehen. Emily sah überall hin, nur nicht auf Diana.

Warum war sie so nervös? Weil ihre Freundin sie in einen lesbischen Club mitgenommen hatte? Diana drehte sich zu Jenn, die etwas gefragt hatte, das sie nicht verstanden hatte.

Jenn zeigte auf die Theke und schaute sie fragend an.

Großartige Idee. »Ein Bier, bitte.« Sie könnte jetzt etwas Stärkeres gebrauchen, musste aber alle ihre Sinne beisammenhalten.

Emily wartete, bis ihre Freundin von der Menge um die Theke verschluckt worden war. »Jenn sagt, du bist ein Rockstar? Wie ist das überhaupt möglich? Bist du wirklich Ärztin?« Etwas Farbe kehrte in ihre Wangen zurück, während sie sich von geschockt zu vorwurfsvoll steigerte.

Diana zuckte zusammen. Hatte sie jemand gehört? Sie sah sich nach einer Reaktion um, aber jeder schien sich um seine eigenen Sachen zu kümmern. Sie trat einen Schritt näher und sprach direkt in Emilys Ohr. »Natürlich bin ich Ärztin. Alles, was ich über meine medizinische Ausbildung gesagt habe, war die Wahrheit.« Der Vorwurf schmerzte, aber ihr Stolz war jetzt nicht wichtig. »Ich weiß nicht, was Jenn gesagt hat, aber ja, ich war Drummerin in einer Rockband.«

Emily schüttelte den Kopf. »Das ist … Ich weiß einfach nicht, was ich dazu sagen soll.«

»Bitte, sag einfach nichts. Zu niemandem. Ich kann dir gerne eine ausführlichere Erklärung geben, aber nicht hier.« Sie drehte sich erneut in Richtung Theke um. Sie hatten noch etwas Zeit.

Emily runzelte die Stirn. »Weiß jemand im Krankenhaus Bescheid?«

»Ich habe dem Ärztlichen Direktor alles in meinem Vorstellungsgespräch erzählt und er hat mich angewiesen, auf der Arbeit nicht darüber zu reden. Und auch sonst nirgendwo. Es steht sogar in meinem Vertrag, dass ich sofort entlassen werden kann, wenn ich den Ruf des Krankenhauses schädige.« Diana schaute direkt in Emilys Augen. Wie konnte Diana sie nur überzeugen, darüber Schweigen zu bewahren?

»Jenn ist meine beste Freundin. Wenn sie herausfindet, dass ich ihr das verschwiegen habe, und das wird sie vermutlich, wird das unsere Freundschaft gefährden.« Emily hielt jetzt ihren Blick und Diana konnte ihr ihren inneren Konflikt ansehen, als sie die Vor- und Nachteile abwog. »Ich weiß nicht, ob sie es dir gesagt hat, aber sie ist eine Musikjournalistin. Sie ist hinter der Story her, warum Dee Dragon aus der Musikszene verschwunden ist.«

Oh, Scheiße. Eine neugierige Journalistin war das Letzte, was sie jetzt brauchte. »Bitte, ich will mein altes Leben nicht mit dem neuen vermischen. Wenn unsere Arbeitskollegen das wüssten, würden sie mich immer nach dem beurteilen, was ich war und nicht, wie ich mich jetzt verhalte. Patienten würden die Notaufnahme vielleicht nicht mehr ernst nehmen.«

»Ich muss darüber eine Minute nachdenken, okay?« Emily schloss ihre Augen und massierte ihre Schläfen. »Ich kann Jenn nicht anlügen, wenn sie mich direkt fragt, aber ich werde jetzt erst einmal nichts sagen.«

»Das ist fair. Danke.« Es musste eine bessere Lösung geben als diese Geheimniskrämerei, aber immerhin war die akute Bedrohung gebannt. Sie konnte immer noch nicht fassen, dass ein Zufall das verursacht hatte. »Hast du mich wirklich damals auf einer Strandparty gesehen, als wir beide Studentinnen waren? Oder war das nur ein Spruch von Jenn, um mich anzusprechen?«

Emily wurde rot und vermied Dianas Augen. Ihr Blick blieb schließlich an Dianas linkem Arm hängen und die Flammen des Tattoos schienen tatsächlich zu züngeln. »Ja, das stimmt. Ich kann mich an dein Tattoo erinnern. Ich habe auf der Party dein Gesicht nie gesehen, sodass ich dich auf der Arbeit nicht wiedererkannt habe.«

Wow. Emilys Gedächtnis war beeindruckend. Diana war sich noch nicht einmal sicher, ob sie sich überhaupt an die richtige Party erinnerte. Ihre Studienzeit war eine verschwommene Collage aus Partys, Musik und gelegentlichen panischen Lernanfällen.

»Hey, Jenn, ist das für mich?« Emily blickte über Dianas Schulter und lächelte. Sie griff nach der Bierflasche, nahm einen großen Schluck und fing an zu husten.

Diana lehnte sich rüber, um ihr zu helfen, ihr auf den Rücken zu klopfen oder so ähnlich, aber Emily trat zurück und schüttelte den Kopf.

Jenn schien die Anspannung zwischen ihnen nicht zu bemerken.

Diana zwang sich, Jenns Geschichte über einen lustigen Zwischenfall an der Theke zuzuhören, um ihre Aufmerksamkeit von Emily abzulenken. Sie lachte an den richtigen Stellen und hielt die Unterhaltung am Laufen, sprang von einem Thema zum nächsten, in der Hoffnung, eine Unterhaltung über das Musikgeschäft zu vermeiden.

Wenn Emily ihr nicht von Jenns Beruf erzählt hätte, würde sie deren Verhalten als Flirten einstufen. Sie widmete Diana ihre volle Aufmerksamkeit und spielte den hingerissenen Fan. War dieses Verhalten überhaupt moralisch akzeptabel für eine Journalistin?

Emily schien sich nur auf das Abkratzen des Etiketts von ihrer Bierflasche zu konzentrieren.

»Und was bringt dich heute hierher?« Jenn nutzte eine Pause in der Unterhaltung, um die Fragen zu stellen, die Diana erwartet hatte. »Ich hoffe, du spielst heute. Ich würde es lieben, dich spielen zu hören.« Sie berührte Dianas Arm und lächelte zu ihr auf.

Diana hob ihr Bier zum Mund, um ihre Hand abzuschütteln. »Tatsächlich spiele ich nachher. Freundinnen von mir haben heute Abend keinen Drummer und haben mich gefragt, ob ich einspringen kann. Ihr neues Album …«

»Ist das nicht ein Riesenaufwand, für einen Abend hierher zu kommen? Oder lebst du in der Nähe? Arbeitest du an einem neuen Projekt hier?« Jenn unterbrach sie, bevor sie die Unterhaltung wieder auf den rechten Pfad lenken konnte.

Emily sah auf und ihr Blick schien sich direkt in Diana zu bohren.

Bedauerte sie ihr Versprechen, nichts zu sagen? Diana stellte die leere Bierflasche auf einem Tisch neben Jenn ab, um Zeit zu gewinnen. Sie zwang ihre Hände, ruhig zu bleiben und nicht zu zittern. »Nein. Im Moment gibt es kein Projekt.« Sie nahm ihr Handy aus der Hosentasche und schaute auf die Uhr. »Es war wirklich nett, euch zu treffen, aber ich muss leider gehen. Wir treten gleich auf.« Sie riskierte einen letzten Blick auf Emily. War es sicher, die beiden alleine zu lassen?

Emily stand schräg hinter Jenn und beantwortete die stumme Frage mit einem Nicken. Sie würde Schweigen – zumindest im Moment.

Hinter der kleinen Bühne lehnte Diana ihre Stirn an die kühle Backsteinwand und schlug mehrfach mit ihrer Handfläche gegen die Steine. »Fuck, fuck, fuck!«

Jemand legte ihr die Hand auf den Nacken und streichelte ihn sanft. Sie erkannte die vertrauten Schwielen einer professionellen Gitarristin.

»Was ist passiert, Dee?« Die weiche Stimme gehörte Mel. Sie war der Grund, warum Diana heute hier war.

Diana drehte sich um. »Ich habe gerade jemanden getroffen, eine Reporterin. Sie hat zu viele neugierige Fragen gestellt.« Das war nur die Hälfte des Problems, aber Diana wollte vor dem Konzert nicht auf den Rest eingehen. Nachher würde sie Mel von dem merkwürdigen Zufall erzählen, wie sie Emily getroffen hatte.

Mel runzelte die Stirn. »Nichts hier gibt einen Hinweis darauf, wie du deinen Lebensunterhalt verdienst. Keiner weiß vom …«, sie senkte ihre Stimme und schaute sich um, »… Krankenhaus. Ich habe den Mädels nichts gesagt. Die wissen nur, dass du eine alte Freundin bist, die dieses Wochenende nichts Besseres zu tun hat, als die armen Newcomer, denen die Drummerin abhanden gekommen ist, zu retten.«

Diana lachte. »Du bist nicht gerade ein Newcomer. Du bist was, fünf Jahre älter als ich?« Sie umarmte Mel. »Aber vielen Dank für deine Unterstützung. Ich hasse es, zu verbergen, wer ich wirklich bin. Ich nehme an, so muss es sich anfühlen, nicht geoutet zu sein.«

»Na, dann bekommst du endlich das vollständige Lesbenerlebnis. Herzlichen Glückwunsch. Falls diese Reporterin wiederkommt, um dich zu belästigen, zeig sie mir. Ich finde Mittel und Wege, um sie zu beschäftigen, weit weg von dir.« Mel erwiderte die Umarmung, dann trat sie einen Schritt zurück und schlug ihr liebevoll auf die Schulter. »Fünf Jahre älter? Sehe ich etwa zu alt aus, um mit den neuen Kids zu spielen?«

»Nein, nein, natürlich nicht.« Diana schaute gespielt übertrieben an ihr hoch und runter.

Mel sah wirklich gut aus, als ob der Neustart mit einer anderen Band sie verjüngt hätte. Wenn die feinen Linien in ihrem Gesicht auch nicht auf magische Art und Weise verschwunden waren, war ihre Haut glatter als sonst und leuchtete in einem gesunden Kastanienbraun, nur eine Spur heller als ihre Augen, die voller Tatendrang und Begeisterung funkelten.

Als die Anspannung von ihr abfiel, lachte Diana. Sie hatte die Neckereien vermisst, die dazu gehörten, wenn man Teil einer Band oder eine Gruppe alter Freunde war. »Komm schon, Kid. Ich zeig dir, wie man richtig rockt.«

Sie gingen auf die Bühne und Diana fand ihren Platz am Schlagzeug. Sie platzierte die Ohrstöpsel, streckte ihre Arme aus und testete jeden Teil ihres Instrumentes mit einem kurzen Schlag ihrer Sticks. Das vertraute Ritual beruhigte sie. Sie wartete, bis die anderen auf ihren Plätzen waren und auch ein paar Testnoten gespielt hatten.

Diana betrachtete das Publikum, wusste jedoch nicht, ob sie hoffte, Emily zu sehen oder sich davor fürchtete. Bühnenlichter flackerten über die Menge der Frauen. Und dort war sie, in ihrem türkisfarbenen T-Shirt, das im grellen Licht aufleuchtete. Emily sah sexy aus in dem eng sitzenden T-Shirt und der schmal geschnittenen Jeans. Gar nicht wie die spröde und steife Fachärztin, die sie von der Arbeit kannte. Emily lächelte als Antwort auf eine Bemerkung von Jenn, und in diesem einen flüchtigen Moment verwandelte sie sich von einer Kollegin zur Frau. Eine wunderschöne Frau, die etwas tief in Diana bewegte. *Hör auf. Sie ist deine Vorgesetzte. Und was soll das jetzt eigentlich? Woher kommt das plötzliche Interesse?*

Mel gab ihr das bekannte Signal und sie begann zu spielen. Laut, fest, gleichmäßig. Sie schloss ihre Augen. Jetzt war nicht der Zeitpunkt zum Denken, nur zum Fühlen. Ihr Kopf nickte und ihr Haar fiel ihr ins Gesicht. Sie überließ ihrem Körper die Führung, schwang mit dem Rhythmus der Musik, wippte mit den Beinen. Ihre Sticks waren Teile der Arme, genau wie ihre Hände. Sie fühlte mehr ihren Einsatz im Song, als dass sie ihn hörte, und ging direkt in das erste Solo des Abends über. Die Musik war alles, worum sie sich kümmern musste und für den Moment war es genug. Es war immer genug gewesen und an diesem Abend wurde es wieder Mittelpunkt ihrer Welt.

Emily betrachtete Jenn, die ihren Blick auf die Band gerichtet hielt. Vielleicht würde sie die Story fallen lassen. Emily seufzte. Nicht sehr wahrscheinlich. Vermutlich würde Jenn weiter nach Hinweisen und Informationen suchen, bis sie alles aufdeckte. Das würde ihre Freundschaft mit Sicherheit belasten. Und was würde diese Story mit dem Ruf des Krankenhauses anrichten? Ihre Notaufnahme wäre plötzlich eine Lachnummer. Emilys Magengrube schmerzte, als ob die lauten Beats tatsächlich Schläge in ihre Mitte wären. Ihre Arbeit bedeutete ihr alles. Sie hatte Dr. Wallace immer dafür bewundert, wie er Skandale vom Haus fernhielt, und das Mindeste, was sie dazu beitragen konnte, war, Dianas Geschichte zu verheimlichen.

Zwischen zwei Stücken erzählte die Sängerin eine langatmige Geschichte über die Entstehung des nächsten Songs und Jenn drehte sich zu Emily und grinste. »Ist das nicht verfickt genial? Wir haben Dee Dragon getroffen und sie war super nett.« Sie stöhnte. »Und sie war wirklich, wirklich heiß. Vielleicht kann ich mich hinter die Bühne schleichen.«

Verfickt genial. Hinter die Bühne schleichen. Wirklich heiß. Emily konnte das alles gerade nicht aushalten. »Vielleicht solltest du dich cool verhalten. Ruf doch einfach nächste Woche ihren Manager an oder so.«

»Nein, ich muss sie hier erwischen. Sie ist sehr privat und gibt nie Interviews. Glaubst du, sie steht auf mich? Ich habe versucht, mit ihr zu flirten, aber keine Resonanz gespürt.«

»Ich weiß nicht. Sie war nett, aber Flirten? Ich glaube, sie war nur höflich.« Emily versuchte verzweifelt, etwas zu finden, das Jenn ablenken würde. »Willst du noch was trinken?«

»Nein, Danke. Lass uns lieber näher an die Bühne gehen.« Sie nahm Emilys Hand und zog sie nach vorne, wo eine kleine Gruppe Fans sich versammelt hatte, die alle mit Bandshirts bekleidet waren. Eine junge Frau hielt ein Pappschild nach oben, auf dem *Schlaf mit mir, Julie!* stand.

Als die Gitarristin die Eröffnungsakkorde des nächsten Liedes spielte, kreischten die Fans.

Emily schob sich auf die andere Seite von Jenn, weg von ihnen.

Mehr und mehr Frauen drängten sich vor die Bühne, als die Band weiterspielte. Und dort, hinter ihnen, war Diana, beziehungsweise Dee. Sie saß an ihrem Schlagzeug und wirkte ganz in ihrem Element. An der Theke hatte Emily versucht, nicht zu starren, aber die Dunkelheit im Publikum beschützte sie jetzt. Dees Schultern waren breiter als die lockere OP-Kleidung vermuten ließ und die Teile ihres Tattoos, die sich um den Bizeps schlängelten, betonten ihre muskulösen Arme. Die braunen Locken, die über die Schlüsselbeine fielen, und der leichte Ausschnitt ihres Shirts stellten einen weiblichen Kontrast dazu dar. Licht und Schatten spielten auf ihren Muskeln, als Dee das Schlagzeug schlug. Sexy.

Emily biss sich auf die Unterlippe. Sie sollte sie nicht sexy finden. Diana war ihre Kollegin und sie waren in einem Mentorenverhältnis. Aber gerade jetzt war sie Dee, ihre Drummerin, die erste Frau, zu der Emily jemals eine sexuelle Anziehung verspürt hatte.

Ein schmerzhaftes Ziehen hinter ihrem Brustbein stoppte ihren Atem. Ihr Pulsschlag dröhnte unnatürlich laut in ihren Ohren und übertönte die Musik. Sie schüttelte ihren Kopf, ballte die Fäuste, schaute auf Jenn, alles um sich zu fangen. Vielleicht sollte sie gehen.

Die Spannung der Zuhörer stieg, als die Sängerin mit ihnen sprach. Das Summen der Erwartung umgab Emily wie ein Schwarm Insekten.

Dee schaute ins Publikum, als ob sie etwas oder jemanden suchte.

Einer der weiblichen Fans kreischte. »Ooooh, schau dir die heiße Drummerin an!«

»Wen sucht sie? Ihre Freundin?« Die piepsige Stimme verursachte Emily Schmerzen im Ohr.

Emily zog ein Taschentuch aus ihrer Hosentasche und improvisierte ein Paar Ohrenstöpsel. Die Fans nervten sie, aber sie stellte sich selbst diese Fragen. War Dianas Freundin im Publikum? Oder in der Band? Hatte sie überhaupt eine? Was wusste sie schon über Diana? Nichts. Und jetzt schützte sie auch noch deren Geheimnis.

Jenn nahm Emilys Hand und drückte sie. »Ist die Atmosphäre nicht großartig? Besser als Sex.«

Emily unterdrückte ein Stöhnen. Sex. Kein Wort, das sie mit Diana in Verbindung bringen sollte.

Als die Musik wieder begann, reckte sich Jenn auf die Zehenspitzen. Sie hatte wirklich den perfekten Job gefunden, um ihre Musikbegeisterung auszuleben. Vielleicht würde sie hier eine andere Story finden und es nicht merken, wenn Dee wieder aus dem Rampenlicht verschwand. Nein, das war nur Wunschdenken. So wie sie Jenn kannte, war es sehr viel wahrscheinlicher, dass sie in Dees Vergangenheit eintauchte, bis sie die ganze Geschichte ausgegraben hatte.

Die Nebelschwaden und die Dunkelheit sollten Emily eigentlich verstecken, aber Dees Blick schien direkt auf ihr zu ruhen. Emily schloss ihre Augen und versuchte, sich im Tanzen zu verlieren, wie sie es immer tat, aber sie konnte sich nicht fallen lassen. Bilder aus der Nacht am Strand flackerten durch ihr Bewusstsein, und die rhythmische Bewegung von Dianas ganzem Körper erinnerte sie an das ekstatische Trommeln am Feuer. Als sie wieder zur Bühne sah, waren Dianas Augen geschlossen und sie schien sich komplett auf die Musik zu konzentrieren. Es war der gleiche Gesichtsausdruck, den sie viele Male in den letzten Wochen auf der Arbeit gesehen hatte.

Das war zu viel. Ihr Privatleben und ihre Arbeit waren immer getrennt gewesen. Die Mischung von beidem war wie ein körperlicher Schmerz in ihrem Brustkorb. Sie musste hier raus.

Emily tat so, als lese sie etwas auf ihrem Handy. »Ich muss gehen. Anruf von der Arbeit.« Sie musste direkt in Jenns Ohr schreien.

Jenn nickte nur und winkte. Sie war an Emilys Hingabe zur Arbeit gewöhnt und hinterfragte sie nur selten. Morgen würde sie vielleicht eine ihrer berühmten Deine-Arbeit-ist-nicht-dein-Leben-Ansprachen halten.

Eine Nachricht weckte Emily vier Stunden später aus einem unruhigen Schlaf. Sie griff nach dem Handy auf dem Nachttisch. Sie hatte es immer in der Nähe, falls das Krankenhaus anrief. Jetzt war es nur Jenn, die sie wissen ließ, dass sie sich in die Backstage-Party reingemogelt hatte. Und wenn Emily ihre Emojis und Abkürzungen richtig interpretierte, war sie kurz davor, die Nacht mit jemandem zu verbringen. Vermutlich mit Dee.

Emily schmiss ihr Handy zurück auf den Nachttisch. *Wen interessiert das?* Sie boxte ihr Kopfkissen zurecht auf der Suche nach einer bequemen Position. Nichts half. Frustriert schmiss sie es aus dem Bett und legte sich flach auf den Rücken. Nach ein paar Minuten hörte sie auf, sich einzureden, dass sie einschlafen würde, und stand auf, um sich ein Glas Milch zu holen.

Auf dem Rückweg aus der Küche ging sie den Umweg zum Fenster, um ihr Kopfkissen wieder zu holen. Die unzähligen Lichter der Stadt waren nur ein schwacher Ersatz für richtige Sterne. Sie konnte sich nicht erinnern, ob sie sich nach der Nacht am Strand jemals wieder die Zeit genommen hatte, um die Sterne zu betrachten.

Ihr Leben war an ihr vorbeigerast, erst College, dann Medizinstudium, dann Assistenzarztzeit. Den Sternenhimmel zu betrachten, hatte nie auf irgendeinem Lehrplan gestanden.

Jetzt ließ ihre Arbeit ihr kaum Freizeit und diese war eng verplant. Schlafen, essen, fit bleiben. Die eine oder andere Stunde mit Jenn oder Freiwilligenarbeit. Kein Urlaub, kein Wochenende am Strand oder in den Bergen. Die einzigen Male, die sie die Stadt verlassen hatte, war sie zu Konferenzen gefahren, in sterile Hotels ohne einen Hauch Natur.

Sie stand am Fenster und beobachtete das Flackern der Lichter, bis sie kalt und müde genug war, um wieder einzuschlafen.

Die nächste Nachricht von Jenn kam am späten Vormittag. Sie wollte den Tag mit ihrer neusten Eroberung verbringen und dann direkt nach Hause fahren, um ihren Artikel zu schreiben. Sie bezeichnete sich als inspiriert, und die Nachricht enthielt wieder zu viele zwinkernde Emojis.

Emily wollte nicht über deren Bedeutung nachdenken. Sie konnte sich Jenn nur allzu gut im Bett mit Diana vorstellen und dieses Bild war wie ein Schlag ins Gesicht.

Aber warum? Jenn war ihre beste Freundin und sie hatte sie nie um ihre vielen Affären beneidet. Nein, das war nicht wegen Jenn.

Diana … Übelkeit breitete sich aus. Sie war eifersüchtig, schlicht und einfach. Nichts anderes erklärte ihre Reaktion. Der rationale Teil von ihr wollte der Idee widersprechen, aber es war die Wahrheit.

Diana war Dee und Dee war die gesichtslose Drummerin, die sie immer als Geheimnis in ihrem Herzen bewahrt hatte. Eine kindische Schwärmerei, die in das Reich der Fantasie gehörte. In der Realität würde sie nie eine Affäre mit einem Rockstar haben. Und der Rockstar würde sich nie für ein langweiliges und farbloses Arbeitstier interessieren. Jenn konnte Dee haben und sie würde einfach die Erinnerung an den Strand behalten.

Es war noch nie eine gute Idee gewesen, Arbeit und Privates zu mischen; sie würde es sich einfach machen. Diana war eine Kollegin, Dee war Jenns Angelegenheit und die gesichtslose Drummerin war Vergangenheit.

Kapitel 6

Diana wartete auf halbem Weg zwischen Parkhaus und Hintereingang des Krankenhauses und musste den Drang unterdrücken, auf und ab zu laufen. Das Brennen in ihrem Magen hatte nichts mit dem viel zu bitteren Kaffee zu tun, den sie mitgebracht hatte. Immerhin hielt der Thermobecher genug Wärme, um die morgendliche Kühle abzuwehren. In der Nacht hatte es geregnet, und die feuchte Kälte kroch sogar durch ihre Lederjacke. Seit einer halben Stunde hatte sie vor der Arbeit auf Emily gewartet, und mit jeder Minute stieg ihre Bewunderung für ihre ehemaligen Fans. Sie hatten oft vor Bühneneingängen oder Hotels gelauert, ohne Rücksicht auf Regen, Schnee oder sengende Hitze zu nehmen. Letztes Jahr hatte eine schlagzeugspielende Junglesbe sie mit einer Million Fragen über eine potenzielle Karriere im Musikgeschäft aufgehalten. Hoffentlich würde ihr heute das gute Karma helfen, das sie durch das geduldige Beantworten aller Fragen erworben hatte.

Feste Schritte kündigten Emily an.

Diana schluckte schnell den letzten Schluck Kaffee runter, unterdrückte eine Grimasse aufgrund des Geschmacks, und trat ihr in den Weg. »Hi, Emily.«

»Diana.« Emily nickte einmal und trat zur Seite, um vorbeizugehen.

»Warte bitte.« Diana versuchte es mit ihrem gewinnendsten Lächeln. »Hast du eine Minute, bevor wir reingehen müssen?«

Emily zog ihr Handy aus der dunkelblauen Regenjacke und schaute es an, vermutlich um die Zeit herauszufinden. »Sicher. Geht es um ein Problem auf der Arbeit?«

»Nein.« *Zumindest noch nicht.* Und Diana hoffte, dass es auch so blieb. »Ich würde gerne über unser Treffen im Club sprechen.« Sie musterte Emily. Das Wissen über Dianas Vergangenheit musste Emilys Einstellung ihr gegenüber verändert haben, aber würde sie sich auch anders verhalten?

»Was gibt es zu besprechen? Du hast deinen Standpunkt klargemacht und ich habe dir zugestimmt, alles von der Notaufnahme fernzuhalten.« Emilys Stimme war genauso neutral und undurchschaubar wie ihr Gesichtsausdruck.

War es wirklich so einfach? Vor drei Tagen war Emily voller Zweifel gewesen, ob sie das Geheimnis bewahren könnte. »Es tut mir leid, dass wir am Freitag die Unterhaltung abbrechen mussten. Gibt es noch etwas, dass du wissen willst? Ist mit deiner Freundin alles okay?« Diana hatte Jenn nur kurz auf der Backstage-Party gesehen, und sie dann mit Mels Hilfe erfolgreich gemieden.

Emily errötete leicht. »Wie ich sagte, wir sollten alles von der Notaufnahme fernhalten. Sie hat einen hervorragenden Ruf, und ich würde es gerne dabei belassen. Darauf konzentriere ich mich, nicht auf irgendwelche persönlichen Gefühle. Falls ich noch etwas wissen muss, werde ich mich bei dir melden.« Sie schaute erneut auf das Telefon und schob es dann in ihre Hosentasche. »Der Assistenzarztunterricht startet in zwanzig Minuten. Sei pünktlich.« Ohne auf Dianas Reaktion zu warten, schritt sie zügig zum Hintereingang.

Diana starrte ihr nach. Obwohl sie wegen der Unterhaltung nervös gewesen war, hatte sich ein kleiner Teil von ihr auch darauf gefreut, ihre Vergangenheit mit Emily teilen zu können. Anscheinend würde das nicht passieren. Emily hatte das eindeutig klar gemacht. Damit konnte sie umgehen, aber warum war Emily plötzlich weggerannt? War sie verärgert? Beleidigt? Wütend? Ihr Tonfall war ausgesprochen höflich gewesen, und ihre Worte hätten aufbauend gemeint sein können, aber trotzdem konnte Diana das Gefühl nicht loswerden, dass da noch irgendetwas war.

Sie seufzte, schüttete den Rest des ekelhaften Kaffees herunter und folgte Emily nach drinnen. Auf gar keinen Fall würde sie heute zu spät kommen.

Emily betrachtete das Röntgenbild und seufzte leise. Beidseitige Lungenentzündung, wie sie schon vermutet hatte.

Sie wandte sich an den Ehemann ihrer Patientin. »Es tut mir leid, Mr. Jefferson.«

Er streichelte weiter die Hand seiner Frau, ohne auf Emily zu reagieren.

Sie berührte seinen Arm, um seine Aufmerksamkeit auf sich zu ziehen. »Mr. Jefferson, es tut mir leid.« Sie sprach so klar und tief wie möglich, um die Ausfälle seines fast hundertjährigen Gehöres zu kompensieren. »Unsere Möglichkeiten sind begrenzt. Aber ich verspreche Ihnen, dass wir unser Bestes tun, damit sie sich sicher und entspannt fühlt.«

Er nickte und strahlte sie an. »Danke. Sie atmet schon viel leichter, seitdem Sie hier sind. Sie wird es schaffen, sie ist eine Kämpferin.«

Emily konnte sich nicht überwinden, ihm zu sagen, dass die erleichterte Atmung mehr dem Effekt des Morphins zu verdanken war und weniger ihren Fähigkeiten, sie heilen zu können. Sie hatte die Situation mit der Tochter des Ehepaares telefonisch besprochen, und diese hatte Emily von seiner leichten Demenz berichtet. Er neigte dazu, den weit fortgeschrittenen Eierstockkrebs seiner Ehefrau zu vergessen, und hatte einen Krankenwagen gerufen, als die Tochter kurz das Haus zum Einkaufen verlassen hatte.

Ein Geräusch, das sie nicht identifizieren konnte, riss Emily aus ihren Gedanken. Sie sah nach ihrer Patientin, aber in der letzten Minute hatte sich nichts verändert.

Mr. Jefferson widmete seine Aufmerksamkeit wieder seiner Frau und Emily beschloss, sie für den Moment alleine zu lassen.

Sie schaute zu Tony, ob er noch etwas brauchte, aber er machte eine wegscheuchende Handbewegung. »Ich ruf dich, wenn die Tochter kommt, oder …«

Emily nickte. Er musste nicht aussprechen, was sie beide wussten. Die Patientin würde vermutlich sterben, bevor sie ein Einzelzimmer oder einen Transport nach Hause arrangieren konnten.

Als sie den Untersuchungsbereich verließ und den Vorhang hinter sich zuzog, erkannte Emily das Geräusch sofort. Lachen! Und nicht nur eine Person. Die unangemessenen Laute führten Emily in Richtung Pflegetresen. Der Anblick einer kleinen Versammlung stoppte sie, als sie die Ecke umrundete.

Diana und Peter standen inmitten einer lachenden Gruppe Mitarbeiter und spielten Schere-Stein-Papier. Was machten die Assistenzärzte? Nichts, absolut gar nichts sollte in einer Notaufnahme durch Zufall entschieden werden.

Peter stöhnte, als er verlor. »Noch mal. Wer vier von sieben hat, hat gewonnen. Versprochen.«

»Keine Chance. Das hast du schon letztes Mal gesagt.« Diana nahm ein paar Untersuchungshandschuhe und gab sie ihm mit einer schwungvollen Bewegung. Ihr schelmisches Grinsen ließ sie jünger erscheinen. »Herzlichen Glückwunsch. Dein Gewinn ist hinter Vorhang Nummer drei: der Bandwurm.«

Er ging kommentarlos, und die Gruppe löste sich auf. Diana blieb mit Madison zurück und beide lehnten sich auf den Tresen, um die elektronische Patiententafel zu studieren.

»Mal schauen, was wir für die Gewinnerin finden.« Madison, die viel zu dünne und viel zu aufgetakelte Krankenschwester, stand viel zu nah an Diana und kicherte.

Flirteten die beiden? Obwohl sie wusste, dass Krankenhäuser eine Brutstätte für Freundschaften, Affären und Beziehungen waren, mochte Emily nicht, dass sich ihre Notaufnahme in eine schlechte Seifenoper verwandelte. Sie führte durch Vorbildfunktion und hielt eine professionelle Distanz zu ihren Kollegen. Durch die Vermischung von Arbeit und Privatleben entstand nie etwas Gutes. Und Diana sollte das wissen, aber sie brauchte anscheinend eine kleine Erinnerung, dass sie hier zur Arbeit und nicht zum Spaß war.

»Dr. Petrell. Die Patienten warten.« Emily erhob nicht ihre Stimme, aber beide Frauen zuckten zusammen. Gut.

»Ich geh mal … helfen …« Madison floh, ohne ihre Erklärung zu beenden.

Diana schaute ihr für eine Sekunde lang nach. Als sie sich zu Emily herumdrehte, waren alle Spuren der Erheiterung aus ihrem Gesicht gewichen. »Soll ich zu einem bestimmten Patienten gehen? Ich war gerade dabei, mich bei dem nächsten Fall einzutragen.«

»Nein, warst du nicht. Du und dein Kollege, ihr habt euch respektlos den Patienten gegenüber verhalten, indem ihr ein Spiel aus der Fallverteilung gemacht habt. Wir haben klare Regeln diesbezüglich. Und wenn du deine Arbeit nicht ernst nehmen kannst, solltest du vielleicht zurück nach LA gehen.« *Und zu deiner Band.* Emily hatte gerade noch genug Selbstkontrolle, um den letzten Gedanken herunterzuschlucken.

Ein Muskel an Dianas Kiefer zuckte, und ihre Augen blitzten in einem leuchtenden Grün, aber sie sagte kein Wort.

Emily zog das einer unaufrichtigen Entschuldigung vor. Sie schaute über die Patiententafel und fand Dianas nächsten Patienten innerhalb von Sekunden. »Untersuchungsbereich fünf.«

Ohne die Patiententafel für Details zu konsultieren, nickte Diana und ging steif davon.

Die Befriedigung, das letzte Wort zu haben, hielt nicht lange an. Emily betrachtete den Computer, als ob er die Antwort auf ihre rasenden Gedanken enthielt. Vielleicht tat er das tatsächlich. Sie wählte ihren nächsten Fall und tippte ihren und Dianas Namen in die entsprechenden Felder. Das leichte Zittern ihrer Finger ignorierte sie.

Diana schaute auf die Uhr an der Wand. Wenn sie sich beeilte, würde sie noch ein Sandwich zum Mittagessen bekommen, bevor die Cafeteria die Besten ausverkauft hatte. Sie könnte ihre ausführlichen Notizen dann beim Essen tippen.

Courtney rannte ihr über den Weg. »Dr. Barnes sucht dich.« Sie zeigte über ihre Schulter und rollte mit den Augen. »Ich würde mich an deiner Stelle beeilen.«

Großartig. Kein Mittagessen. Diana wappnete sich für einen von Emilys Vorträgen. Seit dem Treffen im Club vor zwei Wochen hatte sich Emilys Verhalten komplett gewandelt. Vorher war sie eine gute Lehrerin gewesen, die ihre Assistenzärzte durch richtige Fragen leitete und viele Gelegenheiten zum Lernen anbot. Jetzt beschränkte sie ihre Konversation mit Diana auf Kommandos und Kritik.

Emily stand am Pflegetresen und runzelte die Stirn, während sie etwas am Computer las. Als Diana sich näherte, schoss ihr Kopf hoch, und sie gestikulierte zur offenen Fallakte am Monitor. »Was hast du dir dabei gedacht? Nein, sag nichts. Ich vermute, du hast gar nichts gedacht.«

Diana schaute über Emilys Schulter und erkannte den Fall sofort als denjenigen, den sie während des Mittagessens fertig schreiben wollte. »Ich kann das erklären. Ich habe …«

Emily hielt ihre Hand hoch, um Dianas Antwort zu unterbrechen. »Sie zeigt klassische Symptome und ein typisches Risikoprofil für kardio-vaskuläre Erkrankungen.«

»Ja, aber …« Eine weitere Geste unterbrach Diana, wie sie es befürchtet hatte. Ihr Magen zog sich zusammen, und sie nahm einen tiefen Atemzug, um das aufsteigende Gefühl von Machtlosigkeit zu unterdrücken. Es war besser, Emily einen ihrer Vorträge halten zu lassen, bevor sie erneut versuchte, etwas zu sagen.

»Du musst diese Patienten mit mir abklären. Es liegt nicht in deiner Verantwortung zu entscheiden, ob sie einem Spezialisten vorgestellt werden oder nicht. Ich hätte nicht erwartet, dass auch du Angst vor Dr. Riley hast, wie all die anderen Assistenzärzte.« Tiefe Linien bildeten sich in der künstlichen Glätte von Emilys Haut, die mit Make-up bedeckt war.

Warum ließ Emily sie nicht einfach erklären. Diana presste die Kiefer aufeinander. Wer war Dr. Riley? Und warum sollte sie Angst haben? Ein weiterer tiefer Atemzug war notwendig – nicht, dass es wirklich viel half.

Anscheinend deutete Emily ihren Versuch, die Beherrschung zu wahren, als Widerspruch. »Diskutiere nicht mit mir. Du kennst die Prozeduren. Du weißt, dass ich recht habe.« Ihre Lautstärke hatte mit jedem Wort zugenommen, und mehrere Krankenschwestern hörten auf zu arbeiten, um ihnen zuzusehen. Eine wütende Geste unterstrich jeden Satz.

Dianas Geduldsfaden riss. Verdammte Emily und ihre Arroganz! Diana würde nicht mehr die brave Assistenzärztin spielen. Sie trat bewusst viel zu nah an Emily heran und senkte ihre Stimme. Sie hatte gerade noch genug Selbstbeherrschung übrig, um zu wissen, dass es das Ende ihrer kurzen Karriere in dieser Notaufnahme bedeuten würde, wenn sie zu schreien anfing.

»Dr. Barnes … Emily, hör mir zu. Du hast weder mit der Patientin, noch mit ihrem Hausarzt geredet. Solang du nicht ihre vollständige Krankengeschichte kennst, kannst du nicht die gleichen Schlussfolgerungen ziehen wie ich. Du hast drei Optionen: Lass mich erklären, wiederhole meine Arbeit und bilde dir deine eigene Meinung oder rufe einen Kardiologen und blamiere dich. Deine Entscheidung.« Sie sah direkt in Emilys Augen, ohne zu blinzeln.

Überraschenderweise brachte das Emily zum Schweigen, und Diana trat einen Schritt zurück. Sie schaute sich um und nickte in Richtung der Krankenschwestern, die so taten, als beobachteten sie nicht die Szene. »Lass uns in den Aufenthaltsraum gehen.«

Ohne ein weiteres Wort drehte sich Emily um und ging in großen Schritten zum Personalaufenthaltsraum. Ihre Haltung war steif und kerzengrade, und Diana vermutete, dass Emily immer noch wütend auf sie war. Aber immerhin sprachen sie jetzt miteinander. Oder hatten es zumindest vor. Hoffentlich.

Vielleicht konnte sie sogar das eigentliche Problem ansprechen. Diana hatte keine Ahnung, was Emilys abrupte Verhaltensänderung ausgelöst hatte. War es die Aufdeckung ihres Geheimnisses? Das Timing war vermutlich kein Zufall. Ihr Magen zog sich bei dem Gedanken an die kommende Diskussion zusammen. Dass Emily in einer so streitsüchtigen Laune war, machte die Situation nicht leichter. Auch noch so tiefes und entspanntes Atmen konnte Dianas Anspannung nicht lösen.

Sie gingen an der Krankenwageneinfahrt vorbei, als zwei Rettungsassistenten eine leere Trage herausschoben. Die weit offenen Türen waren verlockend. *Ist es das alles wert? Geh einfach und lass den Stress hinter dir.*

Diana seufzte, straffte ihre Schultern und folgte Emily zum Aufenthaltsraum. Es war an der Zeit zu beweisen, dass sie tatsächlich erwachsen geworden war.

Sie trat nach Emily ein und schloss die Tür hinter sich. Ein Publikum konnte sie für diese Unterhaltung wirklich nicht gebrauchen.

Sie setzten sich auf dasselbe Sofa, und Diana drehte sich in Emilys Richtung. »Ich glaube, wir müssen über zwei verschiedene Sachen sprechen. Zuerst über die Patientin. Darf ich die Gründe für meine Entscheidungen erklären?«

Emily nickte nur.

»Okay. Die Patientin war diesen Monat schon zwei Mal hier. Und sie hat innerhalb der letzten sechs Monate ungefähr zehn verschiedene Ärzte unter verschiedenen Umständen mit den gleichen Symptomen gesehen. Ihr EKG und ihr Troponin-Test waren immer normal, aber aufgrund ihres Drängens und des hohen Risikoprofils wurden wiederholte Echos, Stress-Tests und sogar zwei Herzkatheter durchgeführt.

Sie hat keinen dieser Tests erwähnt, aber ihr Ehemann hat alle aufgezählt – gegen ihren Protest – und konnte mir sogar die relevanten Befunde zeigen. Alle waren unauffällig.« Diana schluckte. In ihrer Eile, alles loszuwerden, bevor Emily die Geduld verlor, hatte sie viel zu schnell geredet.

»Die Symptome begannen, direkt nachdem ihre Schwester an einem schweren Herzinfarkt verstorben war. Sie war nur neunundfünfzig Jahre alt, alle dachten, sie sei gesund. Ich glaube, das Problem der Patientin ist psychosomatisch und erklärte es ihr und ihrem Mann. Sie bezweifelt es, aber er sieht da eine mögliche Ursache. Beide sind mit einem psychiatrischen Konsil einverstanden, um eine zweite Meinung zu hören. Ich habe auch vorgeschlagen, sich mit einem Trauerberater zu treffen.« Diana zögerte, schaute aber nach einem Moment direkt in Emilys Augen. »Ich hätte dir nach dem Psych-Konsil Bericht erstattet, bevor ich sie nach Hause gelassen hätte.«

Emily hielt ihren Blick für einige Sekunden. Ihre steife Haltung entspannte sich ein wenig, und schließlich sagte sie, »Es tut mir leid. Du hast recht, ich kannte nicht die ganze Geschichte. Aber du solltest deine Notizen gleich fertigstellen, bevor du etwas anderes machst.«

Diana konnte sich gerade noch davon abhalten, mit den Augen zu rollen. Das war typisch für die neue Emily – sie fand immer etwas zum Kritisieren, sogar wenn sie sich entschuldigte. »Natürlich. Ich mache sie das nächste Mal sofort.«

»Worüber willst du noch sprechen?« Der kalte Ton war alles andere als einladend.

Diana hatte sich schon einige diplomatische Anfänge für diese Unterhaltung überlegt, konnte sich aber an keinen einzigen erinnern. Sie hoffte, dass Emily Direktheit zu schätzen wusste. »Ich glaube, du hast in den letzten Wochen ein Problem mit mir entwickelt oder mit meiner Arbeit oder meiner Haltung. Und ich weiß nicht womit. Oder warum. Was ist schiefgelaufen?«

»Von welchem Problem sprichst du?«

»Ich weiß nicht, ob du eins hast. Ich habe nur das Gefühl, dass etwas nicht stimmt. Dein Verhalten mir gegenüber hat sich verändert. Am Anfang hast du mich mit Fragen herausgefordert und mir viel beigebracht. Jetzt kritisierst du mich nur bei jeder Gelegenheit.«

»Du denkst, dass meine konstruktive Kritik ein Problem darstellt? Mein Problem?« Emilys Stimme wurde lauter und härter.

»Nein. Ja. Warte …« Diana streckte ihre Hand nach ihr aus, stoppte aber, ohne ihren Arm zu berühren. »Bitte, lass es mich erklären. Ich habe kein Problem mit konstruktiver Kritik, aber in den letzten Wochen hat sich der Grundton verändert. Ich würde wieder gerne zu dem Zustand zurückkehren, wie wir vorher zusammengearbeitet haben. Was kann ich tun, um das möglich zu machen?« Das klang für ihren Geschmack schon zu sehr nach Flehen, aber sie wollte durch die Fassade der Unnahbarkeit durchbrechen zu der Frau, die sie manchmal darunter erblickte.

Für einen Moment betrachtete Emily den Fußboden und rieb gedankenverloren ihren Unterarm. Schließlich hob sie den Kopf, und einen Wimpernschlag lang sah sie verloren aus. Dann verschloss sich ihr Gesichtsausdruck wieder. »Diana, deine Reaktion ist übertrieben.« Sie sprach langsam, wie zu einem kleinen Kind. »Ich habe dich kritisiert, ja, aber ich tue das mit jedem, der es braucht. Ich glaube nicht daran, Assistenzärzte zu verhätscheln. Wir sind hier nicht im Kindergarten.« Emily stand auf und ging zur Tür. Bevor sie diese erreichte, drehte sie sich noch mal um. »Das ist das echte Leben, keine Backstage-Party mit einer Handvoll schwärmender Fans. Falls du damit nicht umgehen kannst, arbeitest du vermutlich im falschen Beruf.« Sie verließ den Raum, ohne auf eine Antwort zu warten.

Diana ließ sich in die Sofakissen zurückfallen und schlug mit ihrer Faust auf den Sitz. »Scheiße!«

Das war gar nicht wie geplant gelaufen. Na ja, der Plan war auch eher vage gewesen, aber er hatte definitiv beinhaltet, dass sie zu einer Einigung kamen, zu einer Verbesserung der aktuellen Situation. Sie glaubte nicht, dass diese Unterhaltung irgendwelche Probleme gelöst hatte. Sie waren nicht auf den möglichen Auslöser zu sprechen gekommen, das Treffen im Club. Dachte Emily wirklich, dass ihr Erfolg als Rockstar ihr zu Kopf gestiegen war und sie unfähig machte, mit Kritik umzugehen?

Aber die wahre Frage war, hatte sie recht? Erwartete sie zu viel von ihrer Zusammenarbeit? Falls Emily recht hatte, und diese Arbeitsatmosphäre normal war, musste sie sich ein dickeres Fell zulegen. Die Alternative war, zu kündigen und irgendwo anders neu anzufangen.

Wie beim letzten Mal. Diana wollte der Stimme in ihrem Hinterkopf widersprechen. Sie war beim letzten Mal nicht geflohen, sondern hatte sich bewusst für eine andere Karriere entschieden … oder nicht?

Aber hier und jetzt war weder der richtige Ort noch der richtige Zeitpunkt, um sich mit ihren schwelenden Zweifeln an ihrem Karrierewechsel zu beschäftigen.

Sie stand auf, strich ihre Kleidung glatt und fuhr über das Namensschild, das ihr ältester Bruder, George, ihr zum Abschluss geschenkt hatte. Die vertrauten Linien der Gravur beruhigten sie. Dr. D. Petrell. Das war sie heute.

Mit entschlossenem Schritt verließ sie den Aufenthaltsraum, um die Arbeit wieder aufzunehmen. Das Essen konnte warten, bis sie nach Hause kam.

Sechs Stunden später saß Diana am Pflegetresen und schloss eine weitere Akte ab. Courtney ließ sich auf den Bürostuhl neben ihr fallen. Sie seufzte theatralisch und, als Diana nicht reagierte, seufzte sie erneut, nur lauter.

Diana beließ es bei einem inneren Seufzen. »Hey, Courtney. Was ist das Problem?«

Courtney drehte sich mit ihrem Stuhl hin und her.

Was war sie, fünf Jahre alt?

»Die penible Papierkramhexe, was sonst? Ich wünschte, ich wäre so gut wie du. Sie zwingt mich immer dazu, alle meine Akteneinträge neu zu schreiben. Ich weiß nicht, wie sie es anstellt, aber sie findet immer irgendwas falsch oder es fehlt irgendetwas. Aber ich habe gehört, dass sie dich heute auch angeschrien hat. Bist du nicht mehr ihr Liebling?«

Diana gab vor, sich auf ihre Notizen zu konzentrieren, um etwas Zeit zu schinden. Liebling? Wo kam das denn her? Sie wollte für ihre Arbeit und ihre Persönlichkeit respektiert werden. Liebling der Vorgesetzten genannt zu werden, konnte weitere Probleme nach sich ziehen. Zunächst wäre es nur ein Witz, später würde Neid ihn in einen Fluch verwandeln. Sie hasste dieses Konkurrenzverhalten.

»Liebling? Das hat sich für mich nie so angefühlt. Sie schreit uns doch alle ab und zu an. Ist das nicht Teil ihrer Stellenbeschreibung?« Sie beendete ihren Akteneintrag, speicherte, kontrollierte noch mal, dass sie wirklich gespeichert hatte, und stand auf.

»Bist du für heute fertig? Willst du mit uns ein Bier trinken gehen? Ein Teil der Assistenten trifft sich in der Bar gegenüber dem Krankenhaus, um etwas Dampf abzulassen. Das ist eine Freitagstradition.« Courtney zwinkerte. »Du kannst dort sogar Dart spielen und dir ein ganz bestimmtes Gesicht auf der Zielscheibe vorstellen.«

Diana zögerte. Sie war fertig und hatte schon seit Stunden von einem heißen Bad geträumt. Aber ein gutes Verhältnis zu ihren Kollegen war auch wichtig, insbesondere wenn Emily ihr weiter die kalte Schulter zeigte. Vielleicht würde es ihr helfen, ihre Erfahrung in die richtige Perspektive zu rücken, wenn sie andere über sie reden hörte. »Ich komme mit.«

Diana schaute sich in der Bar um. Sie war nett, nicht zu modern, nicht zu schäbig, nur etwas charakterlos. Was sie auszeichnete war allerdings auch nicht die Inneneinrichtung oder die Speisekarte, sondern die Nähe zum Krankenhaus. Sie erkannte einige Schwestern und Pfleger. Eine Gruppe Rettungsassistenten stand noch in Uniform an der Theke.

Sie linste auf ihr Handy. Erst halb neun. Die eine Stunde, die sie mit den anderen Assistenzärzten verbracht hatte, fühlte sich an wie drei Stunden. Sie hatten noch keine fünf Minuten an den Burgern gesessen, als sie auf ihr Lieblingsthema zu sprechen kamen: Die Welt war unfair. Die Assistenzärzte waren Opfer des Systems, der älteren Ärzte, der Pflege und sogar der Patienten. Alle waren hinter ihnen her, insbesondere Emily.

Diana konnte diese Einstellung in gewisser Weise verstehen, aber sie teilte sie nicht. Sie mochte Emily, besonders die alte Emily, mit der sie in den ersten Wochen gearbeitet hatte. Die allen ihren Handlungen zugrunde liegende Sorge für die Patienten konnte Diana teilen. Emily war nicht nachtragend, sondern versuchte immer nur die Behandlungsqualität zu verbessern. Ihre Methoden zeigten nur einen Mangel an sozialer Kompetenz. Aber das war noch kein Grund, um sie zu verabscheuen.

Ihr Handy klingelte, und Diana schaute auf das Display. Mel. Perfekt, sie konnte sie hier rausholen. »Mel, hi.«

»Hast du Zeit zu reden?«

»Klar, warte einen Moment.« Diana nahm etwas Geld aus ihrem Portemonnaie, um ihren Anteil zu bezahlen, und legte es auf die Tischmitte. »Hey, Leute. Ich muss los.« Sie winkte mit ihrem Telefon. »Eine Freundin hat einen Notfall. Bis nächste Woche.« Sie schlüpfte in ihre Jacke und ging, bevor jemand Fragen stellen konnte. Draußen hielt sie das Telefon wieder an ihr Ohr. »Mel, bist du noch dran?«

Mel lachte. »Notfall? Habe ich mein Auto geschrottet oder mein Bein gebrochen?«

»Beides? Such dir was aus. Ich musste nur schnell da raus.« Diana versuchte, den Reißverschluss ihrer Jacke mit einer Hand zu schließen. Die Sonne war gerade untergegangen, und während des zwanzigminütigen Fußweges nach Hause würde die milde Frühlingsluft schnell abkühlen. Jeder dachte, sie sei verrückt, weil sie jede Chance nutzte, zu Fuß zu gehen, aber das jahrelange Leben in Tourbussen und sterilen Hotels hatte in ihr ein Bedürfnis nach frischer Luft verursacht.

»Schlimmes Date?«

»Nein, nur ein paar Kollegen. Das Übliche. Jammern über die Arbeit: Alle sind unfair. Warum ich. Bla, bla, bla.« Sie passierte den Eingang des Parks. Die Dämmerung hatte eingesetzt, also blieb sie lieber auf der sicheren Seite und ging einen Umweg. »Wir arbeiten alle lange Schichten ohne viel Anerkennung. Aber wir wussten das alle, bevor wir das Medizinstudium angefangen haben. Die sollten alle lieber ihre Energie in die Arbeit und nicht in das Gejammer stecken.«

Mel prustete laut los.

»Was? Ich verstehe nicht, was daran so witzig ist.«

»Hör dir doch mal zu«, sagte Mel. »Während deiner ersten Assistenzarztzeit hast du nichts anderes getan, gejammert und herumgezickt. Jeden Tag. Deine Platte hatte echt einen Sprung.«

Diana versuchte, sich daran zu erinnern, wie sie sich vor vielen Jahren gefühlt hatte. Ein Großteil dieser Zeit blieb verschwommen, sie fand nur vage Erinnerungen an Frustration und Erschöpfung. »Ja, okay, vielleicht bin ich etwas scheinheilig.«

»Ich glaube eher, dass du erwachsen geworden bist, wie die meisten von uns.«

»Da bin ich mir nicht so sicher. Ich hatte heute ein Gespräch mit der Fachärztin, die meine Mentorin sein sollte. Ich habe versucht, über die Veränderung der Arbeitsatmosphäre mit ihr zu sprechen, und sie hat mir vorgeworfen, nicht mit konstruktiver Kritik umgehen zu können.« Diana spürte erneut, wie Emilys wütender Blick sie durchbohrte.

»In der Band konntest du Kritik gut vertragen. Wir konnten immer darüber reden, was funktionierte und was nicht. Nicht wie Katie.« Sie kannte Mels Tonfall gut genug, um sich vorzustellen, wie sie mit den Augen rollte.

Diana stöhnte. Ihre Ex hatte etwas von einer nicht so kleinen Diva in sich. Verglichen mit Katie wirkte jeder vernünftig. »Danke. Ich glaube, das wahre Problem liegt irgendwo anders. Sie wollte nicht darüber sprechen, aber die Veränderung hat vor zwei Wochen angefangen, nachdem wir uns vor dem Konzert getroffen haben. Emily verwirrt mich. An einem Tag benimmt sie sich wie eine hilfreiche Mentorin und am nächsten wie eine herzlose Zicke.«

»Sie ist also diejenige, die Bescheid weiß.«

»Ja.« Dianas Schritte waren das einzige Geräusch, das die Stille füllte. Sie ließ ihrer Freundin einen Moment, um über die Situation nachzudenken. Diana schätzte Mels Meinung, weil sie immer versuchte, beide Seiten zu betrachten.

»Vielleicht weiß sie nicht, wie sie sich dir gegenüber verhalten soll, und versteckt ihre Unsicherheit hinter Unfreundlichkeit. Sie wäre nicht die Erste. Sie könnte genauso verwirrt sein wie du, nur mit weniger Sozialkompetenz. Oder vielleicht misstraut sie deinen Absichten.«

Diana seufzte. Alles lief auf Kommunikation hinaus. Sie musste bald eine Gelegenheit finden, das Thema noch einmal anzusprechen. »Vielleicht. Danke. Aber hier jammere ich über die Arbeit, obwohl du mich angerufen hast, um mir etwas zu sagen.«

»Schon in Ordnung. Dafür sind Freunde ja da. Ich wollte dir ein Update über Jenn geben.«

»Jenn? Die Musikjournalistin?« Diana hatte nicht erwartet, dass Mel mit ihr in Kontakt blieb.

»Jenn ist mehr als nur ihr Beruf.«

»Wahrscheinlich, aber deswegen trifft sie sich nicht mit dir. Sie versucht, von dir Informationen über die Band zu bekommen. Über mich.«

»Vielleicht am Anfang, aber mittlerweile respektiert sie, dass ich nicht darüber rede. Ich glaube, sie hat die Story eingefroren, nachdem wir das zweite Mal ausgegangen sind.«

»Ausgegangen? Auf ein Date?« Diana knirschte mit den Zähnen. Wie konnte Mel ihr das antun?

»Ich weiß nicht, ob ich es Date nennen würde, aber ja, wir schlafen miteinander.« Mel klang, als ob sie sich für etwas verteidigen müsste. »Sie ist witzig und weiß unglaublich viel über Musik. Wir können uns stundenlang unterhalten. Und nicht über dich.«

Diana lockerte ihren Kiefer. Ihre Reaktion war egoistisch. Sie konnte Mel vertrauen. »Es tut mir leid. Ich freue mich für dich, ehrlich. Du hast mich nur überrascht. Denkst du, es könnte was Ernstes sein?«

»Dafür ist es noch zu früh. Ich sage dir rechtzeitig vor der Hochzeit Bescheid.«

»Für eine Gelegenheit, dich in einem weißen Kleid zu sehen, würde ich ihr meine Geschichte sogar als Hochzeitsgeschenk geben.« Diana lachte. Mit Mel zu reden, war viel besser zum Entspannen als ein Abend in einer Bar. Wenn sie nur so mühelos mit Emily reden könnte.

Kapitel 7

Samstagnachmittag packte Diana die neuen Sticks, verschiedene Trommeln und Djembes ein, die sie letzte Woche im Sonderangebot gekauft hatte, und fuhr zum Regenbogenhaus.

»Diana, mein Song ist endlich fertig!« Sie hatte gerade das Gebäude des LGBTQ-Jugendzentrums betreten, als Freddy sie umarmte. Ihre winzigen, schwarzen Locken wippten rhythmisch auf und ab, als sie ohne Pause über ihren Song, das neue Zimmer in einer WG, den Nachbarshund und alles andere, das innerhalb der letzten Wochen passiert war, redete.

Diana hatte Schwierigkeiten, die Namen und Orte nachzuvollziehen, die Freddy einwarf. Alle Jugendlichen, die Diana vor Jahren gekannt hatte, waren dem Jugendzentrum entwachsen und in den letzten sechs Wochen hatte sie es genossen, die nächste Generation inklusive Freddy kennenzulernen.

»Warte, etwas langsamer bitte. Ein Hund hat dich gebissen? Die Wunde muss gereinigt werden. Ein Hundebiss kann ganz schnell ganz übel werden. Warst du in der Notaufnahme?« Die meisten Jugendlichen waren misstrauisch gegenüber Autoritätspersonen, besonders wenn sie auf der Straße lebten, wie Freddy es die meiste Zeit der letzten drei ihrer sechzehn Jahre getan hatte.

»Nicht nötig. Wir haben hier ’ne Ärztin.« Freddy zog das Bein ihrer extra-weiten Jeans hoch und präsentierte eine frische, weiße Bandage, die sich in deutlichem Kontrast von ihrer braunen Haut abzeichnete. »Hast du sie getroffen? Sie ist süß. Sie tat total ernst und geschäftsmäßig, aber als sie mit der Wunde und den Spritzen fertig war, hat sie mir einen Lolli angeboten. Ich bin doch keine Sechs mehr! Und als ich ihr gesagt hab’, was ich viel lieber lecke, ist sie echt knallrot geworden.«

Diana lachte. Sie sollte vermutlich irgendetwas Erwachsenes und Sozialarbeitermäßiges über Respekt sagen, aber die blaue Zunge, die zwischen Freddys Lippen hervorblickte, verriet sie. »Aha. Also hast du den Lolli abgelehnt?«

Freddy errötete, aber grinste, als ob sie tatsächlich der arrogante Teenager war, den sie spielte.

»Sie ist süß? Was macht die Ärztin hier?«

Freddy zuckte mit den Schultern. »Sie war schon ein paar Mal da. Sie gibt uns Impfungen, Antibiotika und so ein Zeug. Du weiß schon, für …« Sie zeigte vage in die Richtung ihres Schritts.

Diana nickte. Sie wusste, was Freddy meinte. Zu viele der Jugendlichen nutzten Prostitution als Mittel zum Überleben. Aber sie war nicht hier, um sie zu verurteilen. Ihr Beitrag war, sie einige Stunden den Schmerz und die Wut vergessen oder die Gefühle zumindest in der Musik ausleben zu lassen.

»Und, wirst du heute spielen können?« Diana lächelte, um zu zeigen, dass sie Freddy aufzog. »Du kannst mir beim Aufbau helfen. Ich brauche jemanden, der mir mit den neuen Instrumenten hilft, die ich mitgebracht habe, die sind einfach zu schwer. Und jetzt nach deiner Vitamin-Booster-Doping-Spritze bist du wahrscheinlich stärker als Superman.«

»Wonder Woman.«

Beide lachten über Freddys Versuch, ihren dünnen Bizeps anzuspannen. Sie sprudelte geradezu über vor Energie, aber muskulös wäre kein Wort, das Diana verwenden würde, um sie zu beschreiben.

Diana und Freddy bereiteten den Raum vor und platzierten Trommeln verschiedener Größe und Bauart im Kreis, während die anderen langsam eintrafen. Pünktlichkeit war für die meisten ein Fremdwort, aber Diana störte sich nicht daran. Als sie zufrieden war, dass alles an seinem Platz war, setzte sie sich auf einen Hocker und stellte die größte Djembe zwischen ihre Knie. Die Ziegenhaut war etwas rau, aber sie war warm unter ihren Fingern, fast schon lebendig. Sie nahm sich selten die Zeit, um mit ihren Händen zu spielen, und somit waren diese Sessions genauso ein Vergnügen für sie wie für die Jugendlichen. Sie fing an, einen langsamen Rhythmus zu spielen, sehr einfach, sodass keiner Schwierigkeiten hatte, mitzuspielen.

Freddy nahm ihre Gitarre aus ihrem angeschlagenen Kasten und schloss sich ihr an. Die anderen nahmen einer nach dem anderen die Instrumente auf.

Diana ließ jeden eine Zeit lang im eigenen Tempo und Stil spielen. Bald wuchs der Kreis, als mehr und mehr Jugendliche sich ihnen anschlossen. Sie liebte es, dass die meisten instinktiv den Rhythmus fanden. Sie stellte ihre Djembe ab und umkreiste die Gruppe, um hier und da vorsichtig einen Griff zu verbessern oder eine Variation zu zeigen. Die meisten der Jugendlichen hatten nie eine Chance auf einen richtigen Musikunterricht gehabt und hatten auch weder Geduld noch Zeit, um regelmäßig zu üben, aber das war nicht wichtig.

Als die verschiedenen Rhythmen und Melodien langsam auseinanderdrifteten, kehrte sie zu ihrem Platz zurück und spielte die Djembe mit steigendem Tempo. Wie üblich folgte die Mehrheit ihrem Beispiel und spielte schneller und schneller, ihre Energie auf ein gemeinsames Ziel gerichtet. Als das Tempo nahezu unmöglich schnell wurde, kollabierte die Harmonik und wurde zur Kakofonie.

Lachend hörte Diana auf zu spielen und wischte sich ihre Stirn mit dem Saum ihres T-Shirts ab. »Ich bin fertig. Ihr werdet mich eines Tages noch umbringen.«

Die anderen lachten und kicherten, einige klatschten sich gegenseitig ab. Einige blieben sogar länger, um beim Aufräumen zu helfen.

Diana hörte dabei gerne dem Klatsch und Tratsch zu, aktuell drehten sich die Gespräche meist um die neue Ärztin. Alle waren sich einig, dass sie süß war; einige bestanden sogar darauf, dass sie heiß war.

»Was ist so besonders? Nur ihr Aussehen?« Nach Dianas Erfahrung dauerte es meist viel länger, bis die Jugendlichen sich für jemand Neuen erwärmten. Wie hatte die Ärztin das Vertrauen gewonnen?

»Sie verurteilt uns nicht und hält keine Vorträge«, antwortete Hailey, die auf der Straße arbeitete, obwohl sie minderjährig war.

Einige andere nickten.

Wenn Diana nicht in ihrer Rolle als Musikerin hier wäre, würde sie sich vorstellen können, medizinisch zu helfen. Nachdem die letzten Instrumente weggeschlossen waren, beschloss sie, die neue Ärztin zu treffen.

Diana klopfte an die Tür. Durch das Holz hörte sie ein leises Geräusch, das vermutlich eine Aufforderung war, einzutreten.

Eine Frau in Jeans und einem dunkelblauen OP-Oberteil hatte ihr den Rücken zugewandt. Ihr Kopf war zum großen Teil in einem offenen Vorratsschrank verschwunden. Die enge Hose schmiegte sich an all die richtigen Stellen, so wie die Jugendlichen es beschrieben hatten.

Diana zwang ihren Blick nach oben und schüttelte den Kopf über sich selbst. Sie war nicht hier, um eine Kollegin anzugaffen. »Hi, ich bin Diana. Ich gebe Musikunterricht.«

Die Frau drehte sich um und streckte ihre Hand aus. »Hi, ich bin Emily. Ich …« Als sie Diana erblickte, verstummte sie schlagartig und beide starrten sich an.

Obwohl das Oberteil das gleiche wie auf der Arbeit war, sah Emily anders aus, offener. Vielleicht war es die Haarsträhne, die ihrem Pferdeschwanz entwichen war, oder die leichte Röte, die ihre Wangen färbte.

Sie verlegen zu sehen, half Diana, über ihren eigenen Schock hinwegzukommen. »Wir treffen uns an den unerwartetsten Orten. Wo als Nächstes?«

Emily schüttelte den Kopf. »Es gibt nicht viel mehr Orte, zu denen ich gehe.« Sie grinste. »Vielleicht der Supermarkt?«

»Vielleicht. Kann ich dir damit helfen?« Diana zeigte zum Schrank und zum Tisch, auf dem medizinisches Material in einem Chaos lag, das vermutlich ein System enthielt, das sie nicht erkennen konnte.

»Klar, danke. Ich mache eine Liste aller Vorräte, die hier sind, um zu sehen, was ich das nächste Mal mitbringen muss. Ich habe mich noch nicht entschieden, ob wir das alte Zeug behalten müssen. Vieles ist abgelaufen, aber ich glaube, wir können trotzdem noch das meiste nutzen.« Emily fuhr fort, alles aus dem Schrank zu räumen, und kontrollierte jedes Paket auf Schäden und Ablaufdatum. Einige legte sie in eine Kiste auf dem Boden, aber das meiste landete auf dem Tisch. »Sortiere das nach Art und Größe.« Sie zeigte auf einen wachsenden Stapel, ohne Diana anzusehen.

Diana seufzte innerlich. Emily war wieder zu der freundlichen, aber distanzierten Zusammenarbeit zurückgekehrt, die sie am Anfang geteilt hatten. Vielleicht war das ihre Chance, sie zu verbessern. »Die Kids mögen dich.«

»Ich habe sie mit meinen Impfungen doch nicht vergrault?« Emily lachte leise. »Sie tun immer so tough, wenn sie hier sind.«

»Ja, sie brauchen eine Weile, bis sie dich ihren weichen Kern sehen lassen. Du bist neu hier, oder?« Diana kannte die Antwort, wollte die Unterhaltung aber am Laufen halten.

»Das ist mein drittes Mal, aber das letzte Mal war schon vor einigen Monaten.« Emily drehte sich um, musterte die Stapel, die Diana gemacht hatte und verteilte weitere Pakete darauf. »Und hast du auch erst vor Kurzem angefangen?«

»Nein, vor Jahren, als ich noch am College war.«

Emily hörte auf, Dinge auszusortieren, und konzentrierte sich auf sie. »Wirklich?«

»Ich habe damals ein Seminar über Musiktherapie belegt und wir haben in der Stadt an einigen Projekten teilgenommen. Ich mochte es hier und habe bis zum Ende des Medizinstudiums freiwillig hier gearbeitet. In den letzten elf, zwölf Jahren konnte ich aber nicht oft genug wiederkommen, um etwas Regelmäßiges anzubieten. Als ich vor sechs Wochen wieder hergezogen bin, habe ich wieder angefangen. Ich plane ungefähr jede zweite Woche zu kommen, wenn es der Dienstplan erlaubt.« Diana wusste, dass sie plapperte, aber Emilys neutraler Arbeitsgesichtsausdruck machte sie nervös.

»Ich will auch wiederkommen. Eine Freundin meiner besten Freundin arbeitet hier als Sozialarbeiterin, und sie hat mich überzeugt, es auszuprobieren. Ich mag, dass die Arbeit hier anders ist, weniger technisch, ohne die Ausstattung, die wir im Krankenhaus haben. Der Fokus liegt auf Prävention. Ich glaube, es gibt hier sicher den Bedarf, eine regelmäßige medizinische Sprechstunde anzubieten.« Emily lächelte, und ihre Schultern verloren etwas von der Anspannung, die sie ständig begleitete.

»Das ist eine großartige Idee. Vor einigen Jahren hatten wir eine monatliche Sprechstunde, aber als Tom in Rente ging, war es schwierig, jemand Neuen zu finden.«

Emily betrachtete sie für einen Moment kritisch. »Wieso hast du dich nicht dafür gemeldet?«

Diana konnte den Blick nicht ertragen und sah nach unten. »Ich war in den letzten Jahren nicht oft genug hier.« Sie schluckte. »Während der Zeit habe ich mich selbst nicht als Ärztin gesehen.«

Als ob das für sie einen Sinn ergab, nickte Emily und fuhr mit ihrer Arbeit fort. »Ich glaube, das ist alles.« Sie gab Diana eine Checkliste. »Ich räume alles wieder ein, und du führst Buch.«

Hier war er wieder: der Tonfall, der Diana klipp und klar sagte, wer der Boss und wer der kleine Assistent war. Sie bog ihre Mundwinkel leicht nach oben. »Klar.« Sah ihr Lächeln so falsch aus, wie es sich anfühlte? Eigentlich war es auch unwichtig, da Emily sie nicht mehr ansah.

Sie arbeiteten schweigend.

Diana warf verstohlene Blicke auf Emilys Pferdeschwanz und die ausgewaschene Jeans. So hätte sie sich die Freizeit-Emily nicht vorgestellt. Nur ihr Make-up war so dick wie eh und je.

»Danke. Das war viel schneller, als ich es alleine geschafft hätte. Ich glaube, wir können jetzt abschließen.«

»Okay. Bist du mit dem Auto hier?« Diana wies auf die Kiste mit den Vorräten, die für den Müll bestimmt war. »Oder soll ich sie nehmen?«

Emily schüttelte den Kopf. »Kein Problem. Ich bin mit dem Bus gekommen, die Haltestelle ist nicht weit weg.« Sie zog eine dünne Stoffjacke an und bedeutete Diana, den Raum vor ihr zu verlassen. Sie quetschte die Kiste unter einen Arm und verschloss die Tür. »Kommst du?«

Diana holte sich ihre Lederjacke aus dem Musikraum und griff ihre Autoschlüssel aus der Tasche, um sie vor Emily klimpern zu lassen. »Ich kann dich nach Hause fahren, wenn du willst. Oder wir können irgendwo etwas essen, und du erzählst mir dabei mehr über die medizinischen Herausforderungen hier.«

»Nein danke. Bis Montag.« Emily vermied jeden Augenkontakt und ging.

Aua. Die Botschaft traf sie wie ein Schlag ins Gesicht. Emily würde lieber den Bus nehmen, als Zeit mit ihr in einem Auto zu verbringen.

Diana verabschiedete sich von dem Sozialarbeiter im Empfangsbereich. Das Wetter hatte sich in den letzten Stunden verschlechtert. Der feine Regen kühlte ihre überhitzte Haut ab. Sie lehnte sich an ihr Auto, schloss die Augen und hob ihr Gesicht zum Himmel. Die Feuchtigkeit war erfrischend. Der Geruch des frischen Regens spülte den Gestank der Stadt aus ihrer Wahrnehmung. Aber allzu schnell wurde das Nieseln zu einem Wolkenbruch, und sie brauchte mehrere Anläufe, bis sie die Autotür mit dem Schlüssel geöffnet hatte. Die wenigen Sekunden Verzögerung hatten sie ausgekühlt und durchnässt. Sie drehte die Heizung und die Lüftung voll auf.

Nach einer Minute war sie wieder aufgetaut, und der Nebel auf der Innenseite ihrer Windschutzscheibe hatte sich aufgelöst, sodass sie den Nachhauseweg antreten konnte. Sie kam nicht weit.

Am Ende der Straße kauerte eine Person mit einer Box in einem Hauseingang. Das Gesicht war halb von den nassen Haaren bedeckt, aber die trotzige Haltung der Schultern gehörte eindeutig Emily.

Diana hatte die brüske Zurückweisung noch nicht weggesteckt, aber sie konnte sie hier nicht zurücklassen. Der Regen sah nicht danach aus, als ob er bald aufhören würde. Sie hielt das Auto an und öffnete das Fenster. »Emily?«

Emily zögerte einen Moment, rannte aber dann doch zum Auto.

Eine eisige Windböe attackierte Diana, als sie ausstieg, um den Kofferraum zu öffnen. Sie stellte die nasse Pappbox rein und hastete zurück nach vorne. Sobald beide auf den Vordersitzen saßen, drehte sie die Heizung wieder auf Maximum.

Wasser tropfte in Rinnsalen von Emilys Haar auf ihre Schultern und durchnässte die dünne Jacke. Sie stand offen und ein mittlerweile fast durchsichtiges, weißes T-Shirt schmiegte sich an Kurven, die Diana vorher noch nicht wahrgenommen hatte.

Was tust du? Kolleginnen angaffen war immer noch eine schlechte Idee. Diana wandte ihren Blick ab.

Emily zitterte und versuchte, ihre Hände an der Luft zu wärmen, die aus den Lüftungsschlitzen strömte. »Danke. Es tut mir leid, dass ich so kurz angebunden war.« Ihre Stimme wurde fast von dem Gedröhne der heißen Luft verschluckt.

Diana wartete, aber es kam keine weitere Erklärung. Sie ließ es fallen. »Das ist okay. Wo kann ich dich hinfahren?«

»Ich lebe in der Nähe vom Green Lake Park. Östlich davon.«

»Kein Problem.« Die Scheibenwischer sorgten für freie Sicht und Diana fuhr los. »Ich lebe auch da.«

»Wirklich? Ein Wunder, dass wir uns tatsächlich noch nicht im Supermarkt getroffen haben.« Emily schloss ihre Augen und lehnte sich zurück.

Während der kurzen Fahrt sprach sie nicht mehr.

»Wir sind fast da.«

Dianas Worte schienen Emily aufzuwecken. Sie sah sich um und zeigte auf eine Straße. »Nimm die und dann die zweite rechts. Ich wohne dann gleich in der Straße.«

Die nähere Umgebung bestand hauptsächlich aus schönen, älteren Häusern mit ein oder zwei Stockwerken. Emilys Gebäude schien in einzelnen Wohnungen mit separaten Eingängen auf beiden Ebenen umgewandelt worden zu sein. In einem unaufdringlichen Beige gestrichen, verschwand es fast hinter einem Paar alter Bäume.

Der Regen hatte wieder nachgelassen, als Diana die Box herausnahm. Die Pappe war durchgeweicht, und der Boden bog sich schon, als ob er jeden Moment reißen würde. Sie schlang beide Arme darum, um die Kiste zu stabilisieren, und klemmte den Schlüssel in eine Hand.

Emily streckte die Arme aus, um die Kiste zu übernehmen, aber Diana schüttelte den Kopf.

»Lass mich sie tragen. Ich befürchte, dass sie komplett kaputt geht, wenn ich eine Sekunde loslasse. Kannst du den Kofferraum schließen?« Diana drückte den Abschließknopf auf ihrem Autoschlüssel und ging mit energischen Schritten zum Haus. Hoffentlich würde ihr Emily ohne große Diskussionen folgen.

Emily überholte sie, und führte sie über die Außentreppe zum ersten Stock. Sie schloss die Tür auf und griff nach der Kiste. »Vielen Dank. Ab hier kann ich übernehmen.«

Diana verzog das Gesicht und hielt die Kiste dichter an ihren Brustkorb. »Sag mir nur wohin. Ich spüre schon, wie sie reißt.« Außerdem war sie neugierig, wie Emily lebte.

Emilys Blick flog von der Kiste zum Inneren der Wohnung und zurück. Schließlich zuckte sie mit den Schultern und führte Diana in einen schmalen Flur. Sie bedeutete ihr weiterzugehen, während Emily sich Schuhe und Jacke auszog.

Die Wohnung war eine Überraschung. Diana hatte nicht darüber nachgedacht, was sie erwartete, aber dieser Ort, vollgestopft mit Bücheregalen, war es nicht. Der Flur war voller Regale, die nahtlos in das Wohnzimmer übergingen und jede Wand bedeckten. Nur die Türen und die Fenster blieben frei. Einige hatten Glastüren, offensichtlich, um ältere Bücher zu schützen. Stapel mit Büchern und Zeitschriften bedeckten jede Oberfläche: Einen großen Sessel, die Teile des Sofas, die nicht mit einem alten Quilt bedeckt waren und alle Tische. Diana sah sich nach einer Stelle um, auf die sie die nasse Pappe stellen konnte. Sie wollte weder die Bücher noch den Holzboden beschädigen.

Emily öffnete eine Tür. »Bitte stell sie in die Küche. Den Fliesen macht das Wasser nichts aus.«

Diana ging an ihr vorbei und betrat einen Raum, der genau so aussah, wie sie sich Emilys Wohnung vorgestellt hätte: weiße Fliesen, weiße Wände, minimalistischer Stauraum in weißen Schränken und unglaublich saubere Arbeitsflächen. Sie stellte die Kiste auf den Boden in der Ecke und drehte sich um.

Emily lehnte am Türrahmen und betrachtete sie. »Nicht, was du erwartet hast?« Ihre Mundwinkel zuckten nach oben, in einem seltenen Ausdruck von Humor.

Den Kopf schüttelnd, wies Diana auf den glänzenden Herd. »Kochst du nie?« Sie lächelte, um die Schärfe aus der Frage zu nehmen.

Die zuckenden Mundwinkel verwandelten sich in ein Lächeln. »Ich bin nicht so ein Klischee einer viel beschäftigten Karrierefrau. Ich koche und putze direkt anschließend. Willst du einen Tee?« Emily schaltete den Wasserkocher ein. »Oder Kaffee?«

»Tee wäre gut, danke.«

»Welche Sorte?« Sie öffnete einen Schrank mit dutzenden ordentlich gestapelten bunten Schachteln. »Ich befürchte, dass Teesammeln eine Schwäche von mir ist.«

Diana hätte gerne nach den anderen Schwächen gefragt, biss sich aber auf die Zunge. Sie hatte Angst, die Grenzen von Emilys verspielter Laune auszutesten. Sie betrachtete die Auswahl und wählte eine leuchtend orange-rote Schachtel. Die Farben versprachen Wärme.

Emily nahm den gleichen Tee für sich selbst und hängte die Beutel in übergroße Tassen, die handgetöpfert aussahen und nicht zusammenpassten. Sie goss das kochende Wasser über die Teebeutel. »Fünf Minuten. Ich wechsle nur schnell meine nassen Sachen. Brauchst du noch etwas?«

»Alles gut, danke.«

»Fühl dich wie zu Hause.« Emily deutete in Richtung Wohnzimmer. »Ich bin in einer Sekunde zurück.«

Dianas nasse Turnschuhe quietschten auf den Holzdielen. Sie zögerte, aber schließlich schlüpfte sie aus ihnen und trug sie in den schmalen Flur. Auf ihrem Rückweg ließ sie sich Zeit, um die Bücher zu betrachten. Einige waren medizinische Bücher, andere sonstige Sachbücher. Alte Lehrbücher in ungewöhnlichen Formaten standen Seite an Seite mit modernen Taschenbüchern zum gleichen Thema. Sie ließ ihre Finger über die Buchrücken gleiten, als sie von Regal zu Regal wanderte. Benutzte Emily eine Bibliotheksklassifikation? Okay, das übertraf auf jeden Fall ihre Erwartungen, aber es war auf eine streberhafte Weise niedlich. Die vielen nicht-medizinischen Bücher waren ebenfalls eine Überraschung. Ganze Regale waren Naturwissenschaften gewidmet, aber mindestens ebenso viele waren Literatur. Ewas mehr Klassiker als Gegenwartsautoren. Allerdings keine lesbischen Geschichten. Entweder mochte sie sie nicht oder sie bewahrte sie irgendwo anders auf, wie im Schlafzimmer. Falls sie überhaupt lesbisch oder bi war. Diana hatte auf der Arbeit nie darüber nachgedacht, aber ihr Gaydar hatte im Club ausgeschlagen und heute auch.

Nach einer Runde durch das Wohnzimmer schob sie einen Stapel Zeitschriften auf den Beistelltisch, damit sie sich auf den Sessel setzen konnte. Haftnotizen lugten aus den Seiten des *Journal für Notfallmedizin* hervor, und sie blätterte durch das Heft, bis ein Fallbericht ihre Aufmerksamkeit fesselte.

»Hier ist dein Tee.« Emily stellte die Tasse neben den Stapel Zeitschriften.

Diana quietschte vor Schreck. Sie hatte Emily nicht kommen gehört. »Äh … um … danke.«

Lachend setzte sich Emily auf das Sofa. Sie hatte ihre Haare geföhnt und ihr Make-up aufgefrischt. »Etwas Interessantes gefunden?« Sie deutete mit einer umfassenden Geste auf diverse Bücher- und Zeitschriftenstapel, die im Zimmer verteilt waren. »Entschuldige die Unordnung. Ich war nicht auf Besuch eingerichtet.«

»Kein Problem. Du solltest mein Haus sehen.« Die Wahrheit war, es war so sauber wie noch nie. An den meisten Abenden hatte sie einfach nicht die Energie, um irgendetwas zu machen, das Chaos hinterließ, aber das wollte sie nicht zugeben. Sie beschloss, die Unterhaltung zurück zu Emily zu führen, und nickte in Richtung der Bücherregale. »Wie lange sammelst du schon?«

»Mein ganzes Leben lang.« Emily zuckte mit den Schultern. »Meine Eltern waren beide Bibliothekare. Viele der älteren Bücher und Erstausgaben waren ihre Vorstellung von einem tollen Geburtstagsgeschenk.« Sie wies auf einen der Glasschränke.

»Waren? Sind sie im Ruhestand?«

»Meine Mutter, ja. Aber sie hilft immer noch freiwillig in der Stadtbibliothek und der Schule.« Emily starrte in ihren Tee.

»Und dein Vater?« Die Frage sprang aus ihrem Mund, bevor Diana sich zurückhalten konnte. Sie wollte es zurücknehmen, aber Emily antwortete.

»Er ist tot.« Ihre Stimme war kaum ein Flüstern.

»Es tut mir leid.« Jetzt schaute Diana ebenfalls bedrückt in ihre Teetasse, während Emily einen Stapel auf dem Beistelltisch gerade richtete. Sie wartete, aber Emily fügte nichts hinzu. Diana versuchte, ein sicheres Thema zu finden, da Emily mittlerweile bestimmt bereute, sie reingelassen zu haben. Sie beschloss, etwas zu wagen. »Ich wollte nie Medizin studieren.«

Das brachte Emily dazu, sie anzusehen.

»Meine Eltern sind beide Ärzte. Na ja, als ich groß wurde, war meine Mutter hauptsächlich Hausfrau. Aber mein Vater ist Hausarzt, er lebt für die Medizin. Drei meiner Brüder haben ebenfalls Medizin studiert. Ich bin da nur reingerutscht, weil es einfacher war, ihren Erwartungen zu entsprechen. Meine wahre Liebe war die Musik, aber sie hätten mein Studium nie finanziert. Also bin ich einen Kompromiss eingegangen und habe am College alle Vorklinikkurse absolviert, während ich parallel meinen Bachelor in Musik gemacht habe. Die Tatsache, dass ich trotz meines minimalen Engagements überhaupt für das Medizinstudium zugelassen wurde, ist ein Wunder.«

Emily runzelte die Stirn und wollte etwas sagen.

Diana redete einfach weiter, damit sie nicht unterbrochen wurde. »Aber dann liebte ich es. Nicht so sehr das Auswendiglernen der wissenschaftlichen Grundlagen, aber das Lernen der verschiedenen Pathomechanismen. Ich liebte die Jagd nach Hinweisen in den Symptomen und der Vorgeschichte und den Moment, an dem alles plötzlich zusammenkommt, wenn du eine Diagnose hast und eine Therapie finden kannst.«

Emily lehnte sich nach vorne und ihre grauen Augen reflektierten das Licht wie Stahl. »Aber du hast die Musik nicht aufgegeben? Du hast immer noch in einer Band gespielt? Oder kam das später?«

»Nein, ich habe nie aufgehört. Ich war seit dem College in derselben Band mit meiner Freundin und mit Mel, meiner besten Freundin.«

»Hast du deine Assistenzarztausbildung direkt nach dem Studium angefangen oder dir freigenommen?«

Emilys Tonfall erinnerte sie an ein Verhör, aber sie ignorierte ihn. Immerhin sprachen sie jetzt miteinander.

»Ich fing direkt an.« Diana schüttelte den Kopf. »Ich war so naiv. Ich dachte, ich könnte einfach so weitermachen wie an der Uni. Ein paar Notaufnahmeschichten abreißen, dann zur Probe oder zum Konzert gehen. Am Wochenende in den Clubs auftreten. Die ganze Nacht Party machen. Am Anfang klappe auch alles. Die Arbeit hat Spaß gemacht und ich habe jeden Tag etwas Neues gelernt, und die Energie hat sich auf meine Musik übertragen. Aber nach so ungefähr einem Jahr änderten sich die Dinge.« Diana zögerte.

Sie hatte den Drang, ehrlich mit Emily zu sein, aber sie bezweifelte, dass sie dafür respektiert werden würde. Emily würde sie vermutlich rausschmeißen und nie wieder mit ihr privat reden. Aber es gab eine winzige Chance, dass sie die Wahrheit so sehr zu schätzen wusste wie Diana. Und auf der sicheren Seite zu bleiben, hatte ihr in der Vergangenheit auch nicht weitergeholfen.

Sie nahm einen tiefen Atemzug und setzte sich gerade hin. »Ich habe einige dumme Entscheidungen getroffen. Ich bin nicht gut mit dem Stress und dem Druck, mich anzupassen, umgegangen. Die Hierarchie in der Medizin ist mir auf die Nerven gegangen, und ich habe mich über die Regeln und Disziplin aufgeregt. Manchmal habe ich mich krankgemeldet, um bei Konzerten aufzutreten. Mein Kopf war auch nicht immer bei der Arbeit.« Sie klammerte sich mit beiden Händen an ihre Tasse und nahm einen Schluck, um den Kloß in ihrem Hals loszuwerden. Die Wärme war beruhigend und der Hauch von Ingwer brannte gerade genug, um sie von ihren Selbstvorwürfen abzulenken.

Emily beobachtete sie nur. Ihre professionelle Maske, die sie so gut aus dem Krankenhaus kannte, war wieder an ihrem Platz.

Diana beschloss, alles zu offenbaren. »Ich hatte über das Aufgeben nachgedacht. Schon länger hatte ich mit dem Gedanken gespielt, zu kündigen, und das Krankenhaus hatte bestimmt auch schon erwogen, mich loszuwerden. Dann kam das Angebot, das ich nicht ablehnen konnte. Ein Plattenvertrag, und nicht mit irgendeinem Label. Ein großer Musikverlag und das Angebot enthielt eine internationale Tour mit allem Drum und Dran. Also ließ ich meine Arbeit einfach hinter mir, und wir haben unsere Band auf das nächste Level gehoben.« Sie lachte trocken. »Oder vielleicht eher ein paar Level übersprungen.«

Emilys Gesichtsausdruck wurde etwas sanfter. Vielleicht war sie ja doch bereit, die gesamte Geschichte zu hören. »Hast du es irgendwann bedauert?«

»Anfangs nicht, aber … Wir haben sieben Alben in acht Jahren aufgenommen. Das war einfach zu viel. Die Qualität der letzten zwei ist … Also, ich würde sie nicht empfehlen. Nicht überraschend kam auch dieser Job mit Stress, Druck und Disziplinproblemen. Katie – meine Partnerin – und ich trennten uns, aber lebten und spielten weiter zusammen. Am Anfang ging es noch einigermaßen, aber dann … Sie hat einige schlechte Entscheidungen getroffen, und ich konnte damit auch nicht so gut umgehen.« Diana wollte auf dieses Fiasko momentan nicht eingehen. Hoffentlich ließ Emily das Thema in Ruhe.

»Hast du deswegen die Band verlassen? Wegen des ganzen Stresses? Oder lag es an den persönlichen Problemen?« Emilys Blick bohrte sich in sie wie eine Sonde, die versuchte, die tiefsten Schichten einer Wunde zu ergründen.

Diana störte das nicht. Sie hatte den verborgenen Schmutz schon vor langer Zeit herausgewaschen. Der Tonfall schien anzudeuten, dass die Fragen nicht nur ihre Vergangenheit betrafen. Emily wollte wissen, ob sie dem unvermeidbaren Druck auf der Arbeit standhalten würde. »Weder noch. Ich wurde erwachsen. Ich habe gelernt, mit Stress umzugehen. Die Wut auf die unfaire Welt löste sich auf. Aber dann gab es einen Zwischenfall, der etwas in mir ausgelöst hat.« Ihr Hals zog sich zusammen. Sie nahm einen großen Schluck Tee und wünschte, dass sich die Erinnerung an diese Nacht so einfach wegwaschen ließ wie der saure Geschmack in ihrem Mund. »Ich habe lange und ausgiebig darüber nachgedacht, was ich mit dem Rest meines Lebens anfangen will. Ich habe mich gefragt, wo ich mich in zehn, fünfzehn Jahren sehe. Überraschenderweise war das nicht auf der Bühne, sondern im Krankenhaus. Diesmal habe ich nichts überstürzt entschieden. Ich habe wieder medizinische Fachzeitschriften gelesen, mir online Vorträge angehört und einige Konferenzen besucht. Am Ende war die Entscheidung, zur Medizin zurückzukehren, einfach.«

Emily nickte bei ihren letzten Worten. »Auf der Arbeit zeigt sich, dass du gut über die neusten Studien informiert bist.«

Also hatte sie es bemerkt. Das gefiel Diana. Aber schließlich gab es nicht viel, das Emily auf der Arbeit nicht bemerkte. Sie zeigte nur nie, dass sie es tat. Vielleicht war jetzt der richtige Zeitpunkt, um wieder über ihre Zusammenarbeit im Krankenhaus zu reden. Oder sollte sie es sein lassen? Vielleicht würden sich die Dinge von hier aus natürlich weiterentwickeln.

»Bin ich die erste Person auf der Arbeit, der du das alles erzählt hast?« Emilys Frage riss Diana aus ihren Gedanken.

Diana zuckte mit den Schultern. »Selbst wenn mein Vertrag es mir nicht untersagen würde, hätte ich es keinem erzählen wollen. Auf der persönlichen Ebene habe ich nicht so einen engen Kontakt zu den anderen Assistenzärzten. Wir kommen gut zurecht, aber wir sind nicht in der gleichen Lebensphase. Ich kenne keinen von ihnen gut genug, um ihm meine Lebensgeschichte anzuvertrauen.«

Emily studierte wieder ihre Tasse.

Diana wollte sie ihr aus den Händen reißen, um eine Reaktion zu provozieren. Alles war besser als diese lang gezogene Stille. Aber natürlich tat sie es nicht.

Als Emily endlich wieder aufsah, war ihr Stirnrunzeln verschwunden. »Danke für dein Vertrauen.«

Diana lächelte und Emily erwiderte es sofort. Das nahm ihr die Furcht vor der Unterhaltung. Vielleicht verstand Emily ja doch, worum es ihr ging.

»Was du neulich über unsere Zusammenarbeit gesagt hast und die Arbeitsatmosphäre … Es kann sein … Ich habe unangemessen reagiert. Können wir einfach zurückspulen und neu anfangen.«

Eine Mischung aus Hoffnung und Erleichterung überflutete Diana. Sie machte eine schnell drehende Bewegung mit ihrem Finger, so als würde sie eine altmodische Kassette zurückspulen, und beide lachten.

Schnell wurde Diana wieder ernst. Sie musste es diesmal richtig machen. Eine weitere Chance würde sie vielleicht nicht mehr bekommen. »Was ich dir sagen will, ist, dass ich eine Veränderung in unserer Interaktion festgestellt habe. Am Anfang kam ich gerne zur Arbeit und habe mich darauf gefreut, in derselben Schicht wie du zu arbeiten. Du hast mir viel beigebracht, und ich hatte den Eindruck, dass du mir schrittweise mehr Verantwortung übertragen hast. Zuletzt aber hatte ich immer das Gefühl, dass ich ständig alles falsch mache. Aber ich weiß nicht was. Das einzige Ereignis, das diese Veränderung erklären würde, war unser Zusammentreffen im Club. Belastet mein Geheimnis unsere Zusammenarbeit?«

»Nein, es ist nicht das Geheimnis. Ich habe bei Dr. Wallace nachgefragt und du hast die Wahrheit gesagt. Er hat dich aufgefordert, Schweigen zu bewahren, und ich stimme seiner Entscheidung zu. Ich gebe zu, dass ich dich unfair beurteilt habe. Ich weiß nicht, ob du es bemerkt hast, aber ich richte meine ganze Energie auf meine Arbeit.« Emily verzog das Gesicht. »Ich dachte, du spielst nur Arzt und ich habe deine Motive angezweifelt, ohne überhaupt mit dir darüber zu sprechen. Also habe ich den Druck erhöht, um zu sehen, ob du die Arbeit ernst nimmst.« Sie biss sich auf die Unterlippe und errötete, schaute Diana aber in die Augen. »Es tut mir leid. Das war keine gute Methode.«

Diana stimmte der letzten Aussage absolut zu. Aber sie beschloss, sich nicht darauf zu versteifen. Emilys Sozial- und Leitungskompetenz war vielleicht unterentwickelt, aber ihre Absichten waren gut. Sie versuchte, die nächste Frage so aufrichtig wie möglich zu stellen. »Ich würde gerne zu unserer alten Zusammenarbeit zurückkehren. Was kann ich tun?«

Emily musterte sie für eine lange Zeit.

Diana strengte sich an, um unter ihrem Blick nicht unruhig zu werden. Sie konnte ihren Gesichtsausdruck nicht interpretieren.

»Nein, wir können nicht zu der Zusammenarbeit zurückkehren, die wir hatten«, sagte Emily schließlich.

Die Enttäuschung war schwer zu verbergen, aber Diana versuchte es. Sie schluckte und trank etwas von dem lauwarmen Tee. »Okay. Es tut mir leid.« Sie wusste nicht, für was sie sich entschuldigte, aber was sollte sie sagen? Sie stand auf und ließ ihren Blick von der Tür zu Emily gleiten. »Ich überlass dich jetzt mal deinem Tee. Bis Montag.«

Emily streckte ihre Hand aus, als ob sie Diana zurückhalten wollte. »Warte. Das ist nicht …« Sie fuhr sich mit der Hand durch ihre Haare. »Was ich sagen wollte … Ich glaube, wir müssen von vorne anfangen. Ich kann nicht vergessen, was ich über dich in den letzten Wochen erfahren habe, insbesondere nicht, was du mir heute gesagt hast. Ich … ich respektiere dich für deine Entscheidungen. Das hätte ich letzte Woche noch nicht sagen können.«

Diana fiel ein Stein vom Herzen. Sie fiel zurück in den Sessel. »Und ich respektiere dich für die Zeit und die Leidenschaft, die du in die Arbeit steckst. Denkst du, wir können darauf aufbauen?«

Emily nickte. »Wir werden auf der Arbeit gut zurechtkommen.« Eine subtile Veränderung ihrer Haltung zeigte, wie angespannt sie gewesen war. Ihre Schultern lockerten sich und sie sank ein wenig in die Sitzpolster. Die Veränderung war nur minimal, aber sie wirkte dadurch jünger. Sie hob einen Fuß auf den Sitz und umarmte ihr gebeugtes Bein. »Also, jetzt erzähl mir von dem Konzert, auf dem ich dich gesehen habe. Was ist deine Verbindung zu der Band?«

Kapitel 8

»Dr. Barnes, halt!« Courtney schaffte es gerade noch, nicht mit Emily zu kollidieren.

Wird das Mädchen es jemals lernen?

»Mein Patient … Diana, ich meine Dr. Petrell … Sie intubiert ihn.«

Das ließ Emily loslaufen. »Wie ist die Diagnose?« Sie ging in die Richtung, aus der Courtney gekommen war. Nur jahrelanges Training half, ihren Drang zu rennen zu unterdrücken.

»Ich weiß nicht.« Courtney hastete hinter ihr her. »Er schien okay, nur ein bisschen kurzatmig.«

Emily rollte mit den Augen. Das war eine typische Antwort für die Assistenzärztin im zweiten Jahr. »Hat Dr. Petrell nach mir gefragt?« Es war schon Jahre her, das Emilys Puls bei dem Gedanken an einen Notfall raste, aber die Vorstellung, dass Diana alleine verantwortlich und vielleicht überfordert war, führte dazu.

»Nein, sie macht alles alleine.« Courtney verzog das Gesicht. »Sie hat übernommen und gibt alle Anweisungen.«

Emily bemerkte den Hauch eines Vorwurfs. Beschwerte sich Courtney darüber, dass Diana ihren Patienten rettete oder darüber, dass sie es ohne Aufsicht tat? »Und warum bist du hier und hilfst ihr nicht?«

»Du musstest Bescheid wissen.«

Vom Jammern zur Verteidigung in fünf Sekunden. Courtney musste endlich erwachsen werden. Emily hielt sich mit einem Kommentar zurück, da sie den Behandlungsraum erreicht hatten. Jetzt war nicht der richtige Zeitpunkt.

Ein kurzer Blick über die Szene versorgte Emily mit fast allen Informationen, die sie brauchte. Kein Chaos, nur geschäftiges und effizientes Treiben des Teams.

Ein paar Schwestern gaben Medikamente und räumten die Haufen leerer steriler Verpackungen auf, die im Raum verteilt waren und ein Atmungstherapeut veränderte einige Einstellungen. Der Patient war intubiert und mit einem Beatmungsgerät verbunden, Infusionen liefen über einen zentralen Venenzugang und der Monitor zeigte geradeso stabile Werte. Die massiv geschwollenen Beine und die gerötete, glänzende Haut wiesen auf eine chronische Herzinsuffizienz hin, vermutlich mit einem akuten Lungenödem als Grund für seine aktuellen Probleme. Das hätte ihr Courtney sagen sollen statt Kurzatmigkeit.

Diana arbeitete am Computerarbeitsplatz an der gegenüberliegenden Wand und vervollständigte ihren Bericht. Als der MTRA sein mobiles Röntgengerät an ihr vorbeischob, sagte sie etwas, das ihn zum Lachen brachte.

Die Spannung wich aus Emily, und sie musste sich gegen den Türrahmen lehnen. Diana hatte alles unter Kontrolle, und sie konnte im Hintergrund bleiben und abwarten, ob sie gebraucht wurde.

»Was haben Sie für mich?« Die Frage kam von Dr. Riley, der Kardiologin. Sie quetschte sich an Emily vorbei und zwang sie, zur Seite zu gehen und Platz für ihren Schwangerschaftsbauch zu machen. Wow, sie hatte in den letzten Wochen einiges an Umfang zugelegt und sah aus, als ob sie jeden Moment platzen würde.

Ohne zu zögern, trug Diana die Krankengeschichte, Vitalparameter und ihre Arbeitsdiagnose vor. Sie reichte ihr das EKG und beantwortete die Fragen, die Dr. Riley ihr zuwarf.

Letzte Woche wäre Emily in den Raum gestürmt und hätte die gleichen Fragen gestellt. Der Zwang, alles zu übernehmen, juckte wie eine gerade heilende Wunde, aber sie bemühte sich bewusst, am Rande des Geschehens zu bleiben.

»Ihre verdammte Meinung ist mir scheißegal! Ich will ausschließlich Fakten und zwar sofort.« Dr. Riley war noch nie für ihre Geduld bekannt gewesen, und die Schwangerschaft hatte sie nicht ruhiger gemacht.

Emily machte einen Schritt nach vorne, um einzugreifen. Niemand sprach so mit ihren Assistenzärzten.

Weder Diana noch Dr. Riley bemerkten sie, als sie einander anstarrten.

Diana ließ sich von der schlechten Laune der Kardiologin nicht mitreißen. Sie antwortete, ohne ihre Stimme zu heben, sodass Emily die Antwort nicht verstand. Was auch immer sie sagte, schien Dr. Riley zu beschwichtigen. Diese drehte sich abrupt um und stapfte hinaus. Als sie an Emily vorbeikam, murmelte sie »Blöde Assistenzärztin«, aber ein leichtes Lächeln umspielte ihre Lippen.

Emilys Übelkeit wurde durch ein warmes Gefühl vertrieben, das sich in ihrer Mitte ausbreitete. Emily schätzte, wie Diana die Situation deeskaliert hatte. Niemand, der sie heute gesehen hatte, würde an einen rebellischen Rockstar denken. Ihr Blick folgte Dianas Händen, als sie erneut ihre Notizen am Computer vervollständigte. Die Kraft, die sie in Jahren als Drummerin entwickelt hatte, zeigte sich in dem Spiel der Muskeln und Sehnen unter der Haut.

»Sollte sie nicht zuerst fragen?« Courtneys Frage unterbrach Emilys Gedanken.

Sie riss ihren Blick von Dianas Händen. »Diana hat alles richtig gemacht. Sie ist keine Anfängerin im ersten Jahr; sie weiß, wann sie um Hilfe rufen muss.« *Nicht wie du.* Das Bedürfnis, Diana zu verteidigen, verwirrte Emily. Courtney war offensichtlich eifersüchtig und versuchte, sie unauffällig dazu zu bringen, dass sie Diana kritisierte. Diese Manöverspielchen in der virtuellen Rangliste der Assistenzärzte gingen ihr auf die Nerven. Sollten sie nicht zusammenhalten? »Hast du keine anderen Patienten?«

»Aber er ist einer von meinen. Soll ich nicht hierbleiben?« Und da war es wieder, das Jammern.

»Diana musste deine Arbeit machen, und du hast dich dafür entschieden, zu mir zu rennen, anstatt zu bleiben, zu helfen und zu lernen. Das macht ihn zu ihrem Patienten. Das nächste Mal, wenn du mich brauchst, ruf an oder schicke jemand von der Pflege.« Emily beschloss, die Unterhaltung zu beenden, bevor sie ihrer Assistenzärztin sagte, was sie wirklich dachte: Courtney musste sich endlich zusammenreißen oder sie würde ihre Assistenzarztausbildung nicht erfolgreich beenden.

Mit einem Seitenblick auf Courtney rief Emily in den Raum: »Diana, gute Arbeit! Ich konnte sehen, dass du hier alles unter Kontrolle hattest.«

Diana riss ihren Kopf herum und schaute sie mit großen Augen an. War sie wegen des Komplimentes überrascht oder hatte sie Emilys Anwesenheit nicht bemerkt? Emily konnte es nicht sagen. Das strahlende Lächeln, das Diana als Antwort in ihre Richtung schickte, ließ ihre Mundwinkel ebenfalls nach oben wandern und flutete ihre Magengrube erneut mit Wärme.

Wer hätte gedacht, dass das Verteilen von Komplimenten ein so gutes Gefühl verursachte? Diana lächelte weiter, und die Wärme, die sich in Emily ausbreitete, drohte, ihr ins Gesicht zu schießen. Sie verließ hastig den Raum, bevor jemand es bemerkte. Sie musste dieses alberne Gefühl im Keim ersticken, ehe es aus dem Ruder lief. Diana war ihre Assistenzärztin und nicht die Drummerin vom Strand.

Der saure Gestank von Urin, Erbrochenem und ungewaschenem Mensch, gemischt mit etwas Süßlichem, drang durch die zugezogenen Vorhänge des Untersuchungsbereiches, vor denen Diana stand. Emily zwang sich, ihren Gesichtsausdruck professionell neutral zu halten und nahm nur flache Atemzüge durch den Mund.

Angesichts des grünlichen Teints schien Diana mit dem gleichen Problem zu kämpfen. »Ich habe die Ursache für ihre Bewusstlosigkeit gefunden. Sie ist septisch, und die wahrscheinlichsten Auslöser der Infektion sind die multiplen Kratzer und Bisswunden am ganzen Körper. Sie hat einige schlimme Entzündungen. Sie sehen wie Tierbisse aus, vielleicht Katzen. Der schlimmste ist auf ihrer linken Brust.« Sie schüttelte sich. »Ich will gar nicht wissen, wie ein Tier dorthin gekommen ist. Soll ich die Allgemeinchirurgie oder die Plastische anrufen?«

Emily hatte einen Verdacht und ein kurzer Blick hinter den Vorhang auf die Patientin bestätigte das. »Ruf die Allgemeinchirurgie an. Du musst nur sagen, dass Cat-Cat wieder da ist. Sie kennen sie schon.«

»Cat-Cat?« Diana zog die Augenbrauen hoch.

»Sie ist eine Stammkundin. Sie lebt auf der Straße und hat ein halbes Dutzend Katzen. Manchmal schläft sie mit ihnen unter ihrer Kleidung, egal ob die Katzen das wollen oder nicht. Aber sie ist harmlos.«

»Machst du dich über mich lustig? Ich bin mir da gerade nicht so sicher.« Dianas Mundwinkel zuckten.

Emily lachte und schüttelte den Kopf. »Nein, im Ernst, sie ist hier bekannt.«

»Okay.« Diana zog das Wort lang. »Wenn du das sagst.«

Sie ist hinreißend. Warte. Was? Emily unterdrückte den Gedanken sofort.

»Nimm Wundabstriche und ruf die Chirurgie an.« Wut über die Richtung ihrer eigenen Gedanken ließ Emilys Tonfall barsch klingen.

Die Bewegung von Dianas Lippen fror mitten im Lächeln ein. »Klar.« Sie trat hinter den Vorhang.

Jetzt hatte sie es wieder getan. Emily wollte sich selbst treten. Nur weil Diana sie aus dem Gleichgewicht brachte, war das noch kein Grund, um ruppig zu reagieren. Richtig wäre gewesen, ihr zu sagen, was sie wirklich dachte, dass sie gute Arbeit geleistet hatte. Die meisten Assistenzärzte hätten bei der körperlichen Untersuchung geschludert und vielleicht die lebensgefährliche Wunde übersehen.

»Iih, was ist das für ein Gestank? Das ist eklig. Solche Leute sollte man gar nicht erst reinlassen.« Courtney trat auf die gegenüberliegende Seite des Flures, um an Emily und dem Vorhang in einem weiten Bogen vorbeizugehen.

Ein Blick stoppte sie. »Denkst du, dass diese Vorhänge schalldicht sind?«

»Äh, nein, aber …« Courtney sah vom Vorhang zu Emily und zurück und kniff die Nase mit Daumen und Zeigefinger zusammen.

Emily trat näher und senkte ihre Stimme. »Du musst lernen zu denken, bevor du deinen Mund öffnest.«

»Sorry.« Die Entschuldigung war kaum verständlich.

Emily hielt den feindseligen Blick für einen Moment aufrecht, dann nickte sie und drehte sich um. Als sie den Vorhang öffnete, hörte sie Courtney würgen und wegrennen.

Der Unterschied zwischen den beiden Assistenzärztinnen war bezeichnend. Diana sprach mit einer beruhigenden Stimme auf die Patientin ein und hielt ihre Hand, damit sie nicht nach Madison griff, als die Krankenschwester mit einem Abstrichtupfer durch die Wunde strich. Nur die feinen Linien um Dianas Augen ließen ihr Unbehagen erahnen. Sie quittierte Emilys Anwesenheit mit einem Nicken, konzentrierte sich aber weiterhin auf die Patientin, bis die Prozedur beendet war.

Als die Frau sich entspannte, ließ Diana ihre Hand los. »Danke, Madison. Sag mir bitte Bescheid, wenn die Chirurgie zum Konsil da ist.« Sie drehte sich zu Emily um. »Kann ich noch etwas tun?«

Überraschenderweise war ihr Tonfall weder provokativ noch eingeschnappt.

»Nein, nein. Du machst alles richtig.« Sich für ihren Tonfall zu entschuldigen, kam Emily jetzt merkwürdig vor. »Nur … Du machst alles richtig.«

Emily verließ den Untersuchungsraum und hastete den Flur runter. Sie konnte fast die verwirrten Blicke von Diana und Madison spüren, die wie Pfeile den Vorhang durchbohrten und sie direkt zwischen die Schulterblätter trafen.

Emily verweilte länger als üblich im Aufenthaltsraum und kontrollierte Patientenakten, die sie schon zweimal kontrolliert hatte. Diana würde jeden Moment ihre Pause nehmen. Nicht, dass sie darauf wartete. Aber in den letzten Tagen hatten sie sich in ihren Pausen zufällig getroffen und unterhalten. Nichts Besonderes, nur Small Talk, um auf dem Laufenden zu bleiben. Das tat man so als Mentorin, oder?

Ihr Privathandy vibrierte in der Tasche ihres OP-Oberteils, und sie schaute auf den Bildschirm, bevor sie annahm. »Hi, Jenn.«

»Hi, beste Freundin. Hast du mich vermisst? Hast du fünf Minuten?« Die Begrüßung war typisch für Jenn. Sie hatten seit der Nacht, in der sie Diana im Club getroffen hatten, nicht telefoniert, nur getextet.

»Ja, zu beidem. Und hast du mich auch vermisst?« Am Anfang war Emily einer echten Unterhaltung aus dem Weg gegangen, weil sie Angst gehabt hatte, Jenn würde über Dee Dragon reden wollen. Jetzt genoss sie, die Stimme ihrer besten Freundin wieder zu hören. Sie schloss ihren Laptop und lehnte sich auf dem Sofa zurück.

»Äh, nö.« Jenn lachte. »Na gut, vielleicht ein kleines bisschen.«

»Wie läuft es mit der Arbeit? Bist du an einer guten Geschichte dran?« Emily wollte wissen, wie viel Jenn herausgefunden hatte. Sie war sich sicher, dass Jenn ihr nicht verschweigen würde, wenn sie wüsste, dass Dee Dragon jetzt Ärztin war. Sie zögerte aber, direkt nach ihr zu fragen.

»Fantastisch. Mein neuer Kontakt, die ich bei unserem letzten Clubabenteuer kennengelernt habe, hilft enorm. Sie kennt quasi jeden in der Szene. Ich schreibe täglich mit ihr, und wir reden viel. Ich treffe sie nachher, für noch mehr Geschichten.«

Der enthusiastische Tonfall war Emily wohl bekannt: Jenn schwärmte für jemanden, entweder beruflich oder privat. Wahrscheinlich beides.

Konnte es Diana sein? Eifersucht flammte auf, wie eine Fackel, die in Benzin getränkt war, und blendete sie kurzzeitig. Das war albern. Sie war kein emotionaler Teenager, sie hatte die volle Kontrolle über ihre Emotionen. Sie drängte das Gefühl hinter eine Eismauer und bemühte sich, es aus ihrer Stimme rauszuhalten. »Wer ist sie?«

»Mel. Melinda Burton, die Gitarristin.«

Emily atmete langsam aus. »Okay.«

Jenn zählte überschwänglich alle großartigen Bands auf, bei denen Mel mitgespielt hatte, alle ihre Alben und alle ihre Freunde, die sie kennengelernt hatte. Emily hörte nur mit einem Ohr zu. Sie war erleichtert, dass es nicht Diana war, beziehungsweise Dee, für die Jenn schwärmte.

Als ob ihre Gedanken sie heraufbeschworen hätten, betrat Diana in diesem Moment den Raum und winkte Emily zu.

Emily setzte sich gerade auf und hielt ihr Telefon hoch, um zu zeigen, dass sie momentan nicht reden konnte. Sie sollte vermutlich in ihr Büro gehen, um etwas Privatsphäre für das Gespräch zu haben, aber sie konnte ihren Blick nicht von Diana losreißen. Sie folgte ihrer Bewegung von der Kaffeemaschine zum Kühlschrank und dann zum Tisch und hätte fast überhört, dass Jenn Dees Namen genannt hatte.

»Hast du sie in der Nacht hinter der Bühne getroffen?« Emily hatte keine Ahnung, was Jenn genau gesagt hatte, aber sie wollte sie weiter über Diana reden lassen.

»Wen? Dee Dragon?«

»Ja. Du wolltest mit ihr sprechen, oder?« Gleichgültigkeit vorzutäuschen war schwierig. Sie hoffte, es gelang ihr.

»Nein, sie blieb nicht so lange auf der Party. Mel ist zurückhaltend und redet nicht über sie, und ihr Manager blockiert alle Anfragen.«

Emily sank in das Sofa, zu schwach, um sich um ihre Haltung zu kümmern. Diana war kein Opfer von Jenns Charme geworden. Emily hatte bis eben noch nicht einmal sich selbst eingestanden, dass die Furcht davor sie abgehalten hatte, mit Jenn zu telefonieren. Sie hatten noch nie um eine Frau konkurriert, und sie wollte nicht ihre Freundschaft deswegen riskieren. *Halt, was war das jetzt? Wir konkurrieren nicht, weil ich nicht interessiert bin! Oh nein, bin ich das?*

»… ich bin mir sicher, dass ich Mel bald alle ihre Geheimnisse entlockt habe.«

»Was? Welche Geheimnisse?« Emily hatte Teile von Jenns Plan verpasst.

»Zum Beispiel das Geheimnis von Dee Dragons Verschwinden aus der Musikszene.« Eine Stimme im Hintergrund schien Jenns Aufmerksamkeit abzulenken. »Ich muss jetzt los. Wir telefonieren bald wieder, okay?«

»Mach's gut.«

Emilys Gedanken drehten sich wie ein außer Kontrolle geratenes Karussell. Sie sah zu Diana, die am Tisch saß, ihren Joghurt aß und entspannt und sorglos wirkte. Sollte sie Dianas Pause mit der Neuigkeit verderben, dass eine Journalistin herumschnüffelte? Oder vielleicht irrte sich Jenn und Mel würde ihr nichts sagen. Aber Jenn konnte sehr überzeugend sein. Emily seufzte und ging zum Tisch.

Diana sah auf und lächelte.

Emily musste einfach zurücklächeln.

»Alles in Ordnung? Du hast dich gerade etwas unglücklich am Telefon angehört.« Diana stellte ihren Joghurt ab und griff nach Emilys Arm.

Die Berührung war kurz und kaum spürbar, trotzdem erwärmte sich Emilys Haut sofort.

Sie setzte sich neben Diana und zuckte mit den Schultern. »Ich weiß nicht, ob ich mir Sorgen machen sollte. Erinnerst du dich an Jenn? Meine beste Freundin, die Journalistin?«

»Oh ja. Wie könnte ich sie vergessen. Was ist mit ihr?«

»Ich glaube, sie ist hinter deiner … hinter Dees Story her. Sie hat deine Freundin Mel nach dem Konzert auf der Party getroffen.«

Diana nickte. »Ja, das hat mir Mel erzählt. Warum?«

»Wie viel weiß Mel?«

»Alles.« Diana antwortete, ohne zu zögern.

»Würde sie …? Würde sie Jenn etwas erzählen? Nicht Jenn der Journalistin, sondern Jenn, der niedlichen Freundin?«

»Sie würde ihr nichts ohne mein Einverständnis sagen.« Wieder kam Dianas Antwort ohne Zögern. »Aber arbeitet deine Freundin so? Lässt sie sich auf eine Beziehung ein, um an Informationen zu kommen?«

»Nein! Vielleicht. Ich weiß nicht.« Emily widerstrebte es, zuzugeben, dass Jenn so weit gehen würde, aber es war möglich. »Sie scheint Mel wirklich zu mögen, aber manchmal verliert sie den Blick für die Grenze zwischen Privat- und Arbeitsleben.«

»Das klingt nicht sehr ethisch. Aber Mel ist erwachsen. Sie kann Geheimnisse für sich behalten.« Dianas Stimme war ohne Urteil, aber Emily konnte ihrem Blick nicht standhalten.

Sie hatte Jenns Mangel an professionellen Grenzen nie verstanden. Regeln, auch ungeschriebene, existierten normalerweise aus gutem Grund. In der Notaufnahme war sie nie auf die Nase gefallen, wenn sie sich an die Regeln gehalten hatte.

Gerade als Emily antworten wollte, betrat Courtney den Raum, warf ihr Stethoskop auf den Tisch und ließ sich mit einem theatralischen Seufzer auf das Sofa fallen. Nach ein paar Sekunden kam der nächste Seufzer, lauter.

Emily schaute Diana an, und beide mussten sich auf die Lippen beißen, um nicht laut loszulachen.

Courtney erhob sich mit einem weiteren Seufzer und goss sich Kaffee ein.

Diana lehnte sich nah an Emily und flüsterte direkt in ihr Ohr. »Willst du sie fragen, was los ist, oder soll ich?«

Der warme Atem kitzelte Emily, und das Gefühl wanderte langsam von ihrem Nacken die Wirbelsäule hinab. Sie musste selbst ein Seufzen unterdrücken und beschloss, einen geordneten Rückzug anzutreten, solange sie noch laufen konnte.

»Das ist das Privileg der Fachärzte. Wir haben die Assistenten, um die schmutzige Arbeit für uns zu erledigen.« Emily sammelte ihren Laptop ein und ließ Diana mit den Sorgen ihrer Kollegin zurück.

Als die Tür hinter ihr ins Schloss fiel, begann Courtney zu jammern.

Sie grinste. Arme Diana.

»Du schuldest mir was.« Vier Stunden später hatte Emily schon fast Courtneys Auftritt vergessen, als Diana die Umkleide betrat.

Emily lachte. »War es so schlimm?«

Knurrend zog Diana ihre OP-Kleidung aus und wechselte in Jeans und ein T-Shirt.

Da niemand sonst anwesend war, verbarg sie ihre Tattoos nicht, und Emily konnte erneut den Drachen bewundern. Die schlanken Muskeln auf Dianas Rücken ließen seine Haut spielen, als sie sich bückte, um etwas aufzuheben, das ihr aus der Tasche gefallen war. Der metallische Glanz der grünen Schuppen hypnotisierte

Emily und sie wollte danach greifen, um sie zu berühren. Über all die Jahre hatte sich der Anblick in ihre Erinnerung gebrannt und sie durch Medizinstudium und Assistenzarztausbildung begleitet. Diana war wortwörtlich über Jahre die Frau ihrer Träume gewesen.

Emily schluckte. Zweimal. Diese Schwärmerei musste sofort enden, hier und jetzt. *Regeln, erinnerst du dich?* Sie musste raus, weg von ihr. Andere Teile ihres Gehirns schienen anderer Meinung zu sein. »Willst du was essen gehen?« *Was? Warum hast du das gesagt?*

»Gerne.« Diana band ihre Schuhe und nahm ihren Rucksack.

»Nur als Entschuldigung für den«, sie senkte ihre Stimme, »Courtney-Zwischenfall.« Nur zwei Kollegen und potenzielle Freunde, die schnell etwas aßen, ermahnte sie sich selbst. Nichts weiter.

Der Abend war untypisch warm für Mai, daher schlug Emily vor, sich in einem gemütlichen Restaurant mit Terrasse zu treffen, das auf halben Weg zwischen ihren Wohnungen und dem Krankenhaus lag.

Nur zwei Kollegen. Emily wiederholte ihr Mantra auf dem ganzen Weg zum Restaurant und verpasste fast den Eingang.

Diana saß schon auf der großen Gartenterrasse, als Emily ankam. Tische mit zusammengewürfelten Stühlen waren mit bunten Matten in allen Farben des Regenbogens gedeckt und standen kreuz und quer zwischen einer Handvoll Bäume. Eine Lichterkette umrahmte den Bereich, war aber noch nicht eingeschaltet. Diana hatte einen Tisch in der Mitte gewählt und saß entspannt, den Kopf in den Nacken geneigt, um die Sonne einzufangen. Ihre Augen öffneten sich, als Emily näher kam, und Diana begrüßte sie mit einem breiten Lächeln.

Emily zögerte, sich zu setzen, und sah sich nach der Sonne um, um deren weiteren Weg zu berechnen. Wie lange würde es dauern, bis sie hinter dem Dach unterging?

Diana sah sie fragend an. »Ist der Tisch in Ordnung?«

»Eigentlich nicht.« Emily hasste es, eine Szene zu verursachen. »Es tut mir leid. Würde es dir etwas ausmachen, dort drüben zu sitzen?« Sie zeigte auf einen Tisch, der im Schatten eines größeren Baumes lag. Sonne und Schatten der Blätter malten ein kompliziertes Muster auf Tisch und Stühle.

»Nein, kein Problem.« Diana nahm ihre Jacke von der Stuhllehne und folgte Emily zum neuen Tisch.

Die Kellnerin kam mit den Speisekarten, stellte sich vor und nahm die Getränkebestellung entgegen. Sie rettete Emily davor, die Wahl des Tisches erklären zu müssen.

Sie studierten die Karten schweigend. Emily suchte nach einem sicheren Thema. »Was nimmst du? Die Burger sind gut.«

Diana nickte. »Ich weiß. Ich bin hier öfter, als gut für mich ist. Ich habe in der letzten Zeit wenig Energie, um abends zu kochen.«

Die Kellnerin unterbrach sie mit den Getränken und fragte nach ihren Bestellungen. Beide entschieden sich für Burger.

»Kochst du? So richtig, mit echten Zutaten, oder wärmst du nur etwas auf?«, fragte Emily, nachdem die Kellnerin gegangen war.

Diana verdrehte die Augen. »Nein, mit echtem Gemüse, Gewürzen, alles selbst gemacht. Ich habe mich während meiner ersten Assistenzarztzeit und im ersten Jahr auf Tournee schnell an Fast Food satt gegessen. Ich hatte viel Freizeit zwischen Proben und Songschreiben. Das Gelände, auf dem wir alle zusammen zwischen den Tourneen lebten, war früher eine Farm, und Mel hatte für uns den Küchengarten reaktiviert. Irgendjemand war immer da, und ich habe viel experimentiert. Nach ein paar Jahren war das Essen fast genießbar.« Sie grinste. »Meine Küche sah aber nie so sauber aus wie deine.«

Emily mochte es, wie entspannt Diana über ihre Vergangenheit sprach. »Deine Mutter ist bestimmt stolz auf dich.«

»Na ja, sie wäre wirklich sehr, sehr überrascht, wenn sie wüsste, wie sehr ich es genieße. Sie wollte immer Mutter-Tochter-Zeit mit mir verbringen, beim Kochen und Backen. Und ich habe es gehasst. Ich wollte lieber draußen mit meinen Brüdern spielen. Sie liebte es zu gärtnern, aber das war mir immer zu langweilig. Als Kind war ich zu ungeduldig.« Dianas Stimme enthielt keine Verbitterung, nur Erheiterung. »Hat deine Mutter dir auch Kochunterricht gegeben?«

Emily nickte. »Und nähen, stricken und alles, was eine gute Ehefrau sonst noch wissen muss. Sie war sehr hartnäckig.« Der Ärger über die Zeitverschwendung war über die Jahre verblasst, aber nie verschwunden. Sie versuchte, ihn aus ihrer Stimme zu halten. »Sie ist sehr altmodisch. Manchmal glaube ich, dass sie ihre Ideale aus der viktorianischen Literatur übernommen hat, die sie ständig liest.

Die Kellnerin brachte ihr Essen, und beide nahmen sich Zeit, ihre Burger zu belegen.

»Was meinst du mit viktorianischen Idealen? Ich kann mir darunter nichts vorstellen.«

Emily knabberte an ihren Süßkartoffelpommes, um etwas Zeit zu gewinnen. »Sie hat dieses Bild von einer netten, blassen, höflichen jungen Dame in ihrem Kopf. Sie wollte immer so sein und mich auch so haben. Sie wollte, dass ich lese und lerne, aber außerhalb des Hauses sollte ich schweigen. Sie hatte eine unendliche Liste von Regeln über angemessenes Aussehen, Verhalten und erlaubten Gesprächsthemen.«

Auch wenn Diana sie für einen Moment musterte und die Stirn runzelte, konnte Emily nicht die übliche Vorverurteilung erkennen. Als sie das College angefangen hatte, war alles an ihr mausgrau und altmodisch gewesen. Ihr Zopf, ihre Kleidung, ihre Art, sich auszudrücken. Ihre erste Mitbewohnerin hatte sich andauernd darüber lustig gemacht. Ab dem zweiten Jahr hatte sie mit Jenn zusammengewohnt, die ihr geholfen hatte, aus ihrem Schneckenhaus herauszufinden.

»Ist das der Grund, warum du dich anstrengst, deine süßen Sommersprossen zu überdecken?« Dianas Beobachtung traf genau den Punkt.

»Die sind nicht süß. Ich sehe viel zu jung und unreif damit aus. In unserem Beruf ist das Auftreten fast so wichtig wie die medizinischen Fähigkeiten.« Emily wusste, dass sie sich zu sehr verteidigte. Hitze stieg in ihre Wangen und sie nahm einen großen Schluck ihres eiskalten Wassers, um das Erröten zu verhindern.

Diana zuckte mit den Schultern und kaute ihren letzten Bissen zu Ende. »Es tut mir leid, ich wollte dir nicht zu nahe treten. Ich denke nur, dass du gut ohne Make-up aussehen würdest, aber ich sollte so etwas nicht sagen.« Sie lächelte Emily an, dann konzentrierte sie sich wieder auf ihr Essen.

Das Kompliment ließ Emily keine Chance, sie fühlte, wie sie doch rot wurde.

Diana sah auf. »Mir ist gerade etwas eingefallen. Im Park, als wir uns zufällig getroffen haben, du hast das wirklich ernst gemeint, dass du nicht in der Sonne laufen willst. Das war wegen deiner Sommersprossen und nicht nur eine blöde Ausrede, um eine Assistenzärztin loszuwerden.«

Emily schüttelte den Kopf. »Nein, nein, ich wollte dich nicht loswerden. Hast du das gedacht?« Sie wollte nach Dianas Hand greifen. *Warte, was machst du da?* Sie leitete die Bewegung zu ihrem Wasserglas um. »Es tut mir leid. Ich weiß vom Kopf her, dass meine Erziehung merkwürdig war, aber manchmal, insbesondere wenn ich nervös bin, verfalle ich in alte Verhaltensmuster.«

Und jetzt hatte sie zugegeben, dass sie nervös war, als sie Diana am See getroffen hatte. Sie platzierte die Avocadoscheibe, die von ihrem Hähnchenburger gefallen war, neu und versuchte aus dem Augenwinkel heraus, Dianas Gesichtsausdruck zu interpretieren.

Falls Diana das bemerkt hatte, zeigte sie es nicht. Allerdings hatte sie auch ein sehr gutes Pokerface.

Emily beschloss, den Fokus auf Diana zu richten. »Ich kann mir nicht vorstellen, wie es war, mit Brüdern aufzuwachsen. Wie viele hast du?«

Diana grinste. »Fünf.«

»Fünf? Das ist … Wow.« Emily hatte sich immer einen Bruder oder eine Schwester gewünscht, aber sie wäre mit einem oder zwei zufrieden gewesen.

»Das waren vermutlich vier zu viel. Ich war die Jüngste und wurde in ein Haus voller Chaos geworfen. Es war laut. Schmutzig. Ich war immer hungrig. Aber es hat enorm Spaß gemacht.«

Zwischen Bissen von ihrem Burger fuhr sie fort, lustige Anekdoten über ihre Brüder zu erzählen. Manchmal untermalte sie ihre Geschichten mit ihren Händen, und Emily musste der Versuchung widerstehen, allzu sehr auf sie zu starren.

Langsam ließ das Sonnenlicht nach und mehrere diskret platzierte Lichter begannen, auf der Terrasse zu leuchten. Die Kellnerin brachte ihnen eine Kerze und füllte ihre Getränke nach.

Eine wohlige Wärme breitete sich in Emily aus, kroch aus ihrer Mitte in ihre Brust. Ihr Nur-zwei-Kollegen-Mantra hatte irgendwo zwischen ihrem Eingeständnis der Sommersprossenproblematik und Dianas Kompliment aufgehört zu funktionieren. Alles hier fühlte sich gefährlich wie ein Date an. Zwei Frauen, die im Kerzenlicht aßen und über ihre Familien sprachen. Da es vermutlich die einzige Chance war, die sie jemals für ein Date mit Diana haben würde, beschloss sie, den Abend wie ein solches zu behandeln.

Niemand würde die Wahrheit wissen müssen. Ihr langjähriger Traum von dem schüchternen Mädchen, das in einer Bibliothek aufgewachsen war, und der sexy Drummerin konnte für einen Abend Realität sein.

Morgen würden sie wieder Fachärztin und Assistenzärztin sein.

Kapitel 9

Emily schlüpfte aus ihrem Schutzkittel, knüllte das dünne Material zu einem Ball und warf ihn quer durch den Raum in den großen Mülleimer. Auch wenn sie beim ersten Versuch traf, war es nicht befriedigend. Überhaupt nicht.

Ihre Handschuhe folgten mit mehr Schwung. Sie klatschten an die Wand, prallten ab und landeten neben der Liege in der Mitte des Raumes.

Eine Pflegehelferin hob sie auf und schaute sich nach dem Täter um.

Emily hob ihre Hand, aber ihre gemurmelte Entschuldigung wurde von dem Monitor übertönt, als er wieder zum Leben erwachte. Das schrille Piepen traf sie wie ein Überraschungsangriff.

»Scheiße. Sorry. Falscher Knopf.« Madison fummelte am Ausschalter herum.

Schlagartig war es still und niemand bewegte sich.

Emily hielt den Atem an und sah ihren Patienten ein letztes Mal an. Grauer Teint. Leblose Augen. Spuren des Kampfes um sein Leben waren um die Liege verstreut, wie auf einem Kriegsschauplatz: zerknüllte Plastikverpackungen, Infusionsflaschen und die jetzt nutzlosen Defibrillatorpadles. Blutige Fußspuren führten ins Nirgendwo. Wut und Ohnmacht machte sich in Emily breit. Alle Versuche in den letzten Stunden, das Leben des Mannes zu retten, waren einfach sinnlos gewesen.

Emily schüttelte den Kopf, straffte ihre Schultern und ging in die Ecke des Raumes, in der Diana neben dem Computer stand.

Sie schien mitten in der Bewegung eingefroren zu sein: Eine Hand hielt einige Ausdrucke, die andere schwebte über der Tastatur. Als Emily näher kam, riss sie ihren Blick von dem Patienten los und sah sie an. Das harte Grün ihrer Augen wich einem wärmeren Ton, während sie Emilys Blick erwiderte.

Um sie herum wurde das Aufräumen fortgesetzt, aber Emily ignorierte die gedämpften Stimmen. Sie versuchte zu erahnen, ob Diana so ruhig war, wie es den Anschein machte. Sie hatte sich professionell verhalten, sogar als klar wurde, dass nichts, was sie taten, zu einem guten Ende führen würde. Emily wusste aus eigener Erfahrung, dass manchmal die Fassade, die man nach außen projizierte, im kompletten Gegensatz zu den aufgewühlten Emotionen unter der Oberfläche stand.

»Bist du okay?« Emily legte ihre Finger um Dianas Arm, ohne vorher darüber nachzudenken. Die Haut war weich und lenkte sie fast von ihrer Frage ab.

Diana lächelte und umschloss Emilys Finger mit ihren eigenen. »Mir geht's gut. Danke, dass du fragst. Ich hasse es, wenn wir nichts mehr tun können, aber es ist ja leider nicht das erste Mal, dass so etwas passiert ist.«

Mit einem sanften Druck bestätigte Emily die Aussage, dann ließ sie los. Sofort wurde ihre Hand kalt und sie stopfte sie in ihre Hosentasche. »Ich schaue nach, ob die Familie schon da ist, und sage es ihnen. Kannst du die Papiere fertig machen?«

Diana nickte und schloss das Computerprogramm mit ein paar Klicks. Ihre Hand zitterte nicht. »Ich komme mit raus, damit die Pflege mehr Platz zum Arbeiten hat. Sie müssen ihn sauber machen, bevor die Familie ihn sehen kann.«

Emily drehte sich zur Tür und betrachtete ihr Spiegelbild im Sicherheitsglas, um ihre Haare und Kleidung zu richten. Aber nichts, was sie tat, würde ihr wirklich bei dem kommenden Gespräch helfen können.

Emily ließ ihren Blick durch das Wartezimmer schweifen und fand die Familie sofort. Eine Frau Mitte vierzig und ein Mädchen im Teenageralter hielten sich schweigend an den Händen. Beide waren elegant gekleidet, passend zu dem Anzug, den sie von ihrem Patienten schneiden mussten. Das Mädchen starrte auf ihr Smartphone und wischte hektisch mit dem Daumen über die Oberfläche, vermutlich ohne etwas zu sehen. Die Frau hatte ihre Augen geschlossen und den Kopf an die Wand gelehnt. Aber beide widersprachen ihrem Anschein von Desinteresse an der Umgebung und drehten sich sofort zu Emily um, als sie näher kam. Die Frau sah ängstlich und misstrauisch aus, als ob sie die schlechten Nachrichten ahnte, aber das Gesicht des Mädchens schrie nahezu Hoffnung. Emily hasste es, ihre Erwartungen zerstören zu müssen.

»Gehören Sie zu Michael Rennin?«

Die Frau stand auf und zog das Mädchen mit hoch. »Er ist mein Ehemann, und das ist unsere Tochter, Chloe. Bitte, sagen Sie mir, was passiert ist?«

»Mein Name ist Dr. Barnes. Bitte folgen Sie mir, damit wir in Ruhe sprechen können.« Emily führte sie zu einem privaten Warteraum, damit sie ihre Nachricht ohne Publikum überbringen konnte.

Auf dem Weg fing die Tochter an, Fragen zu stellen, aber die Mutter brachte sie mit einem kaum hörbaren »Chloe!« und einem festen Griff um ihren Arm zum Schweigen.

Sie setzten sich alle an einen kleinen Tisch, und Emily nahm sich Zeit, beiden in die Augen zu sehen.

»Mrs. Rennin, Chloe, ich bin eine der Ärzte, die sich um Michael gekümmert haben, als er hier ankam. Waren Sie bei ihm, als er kollabiert ist?« Emily wollte wissen, wie viel sie gesehen hatten, bevor die Rettungsassistenten ihn mitgenommen hatten.

Mrs. Rennin nickte. »Wir waren in einem Restaurant. Er war während des Essens so still und aß auch nicht viel. Er sagte, er habe sich vielleicht einen Magen-Darm-Virus eingefangen oder so was. Und als der Kuchen kam …« Sie unterbrach sich und kämpfte mit den Tränen. »Und als der Kuchen kam, war er so blass und grau, als ob er sich übergeben müsste, und plötzlich verdrehte er die Augen und sagte nichts mehr und …« Jetzt weinte sie und Emily wartete geduldig. Es war wichtig, dass die Familie ihren Teil sagen konnte. Nach einer Minute nahm Mrs. Rennin sich ein Taschentuch aus der Schachtel auf dem Tisch, putzte sich die Nase und sah Emily wieder an.

Chloe sprach zum ersten Mal, seit sie den Raum betreten hatten, und ihre Stimme war unnatürlich hoch. »Die Sanitäter, ich glaube, sie haben ihn reanimiert, stimmt's? Das war kein Virus, oder?« Beide Augenpaare richteten sich erwartungsvoll auf Emily, das ältere noch ängstlicher als zuvor, und das jüngere immer noch mit Spuren der Hoffnung.

Emily schüttelte den Kopf. »Nein, es war kein Virus. Er hatte einen Herzinfarkt, einen sehr schweren. Sie haben recht, die Rettungsassistenten haben ihn reanimiert und es gelang ihnen, für kurze Zeit, einen Puls zu bekommen. Als er hier eintraf, blieb sein Herz wieder stehen. Wir haben alles getan, was möglich ist, aber wir konnten ihm leider nicht helfen. Sein Kreislauf stabilisierte sich nicht mehr und er erlangte auch nicht wieder das Bewusstsein. Er ist gestorben.« Emily spürte, wie ihre Worte die beiden Frauen wie eine Flutwelle trafen.

Sie fielen in ihre Sitze zurück. Mrs. Rennin murmelte nur »nein, nein, nein« zwischen Schluchzern und klammerte sich an die Hand ihrer Tochter. Chloe starrte Emily an, ohne zu zwinkern, ohne zu sehen, ohne zu glauben.

Emily hasste diesen Teil ihrer Arbeit, aber sie hatte es oft genug tun müssen, um zu wissen, was sie erwarten konnte. In einer Minute würden die Fragen kommen und manchmal die Vorwürfe. Sie wusste noch nicht, wie diese Familie reagieren würde.

Genau wie vorausgesehen, fing die Ehefrau an, Fragen zu stellen, und Emily beantwortete sie so gut sie konnte. Empathie zu empfinden, war ihr immer leichtgefallen, aber sie auszudrücken, hatte sie üben müssen.

Sie beobachtete die Tochter aus dem Augenwinkel heraus und wartete darauf, dass sie reagierte.

Die Tür öffnete sich und Diana trat ein, vermutlich, um ihr zu sagen, dass sie soweit waren, um die Familie zu ihm zu lassen.

Chloe drehte sich zu Diana und wieder zurück. »Es war ein Fehler, oder? Er ist nicht tot?« Ihre Stimme wurde mit jedem Wort lauter.

Emily wandte sich ihr zu. »Es tut mir leid, Chloe. Es gab keinen Fehler.«

»Nein, nein! Das ist unmöglich. Er kann nicht … Nicht heute. Heute ist mein Geburtstag, er kann nicht tot sein. Heute ist mein Geburtstag!« Chloe sprang auf und rannte zum Fenster.

Die Mutter folgte ihr, aber Emily bekam nicht mehr mit, was sie taten.

Ihr Blickfeld wurde enger und enger, sie konnte nicht mehr atmen. Die Flutwelle war zurück, jetzt ein Tsunami, der über sie rollte. *Heute ist mein Geburtstag, er kann nicht tot sein!* Ein Rauschen füllte ihre Ohren und dieser eine Satz wiederholte sich immer und immer wieder. Es war nicht Chloes Stimme, sondern ihre eigene. Sie schloss die Augen und versuchte, Luft zu holen, hatte aber Angst zu ertrinken. Alles verschwamm um sie herum, der Boden rutschte weg und zog sie in einen unsichtbaren Abgrund. Sie wollte sich forttreiben lassen, fort von dem Schmerz, fort von dem Weinen in ihrem Kopf.

Eine feste Hand hielt ihre Schulter, eine warme Stimme sprach mit ihr. Sie brauchte mehrere Sätze, bis sie sich auf die Worte konzentrieren konnte und nicht nur die Töne. Die Stimme zog sie zurück auf sicheres Land, war ihr Anker. Diana. Diana sprach mit ihr. Langsam konnte sie die Worte aus dem Rauschen filtern.

»Emily, bist du okay? Was ist passiert?« Diana klang besorgt.

Emily konnte sie nur anstarren, unfähig, einen klaren Satz zu formen.

»Kannst du hier einen Moment warten? Ich bringe die Familie zu ihm und komme dann zu dir zurück.« Diana drückte ihre Schulter. »Okay?«

Emily nickte, sie brachte noch keinen Ton heraus. Ihr Blick folgte Diana, als sie zum Fenster ging, um sich vorzustellen und dann Mutter und Tochter aus dem Raum begleitete.

Auf dem Rückweg machte Diana einen Umweg über den Aufenthaltsraum, um eine Flasche Wasser zu holen und zu schauen, ob jemand da war. Liz, die andere Fachärztin für diesen Abend, hatte ihre Füße hochgelegt und trank Kaffee.

»Hey, Liz, kannst du für eine Viertelstunde Emily und mich vertreten? Wir müssen über den letzten Fall sprechen.« Diana zeigte vage in Richtung des Schockraumes.

Liz nickte. »Auch für eine halbe Stunde. Ich bin ja die ganze Nacht hier.«

»Danke.«

Diana hastete zurück zum privaten Wartezimmer. Hoffentlich war Emily noch da. Was war mit ihr passiert? Sie hatte noch blasser als sonst gewirkt und ausgesehen, als ob sie jeden Moment in Ohnmacht fallen würde. Zunächst hatte sie einfach nur geradeaus gestarrt und auf nichts reagiert, das Diana gesagt hatte.

Emily saß immer noch an dem Tisch. Ihr Gesicht zeigte nun Spuren von Schmerz und vielleicht auch Wut, war aber nicht mehr im Schock eingefroren. Sie zitterte und Diana musste sich zurückhalten, sie nicht zu umarmen.

Sie stellte die Wasserflasche vor Emily und setzte sich zu ihr. »Geht es dir gut?«

Emily sah sie mit eisgrauen Augen an. »Natürlich. Warum sollte es mir nicht gut gehen? Mir geht's gut. Alles ist in Ordnung.«

Die Aggressivität, die direkt unter der dünnen Eisschicht brodelte, war komplett untypisch für Emily. Was hatte das ausgelöst? »Wenn du das sagst. Okay.«

Wie konnte sie Emily dazu bringen, darüber zu reden? Die Notaufnahme war nicht der richtige Ort für ein vertrauliches Gespräch. Sie folgte Emilys Blick aus dem Fenster. Vereinzelte Bäume und Büsche standen verstreut zwischen dem Hauptgebäude und einem kleineren Haus, das die Technik beherbergte. Der Bereich würde an einem Donnerstagabend menschenleer sein. Perfekt.

Ein Versuch konnte nicht schaden. »Emily, kannst du mir einen Gefallen tun und für eine Minute mitkommen?«

Emilys Augen weiteten sich und ihr Mund öffnete sich halb, als ob sie etwas sagen wollte. Stattdessen folgte sie Diana ohne Fragen, ein weiteres Zeichen, dass sie nicht sie selbst war.

Um die anderen Mitarbeiter zu meiden, führte Diana sie durch Hintereingänge und selten genutzte Nebenkorridore. Bald waren sie in dem traurigen Flecken, der sich Park nannte. Sie steuerte eine Bank an, an der sich Krankenhausmitarbeiter zum Rauchen trafen, ohne den Blick der Image-bewussten Verwaltung auf sich zu ziehen.

Emily sah sich um. »Was tun wir hier?«

Diana setzte sich und zog sie auf die Bank runter. »Eine Pause machen. Sitzen. Reden.«

»Es gibt nichts zu bereden.« Emilys Stimme war so kalt wie ihre Augen, aber beide schafften es nicht, Diana einzuschüchtern.

»Du warst wie gelähmt da drinnen. Ich glaube nicht, dass die Familie es bemerkt hat, aber für ein paar Minuten warst du einfach weggetreten.« Emily versuchte zu antworten, vermutlich um es abzustreiten, aber Diana ließ sie nicht zu Wort kommen. »Ich mache mir Sorgen. Du hast ausgesehen, als ob du gleich in Ohnmacht fallen würdest.«

Emilys Augen wurden noch größer und Tränen glitzerten auf ihren Wimpern.

Diana nahm Emilys Hand und dämpfte ihre Stimme. »Hat die Familie etwas gesagt?«

»Es ist ihr Geburtstag. Heute ist ihr verdammter Geburtstag.« Emily schluchzte.

Diana hatte keine Ahnung, wovon sie sprach, aber es war auch nicht wichtig. Sie umarmte Emily und strich ihr langsam über den Rücken. Der dunkelviolette Himmel färbte sich grau, während Emilys Tränen Dianas Oberteil an der Schulter durchnässten.

Schließlich lehnte sich Emily zurück und rieb ihre Augen mit beiden Händen. »Es tut mir leid.«

»Muss es nicht.« Diana brannte darauf, zu erfahren, was los war, hielt sich aber zurück. Sie saßen eine weitere Minute schweigend in der rasch einsetzenden Dunkelheit.

»Mein Vater starb, als ich siebzehn war, im Sommer bevor ich mit dem College anfing.« Emilys Stimme war sanft und Diana musste sich anstrengen, sie zu verstehen. »Eines Abends wurde er mit Schmerzen rechts in Schulter und Thorax in der Notaufnahme eingeliefert. Sie machten ein EKG und nahmen Herzenzyme ab. In den sechs Stunden, die sie brauchten, um auf die Laborwerte zu warten, untersuchte ihn niemand richtig. Ein Anfänger im ersten Jahr stellte ein paar Standardfragen, aber keiner hat ihn wirklich angesehen. Als sie wiederkamen, um ihm zu gratulieren, dass er keinen Herzinfarkt hat, fanden sie ihn bewusstlos.« Emily sah auf, direkt zu Diana. »Er hatte eine rupturierte Gallenblase und starb an einem septischen Schock.«

Sie sahen einander an, ohne etwas zu sagen.

»Es tut mir so leid. Das ist schrecklich.« Die Worte waren nicht genug, um Dianas Gefühle auszudrücken. Ihr Beschützerinstinkt flammte auf, und sie ballte die Hände zu Fäusten. Emily mit gebrochenem Herzen zu sehen, während sie versuchte, eine starke Fassade aufrechtzuerhalten, verursachte den Drang, sie wieder zu umarmen. Sie wusste jedoch nicht, ob Emily es diesmal zulassen würde.

Emily nahm einen Schluck aus der Wasserflasche, die neben ihr auf der Bank lag. »Willst du etwas?«

»Nein. Danke.«

Emily nickte und leerte die kleine Plastikflasche. »Was das alles ausgelöst hat, diesen … diesen Mist …« Sie machte eine vage Geste in Richtung des Krankenhausgebäudes. »Es war auch mein Geburtstag. Ich habe den gleichen bescheuerten Satz wie die Tochter gesagt. ›Heute ist mein Geburtstag, er kann nicht tot sein.‹ Als ob das Schicksal oder Gott oder irgendjemand sonst sich dafür interessieren würde.« Sie öffnete die Plastikflasche und quetschte sie, bis sie mehrfach gefaltet war. Sie versuchte, sie wieder zu schließen, aber die Kappe verkeilte sich.

Diana schnappte nach Luft. Wie unwahrscheinlich war es, dass das gleich zwei jungen Frauen passierte, die einander auch noch begegneten? Sie sah Emily an und der Schmerz, den sie in fast greifbaren Wellen ausstrahlte, vertrieb jeden Gedanken an Statistik. Sie befreite die Flasche aus Emilys Umklammerung, legte sie zur Seite und umarmte Emily wieder.

Zunächst blieb sie steif wie ein Brett, dann entspannte sie in Dianas Armen.

Das schrille Klingeln eines Telefons riss sie auseinander.

Emily durchsuchte ihre Taschen, starrte dann aber nur auf das Telefon, bis es aufhörte zu klingeln. Nach einem kurzen Moment der Stille fing es wieder an.

Bevor Emily annehmen konnte, schnappte Diana es aus ihrer Hand.

»Dr. Petrell für Dr. Barnes.« Dianas Stimme war ruhiger als ihre rasenden Gedanken.

»Äh, hier ist Courtney. Wo ist Dr. Barnes?«

»Beschäftigt. Kann ich dir weiterhelfen?«

»Ich wollte nur die Dosierung von Amoxicillin wissen.«

Was war das für eine Frage? »Für ein Kind?«

»Nein, normaler Erwachsener. Halsentzündung.«

»Schlag es nach. Oder frag jemanden von der Pflege.« Diana hätte ihre Vorgesetzte niemals mit so einer doofen Frage belästigt. Dachte Courtney, Emily wäre ihr persönlicher Computer?

»Du weißt es also auch nicht?« Courtney klang erfreut.

»Natürlich weiß ich das. Sogar Studenten wissen das. Schlag es nach und schreib es für das nächste Mal auf.« Diana schloss den Mund und ihr Kiefer knirschte. Das war nicht ihre normale Reaktion auf eine blöde Frage, aber sie wollte für Emily da sein und nicht am Telefon mit Courtney hängen.

»Hey, kein Grund, sich aufzuregen. Es war nur eine Frage. Ich frag Liz.« Courtney legte auf, bevor Diana antworten konnte.

Ein Lächeln umspielte Emilys Mundwinkel und die Traurigkeit in ihrem Blick war etwas zurückgewichen.

Mit einem Blick auf das Telefon schüttelte Diana den Kopf. »Das war merkwürdig. Warum würde Courtney so eine simple Frage stellen? Das ist Basiswissen.«

Emily grinste. »Sie stellt immer Basisfragen, zu fast allen ihren Fällen. Ich vermute, sie will mich wissen lassen, dass sie fleißig bei der Arbeit ist.« Sie zuckte mit den Schultern. »Ich habe mich daran gewöhnt.«

Diana reichte das Telefon wieder zurück und berührte dabei Emilys Hand mit ihrer eigenen. »Es tut mir leid, wenn ich eine Grenze überschritten habe, aber du sahst aus, als ob du eine Pause gebrauchen konntest.« Sie sprach nicht nur über die Abfuhr, die sie Courtney erteilt hatte.

Um das Telefon herum, das noch zwischen ihren Händen ruhte, drückte Emily Dianas Hand. Ihre Finger waren wieder wärmer. »Brauchte ich. Danke.« Sie steckte das Telefon ein und hob die Wasserflasche auf. »Danke fürs Zuhören.« Sie spielte wieder mit der Kappe. »Ich gehe besser wieder zurück an die Arbeit.« Sie bewegte sich nicht.

»Gern geschehen.« Diana wollte mehr sagen: Sie war froh, dass Emily ihr vertraute. Sie schätzte den Moment der persönlichen Verbindung. Sie wollte ihre Freundin sein.

Das alles war unangemessen. Sie waren noch auf der Arbeit und Diana bezweifelte, dass Emily überhaupt willens war, das als Freundschaft zu bezeichnen.

Emily rutschte näher und dieses Mal umarmte sie Diana. Vielleicht verstand Emily auch ohne Worte.

Diana neigte ihren Kopf, um ihr zu sagen, dass sie selbst auch Zeit außerhalb des Hauses gebraucht hatte.

In diesem Moment drehte sich Emily um, um etwas zu sagen.

Die Worte verloren sich in der Berührung ihrer Gesichter, ihrer Lippen. Ihr Atem vermischte sich und die unausgesprochenen Worte verwandelten sich in einen Kuss.

Diana konnte nicht sagen, wer angefangen hatte oder wer ihn vertieft hatte, nur wie warm und sanft Emilys Lippen waren. Sie küssten sich langsam, mehr zärtliches Streicheln als leidenschaftliche Entdeckung. Dianas Welt verengte sich auf diese eine sanfte Berührung, die die Anspannung der letzten Stunde weichen ließ.

Nach einem kurzen Moment verdrängte Verlangen die Überraschung und beide vertieften die Verbindung. Diana hob eine Hand an Emilys Nacken und schob sie entlang der weichen Haarlinie und noch weicheren Haut. Einige der seidigen Strähnen waren Emilys Haarknoten entkommen und kitzelten Dianas Arm.

Emilys Hände glitten langsam auf und ab über Dianas Schulterblätter und sie presste sich enger an sie.

Ihre Brüste berührten sich und Diana schnappte nach Luft. Die Hitze von Emilys Körper schien durch all die Lagen Kleidung zu brennen und brachte sie zum Schmelzen, wie eine Kerze in der Sonne.

Diesmal brauchte sie einige Sekunden, um das Klingeln von Emilys Telefon zu erkennen. Diana wich zurück, mit rasendem Herzen und viel zu schnellem Atem.

Ihre Gedanken wirbelten im Kreis. Sie hatte Emily noch nicht einmal so betrachtet und jetzt küssten sie sich? Nicht nur küssen, sie hatten rumgemacht wie übereifrige Teenager, etwas, was sie schon lange nicht mehr erlebt hatte.

Emily wühlte mit zitternden Händen in ihren Taschen und holte das Telefon hervor. »Barnes.« Sie schrie fast.

Diana rückte ihre Kleidung zurecht und versuchte, sich wieder in den Griff zu bekommen. Was zum Teufel war gerade passiert? Unangemessen war gar kein Ausdruck. Wie konnten ihre Gefühle sich innerhalb von zehn Sekunden von vorsichtiger Freundschaft zu überschießender Anziehung entwickeln?

Anhand von Emilys einsilbigen Antworten konnte sie weder Emilys Gefühle noch die Wichtigkeit des Anrufes abschätzen. Emilys Stimme verriet keine Dringlichkeit, nur ihre übliche geschäftsmäßige Abruptheit.

»Okay, ich komme in einem Moment.« Emily legte auf und wandte sich zum Gehen.

»Emily …« Diana wusste nicht, was sie sagen sollte, aber sie wollte sie nicht gehen lassen, ohne wenigstens anzusprechen, was zwischen ihnen passiert war.

Emily zögerte und schaute zurück. Diana konnte ihre Gesichtszüge in der Dunkelheit nicht mehr ausmachen. »Nicht jetzt. Bitte.« Ihre Stimme war sanft, nahezu verletzlich.

Diana nickte, auch wenn Emily sie vermutlich nicht sehen konnte. »Sicher. Später.«

Mit einem gemurmelten »Danke« verschwand Emily in Richtung des Hauptgebäudes.

Diana schloss die Augen und atmete die milde Abendluft ein. Der Duft von Rosmarin und etwas Frischem hing in der Luft. Wuchs es hier oder gehörte das zu Emily? Ein Shampoo, eine Creme? Sie ließ den Kopf nach hinten fallen und öffnete die Augen. Sie wünschte, sie könne Sterne sehen, aber das Leuchten der Stadt verschmutzte den Himmel.

Ein winziges Licht in der Ferne wurde langsam größer. Erst als das Geräusch der Rotorblätter dröhnte, erkannte sie, dass es ein Hubschrauber war. Sie seufzte.

Hubschrauber bedeuteten Arbeit. Und nie einfache Fälle.

Sie sollte Emily lieber folgen.

Kapitel 10

Ungeachtet des Ausganges ihres letzten Besuches im Regenbogenhaus ließ Emily ihr Auto zu Hause und lief die paar Meilen zum University District. Die Wahrscheinlichkeit, wieder im Regen zu landen, war an diesem Samstagnachmittag gering, und sie traute sich nicht zu fahren.

In der Hoffnung, ihre verworrenen Gedanken zu ordnen, war sie auf dem Weg, um mit Diana über den Zwischenfall im Krankenhausgarten zu sprechen. In den eineinhalb Tagen, seitdem die Nachtschicht geendet hatte, war sie nicht in der Lage gewesen, ihren normalen Schlafrhythmus wieder aufzunehmen. Sie hatte sich nicht auf ihre üblichen Beschäftigungen konzentrieren können. Nichts hatte geholfen.

Wenn sie ehrlich war, lag das Problem nicht am gestörten Tag-Nacht-Rhythmus, sie hatte sich schon vor langer Zeit daran gewöhnt. Sie konnte ihren peinlichen Zusammenbruch nicht aus dem Kopf kriegen. »Und der Kuss, vergiss nicht den Kuss.«

Erst als eine junge Mutter, die in der einen Hand ein Kleinkind und in der anderen eine Einkaufstasche trug, einen weiten Bogen um sie machte, merkte sie, dass sie den letzten Teil laut ausgesprochen hatte.

Großartig, jetzt lief sie auf der Straße herum und führte Selbstgespräche. Sie verlor die Kontrolle über ihre Gedanken und Taten, und das war inakzeptabel.

Sie konnte verstehen, warum sie einen Zusammenbruch hatte, auch wenn das höchst unprofessionell war. Aber was sie verwirrte, war die Tatsache, dass sie Diana erlaubt hatte, daran teilzuhaben und sie sogar zu trösten. Ihre Mutter hatte sie gelehrt, selbstständig zu sein, und sie hatte nie jemanden gebraucht oder gewollt. Wann hatte jemand sie zuletzt so gehalten?

Die Erinnerung an die Umarmung durchflutete sie mit Wärme wie eine Sommerbrise. Emily hörte auf zu gehen und schloss ihre Augen. Die Intensität von Dianas Berührung hatte ihren Schmerz weggefegt, und die stille Unterstützung hatte ihre Seele mit Stärke gefüllt. Eine starke Droge, die ihre Gedanken benebelt hatte, und leicht zur Abhängigkeit führen konnte. Der Kuss musste eine Nebenwirkung ihrer geistigen Verwirrung gewesen sein.

Das ist es. Emily öffnete ihre Augen, straffte die Schultern und nahm ihren Weg mit schnellen Schritten wieder auf. Das Problem mit einer Abhängigkeit zu vergleichen, war möglicherweise zu extrem, aber vielleicht konnte sie es wie eine behandeln und so lernen, damit umzugehen. Jetzt wo sie sich eingestand, mehr zu wollen, konnte sie sich der Versuchung entziehen, indem sie Grenzen errichtete und diese jeder der Beteiligten klarmachte. Diana würde begreifen müssen, dass es Regeln gab, auch wenn sie ungeschrieben waren. Professionelles Verhalten schuf einen Rahmen, in dem man sicher handeln konnte. Arbeit und Vergnügen nicht zu mischen, war eine gute Regel, um danach zu leben. Sie würden ab jetzt einfach Kolleginnen sein. Und das sollte wirklich nicht so schwer sein. Mitten in ihrem emotionalen Chaos hatte sie Diana wahrscheinlich nur mit der Drummerin vom Strand verwechselt, die schon viel zu lange in ihren Träumen rumspukte.

Eine Farbexplosion kündigte ihre Ankunft am Jugendzentrum an. Streetart, insbesondere Poster in allen Formen und Größen, dekorierte die Wände des Regenbogenhauses. Einige Poster waren halb abgerissen, übersprüht oder bedeckten einander. Das Haus sah in seiner Nachbarschaft so deplatziert aus, wie Emily sich heute fühlte.

Sie wischte ihre feuchten Handflächen an ihrer Jeans ab, öffnete die Tür und trat ein. Musik – oder eher eine Kakofonie aus Schlagzeug- und Gitarrengeräuschen – drang aus dem hinteren Teil des Gebäudes und führte sie zu ihrem Ziel.

Da sie die Gruppe nicht unterbrechen wollte, blieb sie in der Nähe der offenen Tür stehen, um auf Diana zu warten. Die Instrumentensammlung sah genauso gemischt aus wie die Musiker, deren Gesichter alle eine ähnliche Mischung aus Konzentration und Vergnügen zeigten. Mit dem Rücken zur Tür hockte Diana neben einem der Jugendlichen und erklärte etwas.

Emilys Atem stockte beim Anblick von Diana in knapp-sitzenden Jeans, und die wohlbekannte Hitze in ihren Wangen verriet ihr, dass sie schon wieder errötete. Schnell wandte sie ihren Blick ab. *Erinnerst du dich? Widerstehe der Versuchung.*

»Hey, Doc! Haben Sie ’ne Minute?«

Die Frage überraschte Emily. Sie hatte nicht bemerkt, wie sich das Mädchen näherte, das nun direkt neben ihr stand. Sie versuchte, auf den Namen zu kommen. Sie hatte sie beim letzten Mal gesehen und erinnerte sich an die lachenden, braunen Augen und die schwarzen, krausen Haare, die in alle Richtungen abstanden. »Freddy, richtig? Nett, dich wiederzusehen.«

Freddy nickte, und ihre Haare wippten auf und ab.

Emily hätte angesichts der enthusiastischen Antwort gelacht, wenn Freddys Gesichtsausdruck nicht so ernst gewesen wäre. »Willst du in mein Büro gehen?«

»Es geht nicht um mich. Es ist nur … Ich habe eine Freundin, die in Schwierigkeiten ist und … Sie ist heute nicht hier und … Wann sind Sie wieder da?« Die Art wie sie zwischen den Sätzen auf ihrer Unterlippe kaute, zeigte die Unbeholfenheit, die die Jugendliche normalerweise hinter ihrem Draufgängertum versteckte.

»Der nächste geplante Termin ist erst in ein paar Wochen.« Und wenn sie ihren Dienstplan richtig im Kopf hatte, gab es vorher keinen guten Tag, um hierher zu kommen.

»Oh. Okay.« Freddy senkte ihren Blick zu Boden.

Eine Welle von Beschützerinstinkt überraschte Emily. Sie drückte Freddys Arm. »Hast du etwas zu schreiben?«

Freddy ging in den Musikraum und holte einen zerschlissenen Gitarrenkasten. Sie öffnete ihn und nahm einen Stapel Postkarten und einen Fineliner aus einer Tasche im Futter. »Geht das?«

Emily nickte und betrachtete die Karten. Es waren kostenlose Werbepostkarten, die man überall in der Stadt finden konnte, aber jemand hatte Namen, Datum und Adresse über die Bilder geschrieben. Sie notierte schnell ihren vollständigen Namen und die Adresse des Krankenhauses auf der Rückseite. »Wenn du willst, kannst du deine Freundin zu mir in die Notaufnahme schicken, die nächste Woche immer tagsüber. Ich verspreche, dass ich ihr nichts berechne und wir können den Besuch auch ohne Akte machen, wenn ihr das lieber ist.« Nach einem Blick auf Freddys zweifelnden Gesichtsausdruck fügte sie noch ihre Mobiltelefonnummer hinzu. »Wenn sie Probleme am Empfang hat, kann sie mir texten oder mich anrufen, und ich komme raus, sobald ich kann.«

»Danke.« Freddy nahm den Stift und die Postkarten zurück. Sie trennte diejenige mit den Kontaktinformationen vom Rest und verstaute sie sorgsam in der Fronttasche ihres Kapuzenpullis. »Ich gehe sie suchen.« Sie hängte den Gitarrenkasten über eine Schulter und ging mit einem Winken.

Worauf habe ich mich jetzt eingelassen? Emily hatte so etwas noch nie getan, aber die Verzweiflung in Freddys Stimme hatte ihr keine anständige andere Wahl gelassen.

Während ihrer Unterhaltung mit Freddy schien die Musikstunde geendet zu haben. Emily suchte Diana und sah sie eine große Trommel hochheben. Sie musste einfach die schlanken, aber wohlgeformten Muskeln ihrer Arme bewundern und das eng sitzende T-Shirt, das die Ränder ihres Tattoos auf dem Bizeps frei ließ. Was für ein Unterschied zu den OP-Oberteilen in Übergröße, die sie auf der Arbeit trug. *Was machst du? Hör auf! Du bist hier zum Reden.*

Diana bemerkte ihren Blick und ein wissendes Grinsen erschien in ihrem Gesicht.

Ertappt. Emily erstarrte, unfähig Diana zu begrüßen.

Diese schien nicht das gleiche Problem zu haben. Sie kam zu ihr und trug die große Trommel mit einer Hand. Sie sah natürlich damit aus, entspannt.

»Hi, was für eine Überraschung, dich hier zu sehen. Eine gute Überraschung.« Diana stellte die Trommel auf den Boden und lehnte sich in Emilys Richtung, als ob sie sie umarmen wollte, zog sich aber zurück, bevor sie sich berührten. »Hast du mich gesucht?«

Der Fast-Kontakt machte Emily schwindelig. Sie konnte keine Worte finden, um ihr zu sagen, warum sie wirklich gekommen war. »Ich musste etwas Papierkram erledigen und … ähm … ja.« Sie brauchte eine Ablenkung. »Was für eine Trommel ist das?«

Diana hob sie wieder hoch. »Das ist eine Djembe. Sie ist handgemacht, aus Marokko.«

»Sie ist wunderschön. Ich mag das Muster.« Emily deutete auf die komplex verknoteten Schnüre, die die Außenwand bedeckten.

»Die Schnüre und Knoten sind nicht nur Dekoration, sie befestigen auch die Ziegenhaut und stimmen sie.« Diana klemmte die Djembe unter einen Arm und erklärte die einzelnen Komponenten.

Diesmal musste Emily nicht aus dem Augenwinkel heimlich hinschauen, sie war gezwungen, den Blick auf Dianas Hände zu richten. Das erschwerte, der Erklärung zu folgen.

Diana hörte auf zu reden und sah sie erwartungsvoll an.

Vielleicht hatten die Hände Emily mehr abgelenkt, als sie sich eingestehen wollte. Sie wiederholte die letzten Worte in ihrem Kopf. Diana hatte sie gefragt, ob sie spielen wollte. Gute Idee. Vielleicht würde ihr eine Pause in der Unterhaltung erlauben, wieder auf die richtige Spur zu kommen.

»Klar. Aber ich bin nicht wirklich gut mit Rhythmus und so was.« Sie hatte nie ein Instrument gelernt, außer Klavier, was die einzige angemessene Wahl für ihre Mutter gewesen war. Und das war nicht gut gegangen.

»Keine Sorge. Wir fangen einfach an. Es gibt hier keine Noten oder Regeln, die du befolgen musst. Du machst deinen eigenen Rhythmus.« Diana führte sie zu einer Bank und lud sie ein, sich neben sie zu setzen.

Normalerweise lebte Emily für Regeln. Sie bemühte sich, alle zu lernen, die offiziellen und die ungeschriebenen, und dann hielt sie sich daran. Das hier war außerhalb ihres Wohlfühlbereiches, aber sie sah keine Möglichkeit, Diana das zu erklären. Sie nahm die Trommel, die ihr angeboten wurde, und stellte sie zwischen die Beine.

»Genau so. Du hältst sie mit etwas Druck von deinen Knien, damit deine Hände frei sind zum Spielen. Winkel sie etwas ab. Der Ton kommt aus dem Boden, nicht von oben.«

Emily lehnte den oberen Teil von ihr weg, und die Trommel entglitt ihrem Halt.

Gleichzeitig griff Diana nach ihr und ihre Hände stießen zusammen.

Hitze breitete sich von ihren Fingerspitzen bis in ihre Mitte aus wie ein Lauffeuer. Emily riss ihre Hand zurück, als ob sie sich verbrannt hatte. *Konzentrier dich!*

»Nicht so weit.« Diana rückte die Trommel sanft wieder in Position. »Schlag ein paar Mal auf verschiedene Stellen.«

Emily ließ ihre Finger über der Haut schweben und überlegte, wie sie am besten anfangen sollte. Sie hatte so etwas noch nie gemacht und kannte nicht die richtige Herangehensweise. Und sie ging nicht gerne unvorbereitet in eine Herausforderung.

Diana lächelte nur und nickte aufmunternd.

Sie schlug mit der flachen Hand in die Mitte. Es war nicht so laut, wie sie erwartet hatte. Und es klang normal, nicht verstimmt wie andere Instrumente, die sie schon mal ausprobiert hatte. Sie klopfte noch mal darauf, etwas härter und mehr an der Seite. Diana hatte recht, die Unterschiede wurden deutlich, als sie sich systematisch im Uhrzeigersinn vorarbeitete.

»Okay, das machst du super. Jetzt probiere es mit verschiedenen Teilen deiner Hand. Nimm nur die Finger, die Handfläche, die Handkante.« Mit einer schnellen Sequenz demonstrierte sie, was sie meinte.

Das erste Mal, als Emily versuchte, mit den Fingern zu trommeln, hatte sie sich verkalkuliert und produzierte nur einen kaum hörbaren Ton. Sie runzelte die Stirn. Irgendwie klangen Dianas Schläge so viel kraftvoller. Nach einigen weiteren Versuchen gelang es ihr besser, und sie trommelte eine Art Rhythmus, in dem sie verschiedene Schläge auf verschiedenen Seiten abwechselte.

Plötzlich vermischten sich andere Töne mit ihren.

Diana musste eine weitere Trommel aus dem Lagerraum genommen haben und saß nun neben ihr. Wann hatte sie das gemacht? Ihr Rhythmus stolperte, und sie hörte auf. Peinlich. Warum konnte sie sich nicht genug konzentrieren?

Diana hörte auch auf und lehnte sich rüber. »Darf ich dir etwas zeigen?«

Ihre Hände schwebten über Emilys Trommel, bis sie nickte.

Sie zeigte ihr eine Sequenz von schnell-schnell-langsam-langsam Schlägen an verschiedenen Stellen der Trommel.

Entschlossen, wenigstens etwas Fortschritt zu zeigen, versuchte Emily, sie zu kopieren. Es war einfacher als erwartet. »Hey, ich klinge schon fast professionell.«

Diana lächelte und machte eine Spiel-weiter-Geste, und nahm ihr eigenes Spiel wieder auf. Zunächst war es fast der gleiche Rhythmus, aber im Laufe der Zeit wurde er langsam komplexer. Sie variierte ihre Schläge und produzierte Töne, die zwischen dem gemeinsamen Rhythmus lagen. Ihre Hände bewegten sich immer schneller.

Emily versuchte, ihrem Beispiel zu folgen, verlor aber den Überblick und musste aufhören. Ihr Gesicht und Nacken glühten, und sie wusste nicht, ob es von der Anstrengung des Spielens kam, oder durch die Verlegenheit, dass sie den einfachsten Anweisungen nicht folgen konnte.

Lachend hörte Diana ebenfalls auf. »Sei nicht so streng mit dir. Es geht darum, Spaß zu haben und nicht um Perfektion. Das passiert allen.«

»Dir aber nicht.« Emily mochte es nicht, beschwichtigt zu werden.

»Es passiert öfter, wenn wir improvisieren. Ich neige dazu, mich im Rhythmus zu verlieren, und mäandere um die anderen Musiker herum. Früher oder später biege ich falsch ab und ende an einem ganz anderen Ort. Manchmal ist das genau richtig und manchmal muss ich aufhören und neu anfangen. Ich glaube aber, dass der Weg genauso wichtig sein kann wie das Ziel.« Diana sah sie mit einem fokussierten Blick an.

Sprach sie über mehr als nur Trommeln? Worüber auch immer sie wirklich sprachen, Emily mochte die Verbindung, die Dianas Blick verursachte. *Warte!* Deswegen war sie *nicht* gekommen.

»Danke. Für den Unterricht.« Emily stand auf und hielt die Trommel hoch. »Wo soll ich die abstellen?«

»Gern geschehen.« Dianas Tonfall war genauso neutral wie ihrer, aber ein Lächeln ließ ihren Gesichtsausdruck weicher erscheinen. »Gib sie mir einfach.«

Nein, nein, nein. Lächeln war gar nicht gut. Sie mussten eine ernsthafte Unterhaltung führen, und sie hätte sich nicht erlauben dürfen, mit Diana zusammen zu trommeln. Sie gab ihr die Djembe.

Diana hob ohne Probleme beide Trommeln hoch und trug sie zum Lager.

Da sie ihre Lektion gelernt hatte, wandte Emily ihren Blick von Dianas Muskeln ab, um nicht wieder von ihrer Mission abgelenkt zu werden. Als sie hörte, wie das Türschloss zuschnappte, schaute sie auf. »Ich würde gerne mit dir über etwas Wichtiges sprechen.«

»Sicher. Jetzt? Wird es lange dauern?« Diana zog ihr Telefon aus der Hosentasche, vermutlich, um auf die Uhr zu schauen. »Es tut mir leid, aber ich treffe eine Freundin zu einem frühen Abendessen. Soll ich sie anrufen und umplanen?«

Emily wollte selbstsüchtig sein und ja sagen, aber es ging um ihre Grenzen und Probleme und sie sollte Diana nicht von ihren Freunden fernhalten. »Nein, dass ist schon okay. Ich wollte nur reinen Tisch machen. Vielleicht haben wir morgen nach der Arbeit etwas Zeit.«

»Wieso kommst du nicht mit? Das Abendessen wird nicht lange dauern, weil sie heute Abend noch arbeiten muss und wir können danach miteinander sprechen.«

Abendessen mit Diana und ihre Freunde kennenlernen, lenkte den Kurs des Abends für Emilys Geschmack entschieden zu sehr in private Gewässer. Aber die Alternative einer weiteren schlaflosen Nacht klang auch nicht sehr verlockend. »Wenn Du dir sicher bist, dass ich nicht störe.«

Trotz des lustigen Schilds von einer Katze, die mit einer Ingwerwurzel spielte, sah das vietnamesische Restaurant im Herzen des University Districts billig und nicht einladend aus. Emily hätte es, ohne es eines zweiten Blickes zu würdigen, passiert, wenn sie alleine gewesen wäre. Sie folgte Diana, vorbei an Tischen voller Collegestudenten, zu einer Treppe. Der erste Stock war viel angenehmer. Weiße Papierlampen hingen in unregelmäßigen Gruppen von der Decke und tauchten den Raum in ein warmes Licht. Robuste Holztische waren mit Keramikschalen dekoriert, die einzelne Blüten enthielten. Alles wirkte wie der perfekte Ort für Paare, die auf einem Date waren. Nicht, dass sie viel Erfahrung mit Romantik hatte.

»Hier drüben.« Mit der Hand auf Emilys Rücken lenkte Diana sie zu einer Nische im hinteren Teil des Raumes.

Die Berührung ihrer Finger war leicht, komplett unschuldig, aber Emily brauchte jeden Funken Willenskraft, um sich nicht in dem Kribbeln zu winden, das sie verursachte.

Eine dunkelhäutige Frau in einem weinroten Hemd mit grauen Nadelstreifen und passenden grauen Stoffhosen stand auf, um sie zu begrüßen. Wer war sie? Arbeitete sie auch im Krankenhaus? Wer auch immer sie war, sie sah hinreißend aus mit ihrem stylishen Kurzhaarschnitt.

»Ooh, Melinda, du siehst großartig aus.« Diana umarmte ihre Freundin.

»Nenn mich nicht so, Di!« Ein strenger Blick und ein Klaps auf Dianas Arm begleiteten das letzte Wort.

»Okay, okay. Frieden.« Diana hob ihre Hände, als ob sie sich ergeben würde, und trat einen Schritt zurück, um sich halb zu Emily umzudrehen. »Emily, das ist Mel. Sie war die Gitarristin in unserer Band. Und das ist Emily, meine Kollegin aus dem Krankenhaus.«

Das war Mel? Jenns Mel? Ein weiterer Rockstar? Die elegante Frau vor ihr war das komplette Gegenteil der Gitarristin in zerrissenen Jeans und sehr enger, sehr freizügiger Lederweste, die sie zuletzt auf der Bühne gesehen hatte.

Mels Augenbrauen hoben sich angesichts der Vorstellung, aber sie gewann ihre Fassung schneller wieder als Emily und lächelte. »Hi, nett, dich kennenzulernen.«

»Hi« war alles, was Emily herausbrachte.

Diana und Mel setzten sich an die gegenüberliegenden Seiten des Tisches, und Emily schob sich auf die Bank neben Diana. Sie achtete sorgfältig auf einen Sicherheitsabstand.

Eine Bedienung begrüßte sie, verteilte die Speisekarten und fragte nach der Getränkebestellung.

Die beiden anderen nahmen Tiger Bier, aber Emily war glücklich, eine Auswahl an Tees zu finden. Alkohol würde ihr nicht helfen, ihren Verstand beieinander zu halten.

»Im Ernst, Mel, warum hast du dich so schick gemacht? Du hast doch nicht gehofft, wir hätten ein Date, oder?« Diana klimperte übertrieben mit den Wimpern.

»Das wünschst du dir wohl.« Mel lachte kurz auf. »Nein, ich hatte ein Treffen mit einem Investor. Es sieht langsam rosig aus für mein Studio.«

»Das ist ja großartig. Ich freue mich für dich.« Diana drückte Mels Arm, dann sah sie Emily an. »Mel plant, den Schritt von der Musikerin zur Produzentin zu wagen.«

»Herzlichen Glückwunsch. Willst du auch mit dem Gitarrespielen aufhören?«

»Danke. Nein, noch nicht. Ich glaube, in mir stecken noch ein paar Jahre. Aber wir werden alle älter und nicht jeder hat so eine nette alternative Karriere in petto wie Diana.« Mit einem Grinsen schaute sie zu Diana. »Wie läuft das denn für dich im Moment?«

»Wie erwartet. Nichts Neues.« Diana war plötzlich angespannt und ihr Ton deutete an, dass das Thema für sie abgeschlossen war. »Hast du schon Räume für dein Studio gefunden?«

Mel akzeptierte den Themenwechsel ohne Kommentar, und sie diskutierten die Vor- und Nachteile verschiedener Locations, bis die Kellnerin die Getränke brachte.

»Was kann ich Ihnen bringen?«

Diana und Mel antworteten, ohne zu zögern, und ohne die Speisekarte überhaupt in die Hand genommen zu haben, mit derselben Nummer.

Die Kellnerin lachte leise, tippte die Bestellung in ihr kleines Tablet und sah Emily mit hochgezogenen Augenbrauen an.

Emily nahm die Speisekarte und überflog die winzige Schrift. »Könnt ihr etwas empfehlen?«

Wieder antworteten die beiden Frauen mit derselben Nummer und brachen dann in Gelächter aus.

»Sorry«, sagte Diana mit einem entschuldigenden Grinsen. »Was wir sagen wollten, war: Pho mit Rindfleisch. Es ist köstlich.«

»Danke. Ich liebe Pho.« Emily schob die Karte zur Seite. »Für mich auch, bitte.«

»Gute Wahl.« Die Kellnerin sammelte die Karten ein und ging.

Emily schaute von einer der Frauen zur anderen und hob ihre Augenbrauen. »Steht ihr auf scharf?«

Das verursachte einen weiteren Lachanfall.

Emily wiederholte im Kopf, was sie gerade gesagt hatte. Huch. »Oh, nein! So war das nicht gemeint. Ich wollte nur … ich meine … Essen, scharfes Essen, sonst nichts.« Da die Option, sich unter dem Tisch zu verstecken, nicht wirklich valide war, schloss sie sich dem Lachen an.

Nachdem sie sich beruhigt hatten, nahm Diana einen großen Schluck Bier. Sie stellte die Flasche zurück auf den Tisch und folgte einem Tropfen Kondensat mit der Fingerspitze. »Wir hingen hier früher immer herum. Hier unten ist bis spät in die Nacht geöffnet und wir haben uns nach den Proben oder Auftritten oft gestärkt.«

»Unser Übungs- und Lagerraum war in der Nähe«, fügte Mel hinzu. »Nachdem ich nach Seattle zurückgezogen bin, war ich froh, dass es das Restaurant nach all den Jahre noch gibt.«

»Ja. Und die Karte ist praktisch gleich geblieben.«

»Die Essensqualität auch.«

»Nur die Kundschaft wird jeden Tag jünger.«

»Ja, da fühlt man sich alt.«

»Du bist alt.«

Emily umschloss ihre Teeschüssel mit beiden Händen und lehnte sich zurück, um das Geplänkel der beiden Freundinnen zu genießen. Hier mit ihnen zu sitzen wirkte vollkommen normal und fühlte sich gut für Emily an. Obwohl sich ihr Leben so sehr von dem der beiden Freundinnen unterschied, als hätte sie am anderen Ende der Milchstraße gelebt. Zitronen- und Ingwerdüfte stiegen auf und halfen ihr, weiter zu entspannen, als das Gespräch zu den Plänen für Mels Studio zurückkehrte.

Das Essen kam in drei riesigen Schüsseln, die mit Reisnudeln, aromatischer Brühe, dünnen Rindfleischstreifen und einer Mischung aus Kräutern und Gemüse gefüllt waren. Mit offensichtlich jahrelanger Erfahrung würzten Mel und Diana ihre Portionen direkt mit Zitrone und Chilisoße.

Emily probierte ihre zunächst und stöhnte fast vor Genuss, als die komplexen Aromen ihre Geschmacksknospen überfluteten. »Wow. Vielen Dank für die Empfehlung. Das ist vermutlich die beste Pho, die ich je gegessen habe.«

»Ja. Diana hat mich fast wahnsinnig gemacht mit ihren Versuchen, in LA das Rezept nachzukochen.« Mel rollte mit den Augen. »Ich meine, sie kocht großartig, aber keiner kommt an das Ginger Cat heran.«

»Es ist gut, wieder hier zu sein.« Diana lächelte und nahm einen großen Löffel Suppe.

»Das kannst du laut sagen.« Mel fing auch an zu essen und tauschte einen Blick mit Diana, der zeigte, dass sie über mehr als nur das Essen sprachen.

Der Moment war zu privat, als dass Emily danach fragen konnte. Sie wandte ihren Blick ab und konzentrierte sich auf ihre eigene Mahlzeit. Pho hatte für sie immer Geborgenheit und Wärme bedeutet, etwas, was sie jetzt dringend brauchte, um sich für den Rest des Abends zu stärken.

Nachdem sie alle fertig waren, presste Mel eine Hand auf ihren Magen. »Ich bin so voll, ich weiß nicht, wie ich noch spielen soll.« Sie sah auf ihre Uhr. »Und ich muss los.«

Diana grinste. »Du wirst die Kalorien schon noch verbrennen. Hast du nicht erwähnt, dass du ein heißes Date nach dem Auftritt hast?«

»Und das ist mein Stichwort, dich mit *deinem* Date allein zu lassen.« Mel zwinkerte, stand auf und zog ihr Portemonnaie aus der Tasche.

»Lass nur, ich zahle.« Diana bedeutete ihr, das Geld wieder einzustecken.

Warum korrigierte Diana nicht Mels Annahme? Emily verschluckte sich fast an ihrem Tee, in ihrer Eile Mels Annahme richtigzustellen. »Oh nein. Nein, nein. Wir sind nicht auf einem Date, überhaupt nicht. Wir arbeiten zusammen. Als Freunde.«

Mel hielt mitten beim Einstecken des Portemonnaies inne und hob ihre Hand in einer beschwichtigenden Geste. »Es tut mir leid, wenn ich dich beleidigt habe.«

»Nein, du hast mich nicht beleidigt. Es ist nur …« Wenn überhaupt, sollte sie sich geschmeichelt fühlen, dass Mel annahm, jemand wie Diana könnte sich für sie interessieren. Was konnte sie ihr schon bieten? »Ich wollte nur ein Missverständnis verhindern.« Das war eine schwache Rechtfertigung für ihren Ausbruch, aber alles andere lag zu nah an der Wahrheit.

»Okay.« Mel nahm die Erklärung mit einem Lächeln an, das die Unbehaglichkeit der Situation entschärfte. »Ich muss trotzdem gehen. Es war schön, dich kennenzulernen.«

Sie streckte ihre Hand aus und Emily schüttelte sie, ohne zu zögern. »Dich auch.«

Diana stand auf, aber bevor Emily sie durchlassen konnte, lehnte sich Mel über sie, um Diana kurz zu umarmen.

»Wir sprechen uns bald.« Mel ging und Diana ließ sich wieder auf ihren Platz fallen.

Beide sagten nichts für eine Minute. Emily griff nach ihrem Tee, mehr um etwas in den Händen zu halten, als dass sie die letzten Reste trinken mochte. Er hatte zu lange gezogen und war bitter geworden.

»So.« Diana brach als Erste das Schweigen. »Willst du dich hier unterhalten oder woanders?« Sie lehnte sich zurück und lächelte.

Das Lächeln war nicht fair, zu freundlich, zu warm, zu sexy. Emily nahm einen Schluck Tee, um ihren plötzlich ausgetrockneten Mund zu befeuchten. Der bittere Geschmack half ihr, ihre Gedanken zu ordnen.

Sie sah sich im Restaurant um. Auch wenn sich der Raum während des Essens etwas gefüllt hatte, saßen die anderen Gäste weit genug entfernt und die Hintergrundgeräusche waren laut genug, um Privatsphäre zu ermöglichen. Aber Diana war viel zu nah. Während des Essens hatte ihr Arm einmal Emilys gestreift und ein Kribbeln hinterlassen. Sie wünschte, sie hätte zu Beginn des Abends die andere Seite des Tisches gewählt, aber es wäre merkwürdig, sich jetzt umzusetzen. »Können wir uns beim Laufen unterhalten?«

»Klar.« Diana winkte der Kellnerin, die am Tisch vorbeiging. »Können wir bitte die Rechnung bekommen?«

Als sie mit einem schwarzen Etui kam, griff Diana danach. »Ich mach schon.« Sie legte einige Scheine rein und schob es zur Seite.

»Warte. Lass mich meinen Anteil zahlen.« Emily holte ihr Portemonnaie heraus.

Diana unterbrach sie mit einer Hand auf ihrem Arm. »Brauchst du nicht. Ich würde dich gerne einladen. Ich habe dich immerhin hierher geschleppt.«

Da war es wieder, das Kribbeln, das ihren Arm durchfuhr. Sie musste hier raus.

»Ich bestehe darauf. Das ist kein Date.« Emily sprang auf und entfernte so die verwirrende Hand von ihrem Ärmel und legte Geld auf den Tisch. Es war an der Zeit, einige Grundregeln festzulegen.

Die Straße war ein beliebtes Ziel und für ernsthafte Gespräche nicht geeignet. Leute spazierten entlang der *Ave* im Herzen des University Districts, unterhielten sich und hatten einen normalen Samstagabend mit Freunden und Dates. Diana hatte das schon so lange nicht mehr gemacht, sie wusste nicht, wie sich das eigentlich anfühlte. Im College und Medizinstudium hatte sie die meiste Freizeit mit ihrer Band verbracht, entweder bei Proben oder kleinen Auftritten, alle, die sie kriegen konnten.

Sie ließ Emily das Tempo bestimmen und wartete darauf, dass sie den Grund für ihr Treffen erwähnte, aber sie schien nicht in Eile zu sein. Von Zeit zu Zeit hielt sie an den Schaufenstern eines Buchladens oder anderer kleiner, niedlicher Geschäfte an.

Den ganzen Abend über war Emily so bemerkenswert anders gewesen, als die normale selbstbewusste Person, die Diana von der Arbeit kannte. Ein Hauch von Verletzlichkeit, der an die Oberfläche kam, faszinierte sie. Vielleicht würde sich Emily während ihres Gespräches mehr öffnen, worüber es auch sein würde. Das einzige Thema, das ihr einfiel, war, Emilys Verzweiflung und die Umarmung, die zu dem unerwarteten Kuss geführt hatte. Unerwartet, aber nicht unwillkommen.

Sie kamen an einem Secondhand-Musikladen vorbei. Das Schaufenster bestand aus einer Wand aus Schallplatten und CDs, und Diana ging automatisch langsamer, um die Titel anzuschauen. Der Besitzer schien einen interessanten Geschmack zu haben.

»Ich muss wiederkommen, wenn sie offen haben.« Diana wollte weitergehen, aber Emily schaute zwischen dem Fenster und ihr hin und her.

Beide betrachteten die Alben. Diana sah es vor Emily. Ihre erste Live-CD. Sie hatte immer schon eine Hass-Liebe zu dem Cover gehabt. Das Foto war von hinter der Bühne aufgenommen worden und zeigte die Band, wie sie vor Publikum spielte. Das Hauptmerkmal war das farbenprächtige Tattoo auf Dianas Rücken. Würde Emily es wiedererkennen?

Emily spannte sich für eine Sekunde an, dann lehnte sie sich näher an das Glas. Ihr Gesichtsausdruck, der im Fenster gespiegelt wurde, war konzentriert. »Wie lange hat es gedauert, deine Haare so zu stylen?«

Diana lachte. Emily war praktisch, wie immer. Der Fotograf hatte auf eine Frisur bestanden, die das Tattoo gut sichtbar machte und hatte sie überzeugt, ihre Haare für den Auftritt in eine Art Fake-Irokesenschnitt zu formen. Sie hatte es gehasst, musste aber zugeben, dass es im Bild gut wirkte.

»Frag mich lieber, wie lange es nach dem Konzert gedauert hat, das Zeug wieder raus zu waschen.« Diana stöhnte und schüttelte den Kopf. »Nie wieder.«

Sie setzten ihren Weg fort und gingen an den nächsten Geschäften vorbei, ohne anzuhalten.

»Vermisst du es?« Emilys Frage war so leise, dass Diana sie fast nicht verstanden hätte.

Dianas erster Impuls war, mit einem Scherz über ihre Haare zu antworten, aber Emilys Stimmung schien dafür zu ernst. »Was meinst du? Die Konzerte?«

Emily nickte. »Die Konzerte, der Ruhm, die Fans.«

Sie hatte sich diese Frage mehr als einmal in den letzten Wochen gestellt, insbesondere als sie im letzten Monat wieder auf der Bühne gestanden hatte. Die Antwort war einfach. »Ehrlich? Nein, nicht wirklich. Das Gefühl, zu einer Band zu gehören, teilzuhaben, wenn man etwas zusammen erschafft, ist wundervoll. Ich habe die Proben geliebt, die Improvisationssessions, die Dynamik zwischen den Bandmitgliedern. Zumindest an den guten Tagen.« Sie runzelte die Stirn, als sie sich an die Anfälle erinnerte, die ihre Ex bekommen hatte, wenn es nicht nach ihrem Willen ging. »Aber die Konzerte waren harte Arbeit. Am Anfang war ich berauscht davon, auf der Bühne zu stehen, für ein immer größer werdendes Publikum zu spielen. Später wurde es zur Routine. Du musstest spielen, egal ob dir danach war oder nicht.« Diana sah in Emilys Augen und hoffte auf Verständnis. Die meisten Menschen konnten nicht den vermeintlichen Nervenkitzel des Ruhms durchschauen.

»Wie die Arbeit in der Notaufnahme. Es geht nicht immer darum, Leben zu retten, manchmal musst du auch nur einen verstauchten Knöchel bandagieren.« Emily sah nach unten und ging weiter. »Was ist mit dem Ruhm? Den Fans?«

»Das war kompliziert. Auch das hat großartig angefangen. Ich meine, die Leute jubeln dir zu, sie bewundern dich für etwas, was du liebst zu tun.« Diana spielte mit dem Reißverschluss ihrer Jacke. Wie viel sollte sie ihr sagen? Alles. Wenn diese Beziehung irgendwohin führen sollte, musste sie komplett offen sein. Emily sollte nicht die Einzige sein, die sich verletzbar machte. »Aber es verändert etwas in dir. Jeder reagiert anders.«

Emily brummte leise etwas. Ihr Gesicht war durch flackernde Schatten verborgen, da sie einen Bereich mit weniger Beleuchtung erreicht hatten.

Stimmte sie zu? Diana nahm es als ein Zeichen, fortzufahren. »Mel blieb am Boden. Nichts konnte sie aus der Ruhe bringen. Vielleicht weil sie etwas älter war als wir oder vielleicht, weil sie einfach so cool ist. Gefestigt. Katie und ich, wir haben es nicht so gut hinbekommen. Unsere Beziehung hat das erste Jahr nicht überlebt. Sie und ich lebten in unseren getrennten Fantasiewelten voller Ignoranz und Selbstlügen. Sie traf ein paar ungesunde Entscheidungen, und ich habe meinen Kopf in den Sand gesteckt. Die Band hat sich fast dadurch getrennt, aber wir haben uns gerade noch einmal zusammengerissen. Sie hat einen Entzug gemacht, wir haben unsere Beziehung in eine Freundschaft verwandelt und alles war wieder gut.« Sie schnaubte. »Zumindest haben wir das gedacht.« Die letzten Jahre verschwammen in ihrer Erinnerung: Konzerttouren, Studioaufnahmen und dazwischen Monate auf der Farm. »Wenn wir zu Hause waren, habe ich mich nach Einsamkeit gesehnt und mich auf das Schreiben neuer Songs konzentriert. Ich bin nur aus meinen Zimmern gekommen, um zu proben, joggen zu gehen oder zu kochen. Oder mit Mel zu sprechen. Sie hat mich bei Verstand gehalten.«

»Ich mag Mel, aber es war komisch, sie zu treffen und zu wissen, dass sie danach mit Jenn weggeht. Und weder Mel noch ich könnten Jenn davon erzählen, ohne zu erklären, warum wir uns kennen.« Emilys Stimme enthielt eine Spur Humor. »Unsere Freundinnen gehen zusammen und wir können nicht richtig mit ihnen darüber sprechen. Das ist gar nicht kompliziert. Überhaupt nicht.«

Diana blieb stehen. »Das Chaos tut mir leid, und dass meine Geheimnisse dich davon abhalten, mit deiner besten Freundin richtig zu reden. Ich hasse Geheimnisse. Verdammt, ich habe noch nicht einmal meine Sexualität vor meinen Eltern verheimlicht. Ich habe mich so ziemlich in dem Moment geoutet, als ich begriffen hatte, warum die Vorstellung so weh tat, dass Alissa ein Date mit dem Typen aus dem Musikladen hat.«

Emily drehte sich zu Diana und drückte ihren Arm. »Das ist okay. Ich mag Geheimnisse auch nicht, aber ich verstehe es.«

Die Berührung verbreitete eine Wärme, die den ganzen Arm entlang bis zu Dianas Herz floss. Nach dem Kuss vor zwei Tagen und der spontanen Trommelsession und dem Abendessen heute war für Diana Emilys Anziehungskraft sprunghaft angestiegen, und ihr Verstand hatte Schwierigkeiten zu folgen. Sowohl Emilys Signale, als auch ihre eigenen Reaktionen darauf, verwirrten sie. Sie wollte gerne beim Spazierengehen Emilys Hand halten und sie besser kennenlernen. Manchmal dachte sie, Emily wollte das auch, aber dann zog sie sich wieder zurück.

Als ob sie Dianas Beobachtung bestätigen wollte, stopfte Emily ihre Hand in ihre Hosentasche. »So, Alissa?«

Sie gingen weiter die Straße entlang und Diana akzeptierte den Themenwechsel. »Meine beste Freundin in der High School. Ich dachte, sie hängt gerne mit mir im Musikladen ab. Du weißt schon, wegen der Musikauswahl. Und meiner witzigen Gesellschaft.« Sie stöhnte theatralisch und rollte mit den Augen. »Ich war komplett planlos, dass sie eigentlich an dem Verkäufer interessiert war. Ich konnte nicht verstehen warum. Er war quasi uralt, mindestens zwanzig, und stand auf Grunge.«

Beide lachten, und Dianas Anspannung löste sich etwas. Was auch immer Emily besprechen wollte, konnte nicht so schlimm werden.

Das angenehme Schweigen hielt an, bis sie Dianas Auto erreichten.

Diana sah sich um, konnte aber keine geeignete Stelle für eine wichtige Unterhaltung finden. »Warum fahr ich dich nicht nach Hause, und dann unterhalten wir uns?« Sie zog die Schlüssel aus der Tasche und schloss das Auto mit einem Druck auf den Knopf auf.

»Okay.« Emily öffnete die Beifahrertür und stieg ein.

Das Schweigen auf der kurzen Fahrt zu Emilys Wohnung war nun nicht mehr angenehm. Diana parkte vor dem Gebäude unter einer Straßenlaterne und schaltete den Motor aus. »Sollen wir reingehen?«

»Nein, es wird nicht lange dauern.« Emily löste ihren Sicherheitsgurt, hielt aber die Schnalle weiter in der Hand. »Ich will mich dafür entschuldigen, was Donnerstagabend passiert ist.« Ihre Stimme war so steif wie ihre Haltung.

Diana lehnte sich in ihre Richtung und streckte die Hand nach ihrem Arm aus, hielt aber inne, bevor sie sie wirklich berührte. »Du brauchst dich nicht zu entschuldigen.«

»Doch, ich muss. Mein Verhalten war höchst unprofessionell, und ich werde sicherstellen, dass es nicht wieder vorkommt.« Sie schluckte mehrmals. »Ich bin deine Vorgesetzte, deine Mentorin. Du musst nicht mit ansehen, wie ich einen Zusammenbruch habe. Mich zu trösten, ist nicht Teil deiner Aufgaben, und es tut mir leid, dass ich dich damit belästigt habe.«

»Es ging dabei nicht um meine Aufgaben, und du hast mich ganz bestimmt nicht belästigt. Dir ging es schlecht. Ich wollte helfen.« Die Erinnerung daran, wie Zuneigung und Wärme ihre Umarmung begleitet hatten, zeigte sich in ihrer Stimme und Diana tat nichts, um es zu verbergen. »Geht es um den Kuss?«

Emily erstarrte und sah sie, ohne zu zwinkern, mit weit aufgerissenen Augen an. Hypnotisiert von dem Licht der Straßenlaterne, das in den grauen Augen gespiegelt wurde, wartete Diana. Sie sahen aus, wie dunkle Seen aus geschmolzenem Silber.

»Es tut mir leid, dass ich dich geküsst habe.« Das Flüstern war kaum hörbar und mit Emotionen verbunden, die sie nicht benennen konnte.

»Mir nicht.« Diesmal berührte Diana Emilys Arm. Sie brauchte die Verbindung und auch Emily zog sich nicht zurück, obwohl die Muskeln und Sehnen unter Dianas Fingerspitzen angespannt waren, als Emily den Gurt weiter umklammerte. »Aber habe ich dich nicht zuerst geküsst?« Sie ging mit dieser Neckerei ein kleines Risiko ein, um die Spannung zu entschärfen.

Der Hauch eines Lächelns umspielte Emilys Lippen und ihr Arm entspannte sich unter Dianas Fingern. »Das tut hier nichts zur Sache. Es ist nur wichtig, dass es nicht wieder passiert.«

»Wieso?« Donnerstagabend schien die Anziehung auf Gegenseitigkeit beruht zu haben.

Emily löste die Umklammerung, und der Gurt schnellte mit einem lauten Knall zurück. »Wir arbeiten zusammen. Ich bin deine Mentorin. Wir brauchen Grenzen.«

Alles gute Gründe. Aber das Fehlen des wichtigsten Argumentes war auffällig. Emily hatte nicht gesagt, dass sie Diana nicht mehr küssen wollte. »Unsere Arbeitssituation ist nicht ideal, um miteinander auszugehen, aber ich glaube, wir könnten einen Weg finden, damit umzugehen.«

»Nein.« Emily schüttelte den Kopf und zog den Arm weg. »Klare Trennlinien zwischen Arbeits- und Berufsleben sind notwendig.«

Diana glaubte das nicht, aber sie musste Emilys Entscheidung respektieren. Das Gefühl einer verpassten Chance senkte sich in ihre Magengrube wie ein Stein. »Okay, wenn das für dich so wichtig ist, machen wir es auf deine Weise.« Sie lächelte, um zu zeigen, dass sie es ihr nicht nachtrug, auch wenn es schmerzte. »Wenn du jemals wieder auf diese Unterhaltung zurückkommen willst, lass es mich wissen.«

»Danke.« Sie öffnete die Tür. »Ich sehe dich auf der Arbeit.«

»Warte.« Diana konnte nicht anders. Sie wollte retten, was möglich ist, um als etwas mehr als höfliche Arbeitskollegen zu enden. »Was ist mit Freundschaft?«

Mit einem Fuß bereits außerhalb des Autos, drehte sich Emily zu ihr um. »Was meinst du?«

»Ist Freundschaft, also nicht zusammen sein und auf mehr hoffen, sondern nur Freundschaft etwas, was wir probieren können? Oder würde das auch deine Arbeit zu stark beeinträchtigen?«

»Ich weiß es nicht.« Emily stieg aus und strich ihre Jacke glatt. Ihr Gesicht war nicht mehr sichtbar und Diana musste sich anstrengen, ihre Antwort zu verstehen. »Wir könnten es versuchen.« Sie warf die Autotür zu und hastete zu ihrer Wohnung.

Diana ließ sich in ihren Sitz zurückfallen und schloss die Augen. Sie brauchte einen Moment, um die Unterhaltung zu verarbeiten, bevor sie fahren konnte.

Emily stellte ihre Teetasse auf die Holzkiste, die als Tisch diente, und lehnte sich in den bequemen Pseudo-Ledersessel zurück. Heute machte ihr die Angewohnheit ihrer besten Freundin, immer zu spät zu kommen, nichts aus. Sie betrachtete ihr Spiegelbild im Fenster des stylishen Cafés, um sich zu vergewissern, dass ihr Make-up immer noch ihre dunklen Augenringe verdeckte. Sie hatte letzte Nacht kaum geschlafen, als sie vergeblich versucht hatte, ihre verworrenen Gefühle zu ordnen und unter Kontrolle zu bringen, da das Gespräch sie nicht beruhigt hatte. Jenn würde vermutlich in dem Moment, in dem sie sie sah, merken, dass etwas nicht stimmte.

Was hatte sie sich gestern gedacht? Nicht viel, offensichtlich. Ihre Handlungen waren stattdessen durch ihre Gefühle geleitet gewesen. Sie hatte einen vagen Plan verfolgt, Diana im Regenbogenhaus aufzusuchen und dann waren die Ereignisse außer Kontrolle geraten. Die Trommelsession war in ein spontanes Abendessen übergegangen und am Schluss hatte sie das Angebot der Freundschaft angenommen.

Warum hatte sie das getan? Sie wollte der Versuchung fernbleiben und sie nicht in ihr Leben einladen in Form einer Freundschaft. Ihre einzige Entschuldigung war, dass es sich richtig angefühlt hatte. Ein wohliges Gefühl breitete sich in ihrem Inneren aus, als sie daran dachte, mehr Zeit mit Diana zu verbringen.

Sie stöhnte. Das war absurd. Sie war eine erwachsene Frau, die sich auf ihre Karriere konzentrierte, und kein hormongesteuerter Teenager. Sie würde diese alberne Schwärmerei hinter sich lassen. Sofort.

»Warum siehst du aus, als ob du jemanden umbringen willst? Ich bin nicht so spät dran.« Jenn beugte sich runter, um Emilys Wange zu küssen, schlüpfte aus ihrem nassen Mantel und hängte ihn vorsichtig über die Rückenlehne eines Stuhls.

Emily zuckte zusammen. Sie hatte Jenns Ankunft nicht bemerkt. Und wann hatte es angefangen zu regnen? Sie versuchte, sich hinter einem Lächeln zu verstecken.

»Nein, du bist nicht so viel zu spät. Ich habe nur über etwas nachgedacht, ähm, von der Arbeit. Hatte nichts mit dir zu tun.«

»Gut. Ich bin am Verhungern. Hast du schon bestellt?« Jenn konzentrierte sich auf die Speisekarte.

Wunderbar, ein Themenwechsel. Nicht, dass es sie lange beschäftigen würde. »Nein, noch nicht. Ich bin nicht so hungrig.«

Jenn sah für einen Moment auf, dann studierte sie wieder das Frühstücksangebot.

Hitze schoss Emily ins Gesicht und sie hoffte, dass sie ihr Erröten unter Kontrolle bekam, bevor Jenn mit dem Lesen fertig war. Sie brauchte eine Ablenkung.

»Wie war dein Interview-Date-Ding gestern?«, fragte Emily. Die dunklen Ringe unter Jenns Augen passten zu ihren, aber sie vermutete eine andere Ursache für den Schlafmangel. »Du siehst aus, als ob du eine … erfolgreiche Nacht hattest.«

Jenn stöhnte und lachte gleichzeitig. »Jaaa, so kann man das auch nennen. Aber vielen Dank, ich bin mit dem Ausgang der Nacht vollstens zufrieden.«

Der Kellner kam, um ihre Bestellung aufzunehmen.

Emily schüttelte den Kopf angesichts der langen Liste, die Jenn bestellte. Ein Obstsalat war vermutlich ausreichend. Falls sie mehr essen wollte, konnte sie immer noch etwas vom Teller ihrer Freundin stibitzen.

»Wirst du sie wiedersehen?« Emily hoffte, dass das nicht der Plan war. Ihre beste Freundin im Bett mit Dianas bester Freundin schien wie eine vorprogrammierte Katastrophe. Außerdem war Mel wirklich nett, und sie mochte die Vorstellung nicht, dass Jenn sie für Interviews ausnutzte.

»Vielleicht.« Jenn kritzelte mit ihrem Finger unsichtbare Linien auf den Tisch. »Ich würde gerne. Wir hatten Spaß. Und nicht nur im Schlafzimmer.«

»Das ist großartig.« Emily versuchte, ihre Befürchtungen zu überspielen. »Was habt ihr gemacht? Euch nur zum Interview getroffen oder seid ihr irgendwo ausgegangen?«

»Wir haben uns in einem Club getroffen, bevor sie aufgetreten ist und über ihre Karriere geredet. Nach dem Konzert habe ich den Rest der Band getroffen, und wir waren zusammen tanzen.« Jenn grinste und wackelte mit den Augenbrauen. »Und dann zeigte sie mir ihre Schallplattensammlung.«

Trotz ihrer Vorbehalte musste Emily lachen. »Wirklich? Das war der beste Anmachspruch, den sie hatte?«

»Das war nicht nur eine Anmache. Wir haben uns wirklich ihre Sammlung angeschaut. Sie ist riesig. Und wir haben uns stundenlang über Musik unterhalten, unsere Lieblingsbands und Songs, und alles Mögliche. Ich glaube, ich habe meine

Seelenverwandte gefunden, was obskures Musikwissen anbelangt.« Sie gähnte und streckte ihre Arme hinter ihrem Kopf. »Und dann, natürlich, hatten wir für den Rest der Nacht atemberaubenden Sex.«

»Natürlich. Ich hätte auch nicht weniger von dir erwartet, an einem Samstagabend.« Emily grinste, um zu zeigen, dass sie Jenn nur aufzog.

»Und du hast alleine zu Hause gesessen und ein paar spannende Artikel über kaputte Körper gelesen, oder?« Jenn neckte sie direkt zurück.

»Nein, ich war Essen.« Mist, Warum hatte sie das gesagt? Das war das einzige Thema, was sie auf jeden Fall vermeiden wollte.

»Oh, das ist neu. Alleine? Oder hattest du ein Date?« Jenn wirkte aufrichtig interessiert, und Emily konnte sie nicht anlügen.

»Nein, kein Date. Nur ein freundschaftliches Abendessen mit einer Kollegin.« Ohne Absicht formten Emilys Lippen bei dem Gedanken an den Abend ein Lächeln.

»Hey, das ist fantastisch. Wie heißt Frau Nicht-Date?«

»Diana. Aber wir sind nur Freunde. Sie ist eine Assistenzärztin. Nicht mein Date.« Emily hoffte, dass sie es überzeugender verleugnen konnte als gestern.

»Mhm. Nur Freunde.« Jenns Augen funkelten mit demselben Jagdfieber, das sie hatte, wenn sie hinter einer Geschichte her war. »Weil sie eine Assistenzärztin ist.«

Emily suchte verzweifelt nach einer Ablenkung. Sie kam in Form des Kellners, der ein übervolles Tablett trug. Nachdem er die Teller verteilt hatte, machte Jenn sich über ihre Rühreier her, und Emily knabberte an einer Melone.

»Kann ich dir einen Pfannkuchen klauen?« Emilys Gabel schwebte über dem Stapel.

»Klar. Ist dein Appetit zurückgekehrt? Wo habt ihr gestern gegessen?«

Die Frage war harmlos. »In einem vietnamesischen Restaurant.«

»Kein romantisches Kerzenlicht für das Nicht-Date?«

Okay. Nicht so harmlos.

»Ihre beste Freundin hat mit uns gegessen.« *Und danach die Nacht mit dir verbracht.* Emily durchsuchte ihren Obstsalat nach einer Erdbeere und vermied es, Jenn anzusehen. Sie hatte Angst davor, was Jenn in ihren Augen lesen würde.

»Es ist also ernst, wenn du schon ihre Freunde triffst.« Jenn nahm eine Traube aus Emilys Schüssel.

»Ich weiß, was du da machst. Du fischst nach schmutzigen Details. Es gibt aber keine. Wir sind nur Freunde, vielleicht noch nicht einmal das. Wir arbeiten zusammen. Wir sind beide Freiwillige im Regenbogenhaus. Sonst nichts. Hör auf, mich zu verhören!« Emily versuchte, ihre Stimme ruhig zu halten. Wenn sie lauter würde, wüsste Jenn sofort, dass mehr dahintersteckte. Wäre das so schlimm? Sie konnte sicherlich eine andere Sichtweise aufzeigen, mit ihrem reichen Erfahrungsschatz auf dem Gebiet, Arbeit und Vergnügen zu kombinieren. Aber was, wenn sie nach mehr Details fragte? Was, wenn sie sie treffen wollte?

Emily hatte plötzlich Schwierigkeiten, Luft zu bekommen. Sie zog am Kragen ihres Oberteils. Warum war es hier drin so heiß?

Jenn lehnte sich über den Tisch und legte ihre Hand auf Emilys Arm. »Hey, keine Panik. Ich verhöre dich nicht. Ich bin nur deine beste Freundin und neugierige Fragen und kleine Neckereien sind wichtige Teile der Jobbeschreibung.«

Emily ließ ihren Kragen los und drückte Jenns Hand, die noch immer auf ihrem Arm ruhte. Das erinnerte sie an Dianas Berührung gestern Abend, nur ohne Funken und Kribbeln. »Du hast recht. Es tut mir leid. Ich weiß nicht, warum ich heute so daneben bin.« Jenns Anwesenheit war beruhigend und Emily entspannte sich langsam. Sie dachte viel zu viel darüber nach. Jenn war ihre beste Freundin, und sie vertraute ihr.

Jenn ließ sich eine Minute Zeit, um Emilys Blick zu halten, bevor sie ihre Hand zurückzog. »Alles okay zwischen uns?«

»Ja, alles gut.« Emilys Mund war ausgetrocknet und sie nahm einen weiteren Bissen Melone. »Die Wahrheit ist, ich flippe wegen Diana aus und nicht wegen deiner Fragen.«

»Willst du mir sagen, wieso?« Jenn strahlte die Gelassenheit aus, die Emily fehlte.

»Ich bin mir nicht sicher, was ich genau fühle. Ich glaube, ich bin an ihr interessiert. Mehr als freundschaftlich. Aber ich bin mir absolut sicher, dass das keine gute Idee ist. Sie ist meine Assistenzärztin, ich bin ihre Mentorin und für sie verantwortlich. Das ist nicht richtig. Oder?« Emily sprach viel zu schnell und zu laut. Sie nahm einen tiefen Atemzug. Das half nicht. »Oh Mist. Ich bin fix und fertig.« Sie schloss ihre Augen und massierte die Lider mit beiden Händen.

»Warum stellt das ein Problem dar, wenn sie deine Assistenzärztin ist? Sie ist keine Studentin, sondern auch eine Ärztin. Du bist doch nicht für ihre Noten oder so was verantwortlich. Du bist nicht ihre Chefin, du kannst sie nicht feuern. Und ihr seid beide Erwachsene. Ist sie so viel jünger?« Jenn klang so logisch, dass sie Emily fast überzeugte. Aber Dinge waren niemals so einfach und gradlinig.

»Nein, sie ist in unserem Alter. Vielleicht ein oder zwei Jahre älter. Sie hat nach dem Medizinstudium eine Pause gemacht.« Das kam gefährlich nahe an den Teil von Dianas Vergangenheit, der vor Jenn verborgen bleiben sollte. Emily musste den

Fokus wieder von Diana auf sich selbst lenken. »Als ihre Mentorin und Vorgesetzte beeinflusse ich ihre Prüfungen in der Assistenzarztausbildung nicht direkt, aber die Dinge würden komisch zwischen uns werden, wenn ich ihre Absichten falsch einschätzte. Oder noch schlimmer, wenn es zwischen uns nicht mehr gut laufen würde.« Und warum sollte es gut laufen? Emily hatte keine hilfreichen Erfahrungen in der Führung einer Beziehung.

Jenn runzelte die Stirn. »Hast du Angst, der sexuellen Belästigung beschuldigt zu werden?«

»Nein, nein. Nicht wirklich. Dafür ist es schon zu spät.« Emily verzog das Gesicht. »Ich habe sie geküsst. Und sie hat den Kuss erwidert. Aber ich habe ihr gestern gesagt, dass wir unsere Beziehung platonisch halten sollten.«

»Kuss?« Jenn quietschte wie ein Teenager. »Warum gibst du ihr keine Chance? Nur mal schauen, wohin das führt? Du musst wirklich, wirklich an ihr interessiert sein, um so etwas zu machen. Das ist völlig untypisch für dich. Normalerweise sperrst du dein Interesse hinter einer Mauer aus Vernunft und Rechtfertigungen ein und wirfst den Schlüssel weg.«

Alles, was Jenn sagte, war wahr. Diana machte sie nervös, aber auf eine gute Art und Weise. Kribbeln, Hitze und Gänsehaut erschienen in verschieden Körperregionen zu unpassenden Zeiten. Es sollte eigentlich angsteinflößend sein. Sie sollte wütend über den Verlust der Kontrolle ihrer physiologischen Reaktionen sein. Aber sie war es nicht. Sie genoss die Erwartung und Unsicherheit, als ob sie am Rand eines Steges stand und der nächste Schritt ihr zeigen würde, ob das Wasser warm oder kalt war. Jenn hatte sie durchschaut; sie war einfach glücklich, wenn sie an Diana dachte.

Emily seufzte. Wenn sie nur nachgeben und ihre Anziehung näher erforschen könnte. Aber sie war eine Erwachsene mit Verantwortungsbewusstsein und die Arbeit musste an erste Stelle kommen. Das war keine Rechtfertigung, das war ein Fakt.

Kapitel 11

»Ich habe eine Meningitis. Ich hätte sterben können, während ich auf Sie gewartet habe!« Der Mann mittleren Alters wartete nicht, bis Diana sich vorstellte.

Diana seufzte. Er war heute nicht der erste Patient mit schlechter Laune und würde vermutlich auch nicht der letzte sein. Die Notaufnahme war mit Menschen überlaufen, die dachten, sie würden sterben, aber bislang hatte sie nichts Schlimmeres als die Sommergrippe gefunden. Sie überflog die Notizen, die der aufnehmende Krankenpfleger gemacht hatte. Kopfschmerzen, Halsschmerzen, Gelenkschmerzen. Ja, noch ein Sommergrippeopfer. »Okay, Mr. Derris. Können Sie mir bitte Ihre Beschwerden nennen?«

»Nicht notwendig. Ich habe es Ihnen schon gesagt, ich habe Meningitis und brauche sofort Antibiotika. Und muss auf die Intensivstation.« Der Patient fuchtelte mit seinem Zeigefinger und nickte vehement zu jedem Wort, das ihm wichtig war.

Diana unterdrückte ein weiteres Seufzen. Niemand mit Meningitis würde seinen Kopf so bewegen. »Ich kann Ihnen versichern, Meningitis ist eine sehr seltene Erkrankung und in Ihrem Fall sehr unwahrscheinlich, da Sie eine uneingeschränkte Beweglichkeit Ihres Kopfes zeigen. Was ist Ihre Hauptbeschwerde? Kopfschmerzen?«

»Halten Sie mir keine Vorträge! Ich habe eine Tochter in Ihrem Alter und ich kenne meinen Körper. Ich will mit Ihrem Vorgesetzten sprechen, und zwar sofort, oder ich rufe meinen Anwalt an.«

An einem normalen Tag hätte Diana versucht, ihn herunterzureden, aber heute war ihre Geduld aufgebraucht. »Ich bin gleich wieder da.« Sie verließ den Untersuchungsbereich, um Emily zu finden.

Als sie Emilys Telefon anrief, klingelte es hinter einem Vorhang ein paar Bereiche weiter. Sie legte auf und ging dorthin.

»Klopf, klopf. Dr. Barnes?« Diana öffnete den Vorhang gerade weit genug, um ihren Kopf hereinzustecken. Der Anblick der beiden nebeneinandersitzenden Figuren ließ sie fast rückwärts rausfallen.

Eine schluchzende Frau hatte ihren Kopf an Emilys Schulter gelehnt und nur ihr strähniges Haar war sichtbar. Ihr schmutziges Sweatshirt und die Jeans hingen an ihrer zarten Statur, als ob sie einer viel größeren Person gehören würden.

Emilys normale Distanz war nicht sichtbar, als sie tröstende Worte murmelte. Sie umarmte sie, ohne Abneigung beim Berühren der verschmutzten Kleidung zu zeigen.

Eine Welle der Zuneigung durchfloss Diana. Sie hatte immer vermutet, dass Emily sich viel um ihre Patienten sorgte, aber bislang hatte sie es immer hinter ihrer Professionalität versteckt. Sie so zu sehen, steigerte Dianas Respekt für sie.

Emily sah auf und bestätigte Dianas Anwesenheit mit einem Nicken, dann löste sie sich vorsichtig aus der Umarmung. »Nadia, Schätzchen, ich muss kurz gehen und nach etwas schauen.« Sie strich über eine feuchte Wange und schob eine Strähne des zerzausten Haares hinter das Ohr der jungen Frau. »Ich komme zurück. Soll ich dir Freddy reinschicken?«

Das Mädchen nickte und wischte sich ihr Gesicht mit den viel zu langen Ärmeln ihres Sweatshirts ab. Sie war noch jünger, als Diana vermutet hatte, vielleicht dreizehn oder vierzehn.

Emily trug wie immer zu viel Make-up, aber es konnte die dunklen Ringe unter ihren Augen nicht verbergen. Ihre normalerweise makellose OP-Kleidung war zerknittert und zeigte Spuren der Tränen des Mädchens.

Der Drang, Emily zu umarmen, war groß, aber Diana bekämpfte den unangemessenen Impuls. Es wäre sowieso nicht willkommen.

Sobald Emily ihrer Patientin den Rücken zugewandt hatte, glitt die Maske der Distanz wieder über ihr Gesicht und verbarg ihre Gefühle.

Als sie den Untersuchungsbereich verlassen hatten, stoppte Emily einen vorbeieilenden Krankenpfleger und bat ihn, die Freundin des Mädchens aus dem Wartezimmer zu holen. Anhand der Beschreibung war es offensichtlich dieselbe Freddy, die Diana aus dem Jugendzentrum kannte.

Was hatte Freddy mit dem Mädchen zu tun? Und was fehlte ihr? Sollte sie ihre Hilfe anbieten? Nein, Emily würde es ihr schon sagen, wenn sie Diana brauchte.

»Was kann ich für dich tun?« Mit einem erschöpften Lächeln drehte sich Emily zu Diana um.

Diana konzentrierte sich wieder auf ihren eigenen Fall. »Es tut mir leid, dich zu belästigen, aber ich habe einen weiteren Grippepatienten mit gefährlichem medizinischem Halbwissen in Raum vier. Dr. Internet sagt, dass er Meningitis habe und er besteht darauf, meinen Vorgesetzten zu sprechen, weil ich die Diagnose angezweifelt habe.«

Emily stöhnte. »Das ist der Dritte heute. Gab es einen Blog oder TV-Bericht darüber oder so was? Das würde erklären, warum die alle hierher kommen, anstatt zum hausärztlichen Bereitschaftsdienst zu gehen. Lass uns zusammen hingehen. Ich rede, du schreibst, okay?«

Keine Ermahnung? Kein Minivortrag über erfolgreiche Arzt-Patienten-Kommunikation? Vielleicht war Emily durch die Tränen des Mädchens mehr erschüttert, als Diana gedacht hatte.

Diana führte Emily zu dem Patienten. Sie beobachtete, wie Emily eine Kombination aus Charme und Autorität einsetzte, um ihn zum Sprechen zu bringen. Nach der Untersuchung war er überzeugt davon, die Grippe zu haben, und irgendwie hatte sie ihm auch eingeredet, dass es von vornherein seine Idee war. Diana erkannte den Unterschied zwischen Emilys oberflächlichem Lächeln und dem, das sie Diana vorher zugeworfen hatte. Diana erledigte die Akteneinträge in Rekordzeit und schrieb den Entlassungsbericht, den Emily ohne zu zögern gegenzeichnete. Sie brauchten weniger als zehn Minuten für alles, und Emily ging zurück zu ihrer jungen Patientin.

Ein paar Stunden später hatten sie den schlimmsten Ansturm überstanden, und Diana nutzte die Ruhephase, um sich im Aufenthaltsraum einen Kaffee zu gönnen.

Emily saß auf dem großen Sofa, das schon etwas durchhing. Sie hatte ihre Augen geschlossen, den Kopf hinten angelehnt und hielt eine dampfende Tasse in ihrer Hand.

Um ihre Ruhe nicht zu stören, versuchte Diana, den Kaffee so unauffällig wie möglich einzugießen. Aber als sie auf Zehenspitzen an Emily vorbeischlich, öffnete diese die Augen.

»Was für eine Woche.« Emily nahm einen großen Schluck aus ihrer Tasse und seufzte.

»Das kannst du laut sagen.« Diana setzte sich neben sie und folgte ihrem Beispiel. Ihr Nacken und ihre Schultern waren steif. Sie hatte sich zu oft über Krankenbetten gebeugt. »Es tut mir leid, dass ich dich mit dem Idioten belästigt habe. Vielleicht war ich am Anfang nicht diplomatisch genug mit ihm.«

»Mach dir keine Gedanken. Er wollte einfach nur recht haben und wichtig sein. Du könntest vermutlich Stacy vom Empfang in einen weißen Kittel stecken, ihm sagen, sie sei die Klinikleitung, und er wäre zufrieden.«

Sie genossen ihre Getränke schweigend. Nur zu sitzen und die Pause zu teilen, verbesserte den Tag immens. In den letzten drei Tagen seit ihrem Gespräch hatten sie auf der Arbeit keine Minute gehabt, um über die professionelle Ebene hinaus miteinander zu reden.

Emily stellte ihre Tasse auf den Tisch und fischte eine Postkarte aus der Tasche ihres OP-Oberteils. Sie studierte sorgfältig beide Seiten.

»Ist das nicht eine von Freddys Einladungen? Für ihr Konzert am Donnerstag?« Sie hatte genug davon in den letzten Wochen gesehen, um sie zu erkennen. Eine ähnliche wartete zu Hause auf ihrer Küchentheke.

Emily nickte. »Das Mädchen, mit dem du mich gesehen hast, ist eine Freundin von Freddy. Als ich sie ohne Registrierung oder Bezahlung behandelt habe, hat Freddy darauf bestanden, mir etwas im Austausch zu geben. Sie hat mir angeboten, mich umsonst in das Konzert zu lassen.«

»Oh, das ist süß.« Diana konnte sich nicht zurückhalten zu lächeln.

»Das ist es wirklich. Lach nicht.« Mit einem gespielt strengen Gesichtsausdruck drehte Emily sich zu ihr um und haute ihr mit der Postkarte auf den Arm.

»Hey, mein Kaffee!« Sie hatte ihn noch nicht verschüttet, aber um sicherzugehen, stellte sie ihn außerhalb von Emilys Reichweite auf den Tisch. »Wirst du hingehen?«

»Ich bin mir noch nicht sicher.« Emily drehte die Postkarte zwischen ihren Fingern herum. »Ich habe Angst dort aufzufallen wie ein bunter Hund. Ich bin wahrscheinlich die Einzige über zwanzig.«

»Gar nicht. Ihre Band spielt an diesem Abend nicht alleine. Es ist eine Möglichkeit für neue Bands, sich dem Publikum vorzustellen, und es werden massenweise Freunde und Familienangehörige da sein. Du brauchst nur für ihren Auftritt am Anfang zu bleiben und könntest danach jederzeit gehen.«

»Mhm, ja, vielleicht.« Emily steckte die Karte zurück in ihre Tasche. »Hat sie dich auch eingeladen?«

»Ja, als ein Dankeschön für meine Hilfe mit dem Songarrangement. Ich habe versprochen, hinzugehen.« Diana musterte Emily, die immer noch unentschieden schien. »Warum gehen wir nicht zusammen? Ich könnte dich abholen?«

»Zusammen? Wie ein …« Emily sah sich um, obwohl sie alleine im Aufenthaltsraum waren. »Wie ein Date?« Sie flüsterte das letzte Wort. »Ich dachte, wir haben darüber gesprochen.«

»Ich meinte, als Freunde zusammen hingehen. Du hast gesagt, wir könnten das versuchen und das scheint mir eine ideale Gelegenheit zu sein. Wir wollen doch beide Freddy unterstützen.«

Emily spielte mit einem losen Faden am Saum ihres Oberteils. Sie hielt ihren Blick darauf gerichtet, als ob es die faszinierendste Franse in der Geschichte der abgewetzten Baumwolle war. »Okay.« Der Faden zerriss mit einem Ruck. »Aber wir treffen uns dort.«

»Gut. Willst du, dass ich rausfinde, um wie viel Uhr Freddy spielt?« Diana wollte nicht ihren freien Abend damit verbringen, einem halben Dutzend Anfängerbands zuzuhören, und sie konnte sich nicht vorstellen, dass es Emily anders ging. »Ich sage dir dann Bescheid, wann eine gute Zeit zum Treffen ist.«

Emily nickte einmal, dann stand sie auf. »Ich muss wieder raus. Eine Million Grippepatienten warten auf uns.«

Diana quittierte den Themenwechsel zur Arbeit mit einem Stöhnen. »Isst denn keiner mehr Hühnerbrühe und bleibt einfach im Bett?«

Emily lachte über die übertriebene Verzweiflung in Dianas Stimme, zwinkerte ihr zu und verließ den Raum.

Die gute Laune beflügelte Diana während der nächsten Stunden, die mit lästiger Routinearbeit gefüllt waren. Sie sah Emily nur noch zweimal im Vorbeigehen, aber jedes Mal tauschten sie ein privates Lächeln aus, das sie weiter motivierte.

Wer hätte gedacht, dass eine Sommergrippe auch Spaß machen konnte?

Donnerstagabend verließ Emily ihre Arbeit zur Abwechslung einmal pünktlich. Sie hängte ihre Tasche über ihre Schulter und zuckte zusammen, als das Gewicht auf ihren steifen Muskeln zu liegen kam. Sie musste sich auf jeden Fall auf heute Abend vorbereiten. Den ganzen Tag war sie zwischen Zweifel und Vorfreude hin und her gesprungen, und das emotionale Schleudertrauma hatte sich in körperliche Anspannung verwandelt.

Nach einem entspannenden Bad hatten sich Emilys Muskeln so weit gelockert, dass die Kopfschmerzen sich auflösten. Es dauerte länger als sonst, ihre Haare zu bändigen. Sie zögerte, Make-up zu benutzen. Diana hatte mehr als einmal erwähnt, dass sie keines brauchte. Emily lachte kurz und hart. Sie hätte das nicht gesagt, wenn sie wüsste, wie viele Sommersprossen wirklich darunter lauerten. Ohne Make-up aus dem Haus zu gehen, fühlte sich nackt an, aber sie würde sich Mühe geben, es so natürlich wie möglich aussehen zu lassen.

Sich anzuziehen, war schwieriger. Sie ging vor ihrem Bett auf und ab und betrachtete die Kleidungsstücke, die darauf verteilt lagen. Langweilig, langweilig, langweilig.

Hör auf. Du gehst zum Konzert, um Freddy zu unterstützen. Dir sollte es egal sein, was Diana über dich denkt. Freunde, erinnerst du dich?

Aber je länger sie auf die Haufen starrte, desto weniger konnte sie sich für ein Outfit entscheiden. Sie nahm ihr Telefon und schrieb eine Nachricht an Jenn.

Hilfe. Was soll ich zu einem Konzert anziehen?

Die Antwort kam fast sofort.

Klassisches Konzert? Rock? Jazz?

Emily dachte noch über die Antwort nach, als zwei weitere Nachrichten direkt nacheinander kamen.

Date?????
Sexy Assistenzärztin?!? ;-)

Wenn man ihre Nachrichten betrachtete, war es schwer vorstellbar, dass Jenn mit dem Schreiben ihren Lebensunterhalt verdiente. Emily entwarf ihre Antwort und ließ fast das Telefon fallen, als es klingelte. Jenns Bild leuchtete auf dem Display. Großartig.

»Nur ein Konzert von einer Band. Rock, glaube ich. Was soll ich anziehen? Ich bin aus der Übung?« Emily hoffte, dass ihr Fokus auf das Kleidungsproblem Jenn von weiteren Fragen ablenken würde.

»Du hast ein Date? Es ist die sexy Assistenzärztin, von der du mir erzählt hast, oder? Herzlichen Glückwunsch!«

Emily seufzte. Geheimnisse vor Jenn zu bewahren, war fast unmöglich. »Ich habe nie gesagt, dass sie sexy ist. Und es ist kein Date. Wir haben ausdrücklich darüber gesprochen, dass wir als Freunde hingehen.«

»Ja, klar. Du brauchst keine Hilfe beim Anziehen für ein einfaches Treffen mit einer Freundin.«

»Okay, ich bin nervös. Bist du jetzt glücklich?« Emily ließ sich auf ihr Bett fallen und ignorierte den Stapel aussortierter Klamotten.

»Ja. Danke. Jetzt bin ich glücklich.« Jenns Stimme wurde weicher. »Du brauchst nicht nervös zu sein. Du hattest einen netten Abend am Samstag, also wirst du heute auch Spaß haben. Warum gehst du nicht ein bisschen früher hin und verbrennst etwas von deiner nervösen Energie auf der Tanzfläche?«

»Vielleicht.« Sie stand auf und ging erneut auf und ab. »Also, was ziehe ich an? Alles wirkt so lahm.«

Jenn lachte. »Deine neue schwarze Jeans ist überhaupt nicht lahm. Erinnerst du dich an den Typen im Laden, der seinen Blick nicht von deinem Hintern lösen konnte?«

Emily griff in den Schrank und strich über die weiche Baumwolle. »Nein, sie ist zu …«

»Zu sexy?«, unterbrach sie Jenn. »Ist das nicht das, was du willst?«

»Nein. Vielleicht. Ich weiß nicht.«

»Es hebt dein Selbstbewusstsein, wenn du gut aussiehst. Du musst dich ja nicht auf sie stürzen.«

Emily legte das Telefon zur Seite und schlüpfte in die enge Jeans. »Ich hoffe, du hast recht. Was noch?«

»Kombiniere sie mit einer deiner netten kurzärmligen Blusen. Vielleicht die oliv-grüne? Vertrau mir.«

»Okay. Warte eine Sekunde.« Emily zog die Bluse an, die Jenn vorgeschlagen hatte. Als sie sich im Spiegel ansah, nahm sie wieder das Telefon in die Hand. Jenn hatte recht. »Sexy, aber trotzdem stilvoll. Danke.«

»Kannst du mir ein Foto von euch beiden schicken?«

Emily stöhnte. »Ich lege jetzt auf, bevor du noch mehr blöde Ideen hast.« Wie zum Beispiel, sie zu treffen. Das wäre eine Katastrophe.

Jenn lachte. »Machs gut.«

Emily blieb vor dem Spiegel stehen und schloss einen weiteren Knopf am Ausschnitt. Ihr Selbstbewusstsein schwand, je länger sie in den Spiegel schaute, aber der Wecker auf ihrem Telefon rettete sie vor einem weiteren Outfitwechsel. Es war Zeit zu gehen.

Diana war spät dran. Ein Patient hatte sich auf ihr übergeben und ihren pünktlichen Dienstschluss vereitelt. Sie hatte nur ein paar Minuten zu Hause vor ihrem Date mit Emily. Oder besser gesagt, Nicht-Date.

Sie griff sich ihr Lieblingstop von dem Stapel ähnlicher schwarzer Oberteile, die im Nacken gebunden wurden und fädelte einen schwarzen Gürtel durch die Schlaufen ihrer blauen Hüftjeans. Ein flüchtiger Blick in den Spiegel bestätigte, dass ihr Top faltenfrei reingesteckt war, und sie beugte sich nach unten, um die Reißverschlüsse ihrer schwarzen Stiefel zu schließen. Sie zögerte, als sie einen Blick auf das Feuer um ihren linken Bizeps und den Kopf des großen Drachen auf ihrem Schulterblatt erhaschte. Würde das Tattoo und wofür es stand Emily überwältigen? Ihre Vergangenheit war ein Hindernis, das noch immer zwischen ihnen stand und sie wollte Emily nicht auf den ersten Blick daran erinnern.

Sie öffnete erneut ihren Kleiderschrank und studierte kritisch ihre Auswahl. Ein dünnes graues Seidenhemd mit langen Ärmeln war vielleicht nicht besonders oder sexy, aber es war unauffällig. Sie zog es über das Top und verließ die Wohnung ohne einen erneuten Blick in den Spiegel.

Diana begrüßte Tom, den Türsteher am Eingang des Clubs, mit einer Umarmung. Er lehnte ihren Versuch zu zahlen ab. Sie ließ ihre Lederjacke an der Garderobe und betrat den Hauptraum mit einer Bar am einen Ende und einer kleine Bühne, auf der ein paar Instrumente standen, am anderen. Sie verschaffte sich kurz einen Überblick. Gut, weder Freunde noch alte Bekannte waren da. Sie wollte den Abend mit Emily verbringen und nicht ihr altes Leben wiederkäuen. Aber wo war sie? Das Konzert hatte noch nicht angefangen und die Mitte des Raumes war mit Leuten in kleinen Grüppchen gefüllt, die tranken und redeten. Vorne tanzten einige zur Musik, die aus deckenhohen Lautsprechern schallte.

Das Dämmerlicht verbarg Details, aber eine der Tänzerinnen erinnerte sie an Emily. Sie verwarf beinahe die Ähnlichkeit, da die langen braunen Haare der Frau ungebunden über ihre Schultern flossen. Diana hatte Emily noch nie ohne Haarknoten oder zumindest Pferdeschwanz gesehen. Obwohl es vermutlich nicht Emily war, spürte sie den Zwang, näher hinzuschauen, und Diana schlängelte sich durch die Menge.

Die Frau tanzte mit dem Rücken zu Diana und schien alleine zu sein. Ihre Hüften schwangen im Takt der Musik, und der perfekt geformte Hintern in der engen schwarzen Jeans hypnotisierte Diana. Als sie sich elegant umdrehte, schnappte Diana nach Luft. Es war tatsächlich Emily, die ihre Aufmerksamkeit erregt hatte. Ihre Augen waren geschlossen und sie hatte ihr Gesicht nach oben gewandt, als ob sie im Sonnenschein badete anstatt im flackernden Licht der Scheinwerfer. Sie schien komplett eins zu sein mit der Musik. Ihr Gesichtsausdruck ähnelte keinem, den Diana schon an ihr gesehen hatte, er war fast schon glückselig.

Wow. Gefühle, die entschieden die Freundschaftsgrenze sprengten, stiegen in ihr auf und raubten Diana den Atem. *Nein, nein, lass es.* Sie schüttelte den Kopf, als ob sie ihre Anziehung damit abstreifen könnte. *Du hast ihr Freundschaft angeboten, nichts weiter. Aber Freunde können auch zusammen tanzen, oder?*

Ohne ihre Absichten weiter zu hinterfragen, fing Diana an zu tanzen. Sie ließ sich von der Musik leiten. Es war schon einige Zeit her, dass sie zum letzten Mal in einen Club gegangen war, ohne zu arbeiten, nur um sich zu amüsieren.

Obwohl Diana darauf achtete, nicht in Emilys Tanzbereich einzudringen, dauerte es nicht lange, bis Emily sie bemerkte. Ihre Schritte stockten und sie errötete.

»Hi!« Diana musste ihre Stimme heben, als der Song lauter wurde. »Sorry, ich wollte dich nicht unterbrechen.«

»Ich war früh dran und …« Sie wies auf die anderen Tänzer. »Besser als nur herumzustehen.«

»Auf jeden Fall.« Diana beugte sich vor, um direkt in Emilys Ohr zu sprechen. »Willst du etwas trinken oder weiter tanzen?«

»Tanzen.« Emilys Antwort war schnell und entschieden.

Eine subtile Veränderung durchlief Emilys Körper, etwas, was Diana nicht benennen konnte. Diesmal tanzten sie miteinander, nicht nebeneinander.

Emily war eine gute Tänzerin, und bald näherten sie sich einander an, ohne ihre Bewegungen zu beeinträchtigen. Mehr und mehr Menschen drängten sich auf der Tanzfläche, und sie wurde gegen Emily geschubst.

Sie griff nach Emilys Hüfte, um das Gleichgewicht zu halten. Überraschenderweise wich Emily nicht vor der Berührung zurück, sondern bewegte sich weiter synchron mit ihr und nah genug, sodass Diana ihren herb-frischen Duft, Rosmarin gemischt mit pudrigem Make-up, einatmen konnte. Diana schloss die Augen. Der Jeansstoff war warm und weich unter Dianas Fingern, und sie musste all ihre Selbstbeherrschung aufbringen, um sie von einer Entdeckungsreise abzuhalten.

Als Emily von hinten gestoßen wurde, stolperte sie und endete mit ihrem rechten Bein zwischen Dianas Oberschenkeln. Eindeutig an einem Ort, an dem niemals das Bein eines Freundes sein sollte.

Erregung durchfuhr Diana wie ein Blitzschlag und riss sie aus ihrem Fluss.

Heftig atmend bewegte sich keine von ihnen für einen Moment.

Langsam fuhr Diana mit ihrer Hand von Emilys Hüfte zu ihrem Rücken. Sie ließ sie in der Senke ruhen, wo die Jeans endete und die Bluse eingesteckt war.

Emily beantwortete ihre unausgesprochene Einladung, indem sie einen Arm um Dianas Hals legte und wieder anfing zu tanzen.

Immer wieder streiften ihre Oberkörper aneinander, als Emilys Bein blieb, wo es war, und Dianas Haut kribbelte überall. Sie musste Emily ansehen.

Licht und Schatten jagten im Rhythmus der Musik über ihre Gesichtszüge. Ihre Augen waren geschlossen und der glückselige Ausdruck war zurück.

Diana schloss ihre Augen ebenfalls und überließ sich der Musik und den Empfindungen, die durch ihren Körper rasten. Ihre Haut sehnte sich nach jeder Berührung mit Emily nach weniger Kleidung. Hitze brannte in ihrer Körpermitte und floss in ihre Extremitäten.

Stunden, aber vermutlich nur Minuten später hörte die Musik auf. Diana stand orientierungslos in einem Meer aus Menschen, ihr einziger Anker war Emily.

Sie suchte ihren Blick. Ihre grauen Augen waren warm und dunkel wie der Ozean inmitten der Nacht, und Diana würde willig in ihnen ertrinken. Dem Sirenenruf folgend, konnte sie nicht widerstehen, sich nach vorne zu beugen, bis ihr Atem sich mischte. Ihr Herzschlag schoss erwartungsvoll in die Höhe.

Emily seufzte und warme Luft liebkoste Dianas Lippen.

Grelles Licht und Trommelschläge wie Donner brachen den Bann. Beide zuckten zusammen und zogen sich gleichzeitig zurück.

Diana versuchte, ihre Atmung unter Kontrolle zu bringen, und sah Emily an.

Ihre Brust hob und senkte sich so schnell wie ihre, also war Diana nicht die Einzige, die durch den Fast-Kuss erregt war.

Sie nahm schnell ihre Hände von Emily und öffnete ein paar Knöpfe ihres Hemdes, um es von ihrer feuchten Haut zu lösen. Es half nur wenig, da der Großteil der Hitze aus dem Feuer im Inneren stammte, das nicht durch frische Luft gelöscht werden konnte. Wohin waren ihre guten Absichten so schnell verschwunden? Sie hatte sich nicht wie eine Freundin verhalten, die Grenzen respektierte. Sollte sie sich entschuldigen? Nein. Es war nicht so, als hätte sie sich auf Emily gestürzt. Was auch immer passiert war, beruhte auf Gegenseitigkeit. Sie betrachtete Emily aus dem Augenwinkel, um ihre Reaktion abzuschätzen.

Emily hatte sich zur Bühne gedreht und stand neben Diana, ohne sie zu berühren. Sie kaute auf ihrer Unterlippe und verfolgte mit ihrem Finger die Spur einer Schweißperle in ihrem Ausschnitt.

Eine neue Hitzewelle durchfuhr Diana, und sie richtete ihren Blick auf die Bühne, bevor sie sich in einer Dampfwolke auflöste. Sie fächelte sich mehr Luft mit ihrem Hemd zu.

»Zieh dein Hemd aus. Du musst doch schmelzen.« Emily sprach direkt in ihr Ohr. Die Nähe half nicht gerade bei der Hitzeregulation.

Diana hatte ihr Hemd halb ausgezogen, als ihr der Grund, warum sie es überhaupt trug, wieder einfiel. »Jemand könnte mein Tattoo erkennen. Macht es dir was aus?«

Emily schüttelte den Kopf. »Nein, es ist ja nicht so, als ob wir auf der Arbeit wären. Dein Tattoo ist ein Teil von dir. Und es sieht großartig aus.«

Oh. Der Gedanke, dass Emily ihr Tattoo tatsächlich mochte, war Diana nie gekommen. Die Vorstellung war spannend; sie hatte erwartet, dass es eher ein Hindernis zwischen ihnen darstellen würde. Nachdem sie ihr Hemd ausgezogen hatte, band sie es um ihre Hüften.

Um sie herum bewegten Menschen sich im Takt der Musik und schauten auf die Bühne. Emily wurde halb vor sie gedrängt. Dianas Welt reduzierte sich auf den kleinen Fleck, den sie zusammen einnahmen, wie ein Felsen im Meer. Die anderen um sie herum ließen kleine Abstände, aber Emily lehnte sich mit ihrem Rücken leicht an Dianas Vorderseite.

Diana atmete mehr des aufreizenden Duftes ein und stopfte ihre Hände in die Hosentaschen. *Konzentrier dich auf die Musik. Das ist weder der richtige Zeitpunkt noch der richtige Ort, um das zu vertiefen.*

Nur konnte sie sich nicht komplett auf die Show einlassen. Sogar ihre Beurteilung der Band spiegelte die aufkeimenden Gefühle für Emily wider. Ein paar falsche Schläge und Akkorde zeigten, dass sie relativ neu zusammen spielten, einige Übergänge waren ungenau, aber im Großen und Ganzen betrachtet, mochte sie es.

Freddy und ihrer Band gingen allzu bald die Songs aus. Die Raumlichter erstrahlten wieder, als die Musik endete. Emily blinzelte ein paar Mal gegen die Helligkeit. Um sie herum waren die Menschen wieder in Bewegung, zum Ausgang, zur Bar, um Freunde zu treffen. Sie nahmen Emilys Ausrede mit, so nahe an Diana zu stehen. Der Verlust des Körperkontaktes erweckte ihren Verstand wieder zum Leben. *Was hast du getan?*

Sie drehte sich um, nicht sicher, was als Nächstes kam. Ihr Verhalten während des Tanzens und des Konzertes musste Diana verwirrt haben. Verdammt, es hatte sie selbst auch verwirrt. Sie sendete widersprüchliche Signale in alle Richtungen und hatte keine Idee, wie sie sich zurückhalten konnte. Seitdem sie sich kennengelernt hatten, brachte etwas in Diana sie dazu, impulsiv zu reagieren. Und das Schlimmste war, dass sie es genoss, wider besseres Wissen.

Emily versuchte ein Gesprächsthema zu finden, aber ihre Konzentrationsfähigkeit befand sich auf dem Tiefpunkt. Ihr Blick blieb an Diana hängen, die genauso rot und verschwitzt aussah, wie sie sich selbst fühlte. Ihr Top klebte wie eine zweite Haut an ihr, was auf jeden Fall nicht das Schlechteste war. *Hör auf. Komm runter!* »Willst du etwas trinken?«

Diana nickte. »Ich gehe. Was kann ich dir bringen?«

»Nur Wasser.« Ihre Hemmschwelle war schon niedrig genug. Emily wollte nicht wissen, was sie unter dem Einfluss von Alkohol tun würde.

»Warte hier.« Diana berührte kurz Emilys Hand und lächelte.

Emily beobachtete, wie sie ihren Weg durch die Menge fand und genoss die Gelegenheit, das Tattoo auf ihrem Rücken zu bewundern. Sie seufzte. Es war in echt noch sexier als in ihrer Erinnerung.

Jemand berührte ihre Schulter. »Emily, was machst du denn hier?«

Jenn. Mist. Nicht jetzt. Emily setzte schnell ein Lächeln auf und drehte sich um. »Hey, was für eine Überraschung. Arbeitest du?«

Jenn verzog ihr Gesicht. »Mein Boss hat mich um einen Gefallen gebeten, damit ich ein paar Zeilen über die Band schreibe, für die seine Tochter schwärmt.« Sie sah sich um. »Wo ist deine Assistenzärztin?«

»Sie ist nicht *meine*.« Emily sah zur Theke, um zu kontrollieren, ob Diana schon auf dem Rückweg war. Jenn hatte sie noch nicht zusammen gesehen, also war es noch nicht zu spät. »Sie holt etwas zu trinken.« Wie konnte sie Jenn unauffällig loswerden?

Jenn stellte sich auf die Zehenspitzen und sah in dieselbe Richtung. »Wie sieht sie aus?«

Sollte Emily ihr etwas völlig Irreführendes sagen? Aber Diana könnte jeden Moment zurückkommen. Emily zögerte. Sie wollte ihre beste Freundin nicht anlügen, aber sie war auch nicht für die Fragen bereit, die die Wahrheit auslösen würde.

»Hey, da ist Dee Dragon wieder! Vielleicht bekomme ich heute mein Interview.« Jenn quietschte fast. Sie klang mehr wie ein Fan als eine ernst zu nehmende Journalistin.

Zu spät. Diana war schon auf dem Weg zu ihnen.

Emily versuchte, mit den Augen Kontakt aufzunehmen, in der Hoffnung, sie wortlos zu warnen.

Diana stoppte mitten in der Bewegung. Ihr Blick schoss von Emily zu Jenn, dann drehte sie sich abrupt um und ging zurück in Richtung Theke.

»Ich bin gleich zurück. Viel Spaß mit deinem Date.« Jenn hastete Diana, oder besser Dee, hinterher und hielt sie auf.

Emily konnte die Unterhaltung nicht verstehen, aber Diana schüttelte den Kopf.

Jenn blieb hartnäckig und ließ sie nicht gehen.

Emily suchte über Jenns Kopf hinweg Dianas Blick und formte mit dem Mund das Wort »Toilette« während sie an das andere Ende des Raumes zeigte.

Diana nickte minimal.

Die Schlange war lang, aber sie quetschte sich an den wartenden Frauen vorbei, um sich am Waschbecken ihre feuchten Hände zu waschen und sich den Nacken mit einem nassen Papierhandtuch zu kühlen. Sie hasste es, sich hinter Jenns Rücken zu treffen. Sie schüttelte den Kopf beim Anblick ihres Spiegelbildes. Als ob das ihr einziges Problem wäre. Sie musste das Gespräch mit Diana wiederholen und diesmal würde sie sich nicht auf eine Freundschaft außerhalb der Arbeit einlassen. Der Zug war abgefahren. Und sie hatte sich offensichtlich nicht an den Fahrplan zu halten.

Die nächste Band hatte angefangen zu spielen, und die letzte Frau in der Schlange war gegangen, aber Diana war ihr immer noch nicht gefolgt. Sollte Emily wieder raus gehen und sie suchen?

Gerade, als sie aufgeben wollte, öffnete sich die Tür, und Diana trat ein. Sie schloss sie hinter sich und lehnte dagegen, zwei Wasserflaschen in der Hand.

Sie sahen einander an.

Dianas Lippen zuckten und Emily kicherte. Sie versuchte aufzuhören, aber die nervöse Energie sprudelte an die Oberfläche und entlud sich in lautem Lachen. Zunächst grinste Diana nur, aber dann schloss sie sich Emily und ihrem fast manischen Lachen an, bis sich beide ihre Seiten halten mussten. Wortlos bot Diana ihr eine der beiden Wasserflaschen an und Emily kippte den halben Inhalt auf einmal runter. Die kühle Flüssigkeit beruhigte ihren Hals und half ihr, ihre Gedanken zu ordnen.

»Wie wollen wir …?«

»Willst du …?«

Beide unterbrachen sich und bedeuteten der anderen, zuerst zu sprechen. Eine weitere Runde Lachen drohte, aber Emily nahm eine Schluck Wasser, um das zu verhindern.

»Willst du gehen? Wir können uns hinter der Bühne rausschleichen.« Diana fuhr sich durch ihre Haare. »Es tut mir leid, das ist seltsam. Ich wollte nie, dass meine Vergangenheit unseren Abend beeinflusst.«

»Es ist nicht deine Schuld.« Emily trat näher und ihre Finger schwebten über dem Tattoo auf Dianas Arm. Sie wollte es so sehr berühren. Würde es sich anders als der Rest ihrer Haut anfühlen? *Was tust du?* Sie zog ihre Finger schnell weg, als ob die Flammen des Tattoos sie verbrannt hätten.

Das Gespräch. Es musste jetzt sein, oder sie würde wieder ihre Konzentration verlieren. »Wir … ich kann das nicht mehr.«

»Was meinst du? Tanzen gehen? Wegen Jenn?« Diana lehnte sich an die Wand gegenüber dem Waschbecken.

»Ja. Nein.« Emily nahm einen Schluck Wasser, um Zeit zu schinden und ihre Argumente zu formulieren. »Wir können nicht als Freunde ausgehen. Das funktioniert offensichtlich nicht. Jenn hat damit nichts zu tun.«

Diana ließ sich einen Moment Zeit mit der Antwort und musterte Emily mit einem konzentrierten Gesichtsausdruck. »Vielleicht funktioniert es nicht, weil wir dazu bestimmt sind, mehr als Freunde zu sein.«

Sie wollte *Ja* schreien und sich in Dianas Arme werfen. Sie brauchte all ihre rasch schwindende Willenskraft, um auf ihrer Seite des schmalen Raumes zu bleiben. Das Waschbecken grub sich in ihren Rücken, ein harter und kühler Anker, der sie an die Vernunft kettete. »Nichts hat sich geändert. Ich bin immer noch deine Vorgesetzte.«

»Geht es hier wirklich um die Arbeit?« Dianas Stimme war jetzt ganz weich.

Es ging um so viel mehr, aber sie wusste nicht, wie sie das sagen sollte. Wenn sie jetzt nachgab und zweifellos später die Beziehung verbockte, dann würde sie sich selbst und Diana verletzen. Oder sie würde Diana enttäuschen, wenn sie herausfand, dass Emily ihr nichts Besonderes bieten konnte. »Ich habe Angst«, murmelte sie.

»Das verstehe ich. Wirklich.« Diana kam näher, nur einen Hauch, aber ihre Ausstrahlung flutete die Lücke zwischen ihnen mit einladender Wärme. »Aber denkst du nicht, es könnte es wert sein? Wir könnten es wert sein? Willst du nicht wissen, wohin das führen kann?« Ihre Augen blitzten im harten Neonlicht in strahlendem Grün und ihr Blick war mit Emotionen gefüllt, die Emily nicht benennen konnte. Beides machte es unmöglich wegzusehen.

Eine fast magnetische Anziehung zog Emily in ihre Richtung. Aller Kampfwille war verflogen. Emily stieß sich vom Waschbecken ab und ging zwei Schritte, bis sie direkt vor Diana stand, doch ohne sie zu berühren. Nah genug, um die Hitze von Dianas Körper zu spüren. Sie schluckte, zweimal. »Ja.«

Diana umfuhr Emilys Lippen mit ihrem Zeigefinger und beugte sich langsam vor. Sie ließ ihr genug Zeit, um zurückzuweichen.

Stattdessen überwand Emily selbst die Distanz. Sanfte Lippen ließen sie alles andere vergessen.

Diana fing ihre Unterlippe ein, knabberte und neckte, bis Emily den Mund öffnete.

Mit einem Seufzen hieß sie ihre Zunge willkommen, das feste Streicheln, der köstliche Geschmack, der ganz Diana war. Emilys Herz raste und schien fast zu platzen.

Laute Musik drang in ihr Bewusstsein und verschwand wieder. Die Tür. Jemand hatte sie geöffnet.

Als Diana mit ihren Fingern ihren Nacken entlang und dann durch ihre Haare fuhr und den Kuss vertiefte, verlor Emily diesen Gedanken so schnell wieder, wie er gekommen war.

Die Musik schwoll wieder an, als jemand erneut die Tür öffnete. Und sie dann zuknallte. »Verdammte Scheiße! Emily? Dee?«

Jenn. Emily zuckte zusammen und taumelte rückwärts, aus Dianas Umarmung heraus. Jenn stand an der Tür und starrte sie beide mit großen Augen an.

»Oh, hi, Jenn.« Was für eine bescheuerte Begrüßung. Emily sah zu Diana.

Sie hatte sich bei Jenns Worten umgedreht und umklammerte das Waschbecken neben ihr mit beiden Händen. Ihre Muskeln zitterten vor Anspannung.

Emily wollte ihr sagen, dass alles gut werden würde, egal ob es wahr war oder nicht, aber sie war wie gelähmt.

Jenns Blick schwankte zwischen Diana und Emily hin und her. »Ich dachte, du bist mit deiner Assistenzärztin hier?«

Nein, nein, nein, denk nach. »Es ist nicht, was du denkst.« Super. Der Spruch hatte noch nie irgendjemandem geholfen.

»Okay.« Jenn runzelte die Stirn, als sie auf eine Erklärung wartete.

»Es ist kompliziert.« Sie fiel jetzt auf Klischees zurück. Sie teilte einen hilflosen Blick mit Diana, die einen tiefen Atemzug nahm und ihre Hand ausstreckte.

»Hi, ich bin Diana, ich arbeite mit Emily zusammen.«

Jenn richtete ihren Blick auf Diana, nahm aber nicht ihre Hand.

Nach einem Moment senkte Diana sie wieder.

Emily griff danach. Die Kraft von Dianas Händedruck gab ihr den Mut, die Situation zu erklären. »Jenn, es tut mir leid. Ich konnte dir nicht sagen …«

»Du meinst, du wolltest mir nichts sagen.« Jenns Stimme wurde immer lauter. »Habt ihr die ganze Zeit über mich gelacht? Die doofe Jenn und ihre Jagd nach einem Interview? Du bist meine beste Freundin und du glaubst, du kannst mir nicht vertrauen. Großartig. Was bedeutet dir unsere Freundschaft?«

Bevor Emily eine Antwort formulieren konnte, wandte sich Jenn zu Diana. »Und du, Dee, Diana, oder wie du dich auch nennst, was für ein Spiel spielst du hier? Denkst du, es ist ein Witz, zwischen zwei Freundinnen zu stehen?« Sie wirbelte herum und knallte die Tür zu auf ihrem Weg nach draußen.

Das Krachen der Tür war wie ein Schlag ins Gesicht. Tränen brannten in Emilys Augen und die Geräusche um sie herum versanken in einem dumpfen Dröhnen. Sie war hin und her gerissen, sie wollte Jenn nachlaufen und weinen, hier und jetzt. Langsam durchdrang die Berührung von Dianas Hand ihre geistige Lähmung; ihr Daumen kreiste beruhigend über ihre Finger. Sie sah sie an.

Dianas Augen waren wie große, trübe Tümpel in ihrem blassen Gesicht. »Lass uns gehen.«

Emily nickte und folgte ihr aus der Toilette, durch die Menge und an der Theke vorbei. Jenn war nirgendwo zu sehen. Sie holten schweigend ihre Jacken ab und traten auf die Straße.

Der Abend war kühl und klar, Emily holte tief Luft. *Reiß dich zusammen.* Sie ballte die Fäuste und hieß den Schmerz willkommen, den ihre Nägel in den Handflächen verursachten. »Ich muss Jenn finden und mit ihr reden.«

»Glaubst du, sie ist nach Hause gegangen oder sollen wir sie drinnen suchen?«

Emily schüttelte den Kopf. »Nein, ich bin mir sicher, dass sie nach Hause gegangen ist. Ich muss zu ihr fahren.«

»Ich komme mit. Es ist mehr meine Schuld als deine.« Diana griff nach Emilys Hand, aber sie zog sie weg.

Sie brauchte Abstand, um sich zu sammeln. Ihr Verstand war nutzlos wie eine Kompassnadel am Nordpol, die gleichzeitig in alle Richtungen zeigt. Sie hatte sich immer auf ihre Pläne für alle Eventualitäten verlassen, aber sie hatte es versäumt, sich hierauf vorzubereiten. Im Notfallmodus konnte sie aktuell nur bis zum nächsten Schritt denken.

»Ich muss mich entschuldigen. Alleine.« Emily trat eine leere Bierdose die Straße hinunter.

»Lass mich dich zumindest zu ihr fahren. Ich kann draußen warten.« Dianas Stimme war warm und voller Unterstützung, ihr Angebot war verlockend.

Emily zog sich langsam zurück und schüttelte den Kopf. »Nein.« Der Wunsch, Dianas Hilfsangebot anzunehmen, rang mit ihrem Bedürfnis wegzulaufen. »Ich brauche etwas Abstand. Das zwischen uns, was auch immer das ist, wird zu viel, alles geht zu schnell. Nichts lief heute Abend wie geplant.« Alles war außer Kontrolle geraten. Sie steckte ihre Hände in die Taschen, damit Diana sie nicht zittern sah. Deswegen ging sie nicht auf Dates. Zu viele widersprüchliche Gefühle.

Diana nickte langsam. Im Dämmerlicht der Seitengasse konnte Emily nicht sicher ihren Gesichtsausdruck deuten, aber für einen Moment sah sie verletzt aus. »Was auch immer du brauchst. Du kannst mich jederzeit anrufen, wenn du willst, dass ich komme. Oder wenn du jemanden zum Zuhören brauchst.«

Emilys Hals zog sich zusammen und sie zwang sich zu schlucken. Sie hob ihre Hand in einer vagen Danke-und-Auf-Wiedersehen Geste und drehte sich schnell um, bevor Diana ihre Tränen sehen konnte. Sie musste sich jetzt auf Jenn konzentrieren.

Hastige Schritte trugen sie entlang der belebten Straße. Sie schlängelte sich zwischen Menschen hindurch, die sie nicht wirklich sah, nur von ihrem Instinkt geleitet.

Kapitel 12

Diana warf das *Journal für Notfallmedizin* auf den Abstelltisch neben ihrem Sofa und sah auf ihr Telefon. Keine Nachrichten, keine E-Mails. Sie griff wieder nach dem Artikel. *Peripartale Kardiomyopathie: Eine seltene, aber lebensbedrohliche Erkrankung in der Notaufnahme* war faszinierend, warum konnte sie sich nicht darauf konzentrieren? Weil sie seit drei Tagen nichts von Emily gehört hatte. Sie war seit letztem Freitag nicht auf der Arbeit aufgetaucht. Liz, die Fachärztin, die ihre Schichten übernommen hatte, sagte, dass Emily einen familiären Notfall angegeben hatte, um bei den Kollegen einige Gefallen einzufordern und eine Woche freizubekommen.

Diana wollte Emilys Bedürfnis nach Abstand respektieren, aber es verletzte sie trotzdem, so ausgeschlossen zu sein. Zusätzlich zu ihren unbewältigten Gefühlen machte sie sich auch Sorgen um Emily. War der Streit mit Jenn so schlimm, dass sie eine ganze Woche brauchte, um sich darum zu kümmern? Vielleicht sollte sie Jenn selbst anrufen, um reinen Tisch zu machen? Bis jetzt hatte sie sich zurückgehalten, weil sie befürchtete, es würde Jenn noch mehr verärgern und sie erst recht dazu bringen, zu veröffentlichen, wer Dee Dragon wirklich war. Außerdem wollte sie Emilys und Jenns Freundschaft nicht noch mehr belasten.

Nicht zu wissen, was ihr blühte, war schlimmer, als sich dem Übel zu stellen. Sie öffnete Mels Kontaktinfo auf dem Telefon. Vielleicht konnte ihre beste Freundin ihr mit ihrem Schlamassel weiterhelfen. »Hi, Mel. Wie geht's dir?«

»Wahnsinnig gut. Das passiert, wenn man in einer neuen Beziehung ist.«

»Herzlichen Glückwunsch.« Diana freute sich für Mel, aber das machte die Situation komplizierter, wenn sie und Jenn in einer richtigen Beziehung waren und nicht nur eine kurze Affäre hatten. »Ich rufe quasi an, um über Jenn zu reden. Hat sie dir gesagt, wie wir uns letzten Donnerstag getroffen haben? Nicht einer meiner besten Momente.«

»Sie hat mir von dem Streit mit ihrer besten Freundin erzählt, den sie über das Lügen hatten, und mit mir war sie auch nicht so glücklich.« Mel lachte leise. »Wir hatten einige lange Unterhaltungen und ich glaube, sie versteht jetzt, warum du getan hast, was du getan hast, obwohl sie es nicht gut findet. Sie hat versprochen deine ›geheime Identität‹ im Moment nicht zu enthüllen. Ich vermute, dass dir Emily das schon gesagt hat.«

Eine Last hob sich von Dianas Brustkorb. Sie hatte sich schon halb selbst davon überzeugt, dass alles gut gehen würde, wenn sie als ehemaliger Rockstar auf der Arbeit geoutet wäre, solange sie dabei nicht entlassen würde, aber eigentlich wollte sie das lieber nicht riskieren. »Danke, dass du sie überzeugt hast.«

»Nein, da kannst du deiner Freundin danken. Sie war eine gute Verfechterin. Jenn sagt, sie hat sie noch nie so sehr für etwas kämpfen sehen. Wenn das mit ihrer Mutter nicht passiert wäre, würden die beiden vermutlich immer noch streiten.«

»Ich bin mir nicht so sicher, dass sie meine Freundin ist«, antwortete Diana automatisch. »Warte, was ist mit ihrer Mutter?« Gab es wirklich einen familiären Notfall? Warum hatte Emily sie nicht angerufen? Ihr Magen krampfte sich zusammen. Warum sollte sie? Es war ja nicht so, als ob sie in einer Langzeitbeziehung wären. Sie hatten kaum etwas angefangen, egal wie viele Funken im Club zwischen ihnen geflogen waren.

»Oh, sie hat dir nichts gesagt?« Mels Stimme war zögernd.

»Nein, sie hat um etwas Abstand gebeten, direkt nachdem es am Donnerstag passiert war, und ist seitdem nicht zur Arbeit gekommen. Ich wollte sie nicht anrufen und unter Druck setzen. Weißt du, was los ist?« Diana hatte keine Vorstellung davon, ob Emilys Mutter alt oder krank war, sie hatten nie darüber geredet, wie es ihr ging oder wo sie lebte.

»Jenn sagte, sie sei plötzlich gestorben. Emily organisiert die Beerdigung und kümmert sich um die Papiere. Sie hat Jenns Hilfe abgelehnt, aber die beiden haben ein paar Mal telefoniert.«

»Oh. Okay. Danke.« Diana hatte nichts in der Art erwartet. Ihr Problem mit Jenn schien unbedeutend im Vergleich zu dem, was Emily durchmachte. »Weißt du, ob es ihr gut geht? Warte, das ist eine blöde Frage. Weißt du, ob sie zurechtkommt?«

»Es tut mir leid, Jenn hat nichts dazu gesagt. Aber wenn sie kurz vor einem Zusammenbruch wäre, würde Jenn zu ihr fahren, egal was Emily sagt. Also gehe ich davon aus, dass sie im Moment damit fertig wird.«

Es war beruhigend, dass Jenn offensichtlich ihren Ärger zurückgestellt hatte, um Emily zu unterstützen. »Oh. Okay.« Diana versuchte zu lachen, aber es klang mehr wie ein Husten. »Ich wiederhole mich. Ich glaube, ich muss jetzt auflegen und sie anrufen.«

»Klar. Machs gut.«

Diana rollte ihre Zeitschrift fest zusammen und trommelte einen immer komplexer werdenden Rhythmus auf ihrem Oberschenkel. Sie schüttelte den Kopf. Das würde sie nicht wieder in die Spur bringen. Sie rollte die Zeitschrift wieder auf und versuchte, sie in ihre alte Form zu bringen. Nachdem sie Emilys Kontaktinfo auf dem Telefon geöffnet hatte, drückte sie auf den Anruf-Knopf, bevor sie tausend logisch erscheinende Argumente fand, es nicht zu tun.

»Barnes.«

Das war nicht sehr einladend. Hoffentlich hatte Emily nicht auf den Bildschirm geachtet, bevor sie angenommen hatte.

»Hi, Emily. Ich bin's, Diana.«

»Ja, ich weiß. Wie geht's?« Der geschäftsmäßige Tonfall stellte klar, dass es sich nur um eine höfliche Floskel handelte, nicht eine ernst gemeinte Frage.

Nimm es nicht persönlich. »Ich habe gehört, was passiert ist. Es tut mir leid wegen deiner Mutter. Kann ich dir irgendwie helfen?«

»Nein, danke. Meine Mutter war gut organisiert. Alles ist geregelt. Ich bin in ein paar Tagen zurück.« Angesichts der emotionslosen Stimme hätte Emily genauso gut auch über eine Notfallmedizin-Konferenz sprechen können.

»Ich habe mir nur Sorgen um dich gemacht. Wenn du reden willst, ruf einfach an. Jederzeit.« Es fühlte sich nicht genug an, ihr nur ein Ohr anzubieten und keine Schulter zum Ausweinen, aber Emilys sachlicher Ton verhinderte alles andere.

»Danke«, sagte Emily. »Ist das alles? Wenn ja, sehe ich dich in einigen Tagen auf der Arbeit.«

Gefühle brodelten in Dianas Innerem, aber sie bemühte sich, sie aus ihrer Stimme zu halten. Emily brauchte offensichtlich keinen Trost, oder wollte keinen. Die Zurückweisung schmerzte, aber das war ihr Problem und nicht Emilys. »Ja. Das ist alles. Ich freue mich darauf, dich wiederzusehen. Machs gut.« Na also. Sie konnte genauso höflich wie Emily sein.

Emily beendete das Gespräch, ohne zu antworten.

Diana umklammerte das Telefon fester und widerstand dem Drang, es durch den Raum an die Wand zu knallen. »Fuck!« *Bist du wirklich so kalt, Emily, oder ist das ein Teil deiner gewaltigen Mauer?*

Emily schlug noch ein paar zusätzliche Sekunden heraus, indem sie ihr Telefon wieder in ihrer Tasche verstaute und diese dann auf dem Stuhl neben ihr drapierte. Sie straffte ihre Schultern und blickte zu dem Mann, der an der gegenüberliegenden

Seite des großen Eichenschreibtisches saß, der gebaut war, um zu beeindrucken und einzuschüchtern. Er schaffte beides nicht. »Ich entschuldige mich für die Unterbrechung. Sie sprachen über die Regelungen.«

»Kein Problem, Dr. Barnes. Wie ich sagte, war Ihre Mutter sehr sorgfältig. Sie hielt ihr Testament und ihre Anweisungen immer auf dem neusten Stand.« Seine leise Stimme und sein ruhiges Verhalten waren vermutlich tröstend gemeint.

Es hatte den entgegengesetzten Effekt auf Emily und sie musste den Drang bekämpfen, aufzuspringen und im Raum auf und ab zu laufen. Sie hörte nicht mehr zu, als er die detaillierten Listen vorlas, die das Bedürfnis ihrer Mutter repräsentierten, alles zu kontrollieren, sogar nach ihrem Tod. Sie würde sich eine Kopie geben lassen und einfach später anschauen.

Emily überlegte, wen sie benachrichtigen musste. Nur wenige Namen fielen ihr ein. Sie hatte keine Verwandten mehr, und ihre Mutter hatte keine wahren Freunde, von denen Emily wusste. Sie hatte viele Bekannte und Kollegen, Mitglieder derselben Wohltätigkeitsorganisationen, aber sie hatte immer die Gesellschaft ihrer Bücher bevorzugt statt echter Menschen. *Genau wie du.*

»Ähm.« Der Anwalt ihrer Mutter hatte das Ende seiner Ausführungen erreicht und wartete offensichtlich auf eine angemessene Reaktion.

Emily versuchte, sich an seine letzten Worte zu erinnern, fand aber nichts. »Es tut mir leid, ich war für einen Moment unkonzentriert.«

Seine Gesichtszüge wurden sanfter und strahlten oft-geübtes Mitleid aus.

Emily verachtete ihn dafür – und sich selbst noch mehr für das Brennen der Tränen in ihren Augenwinkeln.

»Das verstehe ich gut, Dr. Barnes. Lassen Sie sich Zeit mit den Papieren, es gibt nichts, was Sie jetzt sofort tun oder unterschreiben müssten. Ihre Mutter hat Sie vor einigen Jahren zur Miteigentümerin gemacht.« Er reichte ihr einen Aktenstapel und ein Schlüsselset. »Die sind für das Strandhaus. Ihre Mutter hat dort wohl noch einige persönliche Gegenstände aufbewahrt. Vielleicht wollen Sie reinschauen. Wenn Sie sich entschlossen haben, ob Sie es behalten oder verkaufen wollen, kann ich Ihnen helfen oder jemanden Vertrauenswürdigen empfehlen.«

»Danke. Ich werde es verkaufen. Ich melde mich in ein paar Tagen.« Emily stand auf und streckte ihre Hand aus.

Statt eines geschäftsmäßigen Handschlages hielt er ihre für einen Moment zu lang und tätschelte dabei ihren Arm, was er wohl für den Ausdruck großväterlicher Sorge hielt.

Sie blinzelte ihre Tränen weg und versteifte sich. Der Anwalt entfernte seine Hände sofort. Sie nahm ihre Tasche, Akten und Schlüssel und verließ den Raum so schnell sie konnte. Sie wurde erst langsamer, als sie ihr Auto erreichte und die Sachen auf den Rücksitz warf. Ihre Hände zitterten, als sie den Autoschlüssel in der Zündung umdrehte. Sie biss sich auf die Innenseite ihrer Wange und befahl ihren Händen, sich zu beruhigen. Das war jetzt die falsche Zeit für Tränen und Gefühle, sie musste Dinge erledigen. Das betreute Wohnen, in dem ihre Mutter die letzten sechs Jahre gelebt hatte, stand als Nächstes auf ihrer To-do-Liste. Sie hatte schon das Beerdigungsinstitut und den Anwalt abgehakt.

Aber als sie an der nächsten Kreuzung nach Süden abbiegen sollte, fuhr sie stattdessen nach Norden, in Richtung Meer.

Das Sonnenlicht ließ ihre Augen tränen und sie suchte blind in der Handtasche nach ihrer Sonnenbrille. Das Tröten einer wütenden Hupe lenkte ihre Aufmerksamkeit gerade noch rechtzeitig auf die Straße, um auf ihre Seite zurückzulenken.

Sie umklammerte das Lenkrad fester und zwang sich, den Fuß vom Gas zu nehmen. Es gab keinen Grund, sich umzubringen, nur weil ihre Mutter gestorben war.

Kapitel 13

Mit dem Abstand zur Innenstadt und zum Anwaltsbüro schwand die Anspannung von Emilys Schultern. Sie konzentrierte sich auf die schmale Straße. Kiefern ragten an beiden Seiten der Straße auf, warfen lange Schatten und verbargen die grelle Sonne. Sie schob die Sonnenbrille auf den Kopf, schaltete die Klimaanlage aus und öffnete die Fenster. Warme Luft strömte ins Auto und füllte es mit dem Duft von Kiefern und einem Hauch Salz.

Emily atmete tief ein. Der Geruch weckte Erinnerungen an endlose Sommer, die sie am Meer verbracht hatte. Sie hatte gelesen und mit ihrem Vater über die Bücher gesprochen. Diesmal wurden die Tränen, die ihr über die Wangen liefen, nicht von der Sonne verursacht.

Als sie sich dem kleinen Ferienhaus näherte, das ihre Eltern lange vor ihrer Geburt gekauft hatten, erhaschte sie den ersten Blick auf vertraute Gebäude. Zunächst dachte sie, nichts habe sich geändert, aber natürlich hatte es das. An einigen Stellen waren nur Kleinigkeiten anders, aber an anderen verwirrten neue Häuser und sogar neue Seitenstraßen ihren Orientierungssinn.

Schließlich kam sie am letzten Haus der Straße an. Das Ferienhaus sah tadellos erhalten aus und der Parkplatz war unkrautfrei. Warum hatte ihre Mutter Geld für die Instandhaltung eines Grundstückes ausgegeben, das sie nie benutzte? Warum hatte sie es nicht einfach verkauft?

Emily zuckte mit den Schultern. Sie würde es loswerden müssen, sie hatte keine Zeit für nutzlose Sentimentalitäten.

Innen hatte sich nichts verändert, seitdem sie das letzte Mal vor 20 Jahren hier gewesen war. Eigentlich hatte sich nichts verändert, solange sie sich erinnern konnte, vermutlich sogar nicht, seitdem ihre Eltern das Haus gekauft hatten. Beige Wände, brauner Teppich und Einrichtung aus den Siebzigern. Früher empfand sie das beruhigend, heute raubte ihr der Mangel an Farbe die Luft.

Emily ignorierte die Gefühle, die tief in ihr herumwirbelten. Sie hatte Arbeit, die getan werden musste, und es war am besten, sich an den Plan zu halten, den sie sich auf dem Weg hierher ausgedacht hatte. Zuerst die Schränke ausräumen. Sie musste alles Persönliche, Kaputte oder Alte entfernen, das nicht verkauft werden konnte.

Danach kamen eine Inventur der Möbel und zuletzt eine intensive Reinigung des ganzen Hauses.

Mit der Absicht, einfach weiterzumachen, bis sie fertig war oder Hunger hatte, stürzte sie sich auf die Küche. Auch hier keine Überraschungen. Sie warf ein paar jahrzehntealte Dosen weg und ließ den Rest in Ruhe. Das Badezimmer sah bereits so aus, als ob es zu einem sterilen Hotelzimmer gehörte, ohne jegliche Persönlichkeit. Genauso waren die Schlafzimmer. Sie fand nur passende Bettwäschesets in den Schränken, keine alte Kleidung oder vergessenen Schmuck. Es wirkte so, als ob ihre Mutter nicht geplant hatte, jemals zurückzukehren.

Das Wohnzimmer wirkte genauso farblos und leer wie die anderen Räume – bis sie in die Anrichte schaute. Mehrere Fotoalben, die sie noch nie gesehen hatte, standen fein säuberlich in einer Reihe. Das hässliche grüne Pseudoleder datierte sie irgendwo in die Siebziger.

Seit wann hatten sie Familienalben? Wieso hatte sie so etwas nicht bemerkt, als sie aufwuchs? Sie setzte sich auf den Vorleger vor dem Gaskamin und öffnete eines nach dem Zufallsprinzip. Es enthielt verblasste Bilder von ihrer Mutter und selten auch von ihrem Vater oder beiden an verschiedenen Orten. Manchmal glaubte sie, bekannte Landschaften wie den Grand Canyon oder Städte wie New York oder London zu erkennen. Es waren offensichtlich alte Urlaubsfotos. Beide sahen so jung aus, völlig anders, als die Eltern, die sie gekannt hatte. Frisuren und Kleidung dokumentierten die Entwicklung ihrer Mutter von einer modernen jungen Frau in die gediegene, ältere Bibliothekarin, mit der sie aufgewachsen war. Anhand des Kleidungsstils schätzte sie, dass das Interesse ihres Vaters an Fotografie irgendwann in den frühen Siebzigern nachgelassen hatte.

Emily blätterte ein Album nach dem anderen durch, bis sie zu einem kam, das anders war. Ihr Bild war auf dem Umschlag. Tatsächlich konnte das Baby, das in einem orange-braunen Strampelanzug auf einem Schaffell lag, jeder sein. Aber ihre Mutter hatte das Bild ordentlich mit ihrem vollen Namen, Geburtsdatum, Gewicht und Größe beschriftet. Im ersten Jahr gab es mehrere Aufnahmen, in denen sie mit wechselnder Kleidung auf verschiedenen Quilts herumlag. Unter jedem waren ein Datum und ein Name in der präzisen Handschrift ihrer Mutter notiert. Sie erkannte einige wieder als Namen von älteren Verwandten, die großenteils gestorben waren, als sie ein Kleinkind war, einige Namen waren total unbekannt. Hatten sie ihren Eltern Babykleidung geschickt und als Dank Bilder bekommen? Emily war sich nicht sicher. Zu Weihnachten lag sie unter einem Baum, neben den Geschenken. Das nächste Bild war von ihrem ersten Geburtstag mit ihrem Kuchen und einer einzigen Kerze. Und so ging das Album weiter. Ein Bild zu Weihnachten, eines zum Geburtstag, jedes Jahr. Sonst nichts. Nicht ihre ersten Schritte, ihr erster verlorener Zahn oder ihr erstes Fahrrad.

Die Erinnerung an den Streit, den sie mit ihrer Mutter an ihrem dreizehnten Geburtstag hatte, tauchte plötzlich auf. Sie hatte das Sommerkleid nicht anziehen wollen, das ihre Mutter für das Foto ausgesucht hatte. Am Ende hatte ihr Vater sie gebeten, es ein letztes Mal zu machen – für ihn. Das Kleid zeigte immer noch die Falten, die ihre Mutter nicht rausbügeln konnte, nachdem Emily es in die Ecke des Raumes gepfeffert hatte. Sie wusste, dass ihr Lächeln auf dem Foto falsch war. Sie blätterte zurück zu den letzten Bildern und erkannte auch dort dasselbe Lächeln. War sie glücklich gewesen? Sie wusste es nicht mehr.

Danach hatte sie nie mehr gegen die schmerzhaft langen Vorbereitungen ihrer Mutter rebelliert, die sie jedes Jahr erdulden musste. Make-up hatte ihre Sommersprossen überdeckt und ihr Haar wurde geglättet und nach hinten gebunden, sodass das Rot nicht ins Auge sprang. Die altmodischen Kleider hatte sie den Rest des Jahres nicht getragen. Als ihr Vater starb, setzten sie die Tradition nicht mehr fort, daher endete das Album mit ihrem siebzehnten Geburtstag.

Das Foto hatte den letzten unschuldigen Moment eingefangen. Ihr Vater hatte ihr ein Auto geschenkt, nichts Neues oder Modernes, aber für sie etwas Besonderes. Sie hatten es sich gerade angesehen, als ihre Mutter sie ins Haus rief, um ein Bild mit dem Kuchen aufzunehmen.

Emily hatte darauf bestanden, dass ihr Vater neben ihr stand, ein Bruch mit der Tradition, der ihrer Mutter einen Gesichtsausdruck beschert hatte, als ob sie gerade in eine Zitrone gebissen hätte.

Vorsichtig löste sie das Foto von der Seite und umfuhr den Umriss ihres Vaters. Sie hielt über den starken Händen inne, die auf ihren Schultern ruhten, über seinem stolzen Lächeln und dem ordentlichen grauen Haar. In den letzten zwanzig Jahren waren seine Gesichtszüge in ihrer Erinnerung verblasst. Nur seine warme, tiefe Stimme, mit der er ihr abends vorgelesen hatte, war geblieben.

Nach dem Foto hatten sie den Kuchen gegessen, bis ihr Vater bleich geworden war und dann waren sie alle zusammen in die Notaufnahme gefahren. Vierundzwanzig Stunden später war er tot.

Emilys Hals zog sich zusammen und Tränen traten in ihre Augen. Sie schmiss das Album quer durchs Zimmer. Es traf eine Wand mit einem dumpfen Schlag und ein Teil der Bilder segelte auf den Fußboden. Nach all den Jahren vermisste sie ihren Dad immer noch, konnte aber keine Träne für ihre Mutter vergießen.

Sie zitterte, plötzlich war ihr kalt. Sie sah sich um. Das Zimmer war leblos, wie ein Bild aus einer alten Zeitschrift. Alles war so steril und leer wie das Leben ihrer Mutter gewesen war. Und was war mit ihrem eigenen Leben?

Endlich liefen die Tränen. Sie zog die Knie an die Brust, umklammerte sie und vergrub ihr Gesicht in der weichen Wolle ihrer Hose.

Emily erwachte in der Dunkelheit. Ihr Kopf und ihr Rücken schmerzten und ihre Nase war verstopft. Stöhnend stand sie auf und streckte sich. Nach einem Moment gewöhnten sich ihre Augen an das Mondlicht, das in das Haus schien. Sie fand den Weg zur Küche, goss sich ein Glas Wasser ein und trank es in einem Zug aus. Sie füllte es wieder auf und nahm es mit nach draußen auf die kleine überdachte Veranda. Die Möbel waren im Lagerschuppen, daher setzte sie sich auf die Stufen, die zum Rasen führten.

Die kühle Abendluft war wie Balsam für ihre brennenden Augen. Sie war merkwürdig entspannt, nachdem sie geweint und geschlafen hatte wie ein Baby. Sie vermisste ihren Vater immer noch, aber der Schmerz war zu einem dumpfen Dröhnen geschrumpft, das sie ertragen konnte. Und sie trauerte immer noch nicht um ihre Mutter. Ihr schlechtes Gewissen über die fehlenden Gefühle aber blieb. Sie wünschte, jemand wäre mit ihr hier, würde neben ihr auf den Stufen sitzen.

Nicht jemand, Diana. Die salzige Luft erinnerte sie an die Nacht, in der sie Diana zum ersten Mal gesehen hatte, als sie am Strand trommelte. Die Drummerin war ein namenloses Objekt gewesen, auf das sie ihre Begierde projizieren konnte. Jetzt hatte sie die Frau dahinter kennengelernt und vermisste ihre Persönlichkeit. Sie war witzig und clever, mit einem starken Sinn dafür, wer sie war und wo sie sein wollte. Wenn sie nur etwas von Dianas Stärke und Sicherheit hätte.

Angst kroch in ihre Glieder. Was passierte mit ihr? Sie war immer selbstständig und emotional unabhängig gewesen. So lange sie sich erinnern konnte, hatte sie niemals die Unterstützung einer anderen Person gewollt. Noch nicht einmal die ihrer Eltern.

Emilys Telefon vibrierte einmal kurz in ihrer Hosentasche. Als sie es herausholte, leuchtete Dianas Name in der Dunkelheit.

Zögerlich ließ Emily ihren Finger über dem Nachrichtensymbol schweben. Wohin hatte ihre Unabhängigkeit sie geführt? Wollte sie wirklich so enden wie ihre Mutter? Allein, nur mit Büchern verbunden, nie mit Menschen? Sie drückte auf die Nachricht mit mehr Kraft, als notwendig war.

Ich schicke dir gute Gedanken. Ich hoffe, du schläfst gut.

Bevor sie über die Konsequenzen nachdenken konnte, drückte Emily Dianas Namen und dann das Telefonsymbol. Ihr Puls war doppelt so schnell und doppelt so laut wie der Wählton.

»Emily, hi.« Dianas warme Stimme umschloss sie wie eine Umarmung.

»Diana … Ich … Danke für deine Nachricht.« Emily stand auf und ging durch die Bäume, die das Gelände umrahmten, bis zur Klippe. Der alte Drahtzaun war verbogen und an mehreren Stellen unterbrochen.

»Ich weiß, dass du um Abstand gebeten hast, aber ich hoffte, dass eine Nachricht okay war.«

»Nein. Ich meine ja. Es ist mehr als okay. Kann ich meinen Wunsch nach Abstand zurücknehmen?« Es schien, als ob ihre Stimme von den Wellen unter ihr verschluckt wurde, aber sie hoffte, dass Diana sie verstand.

»Natürlich. Er ist offiziell vergessen. Wie kann ich dir helfen? Was brauchst du?«

Emily musste sich gegen eine hohe Kiefer lehnen, als ihre Knie sich in Brei verwandelten. Sie hatte Diana noch nicht vergrault. »Sprich mit mir. Erzähl mir etwas über deinen Tag.«

Diana lachte leise. »Du willst doch nicht wirklich von der Arbeit hören, oder?«

Solange ich deine Stimme höre … Sie konnte das nicht aussprechen. »Ist mir egal. Ich muss etwas Normales hören, etwas, das nicht hier ist.«

»Das verstehe ich. Okay, lass mich überlegen, was heute passiert ist …« Diana berichtete über ihren Tag mit kleinen Anekdoten.

Emily hörte der Erzählung mal mehr und mal weniger aufmerksam zu, während die beruhigende Stimme sie umspülte. Sie lief in einem weiten Bogen entlang der Grundstücksgrenze und zurück zur Veranda. Sie hatte Angst, ihre neugewonnene innere Ruhe zu testen, indem sie sich der Realität stellte, daher zögerte sie, das Haus zu betreten und seufzte.

»Emily? Willst du, dass ich weiterrede?«

Emily verzog das Gesicht. Diana war zu aufmerksam. »Nein. Danke. Ich denke, ich sollte wieder reingehen.«

»Kann ich sonst noch etwas für dich tun?«

»Könntest du hierherkommen?« Mist, hatte sie das laut gesagt?

»Klar. Wo ist ›hier‹? Wie lange brauche ich, um dort hinzugelangen?« Diana klang, als ob sie bereit dazu wäre, sofort in ihr Auto zu springen.

»Ich bin ein paar Stunden entfernt, in Port Townsend. Was ist mit der Arbeit? Du kannst nicht einfach wegbleiben.« Emilys Proteste klangen sogar für ihre eigenen Ohren schwach.

»Ich habe meine Nachtdienste heute Morgen beendet und ein paar Tage frei. Falls wir mehr Zeit brauchen, kann ich den ein oder anderen Gefallen einfordern. Ich habe um den vierten Juli zum Unabhängigkeitstag einige Tage frei, das ist für die meisten ein guter Anreiz, um ein paar Schichten zu tauschen.«

Als sie auf die Stufen sank, hatte Emily Schwierigkeiten zu glauben, was sie gehört hatte. Diana würde Gefallen einfordern, nur um mit ihr zusammen zu sein? Sie erklärte ihr schnell den Weg, bevor sie ihre Meinung änderte.

»Ich komme, so schnell ich kann. Machs gut.«

Es war nach Mitternacht, als Diana endlich ankam. Nach einem unabsichtlichen Umweg und einer kurzen Suche, hatte sie das richtige Haus gefunden. Zumindest hoffte sie das. Das Auto in der Einfahrt sah aus wie Emilys.

Sie parkte daneben, stieg aus und betrachtete das dunkle Haus für einen Moment. Weder Bewegungen noch Geräusche zeigten, dass jemand ihre Ankunft bemerkt hatte. Die einzigen Geräusche waren natürlich: keine Autos, keine Flugzeuge, keine Musik. Leises Geraschel gab Hinweise auf Tiere, die sich im Schutz der Dunkelheit bewegten, und das Raunen der Bäume in der sanften Brise war kaum hörbar. Die milde Luft enthielt eine Spur von Kiefern und Ozean und vertrieb den industriellen Gestank, dem sie auf dem Weg begegnet war und der sie gezwungen hatte, die Fenster des Autos zu schließen.

Vielleicht war Emily eingeschlafen? Ein altes Metallnamensschild neben der Tür bestätigte, dass es das richtige Haus war. Nachdem sie geklopft und erfolglos gewartet hatte, versuchte Diana, den Türknauf zu drehen, aber es war abgeschlossen. Vielleicht hatte Emily eine Tür oder ein Fenster auf der Rückseite offen gelassen?

Diana nahm ihre Reisetasche aus Leinen, schloss ihr Auto ab und ging um das Haus herum. Beim ersten Anblick des Ozeans stoppte sie. Majestätische Kiefern umgaben das Haus und wuchsen bis fast zum Rand der Klippen, ließen aber genug Platz, damit man zwischen ihnen den Horizont sehen konnte. Der Vollmond spiegelte sich glitzernd auf dem schwarzen Wasser und sie musste sich zwingen, ihren Blick von der hypnotisierenden Bewegung der Wellen abzuwenden. Treppen führten auf eine überdachte Veranda.

Auf dem Weg zum Hintereingang stolperte sie fast über ein Hindernis im Schatten. Ein weiches und sehr lebendiges Hindernis.

Tief schlafend lag Emily neben der Tür unter einem großen Quilt.

Das eingerollte Bündel weckte Dianas Beschützerinstinkt und sie setzte sich neben Emily. Sie aufzuwecken, um ins Haus zu gehen, wäre vernünftig, aber es widerstrebte ihr, sie zu wecken.

Emily drehte sich um und rollte gegen Diana. »Du bist wirklich gekommen.« Ihr Gemurmel war kaum verständlich und es folgte ein leises Schnarchen. Anscheinend ohne wirklich aufzuwachen, griff sie nach Diana und legte ihren Kopf auf ihren Oberschenkel.

Das leichte Gewicht wirkte wie ein Anker in einem sicheren Hafen. Als Dianas Augen sich an die Dunkelheit gewöhnt hatten, betrachtete sie Emilys Gesichtszüge. Sie hatte noch nie so entspannt und verletzlich gewirkt, es ließ sie um Jahre jünger aussehen. Diana konnte nicht widerstehen und fuhr mit ihrer Hand durch Emilys Haar. Es war so weich, wie es aussah, wie feine Seide.

Sie drehte sich ein wenig, um eine bequemere Sitzposition zu finden, und zog an dem Quilt, bis er ihre und Emilys Beine bedeckte. Diana schloss ihre Augen, lehnte den Kopf gegen die Hauswand und ließ das rhythmische Brechen der Wellen ihre Anspannung durch die nächtliche Autofahrt und die letzten Tage von ihr abwaschen. Nur fünf Minuten, dann würde sie Emily wecken, um nach drinnen zu gehen.

Der Schrei eines Vogels weckte Diana. Eine Möwe? Orientierungslos öffnete sie die Augen und nahm Bestand auf. Goldenes Licht sickerte durch die Bäume, um lange Schatten zu werfen. Das Letzte, an das sie sich erinnerte, war, wie sie mit Emily auf der Veranda des Ferienhauses ihrer Mutter gesessen hatte. Sie musste eingeschlafen sein. Jetzt lag sie auf der Seite auf dem hölzernen Boden. Ihre Vorderseite war an Emilys Rücken geschmiegt. Es war warm und gemütlich unter dem Quilt, aber ihr Arm, der unter Emilys Kopf lag, schmerzte, als ob er von tausend Nadeln gepikst wurde, und ihr Gesicht war kalt und feucht vom Morgentau. Alles in allem war es gar nicht so schlecht für eine Nacht im Freien. Ihre Blase schrie sie jedoch an, damit sie aufstand. Sie bewegte sich vorsichtig und schlüpfte zentimeterweise aus ihrer Jacke, um Emily nicht zu wecken. Sie ließ die weiche Lederjacke als Kissen unter Emilys Kopf.

Als sie aufstand, drehte sich Emily auf den Rücken und sah sie mit großen Augen an.

Diana lächelte. Emily war süß mit verwuschelten Haaren und Falten von Dianas Jacke im Gesicht. »Guten Morgen.«

Emily lächelte zaghaft. »Guten Morgen.«

»Ich wollte dich gestern Nacht wecken, aber ich muss eingeschlafen sein. Es tut mir leid.« Diana hob ihre Arme, um sich zu strecken, und drehte sich ein paar Mal von rechts nach links. Ihre Wirbelsäule knackte zufrieden.

Emily errötete und sprang auf. »Ich hatte auch nicht geplant, hier einzuschlafen.« Sie faltete den Quilt zusammen und legte ihn über ihren Arm, dann sah sie das Haus an und knabberte an ihrer Unterlippe. »Willst du reingehen? Oder direkt in ein Café? Ich habe nicht daran gedacht, etwas zu essen oder zu trinken mitzubringen, also müssen wir unser Frühstück woanders suchen.«

Diana sah von Emily zum Haus und zurück. Während Emilys Gesicht nichts über ihre Vorlieben verriet, zeigte ihr Geplapper, wie unwohl sie sich fühlte. »Ich bin nicht sehr hungrig, aber ich müsste dringend dein Badezimmer benutzen.«

»Direkt geradeaus, du kannst es nicht verpassen.« Sie wies in die richtige Richtung, machte aber keine Anstalten, selbst rein zu gehen.

Diana nahm ihre Reisetasche und fand das Badezimmer ohne Probleme. Zunächst kümmerte sie sich um ihr dringendstes Bedürfnis, dann wusch sie ihr Gesicht und putzte ihre Zähne an dem winzigen Waschbecken. Ihre Haare waren auf der einen Seite platt gedrückt. Sie brauchte eigentlich eine Dusche, um sich präsentabel zu machen, aber ein Kamm und ein Haargummi würden erst mal ausreichen müssen. Sie lachte. Das war nicht die erste Nacht, nach der sie ungeplant an ungewöhnlichen Orten aufwachte. Sie hatte nur gedacht, dass diese Zeiten lange hinter ihr lagen.

Auf dem Rückweg sah sie sich kurz im Haus um. Alles außer dem Wohnzimmer war präzise aufgeräumt wie in einem Hotel. Weder Nippes noch persönliche Sachen boten einen Hinweis auf die Besitzerin. Waren die Räume schon immer so oder hatte Emily die Dinge weggeräumt? Dinge, die Emily getriggert hatten. Hatte sie deshalb diese offensichtliche Abneigung, das Haus zu betreten oder schmerzte es sie, das Ferienhaus ihrer Kindheit ohne ihre Eltern zu sehen? Die verstreuten Bilder und mehrere Fotoalben auf dem Boden weckten ihre Neugier. Sie bahnte sich vorsichtig den Weg durch das Chaos, zögerte aber, die Fotos anzufassen. Auf den ersten Blick wirkte nichts ungewöhnlich.

Als sie wieder nach draußen kam, hatte Emily einen geöffneten Koffer auf der Veranda. Hatte sie ihn aus dem Auto geholt? Sie hatte frische Kleidung angezogen, eine Jeans und einen Kapuzenpullover, und ihre Haare zu einem Pferdeschwanz gebunden. Es war der lockerste Stil, den Diana jemals an ihr gesehen hatte.

»Lass uns zu einem Café fahren und dort etwas essen. Vielleicht können wir danach spazieren gehen.« Emily wartete nicht auf Dianas Antwort, sondern schloss ihren Koffer und trug ihn die Treppe hinunter. »Das Haus kann offen bleiben, es gibt nichts Wertvolles darin.«

Diana zuckte mit den Schultern und folgte Emily zu ihrem Auto. Sie war hier, um sie zu unterstützen. Also akzeptierte sie ihre Weigerung, das Haus zu betreten.

»Ein Spaziergang wäre gut. Ich bin noch etwas eingerostet nach der langen Fahrt und dem Schlafen auf dem Boden. Ich nehme an, dass sich so das Alter anfühlt.« Sie erntete ein Lächeln für ihre Bemerkung.

Emily hatte gerne Dianas Angebot zu fahren, angenommen. Sie war steif und fühlte sich ausgelaugt, aber sie vermutete, dass es eher an den emotionalen Belastungen der letzten Tage lag und nicht an ihrer Nacht auf der Veranda. Langsam kehrte die Erinnerung zurück. Sie war nachts mehrfach aufgewacht und hatte sich dabei warm, sicher und entspannt gefühlt. Nicht, dass sie es offen zugeben würde, aber die Anwesenheit eines warmen Körpers zum Ankuscheln hatte ihr den besten Schlaf seit einer Ewigkeit beschert. Nicht irgendeines Körpers, Dianas Körper.

»Wohin jetzt?« Diana hielt an einer Kreuzung an.

Emily erklärte ihr rasch den Weg. Sich auf die ehemals vertrauten Straßen zu konzentrieren, half ihr, sich aus ihren Grübeleien zu reißen. Die Fahrt in die Stadt dauerte nicht lange und das Café war leer bis auf einige ältere Leute, die Stammkunden zu sein schienen. Die meisten Touristen schliefen wohl noch.

Sie aßen schweigend und Emily suchte nach Worten. Sie schuldete Diana eine Erklärung, weil sie hergefahren war, aber sie wollte diese Unterhaltung nicht in der Öffentlichkeit führen. Sie hatte dasselbe Problem mit anderen Themen wie Dianas frühere Karriere und Jenns Entdeckung. Und der Kuss. Sie wollte noch nicht einmal an den Kuss denken, geschweige denn darüber reden.

Sie entschuldigte sich, um die Toilette zu besuchen. Während sie ihre Hände wusch, schaute sie in den Spiegel. Das meiste Make-up war verschwunden und nur dunkle Schatten, die ihre Blässe betonten, blieben unter den Augen. Sie schüttelte den Kopf. Sie sah aus wie eine Drogenabhängige. Was sah Diana in ihr? War sie so eine Art Wohltätigkeitsprojekt wie ihre Arbeit im Regenbogenhaus? Sie wusch ihr Gesicht mit kaltem Wasser und schrubbte es, bis ihre Wangen pink glühten, was sie viel zu kindlich aussehen ließ. Warum hatte sie kein Make-up mitgenommen?

Willst du wirklich so rausgehen? Die Stimme ihrer Mutter schnitt durch ihre Gedanken.

Sei still! Sie knüllte die Papiertücher, die sie benutzt hatte, zusammen und schmiss sie in den Papierkorb. *Ich bin sechsunddreißig und es sollte mir egal sein, was meine Mutter denkt. Meine tote Mutter.*

Emily straffte ihre Schultern und verließ die Toilette ohne einen weiteren Blick in den Spiegel. Sie ging zur Theke und bezahlte die Rechnung. Als sie zu Diana zurückkehrte, hatte sie sich so weit beruhigt, dass ihre Stimme sie nicht verriet. »Ich muss hier raus. Würde es dir etwas ausmachen, am Strand spazieren zu gehen?«

»Gar nicht.« Diana stand auf und nahm ihre Jacke von der Stuhllehne.

Emily wies auf vertraute Orientierungspunkte aus ihrer Jugend hin, bis sie den Parkplatz am North Beach erreicht hatten. Ein paar andere Autos parkten dort, aber ihre Besitzer waren nicht zu sehen, als sie zum Wasser gingen. Es war Ebbe; Sand und Kies erstreckten sich kilometerlang entlang der Küste.

Da sie nach Osten gingen, musste Emily auf den Boden blicken, um den Strahlen der frühmorgendlichen Sonne auszuweichen, aber die Wärme, die sich langsam in ihr ausbreitete, war mehr als willkommen.

Alle paar Schritte hob Diana etwas auf. Strandglas, Muscheln oder kleine Stücke Treibholz. »Du hattest bestimmt eine große Sammlung als Kind.«

Emily schnaubte. »Nein. Nicht wirklich. Nach jedem Sommer zwang mich meine Mutter, alles wieder zurück zum Strand zu bringen. ›Wahre Erinnerungen brauchen keinen sentimentalen Krimskrams‹ war ihr Motto. Wir hatten zu Hause keine Souvenirs. Ich frage mich, warum sie die Alben behalten hat.« *Super, komm gleich auf den Punkt.*

»Ich habe die Bilder gesehen.« Diana zögerte. Wollte sie, dass Emily etwas dazu sagte? »Ich vermute, dass es schwierig war, dir deine Familienfotos anzuschauen.«

Schwierig war untertrieben. »Ja und nein.« Schmerz, Wut und Enttäuschung ballten sich in einem Knoten in ihrem Bauch zusammen, garniert mit einer guten Portion Selbstverachtung. *Warum sind mir die bescheuerten Alben wichtig?* Emily trat gegen ein Stück Treibholz, und es flog eine kurze Strecke, bis es wieder im Sand stecken blieb. »Ich habe kaum Erinnerungen mit diesen Bildern verknüpft. Die meisten sind aus einer Zeit lange vor meiner Geburt. Ein Album ist über mich. Zwei Bilder jedes Jahr, eines an Weihnachten, eines an meinem Geburtstag. Das wars. Sonst nichts.« Emily versuchte, ihren Tonfall neutral zu halten.

Diana sagte nichts, bis sie Emilys Treibholzstück erreicht hatten. Sie hob es auf und drehte es in ihren Händen. »Sie standen anscheinend nicht so auf Bilder. Ich bin mir sicher, es gab andere Arten, sich zu erinnern. Geschichten zum Beispiel.«

»Vielleicht.« Sie liefen fast einen halben Kilometer, während Emily darüber nachdachte. Sie hatte ihr Leben nie anders empfunden als normal. Sie hatte zwei Elternteile, ein Dach über dem Kopf, warme Kleidung und regelmäßige Mahlzeiten. Nichts Bemerkenswertes war in den Jahren passiert, in denen sie aufgewachsen war. Warum hätte man es auch dokumentieren sollen? Und die wichtigste Frage war: Warum schmerzte es so, dass sie es nicht getan hatten? Diana hatte Geschichten als Alternative vorgeschlagen, aber die hatte es auch nicht gegeben. Wie konnte sie Diana ihre Familie erklären? »Du hast vermutlich viele dieser peinlichen Geschichten, wie du aufgewachsen bist, die an jedem Familientreffen wiederholt werden und die dich nerven, aber in Wahrheit genießt du sie.«

»Klar, mit fünf Brüdern … Haben wir nicht alle so etwas?« Diana sah sie mit aufrichtigem Interesse an.

Emily trat gegen ein weiteres Stück Treibholz, aber diesmal blieb es im Sand stecken und sie fiel beinahe hin.

Diana griff nach ihr, um sie zu stützen.

»Danke.« Emily lächelte, sah aber dann rasch wieder nach unten und runzelte die Stirn, als sie merkte, wie ihr die Hitze ins Gesicht stieg. Ihre Ohren kribbelten. Sie musste es hinter sich bringen, bevor die Scham ihre Haut zum Schmelzen brachte. »Ich habe fast keine Geschichten. Ein Kollege meines Vaters hat mir immer von einem Ereignis erzählt, das passierte, als ich vier war. Ich habe während der ganzen Rede zum sechzigsten Geburtstag meines Vaters geweint, weil ich ein unbequemes Kleid tragen musste, aber ich kann mich weder an das Kleid erinnern, noch habe ich ein Foto davon. Mein Vater hat mir Geschichten über die Bücher erzählt, die er mir vorgelesen hatte und wie ich darauf reagiert hatte. Meine Mutter hat mir nie etwas in der Art erzählt. Sie hat auch nie über die Vergangenheit mit meinem Vater gesprochen.« Sie versuchte, aus dem Augenwinkel Dianas Reaktion abzuschätzen.

»Es muss schwierig gewesen sein, so aufzuwachsen. Standest du deiner Mutter jemals nahe?« Dianas Tonfall war nur neugierig, entgegen Emilys Befürchtung enthielt er kein Urteil.

»Nein, nicht wirklich. Sie war nicht der herzliche Typ. Noch nicht einmal mit meinem Vater. Ich frage mich nur …« Emily hob ein Stück Strandglas auf. Es war hellgrün mit einer unebenen, rauen Oberfläche, quasi nicht mehr als ein Stück Müll, das die Natur verschmutzte. Aber es fing das Sonnenlicht ein und das warme Leuchten zeigte seine Schönheit.

»Was fragst du dich?«

Emily schloss ihre Faust um das Strandglas und konzentrierte sich auf die harte Kante, die in ihre Handfläche drückte. Der Schmerz war real, greifbar, ungleich der Grube voller brodelnder Emotionen, in die sich ihr Magen verwandelt hatte. Sie zwang sich, es auszusprechen. »Ich weiß nicht, ob sie mich geliebt hat, und ich werde es nie herausfinden.«

Diana hielt an und drehte sich zu ihr, griff nach ihrer Hand. »Es tut mir leid.«

Emily ging weiter, weg von der Versuchung, die Dianas Berührung darstellte. Sie verdiente ihr Mitleid nicht. »Muss es nicht.«

Mit wenigen langen Schritten holte Diana sie ein. Sie sagte oder tat nichts, außer neben ihr herzugehen, so nah, dass sich ihre Arme federleicht berührten.

Überkochende Gefühle drangen in die Risse in Emilys Abwehr ein. Dianas stumme Unterstützung half, die Lecks zu stopfen, aber sie würde nicht ausreichen. Vielleicht wenn sie etwas von dem Druck abließ, nur ein kleines Bisschen, würde er auf ein Level sinken, mit dem sie umgehen konnte. »Mein Problem ist, dass es mir eigentlich nicht wichtig ist. Ich vermisse sie nicht, weil wir nie eine richtige Beziehung hatten. Sie war nur die Frau, bei der ich lebte, bis ich zum College ging. Ich habe sie nicht geliebt; ich habe sie nicht gehasst; es war mir egal, ob sie zu Hause war oder nicht. Ich habe sie nicht gebraucht.« Ihr Hals war trocken und sie musste schlucken. Hatte sie geschrien?

Sie drehte sich zu Diana um. Sie hatte all das nicht sagen wollen, aber nun, da sie angefangen hatte, schien sie nicht mehr aufhören zu können. »Was stimmt nicht mit mir? Was bin ich denn für eine Tochter? Warum kann ich nicht lieben?« Tränen vernebelten ihr den Blick, und sie wischte sie hektisch fort. Sie nahm einen tiefen Atemzug, um all die aufsteigenden Gefühle wieder dorthin zu stopfen, wohin sie gehörten. Aber zum ersten Mal in ihrem Leben gelang es ihr nicht, als sie durch einen Riss in ihrem Schutzwall strömten.

Plötzlich war Diana da und umarmte sie. Sie flüsterte in Emilys Haare. »Es ist okay. Ich halte dich. Es stimmt alles mit dir.«

Emily schüttelte den Kopf und presste die Augen noch stärker zusammen, um die Tränen einzusperren. »Ich bin ein schrecklicher Mensch. Kalt. Lieblos. Distanziert. Und jetzt weine ich, weil ich mir selbst leidtue. Wie egoistisch ist das!«

Sie versuchte, aus der Umarmung zu fliehen, aber Diana hielt sie noch fester.

»Es ist dir wichtig. Sonst würdest du diese Fragen nicht stellen. Es ist dir wichtig.« Diana wiederholte den letzten Satz immer und immer wieder.

Die Explosion, die den Damm um ihre Gefühle einriss, brachte Emily zum Stolpern. Nur Dianas Arme halfen ihr, stehen zu bleiben, während sie weinte.

Die Wärme, mit der Diana sie umarmte, taute langsam das Eis um ihr Herz und ihre Standhaftigkeit verankerte Emily am Boden.

Sie hatte jeden Sinn für Zeit verloren, als ihr Körper nach Aufmerksamkeit schrie. Ihre Beine krampften von der steifen Haltung und ihre Haut brannte von der Sonne. Sie löste sich von Diana, die geduldig wartete, bis sich Emily ihr Gesicht abgewischt und ihre Nase geputzt hatte, mit einer Serviette, die sie in ihrer

Hosentasche fand. Emily bemerkte, dass sie immer noch das Strandglas in ihrer Hand hielt, und steckte es unauffällig in ihre Hosentasche.

Diana hob ihre Hand und streichelte langsam über Emilys sonnengewärmtes Gesicht. Schweigend nahm sie Emilys Hand, drehte sich um und führte sie zurück in Richtung des Autos.

Emily folgte ohne Kommentar. Dass Diana die Führung übernahm, brauchte sie im Moment. Eine neue Ruhe durchfloss sie, sie wollte in dem Gefühl baden, ohne nachzudenken oder Entscheidungen zu treffen. Sie berührte vorsichtig ihre Wange. Sie war heiß, aber die Schmerzen waren erträglich. »Ich glaube, das ist der erste Sonnenbrand meines Lebens.«

Emily stopfte die letzte der drei Kisten in den Kofferraum ihres Autos. Es war knapp, passte aber. Die drei Pappkartons gefüllt mit Fotoalben, einem kleinen Gemälde und einigen Büchern waren alles, was von ihren Eltern übrig geblieben war. Sorgsam breitete sie zwei alte Quilts über die Kisten. Sie sahen handgefertigt aus, aber sie hatte keine Ahnung, wer sie genäht hatte. Eine Verwandte, die lange vor ihrer Geburt gestorben war, ihre Mutter oder waren sie einfach nur irgendwo gekauft worden? Aber sie erinnerten sie an Sommernächte, die sie lesend auf der Veranda verbracht hatte, gegen die Kälte in eine der Decken eingekuschelt. Sie schloss den Kofferraumdeckel mit mehr Kraft als notwendig. Die große Tasche mit alten Handtüchern und Kleidung, die sie aus dem Altenheim ihrer Mutter abgeholt hatte, kam auf den Rücksitz. Sie würde sie im Regenbogenhaus abgeben, vielleicht würde sie dort jemand wollen. Was heute altmodisch war, könnte morgen schon Retro oder Vintage sein.

Wem machte sie hier etwas vor? Es war Müll. Aber irgendetwas hinderte sie daran, die Kleidung ihrer Mutter einfach wegzuwerfen.

Diana war eine große Hilfe dabei gewesen, sich auf die Aufgaben zu konzentrieren. Wut, Frustration und Scham hatten Emily fast überwältigt. Sie vermisste ihre Mutter immer noch nicht; sie vermisste die Idee einer Mutter. Sie musste akzeptieren, dass sie das, was sie von einer Mutter erwartete, nie gehabt hatte und in diesem Leben nicht bekommen würde. Sie hatte sich verbogen, um den Erwartungen ihrer Mutter an Blässe und Schweigsamkeit zu genügen, dafür aber nie Anerkennung geerntet. Sie war sich nicht sicher, ob es ihrer Mutter letztendlich egal gewesen war oder ob sie ihre Gefühle nicht ausdrücken konnte. Emily pendelte ständig zwischen Verachtung und Mitgefühl für ihre Mutter und Selbstverachtung und Selbstmitleid für sich selbst.

Den ganzen Tag hatte Diana mit ihr Besorgungen erledigt und sie dabei subtil ermuntert, über ihre Jugend zu sprechen. Je mehr sie über ihre Mutter sprach, desto mehr erkannte sie, wie ähnlich ihr eigenes Leben heute war. Sie plante jedes Detail des Tages und bevorzugte es, ihre Umgebung zu kontrollieren, damit alles auch wirklich nach Plan lief. Da sie der Arbeit fast jede Minute ihres Lebens widmete, hatte sie keine Hobbys, keine engen Freunde, keine Beziehungen. Niemand wollte mit einem Kontrollfreak befreundet sein, und genau wie ihre Mutter verließ sie die Rolle der Vorgesetzten nie auf der Arbeit.

Nur mit Jenn war es anders. Zählte Jenn wirklich? Jenn tat die meiste Beziehungsarbeit in ihrer Freundschaft und Emily fragte sich manchmal, was Jenn in ihr sah. Emily kontaktierte sie nicht so oft oder schlug ihr Treffen vor. Wenn Jenn nicht hartnäckig geblieben wäre, wären sie im College keine Freunde geworden oder danach in Kontakt geblieben, sondern Jenn wäre am Tag des Abschlusses nur eine ferne Erinnerung geworden.

Und jetzt Diana. Diana war anders. Gestern hatte Emily sie gebeten zu kommen. Sie wusste, dass Diana mehr als Freundschaft wollte, aber sie hatte Angst, darauf einzugehen. Was könnte sie Diana überhaupt bieten? Sie hatte keine Erfahrung darin, eine Beziehung aufrecht zu halten, noch nicht einmal mit der eigenen Familie. Alle rationalen Argumente, warum sie einer Beziehung aus dem Weg gehen sollte, schwebten den ganzen Tag über in ihrem Kopf.

Trotzdem, jedes Mal, wenn Diana sie angelächelt hatte, war Emilys Herzschlag aus dem Takt geraten, und jedes Mal, wenn sie es geschafft hatte, Diana zum Lachen zu bringen, war sie stolz. Sie hatte schon fast den Willen verloren, gegen ihre Gefühle anzukämpfen.

Was machte es schon, dass sie die Fachärztin war und Diana die Assistenzärztin? Sie würde sie auf der Arbeit nicht anders behandeln. Oder doch? Sie hatte immer noch die Kontrolle über ihr Handeln, auch wenn ihre Gefühle in den letzten Tagen etwas vom Kurs abgekommen waren.

Emily seufzte und schloss die Autotür. Sie hatte zu lange gebraucht, um ihre Sachen zu verstauen, und Diana würde sich fragen, wo sie blieb. Sie musste wieder reingehen, mit ihr sprechen.

Über den Kuss im Club. Und was er bedeutete.

Sie hatte sich geirrt, sie war nicht bereit für eine Beziehung. Sie hatte keine Ahnung, was sie da tat. Insbesondere in Anbetracht der Tatsache, dass sie zusammen arbeiteten.

Ihre Knie wurden plötzlich zu weich, um sie zu tragen, und sie lehnte sich gegen die Seitenwand des Autos, um sich zu stützen. Ihr Atem wurde immer schneller und vernebelte die Außenseite des Fensters. Ihre Finger kribbelten und schmerzten, als ob sie mit tausend Nadeln gepikst worden wären.

Ein distanzierter Teil von ihr beobachtete sie von außen und stellte die Diagnose: Panikattacke mit Hyperventilation. Sie musste ihre Atmung verlangsamen.

Ihr medizinisches Wissen half ihr aber nicht. *Wie kann ich verdammt noch mal meine Atmung kontrollieren? Ich kann ja noch nicht mal meine Gedanken oder mein Leben kontrollieren!* Schwarze Flecken erschienen in ihrem Sichtfeld und ein warmes Gefühl floss von ihrer Mitte in ihre Arme und Beine, als ob sie sich unter eine Daunendecke kuscheln würde.

Sie fiel.

Fiel durch Wolken. Weiche, weiche Wolken.

»Emily! Emily, fall nicht in Ohnmacht!« Der Ruf riss sie aus den Wolken zurück auf die Erde. »Emily, sieh mich an!«

Diana. Diana rief sie und hielt sie aufrecht, von hinten gegen das Auto gedrückt.

Sie öffnete ihre Augen und versuchte, sich in Dianas Armen umzudrehen.

Diana gab Emily ein wenig Spielraum, um sich zu drehen, blieb aber nahe genug, sodass ihre Arme sie immer noch stützen konnten.

Hitze brannte in Emilys Wangen, als sie über ihre Schwäche nachdachte. Sie war fast in Ohnmacht gefallen. Das war ihr noch nie passiert. War das nicht etwas, was nur alberne Mädchen taten?

Sie trat hastig aus Dianas Umarmung. »Mir geht's gut.« Das kam harscher aus ihrem Mund als geplant.

Diana musterte sie. Ihre Stirn war konzentriert in Falten gelegt, als ihr Blick von Kopf bis Fuß über Emily wanderte.

Sie zwang sich, still zu halten.

Anscheinend war Diana zufrieden, mit was auch immer sie sah. Sie nickte und ihr Stirnrunzeln verschwand. »Okay. Wenn du dir sicher bist.« Mit einem sanften Druck auf Emilys Oberarme trat sie einen Schritt zurück und ließ sie dann los.

»Ich brauche nur etwas zu Essen. Wir haben seit dem Frühstück nichts mehr gehabt.« Nicht, dass sie an einem normalen Arbeitstag mehr aß.

Diana nickte, als ob das einen Sinn ergäbe. »Lass mich nur mein Portemonnaie holen und das Haus abschließen.« Sie wies auf das Auto. »Setz dich hin. Ich bin in einer Minute zurück.«

Als sie einen kurzen Moment später wiederkam, hatte Emily noch nicht genug Willenskraft aufgebracht, um sich zu bewegen.

Diana öffnete die Beifahrertür und machte eine einladende Geste. »Gib mir deinen Autoschlüssel, und ich bringe dich zum Essen.«

Emily dachte, sie sollte protestieren. Niemand fuhr ihr Auto. Kein weiterer Teil ihres Lebens sollte durch jemand anderen kontrolliert werden. Sie öffnete den Mund, bemerkte aber, dass sie nicht wirklich dagegen war. Sie wollte jemand anderen ans Steuer lassen. Auch wenn es nur ihr Auto war.

Emily hatte Diana gebeten, in dasselbe Café zu fahren. War das ein Lieblingsort in ihrer Jugend gewesen oder war die Nähe zum Haus der entscheidende Faktor?

Während der Fahrt hatte Emily die Augen geschlossen, aber die harten Linien um ihren Mund und ihre Augen ließen vermuten, dass sie wach gewesen war.

Diana wartete während des ganzen Essens darauf, dass Emily den Fast-Kollaps zur Sprache brachte. Es war keine Überraschung, dass sie es nicht tat. Als sie halb mit den Sandwiches fertig waren, beschloss sie, das Thema selbst anzugehen. »Wie fühlst du dich jetzt?«

»Mir geht's gut.« Emily begleitete die Aussage mit einem Lächeln, das so falsch war wie die Plastikblumen auf dem Tisch.

Diana hob ihre Augenbrauen und wartete. Dachte Emily wirklich, dass sie das glaubte?

»Okay, mir geht es nicht gut.« Emily faltete ihre Papierserviette in ein Quadrat, dann eine Serie von immer kleiner werdenden Dreiecken. »Aber es wird schon. Das Essen hat geholfen.«

Die Anspannung in Emilys Ausdruck hatte nach dem Sandwich etwas nachgelassen, aber Diana zweifelte immer noch daran, dass Hunger die Ursache für den Schwächeanfall gewesen war. Was konnte sie tun, um ihr zu helfen?

»Ich bin für dich da, wenn du darüber sprechen willst.« Diana rettete die zerknüllte Serviette aus Emilys Griff und drückte ihre Hand.

»Danke. Das weiß ich«, sagte Emily mit einem Lächeln. Diesmal ein echtes Lächeln. »Ich muss das alles nur ein bisschen verdauen. Lass uns zurückfahren.«

Als sie nach fünfzehn Minuten schweigsamer Fahrt am Haus ankamen, war Diana nicht sehr erpicht darauf, sofort weiterzufahren und die nächsten Stunden im Auto zu verbringen. »Ich muss meine Beine ausstrecken und meinen Kopf frei kriegen, bevor wir fahren. Wie nahe können wir ans Meer kommen?«

»Unser Grundstück hat nur Steilküste. Sogar als Kind wäre ich nicht so blöd gewesen, da runter zu klettern. Aber unsere Nachbarn haben eine natürliche Senke und dort eine Treppe angebracht. Ich hoffe, sie steht noch.« Emily führte sie um das Haus herum zu den Klippen, zwischen Bäumen hindurch, die wie dunkle Säulen das Meer bewachten.

Das Mondlicht reichte gerade aus, um zu navigieren. Als sie aus den Bäumen herauskamen, schnappte Diana nach Luft. Sie blieb stehen, um die Aussicht aufzunehmen. Die Sonne war untergegangen und die wenigen Wolken, die vor dem samtenen Hintergrund schwebten, betonten die Schönheit der Sterne. Der unglaublichen Menge Sterne. Der Mond war gerade aufgegangen und das Licht glitzerte auf den Wellen, die zum Ufer rollten. Es war wahnsinnig romantisch. Um dem Drang, Emily zu berühren, widerstehen zu können, stopfte Diana ihre Hände in die Hosentaschen.

Nachdem sie ein paar Minuten schweigend nach Westen gelaufen waren, stolperte Emily und Diana streckte ihre Hand aus, um sie aufzufangen. Sie zögerte, sie loszulassen, und Emily schien es ähnlich zu gehen. Sie hielten sich an den Händen und passten ihre Schritte einander an, als ob sie das schon tausende Mal getan hätten. Wie versprochen, senkten sich die Klippen und ein hölzernes Geländer signalisierte den Anfang der Treppe.

Emily wackelte an dem Geländer und testete die erste Stufe mit ihrem Fuß. »Sieht stabil aus. Ich vermute, die Nachbarn kommen öfter zu Besuch, als meine Mutter es getan hat.« Langsam stieg sie hinab.

»Sei vorsichtig.« Diana folgte der dunklen Silhouette und verließ sich dabei mehr auf ihren Tastsinn, als auf ihre Sicht. Aber das Holz unter ihrer linken Hand war solide und die Stufen gleichmäßig genug, um sie ohne Gefahr zu benutzen.

Ohne Absprache wandten sich beide ostwärts, dem Mond entgegen, und ergriffen gleichzeitig wieder die Hand der anderen. Diana genoss die Stille, die jetzt eher beabsichtigt und weniger unangenehm wirkte, und dachte über ihre Beziehung nach. Sollte sie es ansprechen oder auf Emily warten?

Beide waren morgen Abend zur Nachtschicht eingeplant und Diana wünschte sich zumindest, die beginnende Verbindung zwischen ihnen geklärt zu haben, bevor sie wieder zum professionellen Verhalten im Krankenhaus zurückkehrten.

Wäre das zu viel für Emily, weil sie gerade mit dem Tod ihrer Mutter beschäftigt war? Sie behauptete, davon unbeeinflusst zu sein, aber der Hyperventilationsanfall vorhin hatte für Diana wie eine Panikattacke gewirkt. Offensichtlich war das Hantieren mit den Kisten emotional belastend gewesen, egal, was Emily behauptete. War es fair, noch mehr zu ihrem Stress beizutragen?

Die Antwort war einfach. Nein, es war nicht fair. Sie konnte ihr Bedürfnis nach Klarheit verschieben. Ihr Unbehagen war verschwindend gering im Vergleich zu dem emotionalen Aufruhr, in dem Emily sich befinden musste.

Nach etwa fünfzehn Minuten erreichten sie einen steinigeren Teil des Strandes und in noch immer stummer Synchronizität drehten sich beide gleichzeitig um und ergriffen wieder die Hand der anderen.

»Ich mag es hier. Die frische Luft, der Himmel, die Sterne. Ich werde es vermissen, wenn wir wieder in der Stadt sind.« Diana seufzte.

Emily summte zustimmend. »Ich auch. Wellen beruhigen mich. Ich könnte ihnen stundenlang zuschauen und würde mich nie langweilen.«

»So geht es mir mit den Sternen. Zunächst denkst du, es sei ein statisches Bild, aber wenn du sie über Stunden beobachtest, kannst du eine Veränderung sehen. Jeder Himmelskörper scheint auf einem eigenem Kurs zu sein, mit eigener Geschwindigkeit, aber trotzdem in perfekter Harmonie. Wie ein Tanz.«

Emily summte wieder, sagte aber nichts mehr. Sie klang entspannt. Nach einigen Schritten seufzte sie tief. »Wir sollten darüber sprechen.«

»Über deine Mutter?« Diana schätzte es, dass Emily den ersten Schritt tat, um sich zu öffnen.

»Nein. Über die Arbeit. Über … über uns, was wir einander bedeuten.« Ihre Stimme war kaum ein Flüstern und sie schaute auf den Sand.

»Wir sind Freunde und auf dem Weg mehr zu werden.« Diana formulierte es als Aussage, nicht als Frage. »Und ich würde gerne sehen, wo das mit uns hinführt. Du sagtest, dass du das auch willst, damals im Club. Ist das noch so?«

Emilys Hand in Dianas spannte sich an, aber sie ließ nicht los. »Auf dem Weg, mehr zu werden.« Sie sagte die Worte, als ob sie ihren Geschmack testen müsste. »Ich war noch nie mit jemandem auf der Arbeit befreundet … und schon gar nicht liiert. Ich bin mir nicht sicher, wie unsere persönliche Beziehung unser Arbeitsverhältnis beeinflussen wird.«

Das war nicht, was Diana gemeint hatte, aber sie akzeptierte, dass es schwierig für Emily sein könnte. »Ich kann mir nur vorstellen, wie das sein kann. In der Band habe ich mit meiner Partnerin und späteren Ex eng zusammengearbeitet. Es war manchmal schwierig, wenn wir anderer Meinung waren, was die Songs betraf. Wir haben gestritten und auch Dinge gesagt, die wir besser nicht gesagt hätten. Am Ende lief es aber alles auf Respekt hinaus. Wir haben unsere Meinungen respektiert und damit dafür gesorgt, dass die Arbeit funktionierte.«

Emily ließ Dianas Hand fallen. »Das ist etwas anderes. Wir sind in keiner Band. Wir haben keine Zeit, um unsere unterschiedlichen Meinungen mit Diskussionen oder Streits zu lösen. Medizin ist keine Demokratie. Am Ende bist du immer noch die Assistenzärztin und ich trage die Verantwortung.« Emilys Stimme war eisig. Sie trat ein paar Schritte zurück, in Richtung des Wassers.

Diana konnte keine Details von Emilys Gesichtsausdruck ausmachen, aber sie wirkte nicht wütend, eher etwas verloren. »Ich weiß. Da kommt der Respekt ins Spiel. Ich will unsere Beziehung nicht ausnutzen, um Vorteile zu erlangen. Ich respektiere deine Position als meine Vorgesetzte, dein Wissen und deine Erfahrung. Ich würde nicht erwarten, dass du mich anders als die anderen Assistenzärzte behandelst.«

Als eine Welle weiter landeinwärts rollte, als die anderen, trat Emily näher an Diana heran. »Du wirst meine Kontrollen hassen. Egal wie sehr ich dich mag, ich muss alles überprüfen, was du tust. Ich darf dir nicht trauen, nur weil wir … du weißt schon.«

Das Wasser floss über Emilys Schuhe und hinterließ den Sand feucht und voller Löcher. Es zog sich zurück, bevor es Diana erreichte.

Durch die Arbeit mit Emily hatte Diana bereits gelernt, dass diese nichts halbherzig machen würde. »Ich weiß und ich würde es auch nicht anders erwarten. Wir können uns auf der Arbeit weiter professionell verhalten. Ich denke, ich kenne meine Grenzen und weiß, wann ich um Hilfe bitten muss. Ich würde nicht die Gesundheit oder das Leben meiner Patienten für mein Ego opfern. Deine Aufgabe ist es, mich zu unterrichten und mich davon abzuhalten, jemandem zu schaden, und ich werde dich nicht dafür hassen. Und das bringt uns zurück zum gegenseitigen Respekt.« Diana schaute direkt in Emilys Augen. Es war ihr wichtig, dass Emily ihre Aufrichtigkeit erkannte. »Ich hoffe, du kannst meine Integrität und Arbeitsmoral respektieren, auch wenn du noch nicht meinem Wissen und meiner Erfahrung trauen kannst.«

Emily hielt ihren Blick und nickte. »Das tue ich.« Sie schaute Diana für einen Moment an, dann senkte sie den Kopf und verbarg ihren Gesichtsausdruck in der Dunkelheit. »Ich kann mir eine Million Gründe vorstellen, warum das nicht funktioniert. Es wäre einfacher, im Moment nur Kollegen zu bleiben, ohne weitere Komplikationen.«

Schmerz durchschnitt Dianas Brust wie ein spitzes Messer. Für sie wäre es nicht einfacher. Wahrscheinlich für beide nicht. »Ich glaube nicht, dass es möglich ist. Ich mag dich und habe dich außerhalb der Arbeit auf viel persönlichere Weise kennengelernt. Auch wenn du mich wieder so behandelst, wie du es in meiner ersten Woche gemacht hast, werde ich nicht vergessen, was zwischen uns passiert ist.« Auf der dringenden Suche nach einer erneuten Verbindung ergriff Diana wieder Emilys Hand und verflocht ihre Finger. »Ich glaube nicht, dass wir einen Schritt zurück machen können. Und wäre es nicht besser, du hättest jemanden, dem du vertrauen kannst. Jemand, der dich kennt, sich um dich sorgt?«

Emily drückte Dianas Hand. »Du hast recht. Ich kann nicht zurück. Das ist wichtig für dich.« Das war keine Frage. »Und für mich auch.« Sie ging weiter und ließ die einander haltenden Hände leicht zwischen ihnen schwingen.

Erleichterung durchströmte Diana und fegte den Schmerz in ihrer Brust weg. »Ich weiß, dass das hier weder die richtige Zeit noch der richtige Ort ist, aber ich will dir sagen, dass ich mich sehr von dir angezogen fühle. Ich liebe es, Zeit mit dir zu verbringen, und auch wenn wir oberflächlich betrachtet sehr unterschiedlich wirken, glaube ich, dass wir viel gemeinsam haben. Ich würde diese Anziehung gerne erforschen, wenn du willst, wann immer du bereit dazu bist.« Ihr Puls war während ihres Geständnisses angestiegen und übertönte das konstante Schlagen der Wellen gegen die kleinen Felsen im Meer. Sie hoffte, dass Emily nicht die plötzliche Feuchtigkeit ihrer Handflächen bemerkte.

Emily hörte wieder auf zu gehen, aber diesmal ließ sie Diana nicht los. Sie trat näher und sah in Dianas Augen. Ihr Blick wirkte suchend, aber Diana konnte nicht sagen, wonach. Ehrlichkeit? Zuneigung? Diana hoffte, dass sie beides ausstrahlte.

»Ich fühle dieselbe Anziehungskraft, aber ich weiß nicht, wann oder ob ich dafür bereit sein werde.«

Dianas Magen zog sich zusammen, aber sie sagte nichts, da Emily so klang, als ob sie noch nicht fertig war.

»Du hast recht. Wir können nicht zurück.« Emily war so nah, dass ihr Atem Dianas Wange liebkoste. »Ich bin mir auch nicht sicher, ob wir vorwärtsgehen sollten. Es gibt so viele Gründe, warum wir es nicht sollten. Ich bin auf jeden Fall nicht bereit, dass jemand auf der Arbeit von uns weiß. Das Objekt von Spekulationen und Klatsch zu sein, ist untragbar.« Ein Hauch Verzweiflung schlich sich in ihre Stimme bei den letzten Worten.

Diana teilte ihre Befürchtungen, das war ebenfalls das Letzte, was sie wollte. In einer so engen Gemeinschaft wie einem Krankenhaus gab es eine hohe Wahrscheinlichkeit, dass sie als Klatsch der Woche enden würden, bis ein besseres Gerücht aufkam. Sie war bereit, dieses Risiko einzugehen, aber sie würde Emilys Grenzen akzeptieren.

Sie suchte und hielt Emilys Blick. »Ich weiß, was du meinst. Ich kann dir natürlich nicht versprechen, dass das nicht passieren wird, aber wir können das Risiko minimieren. Wir sind verantwortungsbewusste Erwachsene, keine hormongesteuerten Teenager. Niemand kennt unsere Gedanken, außer wir sprechen sie laut aus. Wir halten einfach die Arbeit getrennt von allem, was sonst in unserem Leben stattfindet.«

Emily kam noch näher, berührte sie fast schon mit ihrem Körper, und brachte den vertrauten Rosmarinduft mit sich.

In Erwartung von Emilys nächster Handlung atmete Diana den betörenden, mit Salzwasser vermischten Duft ein.

Emily hob ihre verflochtenen Hände zu ihrem Brustbein und griff mit ihrer freien Hand um Dianas Schultern und strich durch ihre Haare.

Es war, als ob sie zum Rhythmus der Wellen tanzen würden. Diana umarmte Emily um ihre Hüfte.

»Ich will nicht wie meine Mutter enden. Immer in Angst vor dem Urteil der anderen.« Emily sprach in Dianas Ohr. Es kitzelte, und Schauer liefen Dianas Rücken hinab. »Immer die rationale und sichere Option wählen und schließlich alleine sterben.«

Diana zog sie enger an sich heran und Emily schnappte hörbar nach Luft. »Du bist nicht allein.«

»Können wir es langsam angehen?«, flüsterte Emily.

»So langsam, wie wir es brauchen«, flüsterte Diana zurück. Ihre Lippen streiften Emilys Ohrläppchen und sie widerstand dem Drang, die weiche Haut zu küssen.

Emily seufzte und neigte ihren Kopf, eine Einladung für Diana, noch näher zu kommen.

Sie gab der Versuchung nach und platzierte leichte Küsse entlang des schlanken Halses und zurück nach oben, in Richtung von Emilys Lippen.

Als sie diese erreichte, erwiderte Emily den Kuss mit einer steigenden Intensität, knabberte und saugte an Dianas Lippen, wurde mit jeder Sekunde leidenschaftlicher.

Hitze durchfuhr Diana. Sie tauchte ganz in ihre Empfindungen ein und verlor sich in dem Kuss.

Minuten oder Stunden später waren beide außer Atem. Dianas Haare waren komplett zerzaust und Emilys T-Shirt war dort zerknittert, wo Dianas Hände über ihren Rücken gefahren waren.

Diana stöhnte. »Ich glaube, wir müssen noch daran arbeiten, was langsam angehen bedeutet.«

Lachend stupste sie Emily mit dem Ellenbogen. »Vielleicht wird langsam überbewertet. Lass uns zurückrennen, okay?«

»Okay.« Diesmal überließ Diana ihr das Tempo und folgte ihr zurück zum Haus.

Kapitel 14

Emily stürmte in den Aufenthaltsraum und setzte sich auf den letzten freien Platz zwischen Ian, einem Facharzt der Tagschicht, und Liz, ihrer Kollegin für die Nacht. Sie ließ ihren Blick über die Gruppe müder Ärzte schweifen und wünschte, sie gehörte zu der Hälfte, die bereits auf dem Nachhauseweg war.

Direkt gegenüber lächelte Diana zur Begrüßung.

Die unschuldige Geste entfesselte einen Adrenalinschub.

Nicht rot werden! Emily zog Notizblock und Stift aus der Tasche und richtete ihre Aufmerksamkeit auf Ian, der die Übergabe begonnen hatte. Seine monotone Stimme entspannte sie genug, um sich konzentrieren zu können. Es kostete sie eine unglaubliche Menge an Willenskraft, den Blick auf ihm ruhen zu lassen. Er erinnerte sie an eine Spinne mit seinen altmodischen dicken Brillengläsern und seinen schlaksigen langen Armen und Beinen.

»Ruhige Nacht! Wir sehen uns morgen.« Ian stand auf und winkte seinen Kollegen zum Abschied. Der Rest der Tagschicht folgte ihm wie eifrige Entenküken ihrer Mutter. Keiner wollte länger als notwendig bleiben.

Der erste Schritt war getan; sie hatte die Übergabe überlebt, ohne sich zu blamieren. Der nächste Schritt würde schlimmer werden.

Als alle aufstanden, um ihrer Arbeit nachzugehen, blieb Emily sitzen. Die Last der Sorgen und Zweifel wog schwer auf ihr und presste sie tiefer in die Kissen.

»Liz, hast du eine Minute?« Stolz auf ihren ruhigen Tonfall, drehte sich Emily nach links um.

»Geht es um deinen Familiennotfall? Alles okay bei dir?« Ihre Augen waren voller Besorgnis, als Liz sich wieder setzte.

»Nein, nein. Arbeit.« Emily schluckte. »Es geht um die Arbeit.«

»Klar. Was kann ich für dich tun?« Liz blies über ihre noch volle Kaffeetasse.

»Ich … Du … Normalerweise …« Emily klickte zwischen jedem Wort auf den Knopf ihres Kugelschreibers. Letzte Nacht, auf der Rückfahrt nach Seattle, war die Unterhaltung, die sie führen musste, klar und deutlich in ihrem Kopf gewesen. Jetzt blieben davon nur noch Fetzen in ihrer Erinnerung, wie flüchtige Anblicke von Straßenschildern im dichten Nebel.

Ihren Kopf zur Seite geneigt, hob Liz die Augenbrauen und wartete.

Klick. »Wir sollten die Supervision der Assistenzärzte restrukturieren.« Klick. Klick.

»Was meinst du genau?« Liz nippte an ihrem Kaffee.

»Normalerweise übernehme ich die neuen Assistenzärzte.« Klick. »Aber vielleicht ist es an der Zeit, das zu überdenken.« Der Gedanke daran, die Kontrolle abzugeben, ließ Emily in Schweiß ausbrechen.

»Okay.«

»Was meinst du mit okay?« Klick. Emily war sich nicht sicher, ob Liz ihre Bitte verstand. Ihre Worte ergaben kaum Sinn für sie selbst. Klick.

Liz lehnte sich vor und befreite sanft den Kugelschreiber aus Emilys Umklammerung. »Wir arbeiten jetzt schon seit einiger Zeit zusammen. Sechs Jahre, sieben? Und ich habe nie gesehen, wie du etwas halbherzig gemacht hast. Du hast immer die mathematisch unmöglichen zweihundert Prozent gefordert, nicht nur von deinen Assistenzärzten, sondern auch von dir selbst. Niemand kann das für immer durchhalten. Also, okay, lass mich etwas von deiner Arbeitslast tragen.«

Emilys erster Instinkt war, zu protestieren. Die Arbeitsbelastung als Argument für ihren Vorschlag zu sehen, hatte Emily gar nicht in Erwägung gezogen. Sie wollte nur als Dianas Vorgesetzte zurücktreten und ganz bestimmt nicht, weil es zu stressig war. Das Problem lag nur darin, die Arbeit von ihrem Privatleben und ihren Gefühlen zu trennen, aber sie konnte das nicht aussprechen, also nickte sie.

»Wie willst du das angehen?« Liz Gesichtsausdruck war offen und freundlich. Überhaupt nicht verurteilend.

Um Hilfe zu bitten, war noch nie Emilys Stärke gewesen. Seit ihrer frühsten Kindheit hatte sie gelernt, ihre Probleme selbstständig zu lösen. Aber die einfache Akzeptanz durch Liz machte es überraschend schmerzlos. »Würdest du bitte Diana beaufsichtigen?«

»Diana? Mit ihr hatte ich nicht gerechnet?« Lächelnd lehnte sich Liz zurück.

»W-was meinst du?« Vermutete Liz etwas? Emily zwang sich, ihrem Blick standzuhalten, obwohl sie aufspringen und hin und her laufen wollte.

»Nichts. Ich helfe gerne.« Liz gab Emily ihren Stift zurück und stand auf. »Bis später.«

Diana verließ das Krankenhaus und musste blinzeln, als sie der Sonnenschein blendete. Nach einer Zwölf-Stunden-Schicht umgeben von künstlichem Licht, war ihr nicht nach noch mehr Helligkeit. Sie durchsuchte ihren Rucksack nach ihrer Sonnenbrille und hörte mehr jemanden hinter sie treten, als das sie etwas sah. »Sorry.« Sie trat zur Seite, um den Eingang freizugeben, den sie blockierte. Als die andere Person nicht vorbeiging, drehte sie sich um.

»Hi.« Emily trug schon ihre Sonnenbrille, aber sie konnte nicht ganz die blassen, fast violetten Schatten unter ihren Augen verbergen.

Hatte sie seit vorgestern überhaupt geschlafen? Diana jedenfalls nicht.

Sie war erst weit nach Mitternacht nach Seattle zurückgekehrt. Sie waren unterwegs getrennt worden, als Diana zum Tanken angehalten hatte und die Fähre verpasst hatte, die Emily genommen hatte.

Aufgewühlt von ihren Gesprächen und zu viel Kaffee auf der Strecke, hatte Diana bis zum Sonnenaufgang Schlagzeug gespielt, um ihren Kopf freizubekommen.

Emily sah nicht so aus, als ob sie mehr Erholung gefunden hätte.

Sie hatten nicht zusammengearbeitet und sich immer verpasst, wie Schiffe inmitten der Nacht. Diana wusste nicht, ob es Emilys Absicht war oder Zufall, dass sie diese Nacht mit Liz zusammengearbeitet hatte.

»Hi.« Diana suchte nach Worten, die etwas bedeuteten, aber ihr übermüdetes Gehirn war an diesem Morgen nicht sehr originell. »Fährst du nach Hause?«

»Ich laufe. Ich brauche ein paar Nachtschichten, um in meinen Rhythmus zu kommen, und ich würde währenddessen gerne keinen auf der Straße umbringen. Und du?«

Diana lachte. »Ich war früher eine Nachteule, aber es scheint, als ob ich in den letzten Jahren diese Eigenschaft verloren habe. Ich bin auch zu Fuß unterwegs. Wollen wir gemeinsam durch den Park gehen?«

Sie erreichten den Park nach kurzem Weg. Glücklicherweise war er relativ leer. Die meisten Draußen-Fans würden später kommen, sodass sie fast alleine waren, bis auf ein paar frühmorgendliche Jogger.

»Vielleicht sollte ich morgen nach der Arbeit einen anständigen Lauf einplanen«, sagte Diana, als der dritte Läufer sie überholte.

Emily schlug sie spielerisch auf den Arm. »Psst. Mach keine Pläne. Du ziehst sonst heute Nacht auf der Arbeit die Katastrophen an.«

Diana lachte. »Ich glaube es nicht! Du bist abergläubisch.«

»Nein, gar nicht. Das ist kein Aberglaube, das ist ein Gesetz. Das weißt du.« Emily versuchte, ernst zu bleiben, aber ein zuckender Mundwinkel verriet sie.

»Wie sich mit etwas zu Essen hinzusetzen und auf eine zehnminütige Pause hoffen?«

Emily nickte. »Genau. Sobald du es laut aussprichst, kommt der Rettungswagen.«

Beide lachten und die Anspannung, die sich während der Nachtschicht aufgebaut hatte, hob sich von Dianas Schultern. Emily hatte sich nicht wieder in ihr Schneckenhaus zurückgezogen.

»Wo wir gerade vom Essen sprechen … Willst du frühstücken gehen?« Diana hatte keinen Hunger, aber es würde ihr gefallen, mehr Zeit mit Emily zu verbringen.

Emily hörte auf, zu gehen, und drehte sich zu ihr um. »Können wir das verschieben? Ich bin wirklich, wirklich müde.«

»Sicher. Ich werde auch kein Problem mit dem Einschlafen haben.« Diana lächelte. Es war ein gutes Zeichen, dass Emily nicht einfach ohne Erklärung abgelehnt hatte.

Sie gingen, ohne zu reden, weiter, bis sie das Ende des Parks erreichten. Das Schweigen war angenehm und besänftigte Dianas erschöpften Verstand, der die ganze Nacht auf Hochtouren gearbeitet hatte.

Als sie beide am Ausgang zögerten, war Emily die Erste, die das Schweigen brach. »Hier muss ich nach rechts abbiegen.«

Diana lächelte. Sie war also nicht die Einzige, die zu müde war, um originell zu sein. »Ich höre schon mein Bett rufen.« Sie umarmte Emily und küsste sie auf die Wange. »Schlaf gut.«

»Du auch.« Emily hielt sie noch für einen Moment fest.

Diana atmete tief den herb-frischen Duft ihres Haares ein und wollte sie nicht wirklich gehen lassen, aber sie spürte ihre eigene Müdigkeit bis in die Knochen. Das Wissen, dass es Emily vermutlich ebenso ging, hinderte sie daran, die Unterhaltung in die Länge zu ziehen.

Nach ein paar Tagen hatte Diana sich an die neue Routine gewöhnt. Nachts zwölf Stunden arbeiten, ein Spaziergang durch den Park nach Hause mit Emily, sieben Stunden tiefer Schlaf, eine erfrischende Dusche und schließlich eine Mahlzeit, von der sie nicht wusste, wie sie sie nennen sollte. Abendessen? Frühstück? Solang es genug Nährstoffe hatte, um sie durch eine weitere Nacht auf der Arbeit zu bringen, war es ihr egal.

Diesen Abend war sie früh dran und hatte beschlossen, die letzten Sonnenstrahlen im Park zu genießen, bevor sie wieder auf die Arbeit musste. Sie schrieb Emily eine Textnachricht mit ihrem Plan und bekam sofort eine Antwort.

Ich bin schon hier. Triff mich am See.

Diana lächelte. Fast täglich hatte Emily neue Überraschungen für sie und bislang waren alle gut gewesen.

Zehn Minuten später fand sie Emily an der breiten Ufermauer sitzend. Sie war barfuß und ihre Jeans war bis zu den Knien hochgeschoben. Ein Fuß hing im Wasser, das andere Bein war an ihre Brust gezogen. Sie trug eine Sonnenbrille und hatte ihr Gesicht zur Sonne gehoben. Diana konnte es nicht genau benennen, aber noch etwas außer ihrer legeren Freizeitkleidung war anders.

»Du siehst entspannt aus.« Diana setzte sich neben Emily. »Hi.«

»Hi, schön, dich zu sehen.« Emily lächelte und drehte ihren Kopf langsam in Dianas Richtung. »Macht es dir etwas aus, wenn wir eine Weile hier sitzen bleiben? Manchmal denke ich, ich sehe mehr Tageslicht während der Nachtdienste als sonst. Normalerweise wären wir noch auf der Arbeit.«

Diana summte zustimmend und zog ihre Schuhe und Socken aus. »Wir sollten besser nicht darüber nachdenken, was in dem Wasser alles lebt.« Sie tauchte ihre Füße in den kühlen See, wackelte mit den Zehen, und schickte kleine Wellen in Richtung von Emilys Fuß.

»Nein, definitiv nicht. Lass uns so tun, als ob wir wieder am Meer wären.« Emily schloss wieder ihre Augen und neigte den Kopf aufwärts.

Diana nutzte die Gelegenheit, um sie aus der Nähe zu betrachten. Ihr Haar war wie immer, das Lächeln nicht wirklich anders, aber Emily wirkte jünger und sorgenfreier. Ihre Augen waren zum ersten Mal in den letzten Wochen ohne Schatten und ihre Haut strahlte gesund, gesprenkelt mit Sommersprossen. *Das ist es, sie trägt kein Make-up.*

Sollte sie etwas sagen, weil es eine wichtige Veränderung für Emily war? Einerseits würde sie ihr gerne sagen, wie umwerfend sie ohne künstliche Verbesserungen aussah. Andererseits wollte sie Emily nicht verunsichern. Sie schüttelte den Kopf. Das war jetzt wirklich überanalysiert. Sie schloss ebenfalls ihre Augen, um etwas Sonne zu tanken.

»Alles in Ordnung?« Emilys Frage war zögerlich.

»Ja. Wieso?«

»Du sahst nur gerade eben … unglücklich aus.«

Aufgeflogen. Sie lernten sich täglich besser kennen, aber Diana war noch nicht bereit, ihr die Wahrheit zu sagen. »Nur über meine Gedanken.« Sie zog ihre Füße aus dem Wasser und nahm ihre Schuhe. »Weißt du, was ich jetzt brauche? Eiscreme.«

»Gute Idee. Und ich kenne den richtigen Ort.«

Nachdem sie ihre Schuhe angezogen hatten, führte Emily sie zu einem kleinen Stand und kaufte für jeden eine riesige Kugel im Becher.

Emily leckte ihren kleinen Löffel genüsslich ab. Die Salz-Karamell-Eiscreme provozierte Seufzer und Stöhnen, die zu sehr nach Befriedigung durch eine andere Art von Stimulation klangen.

Vielleicht war das vor der Arbeit doch keine so gute Idee. Diana sah rasch weg, konzentrierte sich auf die erfrischende Säure ihres Joghurt-Rhabarber-Eises. Als sie wieder aufblickte, bemerkte sie, dass Emily ein bisschen Eiscreme auf ihrer Wange hatte.

»Du hast da etwas.« Sie zeigte darauf.

Emily versuchte, das Eis mit ihrer Zunge zu erreichen, verpasste es aber immer knapp.

Oh-oh. Noch eine nicht-so-gute Idee. Der Anblick stimulierte Dianas Fantasie und führte ihre Gedanken in eine unangebrachte Richtung. Sie waren in einem öffentlichen Park und Diana musste das beenden, bevor sie dem Impuls nachgab, Emily zu küssen.

Sie wischte die Eiscreme mit ihrem Finger weg und leckte ihn dann ab. »Hmm. Gut.« Sie machte das absichtlich nicht provokativ oder sexy, aber Emily lief sofort rot an.

»Nein, nein.« Emily zog Dianas Hand nach unten. »Das kannst du mir nicht antun. Nicht hier.«

»Was? Das ist nichts, was Eltern nicht auch mit ihrem Kind machen würden.« Diana zeigte auf einen Vater, der das schokoladenbeschmierte Gesicht seines kleinen Jungen mit einer Serviette reinigte.

»Du siehst aber weder aus wie ein Elternteil, noch fühlst du dich für mich so an.« Emily lachte und ging in Richtung Südseite des Parks, ihrem endgültigen Ziel für diesen Abend entgegen.

Diana holte sie mit wenigen großen Schritten ein. »Okay. Ich benehme mich. Solang du versprichst, dass wir vor der Arbeit kein Eis essen gehen.«

Emily verlangsamte ihren Schritt, als sie Liz am Pflegetresen stehen sah. Vielleicht würde sie gehen und Emily konnte eine weitere unangenehme Unterhaltung vermeiden. Ihr Gespräch vor einigen Tagen hatte Tür und Tor für soziale Interaktionen geöffnet.

Liz nickte nur und konzentrierte sich weiter auf den Computerbildschirm.

Ein erleichterndes Seufzen unterdrückend, murmelte Emily »Hallo« und öffnete das Laborprogramm am anderen Computerarbeitsplatz. Immer noch nichts. Sie knirschte mit den Zähnen. »Was machen die da unten? Schlafen?« *Vielleicht sollte ich anrufen und ihnen in den Hintern treten.*

»Dem Labor fehlt heute Nacht eine MTA. Sommergrippe.« Liz streckte ihre Arme über den Kopf und gähnte.

Emily gähnte auch sofort. Vier Stunden Schlaf waren nicht genug gewesen, aber Ausschnitte ihrer Gespräche mit Diana am Strandhaus hatten sich in einer Endlosschleife in ihrem Kopf wiederholt.

»Kaffee?« Liz schloss das Programm, in dem sie gearbeitet hatte, mit ein paar Klicks.

Emily zuckte fast zusammen. Sie war sich unsicher, wie sie antworten sollte. Würde Kaffeetrinken zu persönlichen Gesprächen führen? Ihr altes Ich hätte abgelehnt, aber sie hatte sich versprochen, sich mehr zu öffnen. »Ich könnte etwas Koffein gebrauchen.«

»Lass uns zum Kaffeedealer gehen und etwas von dem guten Stoff für alle besorgen.« Liz ging am Wartezimmer vorbei.

Emily folgte zögerlich. Der Raum war unheimlich still und leise. Nur ein Paar wartete in einer Ecke, vermutlich Verwandte von einem Patienten. Sie sahen auf, wirkten aber nicht beunruhigt, als sie bloß vorbeiliefen. Normalerweise vermied Emily es, das Wartezimmer zu passieren, da sie befürchtete, mit Fragen von Familienangehörigen und Patienten aufgehalten zu werden.

Sie betraten den Kaffeeladen auf der anderen Seite der Eingangshalle. Es war eine Miniversion einer großen Kette und rund um die Uhr geöffnet. Liz bestellte eine Mischung aus normalen Kaffees, Cappuccinos und Latte Macchiatos für alle.

»Und ein Tee bitte.«

Der junge Mann hinter dem Tresen grunzte und zeigte auf eine Liste Eistees. Kalt und süß konnte sie jetzt nicht gebrauchen. Sie studierte die Tafel, um die am wenigsten unangenehme Kaffeekreation zu finden.

»Okay, kein Tee. Ein Chai Latte für mich.«

Sie suchte in ihrer Tasche nach Scheinen, die sie immer für den Notfall einsteckte.

Liz stupste sie leicht mit dem Ellenbogen zur Seite und reichte dem jungen Mann ihre Kreditkarte. »Das nächste Mal geht auf dich.«

Sie setzten sich an einen der leeren Tische, um zu warten.

»Wie fühlt es sich an?« Liz spielte mit einem Stapel Zuckerpäckchen.

Großartig. Jetzt fing das Verhör an. Emily sah sehnsüchtig zur Tür. Zu schade, dass Fliehen nicht sozial akzeptabel war. »Was meinst du?« Sie spielte auf Zeit. Wie lange könnte die Bestellung eines Dutzend komplizierter Kaffees schon dauern?

»Deine Arbeit mit mir zu teilen. Die Kontrolle aufgeben.« Liz wirkte aufrichtig interessiert und nicht herablassend.

Emily lehnte sich zurück. Sie hatte für eine Sekunde gedacht, dass Liz sie nach Diana fragte. Über die Arbeit war Emily bereit zu reden, auch wenn sie unangenehme Themen anschnitten. Ihr war intellektuell bewusst, dass die meisten anderen Fachärzte und alle Assistenzärzte dachten, sie hätte ein Problem damit, die Kontrolle aufzugeben. Was auch stimmte, das konnte sie sich selbst gegenüber eingestehen. Es aber laut ausgesprochen zu hören, war nichts mehr, auf das sie noch stolz war. »Es fühlt sich überraschend gut an. Bis vor Kurzem wusste ich nicht, wie viel Stress ich mir selbst verursacht habe.«

Liz verzog das Gesicht. »Das kannst du laut sagen. Wir können selbst unsere schlimmsten Kritiker sein. Niemand verurteilt uns so hart, wie wir uns selbst.«

»Nicht nur das. Ich habe keinem Kollegen getraut, auch gute Arbeit zu machen, wenn ich nicht alles doppelt kontrolliert habe. Ich habe immer angenommen, dass alle anderen die Arbeit nicht so ernst nehmen wie ich.« Emily verzog beschämt das Gesicht. Ihre Aussage war beleidigend, auch wenn sie es nicht so gemeint hatte.

Liz betrachtete sie gelassen mit hochgezogenen Augenbrauen.

Emily hob ihre Hände, mit den Handflächen nach außen. »Ich weiß, ich weiß. Das ist Quatsch. Warum solltest du deinen frei gewählten Beruf nicht so gut und gewissenhaft wie möglich ausführen? Warum solltest du so viele Jahre mit Studium und harter Arbeit verbringen, wenn es dir egal wäre?«

»Genau.« Zu Emilys Erleichterung nahm Liz ihr Geständnis nicht persönlich und lächelte weiter freundlich.

Emily war sich nicht sicher, ob sie das tiefer erklären oder es so stehen lassen sollte. Mit Liz zu sprechen, war einfach. Wenn sie gewusst hätte, wie hilfreich es war, ihre Arbeitssituation mit einer Kollegin zu besprechen, hätte sie es schon vor Jahren getan. Andererseits … vermutlich eher nicht.

Sich zu öffnen, hatte noch nie zu ihren Stärken gehört, weder mit ihren Eltern noch mit Jenn. Ihre Eltern hatten sie nie ermuntert, ihre Probleme zu teilen. Später war sie zu sehr in der Routine festgefahren und zu unabhängig gewesen, um jemanden um Unterstützung zu bitten.

Jetzt musste sie nur noch herausfinden, wie sie lockerer werden konnte. Sie hatte keine Ahnung, wie sie die praktische Anwendung ihrer neu gefundenen Erkenntnisse im täglichen Leben umsetzen sollte.

»Kaffee ist fertig!«

Sie sprang auf und nahm sich ein Papptablett voller Getränke, erleichtert, dass sie aus der Unterhaltung ohne weitere Peinlichkeiten herauskam.

»Hey, Kaffee! Danke«, rief Madison aus, als sie am Pflegetresen ankamen. Sie griff nach einem der Pappbecher.

Aus allen Ecken der Notaufnahme kamen Mitarbeiter und bedienten sich an den Getränken. Emily stellte sie auf den Tresen und nahm ihren eigenen Chai Latte. Sie hätte ihn am liebsten alleine im Aufenthaltsraum oder in ihrem Büro getrunken, aber es wäre unhöflich gewesen, Liz alleine zu lassen.

»Vielen Dank. Genau, was ich jetzt brauche.« Peter griff an ihr vorbei, um einen der letzten Becher zu nehmen. Sein Haar sah an einer Seite etwas platt gedrückt aus und eine Falte lief quer über eine Wange, als ob er seinen Kopf zu lange auf etwas abgelegt hatte.

»Das war alles Liz' Idee.« Den Dank einzustecken, fühlte sich unehrlich an. Emily hatte noch nicht einmal daran gedacht, so etwas überhaupt zu machen.

Der Assistenzarzt nickte nur und trank seinen Kaffee mit einem dankbaren Lächeln.

»Hey, Peter, hast du mir einen übrig gelassen?« Dianas Stimme erklang direkt hinter Emily.

Sie zwang sich, nicht herumzuwirbeln und wartete, bis Diana um sie herum zum Tresen gegangen war. Dann erst sah sie auf und begegnete Dianas Blick.

Diana lächelte und formte mit den Lippen ein »Danke«, dann trank sie ihren Kaffee. Ihr Verhalten war vollkommen angemessen für das Arbeitsumfeld, aber ihre Augen strahlten Zuneigung aus, die Emily mehr als das Getränk wärmte und belebte.

Diana wartete vor dem Vorhang eines Untersuchungsbereiches. Wie lange brauchte Liz, um mit dem Patienten zu reden? Sie schaute auf die Uhr an der Wand, die hartnäckig behauptete, dass nur ein paar Minuten vergangen waren. Diana hasste es, zu spät zu sein.

Die letzten Tage hatte sie die Arbeit immer vor Emily beendet und vor der Eingangstür gewartet, sodass sie sich zufällig zu treffen schienen. Sie hatten nie darüber geredet, aufeinander zu warten, aber sie hoffte, dass Emily nicht ohne sie gehen würde.

Als ob ihre Gedanken sie heraufbeschwört hätten, kam Emily um die Ecke, schon in Straßenkleidung. Sie sah auf dieselbe Uhr wie Diana und dann zu ihr. »Noch beschäftigt?«

»Ich warte darauf, dass Liz meinen letzten Patienten abzeichnet.« Diana zuckte mit den Schultern. »Keine Ahnung, wie lange es dauert. Musst du schon los?«

»Hat Liz den Patienten schon gesehen?«, fragte Emily.

»Nicht notwendig. Es ist nur eine akute Bronchitis.« Liz ließ ihr mehr Freiraum auf der Arbeit und überließ es Diana zu entscheiden, ob sie die Patienten persönlich vorstellte oder nicht. Aber unterschreiben musste sie trotzdem.

Emily zögerte. »Warum hast du mich nicht gefragt, wenn Liz beschäftigt ist?«

Diana hatte es eigentlich nicht ansprechen wollen, aber vielleicht mussten sie früher oder später darüber sprechen. »Ich bin mir nicht sicher, ob du das willst, außer im Notfall. Du hast nichts gesagt, aber die neue Arbeitsaufteilung zwischen Liz und dir ist ziemlich offensichtlich. Wenn du auf der Arbeit deinen Abstand halten willst, macht mir das nichts aus.«

Emily errötete. »Es tut mir leid. Ich wollte nicht, dass du das Gefühl hast, du könntest nicht zu mir kommen. Ich habe noch nicht herausgefunden, wie ich das richtig mache. Hier. Auf der Arbeit.« Sie wies abwechselnd auf sie beide und die Reihe vorhangbedeckter Untersuchungsbereiche. »Aber du solltest deswegen keine Überstunden machen.« Sie nahm die Akte und ging zum Computerarbeitsplatz am Ende des Raumes. »Irgendetwas Besonderes, das ich wissen sollte?«

»Nein. Standardfall. Fünfundfünfzigjähriger Mann, arbeitete trotz Erkältung weiter, bis er vor lauter Husten nicht mehr einschlafen konnte. Seine Frau hat ihn nach einer weiteren durchwachten Nacht in den frühen Morgenstunden hergebracht. Er ist stabil; klinische Untersuchung, Röntgenbild und Labor passen zusammen. Ich habe mit Antibiotika angefangen.«

Emily hatte sich eingeloggt und die Papiere unterzeichnet, bevor Diana ihre Erklärung beendet hatte. »Ich warte draußen.«

Auch wenn es nur eine Bronchitis war, war es eine neue Entwicklung, dass Emily jemandem genug traute, um einen Patienten abzusegnen, den sie selbst nicht gesehen hatte. War es wegen ihrer Beziehung oder änderte sich Emily?

Diana brachte die Akte zum Pflegetresen und versuchte, Courtney nicht direkt anzusehen, die am Tresen lehnte und mit Tony redete. Sie hatte auf die harte Tour gelernt, dass Courtney in jeder noch so kleinen Andeutung eine Einladung zum Gespräch sah.

Tony sprang von seinem Stuhl auf und riss ihr die Akte beinahe aus der Hand. »Fertig? Soll ich ihm die Papiere bringen?«

»Gerne. Wenn du sonst nichts zu tun hast. Danke.«

Tony grinste und rollte die Augen in Courtneys Richtung. »Gern geschehen.« Er eilte in Richtung des Untersuchungsraumes, in dem ihr letzter Patient wartete.

Diana nickte Courtney zu und ging zur Umkleide. Ihre Hoffnung auf eine schnelle Flucht wurde zerstört durch ein überlautes und lang gezogenes Rufen. »Di!«

Sie verzog das Gesicht und drehte sich um. »Courtney. Du weißt doch, dass ich nicht so genannt werden will.« Sie mochte ihre Mutter, aber sie war sich nicht sicher, dass sie ihr vergeben wollte, nach einem Mitglied des britischen Königshauses benannt worden zu sein.

»Oooh, die Prinzessin ist schnippisch heute Morgen. Schlimme Nacht?« Courtney kam zu ihr. »Willst du einen Kaffee holen und reden?«

»Nein, ich geh besser.« Diana hatte gerade die elektronische Patiententafel betrachtet. Sie war noch nicht gefüllt, aber einige Patienten hatten ein leeres Feld neben ihrem Namen, wo eigentlich ein Arzt eingetragen sein sollte. »Hast du keine Patienten, die du sehen solltest?«

Courtney rollte mit den Augen. »Nichts Dringendes. Die können warten. Lass uns zum Kaffeeladen gehen und Neuigkeiten austauschen.«

»Es tut mir leid, aber ich muss los. Auf mich wartet jemand.« Natürlich tat es ihr kein bisschen leid, aber es war nie falsch, nett zur Abteilungsklatschbase zu sein.

»Oh, ein heißes Date?« Courtney nahm ihren Arm und zog sie in Richtung der Umkleide. »Komm schon, du kannst mir alles erzählen, während du dich umziehst.«

Mist, jetzt hatte sie sie auf die richtige Spur gebracht. Diana musste das im Keim ersticken, bevor Gerüchte starteten. Sie formte ihre Gesichtszüge in ein unbeteiligtes Lächeln. »Sorry, ich muss dich enttäuschen. Mein Elektriker kommt, und ich stehe nicht auf mittelalte, glatzköpfige Männer.«

Courtney ließ sie los. »Okay. Wie langweilig. Bis morgen.«

»Nein, bis in drei Tagen.« Dianas Lachen war diesmal echt. »Ich bin mit den Nachtdiensten fertig und habe ein paar Tage frei, bevor ich wieder Tagdienst habe.

Sie beeilte sich beim Umziehen und verließ das Krankenhaus, ohne dass sie noch jemand aufhielt. Sie konnte nicht aufhören zu grinsen. Sie hatte frei, die Sonne schien und eine schöne Frau wartete auf sie. Das Leben war gut.

Kapitel 15

Emily schob ihren Liegestuhl ein wenig nach rechts, schlüpfte aus den Schuhen und kippte die Rückenlehne etwas nach hinten. Perfekt. Sie war angenehm gesättigt nach ihrem Frühstück, bestehend aus frischem Obst und einem großen Croissant. Sie schob den Stuhl noch etwas näher an Dianas, bis sie komplett im Schatten des dreieckigen weißen Tuches war, das Diana zwischen dem Haus und einem Baum aufgespannt hatte, um die Sonne abzuschirmen. Sie betrachtete das Muster aus kleinen Löchern, die übrig geblieben waren, nachdem eine Naht entfernt worden war. »Ist das ein Segel?«

»Mhm.« Diana klang so entspannt, wie Emily sich fühlte.

»Deines?« Es gab so viel, dass sie noch nicht voneinander wussten.

»Nein. Nur etwas, das ich in einem Secondhandladen gefunden habe.« Diana drehte sich auf die Seite und betrachtete Emily. »Ich habe nie Segeln gelernt. Und du?«

»Segeln? Nein. Meine Eltern dachten, es sei zu gefährlich. Und meine Mutter war nicht darauf erpicht, so lange draußen zu sein.« *Sieht aus wie ein Seemann* war eine der herablassenden Bemerkungen gewesen, die ihre Mutter über Leute gemacht hatte, die sie für zu gebräunt hielt.

Sie fuhr mit einem Finger die Lichtpunkte nach, die durch die winzigen Löcher im Segel gebildet wurden. Eine gerade Linie lief von ihrem Bauch über die hölzernen Armlehnen beider Liegestühle auf Dianas Arm und kam in einem weiten Bogen zurück. Vielleicht ein *D* oder *B*. Dianas Haut war weich und Gänsehaut bildete sich unter Emilys Fingerspitze. Sie sah auf.

Lächelnd verfolgte Diana die Bewegung des Fingers mit ihrem Blick.

Um zu sehen, wie sie reagieren würde, kehrte Emily den Weg um.

Dianas Lächeln vertiefte sich und sie schloss ihre Augen. Wäre sie eine Katze, würde sie vermutlich anfangen zu schnurren.

Emily fuhr eine Vene auf dem muskulösen Unterarm nach und beschloss, als Nächstes den Sehnen zu folgen. Sie hakte ihren Finger unter den Daumenballen und drehte langsam die Hand herum, bis sie mit der Fläche nach oben lag. Die Haut wies mehrere ältere Schwielen auf. Emily umkreiste die raue Stelle unterhalb des Daumenballens ganz sanft mit einem Finger.

»Sie kommen vom Schlagzeug spielen.« Dianas Stimme war kaum hörbar, aber Emily meinte einen Hauch Unsicherheit wahrzunehmen. »Ich habe sie jetzt seit über zwanzig Jahren. Ich vermute, sie werden nicht so schnell verschwinden.« Sie versuchte, ihre Hand umzudrehen, aber Emily hielt sie mit leichtem Druck offen.

»Ich mag sie. Sie sind ein Teil von dir.« Emily lehnte sich vor und platzierte einen sanften Kuss auf die Schwiele neben dem Daumen.

Diana strich über ihre Wange und die unterschiedlichen Oberflächen glitten über Emilys Haut.

Sie musste sich zurückhalten, um sich nicht in die Berührung hineinzulegen. Dianas Hand spannte sich leicht an und hob ihren Kopf hoch. War es zu schnell, zu viel?

Emily sah gerade rechtzeitig auf, um Diana näher kommen zu sehen. Ihr Lächeln sagte laut und klar, dass es nicht zu viel gewesen war. Als Dianas Mund ihren traf, hörte sie auf, ihr Verhalten zu analysieren.

Ihre Lippen waren sanfter als in ihrer Erinnerung. Nach einer Minute mit zögerlichem Necken, küsste Diana sie fester und Hitze schoss von Emilys Mund in ihre Mitte.

Sie versuchte, näher zu kommen, wurde aber von etwas Hartem an ihrem Bauch gestoppt. Es war ihr egal und sie drückte sich noch näher heran.

Diana schien dieselbe Idee zu haben und drehte sich in ihrem Stuhl, um ihre Arme um Emily zu legen. »Autsch.« Diana zog sich schnell atmend zurück. »Bescheuerte Lehne!« Sie rieb sich ihre Mitte und lachte.

Emily fiel zurück in ihren Stuhl und teilte ihr Lachen. »Nicht so eine tolle Idee.«

»Oh, ich mochte die Idee schon sehr, aber wir müssen an den Details arbeiten.« Diana sah von einem Liegestuhl zum anderen. »Ich vermute, dass wir nicht zu zweit auf einen passen. Ich hatte daran nicht gedacht, als ich Möbel kaufen ging.«

»Nein? Kein Bewertungssystem anhand von Stil, Komfort und Rummach-Potential?« Ihre wahren Gefühle hinter Geplänkel zu verstecken, nahm für einen Moment den Druck von Emily. Der Kuss war intensiv gewesen und ihr war die Armlehne, und auch alles andere, egal gewesen. Es war untypisch für sie, ihre Umgebung nicht mehr zu registrieren und das machte ihr etwas Angst.

»Mmmh. Ich muss dich das nächste Mal auf jeden Fall mitnehmen.« Sie setzte sich gerade auf und streckte sich.

Emily konnte nicht anders, als auf den Streifen Haut zu starren, den das hochgleitende T-Shirt freilegte. *Seit wann gaffst du Frauen an? Was stimmt nicht mit dir?* Nein, korrigierte sie sich selbst, nicht Frauen, sondern Diana. Diana, die sich nicht hatte vertreiben lassen und kurz davor war, ihre Freundin zu werden. *Wenn du sie nur lässt.* »Wir könnten einige Versuche durchführen. Du weißt schon, zu wissenschaftlichen Studien.«

Diana sah sie an und blinzelte. »Du willst jetzt Möbel kaufen gehen?«

»Nein.« Emily konnte spüren, wie die Röte vom Nacken zu den Wangen aufstieg. Sie hatte noch nie angefangen zu flirten, aber es fühlte sich mit Diana vollkommen natürlich an. »Ich will deine anderen Möbel testen, damit wir eine Vergleichsbasis haben.«

Dianas Stirnrunzeln verschwand, als sie verstand, und ein sexy Grinsen erstrahlte. »Oh ja. Ich habe ein nettes Sofa, ein paar Sessel und ein Bett. Ich bin ganz für ausführliche Forschung.«

Bett? Emilys Herz ließ einen Schlag aus. Hitze, die nichts mit der Sonne zu tun hatte, schmolz ihren Verstand in eine nutzlose Pfütze.

Diana stand auf und streckte ihre Hand aus. Als Emily sie ergriff, zog Diana sie hoch und in ihre Arme. »Wir können es so langsam angehen, wie wir wollen. Anständige Forschung braucht ihre Zeit.«

Starke Arme umschlossen Emilys Taille und ein Gefühl von Sicherheit und Vertrauen durchströmte sie. Zu wissen, dass Diana das Tempo unterstützte, das sie brauchte, gab ihr die Freiheit, nach vorne zu gehen.

Emily beugte sich vor für einen weiteren Kuss. Sie konnte nicht genug bekommen von diesen Lippen und der Art und Weise, wie Diana ihren Rücken streichelte.

Ihr Geschmack und ihr Duft mischten sich in Emilys Mund und sie konnte keine passende Beschreibung finden. Eine Spur Erdbeere blieb noch vom Frühstück, aber überwiegend schmeckte Diana einzigartig nach ihr selbst. Und was für ein berauschender Geschmack das war. Emily vergrub ihre Hände in Dianas Haaren, um sie näher zu ziehen. Sie wollte sich in ihr verlieren. Beide schnappten gleichzeitig nach Luft.

»Möbel testen?«, fragte Emily.

»Rein, jetzt!«, sagte Diana gleichzeitig.

Die Tür zur Terrasse war nicht sehr breit und sie passten gerade so durch, während sie sich an den Händen hielten, aber keine von beiden schien loslassen zu wollen. Emily biss sich auf die Lippe, um ein Kichern zu unterdrücken. Sie fühlte sich wie ein Teenager auf dem Weg zu einer klammheimlichen Rum-mach-Verabredung. Nicht, dass sie als Teenager so etwas getan hätte.

Diana führte sie zum Sofa, setzte sich, zog Emily neben sich herunter und küsste sie sofort wieder.

Wie konnte jeder Kuss besser sein als der letzte? In ihren vorherigen kurzen Beziehungen hatte sie nie verstanden, warum Küssen so toll sein sollte. Es war immer feucht und leicht unbeholfen gewesen. Jetzt verstand sie es. Jeder Kuss war anders, aber sie hatten alle den wichtigsten Aspekt gemeinsam: Diana.

Ihre Körper berührten sich seitlich, was eine deutliche Verbesserung im Vergleich zu den Liegestühlen darstellte. Emily musste jedoch noch näher kommen. Sie hielt sich an Dianas Schultern fest und setzte sich etwas auf, um ihre Oberkörper zusammenzubringen. *Wow. So viel besser.*

Diana seufzte und ihre Hände wanderten langsam Emilys Rücken hinunter, bis sie ihren Hintern erreichten. Halb unterstützten sie Emilys Position, halb liebkosten sie die Rundungen.

Emily wusste nicht, woher der plötzliche Einfall kam, aber sie wollte sich rittlings auf Diana setzen. Sie zögerte eine Sekunde lang, dann tat sie es einfach.

Oh, ja. Viel besser. Sie glitt in die Position und sie berührten sich am ganzen Körper; ihre Beine umklammerten Dianas, ihre Brüste streiften einander und Dianas Arme schlossen sich komplett um sie. Sie hatte noch nie so etwas Gewagtes getan. Ihr wurde schwindelig und sie pausierte das Küssen, um ihren Kopf kurz gegen Dianas zu lehnen.

Sie atmeten beide schnell, und Emily hatte die plötzliche Vision, wie sie hyperventilierte, bis sie ohnmächtig wurde. Diesmal konnte sie ein Lachen nicht unterdrücken.

Diana schaute sie für einen Moment verwirrt an, lachte dann aber mit ihr.

»Also, Dr. Barnes. Wie lautet ihre wissenschaftliche Evaluation meines Sofas?« Diana ließ ihre Hände leicht auf der Haut über Emilys Wirbelsäule auf und ab gleiten.

Wann hatte sie diese unter ihr Oberteil geschoben? Vielleicht war es eine gute Idee, etwas langsamer weiterzumachen, um die Kontrolle zurückzugewinnen. Emily untersuchte die großen Kissen der Rückenlehne mit einem gespielt-ernsten Gesichtsausdruck. Sie klopfte auf den grauen, leicht rauen Stoff und fuhr mit den Händen über die prominenten Säume und die breiten Ecken. Dann drückte sie erst ein Bein, und dann das andere gegen die Sitzkissen, als ob sie ihre Festigkeit testen wollte. Der Effekt dieser Bewegung auf Diana war bemerkenswert.

Sie stöhnte und das Streicheln auf ihrem Rücken wurde zu einem festen Griff um ihre Hüften.

Um sie noch etwas mehr zu necken, drückte Emily mit beiden Beinen gleichzeitig nach unten. Hitze explodierte in ihrem Inneren, als ihr Schritt in Kontakt mit

Diana kam. Beide lehnten sich nach vorne, um sich erneut zu küssen, diesmal mit steigender Leidenschaft.

Nach Luft schnappend, tauchte Emily wieder aus dem Kuss auf. Die Idee, Diana zu necken, war spektakulär nach hinten losgegangen, nicht, dass es ihr viel ausmachte. »Okay, Dr. Petrell, das Sofa hat ausreichendes Rummach-Potential, zumindest in dieser Position. Die Untersuchung bleibt jedoch ergebnislos ohne weitere Studien.«

»Mhm. Weitere Studien.« Diana nahm ihr sanftes Streicheln von Emilys Rücken wieder auf. »Vielleicht wäre eine Variation der Variablen eine gute Idee.«

Emily versuchte erfolglos, sich auf die Unterhaltung zu konzentrieren und nicht auf Dianas Finger, die den Rand ihrer Jeans erreicht hatten und langsam darunter schlüpften. Die Berührung verursachte eine Gänsehaut. Eine sehr angenehme Gänsehaut. »Vielleicht. Hast du einen Vorschlag?«

»Ich dachte an eine Umkehr der Parameter.« Dianas Mundwinkel zuckten, ansonsten schaffte sie es, ernst zu bleiben.

Emily leckte ihre Lippen, dieses Zucken schrie danach, geküsst zu werden. »Umkehr?« Äh, das war nicht so eine clevere Antwort.

Diana grinste nur und ihre Hände umklammerten wieder Emilys Hüften. »Umkehr.«

Was hatte sie vor?

Der Druck von Dianas Händen lenkte Emily sanft weg von Dianas Schoß und zur Seite, bis sie mit dem Rücken auf dem Sofa zu liegen kam. Langsam kroch Diana über Emily und ließ ihr genug Zeit, sie aufzuhalten, dann senkte sie ihren Körper Zentimeter für Zentimeter.

Protest war das Letzte, an das Emily dachte. Sie hob ihren Kopf, um Diana zu küssen. Jetzt berührten sich ihre Körper von den Lippen bis zu den Zehenspitzen. Emily stöhnte. Hatte sie sich jemals so gut gefühlt? Sie passten zusammen, als ob sie füreinander geschaffen wären.

Emilys Körper schien sich ohne ihre Anweisungen zu bewegen. Ihre Hände glitten über jeden erreichbaren Fleck von Dianas Rücken und Hintern. Ein Bein wickelte sich um Dianas Hüfte, um sie noch enger heranzuziehen. Wo hatte sich diese Leidenschaft bislang versteckt? Der nächste Kuss warf jeden selbstanalytischen Gedanken über Bord.

Emily wusste nicht, wie viel Zeit vergangen war, als sie beide wieder zum Atmen auftauchten. Sie liebte es, dass Diana genauso atemlos wie sie selbst war. Sie stöhnte, als Diana sich auf ihren Armen abstütze und sich dabei ihr Bein noch fester gegen Emilys Schritt presste. War sie so feucht wie Emily? War das überhaupt möglich? Der Drang, das herauszufinden, war fast unwiderstehlich, aber sie zögerte, weiter zu gehen. Sie hatte sich selbst nie als leidenschaftliche Person gesehen. Sex war für sie eher aus Neugierde passiert und Selbstbefriedigung war eine Erfüllung eines körperlichen Bedürfnisses, wie Essen oder Schlafen, niemals diese völlig unkontrollierte Notwendigkeit. War es für Diana genauso?

Dianas Lippen bewegten sich und es dauerte einen Moment, bis Emily sie über dem Dröhnen ihres Pulsschlages in den Ohren verstand. »Wir lassen es nicht mehr langsam angehen.«

Langsam. Warum hatte sie noch mal gedacht, das sei eine gute Idee? Noch auf der Suche nach einer Antwort, gähnte sie plötzlich. Hitze schoss Emily ins Gesicht. Hatte Diana das bemerkt?

Diana rollte auf die Seite und kicherte. »Ich baue auch ab.«

»Es tut mir leid. Es ist nur der Nachtdienst und …« Sie versuchte erfolglos, ein weiteres Gähnen zu unterdrücken. Diana machte es ihr sofort nach. »Es fühlt sich an, als ob alle meine Systeme überladen sind und sich notfallmäßig abschalten. Vielleicht sollte ich nach Hause gehen.«

»Oder du könntest bleiben.« Diana griff nach ihrer Hand. Das sanfte Streicheln war hypnotisierend. »Ich rede nicht von Sex. Ich wäre lieber komplett wach, um es zu genießen. Aber du könntest auf dem Sofa oder in meinem Bett bleiben, nur schlafen. Ich habe leider das Gästezimmer noch nicht eingerichtet.«

Dianas Angebot war verführerisch. Im selben Bett zu schlafen, klang sehr intim, fast mehr noch als Sex. Jetzt, da ihre Libido von der Müdigkeit besiegt wurde, fürchtete Emily, dass sie noch nicht dafür bereit war. »Das Sofa klingt wie eine gute Idee. Falls es nicht zu viel Mühe macht.«

»Überhaupt nicht.« Dianas Lächeln war strahlend, als sie sich aufsetzte. Sie nahm ein Buch und ein paar Zeitschriften von der großen Holzkiste, die als Sofatisch diente, und öffnete sie. Darin lagen ein Kissen, ein paar Laken und eine ordentlich gefaltete Decke. »Ich habe hier alles, was du brauchst. Ich lege dir eine neue Zahnbürste ins Badezimmer.« Sie verschwand, vermutlich um genau das zu tun, bevor Emily protestieren konnte.

Emily stand auf und streckte sich. Warum sollte sie auch protestieren? Wenn sie ehrlich zu sich selbst war, war sie gerne hier. Dianas Haus hatte einen offenen Grundriss, der es größer erscheinen ließ, als es war. So sehr sie auch ihre Wohnung voller Bücher mochte, manchmal fühlte sie sich so isoliert wie in einem Elfenbeinturm. Emily nahm die übergroßen Kissen vom Sofa und stapelte sie auf dem Boden, dann breitete sie eines der Laken aus. Es war weich wie Dianas Haut, nur kühler. Emily schnaubte. Nicht wirklich vergleichbar, aber im Moment kreisten alle ihre Gedanken um Diana. *Und wenn du wirklich ehrlich zu dir bist, dann gib zu, dass Diana der Grund ist, warum du bleiben willst und nicht das Haus.*

Diana kam zurück, in frischem T-Shirt und karierter Schlafanzughose gekleidet, und trug ein nahezu identisches Outfit für Emily in den Händen. »Brauchst du noch irgendetwas? Tee? Wasser? Ein Buch?«

Emily schüttelte den Kopf. »Alles gut. Danke.«

Diana trat näher und küsste sie auf die Wange. Sie roch nach Seife, rein und beruhigend. »Schlaf gut. Träum schön.«

»Du auch.« Emily erwiderte den Kuss. Es war zahm im Vergleich zu dem, was sie zuvor getan hatten, aber ihr Herz geriet dabei genauso aus dem Takt. »Bis später.«

Diana drehte sich auf die Seite und streckte ihren Arm aus, um auf den Wecker zu schauen. Bah. Erst vier Uhr nachmittags. Sie hatte genug geschlafen, um sich aktuell entspannt und regeneriert zu fühlen, aber nicht genug, um eine weitere Nachtschicht durchzustehen. Sie drehte sich auf die andere Seite und versuchte, sich zum Einschlafen zu zwingen, egal was ihre innere Uhr dazu meinte. *Moment. Die Nachtschichten sind vorbei.*

Sie sprang aus dem Bett, um den Rest des Tages zu starten und am besten irgendetwas zu unternehmen. *Emily.* Der Gedanke bremste ihre energiegeladenen Schritte zu einem Schleichen. Drei Stunden waren offensichtlich nicht ausreichend für ihr Gehirn, auch wenn ihr Körper wach erschien. Auf ihrem Weg zum Badezimmer hielt sie einen Augenblick inne, um auf Geräusche zu hören, die zeigten, ob Emily wach war. Das entspannte Atmen änderte sich nicht, seit sie das Schlafzimmer verlassen hatte.

Als sie ihre Zähne putzte, dachte Diana darüber nach, was sie jetzt tun konnte. Sollte sie Emily wecken? Was war ihre Routine nach einer Reihe Nachtdienste, um ihren Tag-Nacht-Rhythmus wieder unter Kontrolle zu bekommen? Sie kannte bereits mehrere persönliche Details, die Emily vermutlich nicht mit vielen anderen teilte, hatte aber keine Ahnung von den grundlegenden Dingen. Ihre Beziehung war sprunghaft gewachsen, von Kollegen zu Freunden zu etwas mehr – Freundinnen oder Geliebte – und alles, ohne die üblichen Zwischenschritte, die normalen Small Talk zum Kennenlernen einschlossen. *Wir müssen das bald ändern.* Sie lächelte.

Vielleicht konnten sie ihre freien Tage dafür nutzen. Sie spülte ihren Mund aus und nahm danach einige extragroße Schlucke frisches Wasser.

Zurück im Schlafzimmer öffnete Diana ihren Schrank und betrachtete die Kleidung, wobei sie immer noch unentschlossen war, was sie jetzt tun sollte. Normalerweise würde sie jetzt im Park joggen gehen, aber diese Option schied aus, da sie einen Gast auf ihrem Sofa schlafen hatte. Erfreulicherweise schloss das auch Putzen, Waschen und Geschirrspülen aus. Lesen würde sie nur einschlafen lassen und dann hätte sie Schwierigkeiten, sich wieder an die Tagdienste zu gewöhnen. Das ließ ihr nur eine Möglichkeit, ihren Drang nach Bewegung zu stillen.

Sie nahm Jeans und ein Trägertop aus dem Schrank, zog sich an und schlich auf Zehenspitzen in die Küche, um ihre größte Wasserflasche und ein extra Glas mit Wasser zu füllen. Sie stellte das Glas auf den Tisch neben Emily und legte eine Notiz daneben, in der sie ihr mitteilte, dass sie in der Garage war und wie sie am besten dorthin kam. Emily hatte ihr Gesicht in das Kissen gedreht und ihre Haare hingen über den Sofarand. Diana wollte sie berühren, die seidigen Strähnen streicheln, aber sie zwang sich, zu gehen. Emily hatte in den letzten Tagen nicht viel geschlafen und konnte jede Minute gebrauchen.

Diana holte sich ein Paar Turnschuhe aus dem Eingangsbereich, dann verließ sie das Haus über die Terrasse. Sie musste grinsen, als sie die Reste des Frühstücks erblickte, wo sie es gelassen hatten. Sie zuckte mit den Schultern. Ihre Gedanken waren nicht bei der Hausarbeit gewesen und jetzt konnte es auch noch etwas warten.

Die Garage für zwei Autos hatte eine Hintertür, die sie bevorzugte. Das Nebengebäude mit den dicken Mauern und einer ungewöhnlich hohen Decke war eines der Hauptkriterien für den Hauskauf gewesen, neben der Terrasse und dem kleinen Garten. Sie hatte es vollständig renoviert: neuen Fußboden eingezogen, um die Ölflecke zu entfernen, Schallisolierung in Studioqualität eingebaut und ein erstklassiges Alarmsystem installiert. Die eine Seitenwand hatte sie so gelassen, wie sie war. Sie bestand aus Glasbausteinen, die Licht hereinließen, aber vor neugierigen Blicken schützten. Sie vermutete, dass ein Vorbesitzer ein Autoliebhaber gewesen war, der zu viel Zeit mit seinen Lieblingen verbracht hatte. Und jetzt nutzte sie den Raum, um Zeit mit ihrem zu verbringen.

Sie nahm sich ein paar Sticks vom Regal, stellte ihre Wasserflasche neben den Schlagzeughocker und absolvierte ihre Stretchroutine. Nachdem sie sich gesetzt hatte, berührte sie kurz jede Trommel und jedes Becken mit einem lockeren Schlag aus dem Handgelenk heraus, in ihrem üblichen Ritual. Sie schloss ihre Augen und spielte langsam, um sich aufzuwärmen. Sie ging ein paar ihrer älteren Songs durch, die sie im Schlaf konnte, dann fing sie an zu improvisieren.

Jeder Schlag zog ihre Frustration und widersprüchlichen Emotionen aus ihr heraus. Seit ihrer Jugend hatte Musik ihr geholfen, ihre Probleme zu verarbeiten. Szenen der letzten Tage flackerten durch ihr Bewusstsein. Ihre Frustration den anderen Assistenzärzten gegenüber, ihre Hilflosigkeit, als sie die Hand einer sterbenden Achtzigjährigen hielt, ihre Unsicherheit angesichts Emilys absichtlicher Distanz. Sie leitete alle diese Augenblicke in ihr Spiel, bis ihre Muskeln angenehm schwach wurden und ihr Verstand leer gefegt war. Jetzt konnte sie ihn mit positiven Gedanken auffüllen.

Sie hörte auf, um einen Schluck zu trinken und ihre Atmung zu verlangsamen. Ein Luftzug kühlte ihren Rücken durch das feuchte Oberteil hindurch. Sie drehte ihren Hocker zur Tür um.

Emily lehnte im Türrahmen, Hände in den Jeanstaschen, und sah Diana lächelnd an. Sie trug noch immer Dianas T-Shirt. Es war zu groß und verschleierte ihre Figur, ließ aber ein sexy Schlüsselbein auf einer Seite aufblitzen. »Hör nicht wegen mir auf.«

»Nein, ich bin fertig. Ich habe nicht mehr die Ausdauer für endlose Sessions. Komm doch rein und lerne mein Lieblingsspielzeug kennen.« Sie stand auf, um sich ein frisches Handtuch vom Stapel im Regal zu nehmen. Sie reinigte zunächst die Sticks, dann entfernte sie den erarbeiteten Schweiß von sich selbst.

Als Diana ihren Nacken fertig abgetrocknet hatte, hatte Emily sich noch immer nicht bewegt und Diana folgte ihrem Blick. Emily schien das Tattoo auf ihrem rechten Bizeps zu mustern. Ihr Kopf schoss hoch, und sie errötete in einem süßen Dunkelrot.

Diana lachte leise und konnte nicht widerstehen, den Muskel etwas spielen zu lassen, um den schuppigen Schwanz des Drachen zu bewegen. »Komm, wir beißen nicht.«

»Ihr beißt vielleicht nicht, riecht aber etwas.« Emily zwinkerte, trat näher und küsste sie kurz auf die Lippen. »Ist das das Schlagzeug, mit dem du in der Band gespielt hast?«

»Teilweise. Je nach Auftritt und Tour haben wir auch öfter kleinere Drumsets benutzt. Hier kann ich die maximale Konfiguration aufbauen, da ich genug Platz habe und nicht vorhabe, es demnächst irgendwohin zu bewegen.« Diana schnipste ein Becken mit ihrem Finger an und ließ es klingen. Sie wies auf die verschiedenen Becken und Trommeln. »Für die meisten Songs brauche ich das alles nicht, aber ich improvisiere gern und spiele herum. Es ist ein wunderbares Gefühl, dass ich nicht dieselben Songs immer und immer wieder üben muss, sondern es als Hobby neu entdecken kann.«

»Und als Fitnesstraining.« Emily wies auf das feuchte Handtuch.

»Ja. Viel spaßiger als Gewichtheben. Und wo wir gerade von Training sprechen, ich brauche etwas zu essen und eine Dusche. Nicht unbedingt in dieser Reihenfolge.« Ihr Magen nutzte die Gelegenheit zu grummeln. Sie ignorierte ihn und bot ihre Sticks Emily an. »Willst du es ausprobieren?«

Emily schüttelte den Kopf. »Jetzt wo du Dusche und Essen erwähnt hast, merke ich, dass ich auch ganz dringend beides brauche. Kann ich später auf dein Angebot zurückkommen?«

Die Art und Weise, wie Emily fragte, zeigte ihr ehrliches Interesse und war nicht nur eine höfliche Ablehnung.

»Klar. Du bist jederzeit hier willkommen.« Diana verstaute ihre Sticks, nahm das Handtuch und ging zur Tür. Nachdem Emily die Garage verlassen hatte, schaltete sie das Licht aus, die Alarmanlage an und schloss zweimal ab. »Willst du zuerst duschen?«

Sie gingen durch den Garten zur Terrasse. Wie üblich streifte Diana mit einer Hand über den Rosmarin, der ein Einzugsgeschenk von Mel gewesen war.

»Ich glaube, ich fahre lieber nach Hause und dusche dort. Ich brauche frische Kleidung.«

»Oh. Okay.« Diana schaute Emily aus dem Augenwinkel an. Bedeutete das, sie wollte den Rest des Tages nicht zusammen verbringen? Ihr Magen zog sich zusammen und sie wusste nicht, ob aus Hunger oder Enttäuschung.

Auf der Terrasse stapelte sie die leeren Teller und Tassen mit einem befriedigenden Scheppern und schnappte sich das Besteck, bevor Emily danach greifen konnte. Sie hastete durch die Tür und stolperte fast über die Sofakissen auf ihrem Weg in die Küche. *Mach langsam. Die Teller müssen nicht brechen, nur weil du dir einen Abend mit Emily erhofft hast.* Alles in den Geschirrspüler zu räumen, half ihr, sich zu beruhigen und sich auf Emilys Bedürfnisse statt ihrer eigenen zu konzentrieren. »Wenn du ein paar Minuten wartest, kann ich dich nach Hause fahren. Ich muss mich nur umziehen.«

»Vielleicht … ich dachte …« Emily lehnte gegen die Kücheninsel und spielte mit einem Löffel. Eine leichte Röte überzog ihre Wangen.

Diana war sich nicht sicher, was das bedeutete. War es ihr unangenehm, dass Diana sie fahren wollte?

Ihre Farbe vertiefte sich. »Hättest du Lust, den Abend zusammen zu verbringen? Essen, reden, vielleicht einen Film schauen, oder so was?« Emily sprach schneller als sonst.

Dianas Magen entspannte sich und sie lächelte erleichtert. »Das klingt wie ein guter Plan.«

Emily richtete das Sofa her, während Diana duschte und sich anzog. Sie versuchte, nicht an Diana in der Dusche zu denken. Oder an Diana beim Schlagzeug spielen. Sie spielen zu sehen, hatte Erinnerungen an die Nacht vor Jahren am Strand geweckt. Die Umgebung war eine völlig andere gewesen, aber sie erinnerte sich sehr gut an Dianas Haltung und das Spiel ihrer Muskeln, als sei es erst gestern gewesen.

Sie umklammerte ein Kissen und vergrub ihr Gesicht darin, um ein Stöhnen zu ersticken. Wie peinlich war es für eine sechsunddreißigjährige Frau, so zu schwärmen wie ein Teenager? Die Schweißperlen auf Dianas Schultern und Rücken hatten die Farben des Tattoos zum Leuchten gebracht und die feinen Linien verwischt. Hin- und hergerissen zwischen den Impulsen, wegzurennen oder ihre Hände überall über Diana gleiten zu lassen, hatte sich Emily am Türrahmen festgeklammert. Ihr Herzschlag hatte so schnell und laut wie Dianas Musik in ihren Ohren pulsiert. *Reiß dich zusammen.*

Emily platzierte das letzte Kissen an die richtige Stelle und fuhr mit den Händen darüber, um eine Falte zu glätten. Die Textur erinnerte sie an die Forschung, die sie heute Morgen durchgeführt hatten. Sie hatte komplett die Kontrolle verloren, bis Diana sie gebremst hatte. Aber wenn sie ihre Gefühle näher betrachtete, konnte sie keine Reue finden. Sie war aufgeregt gewesen, erregt und überwältigt, aber der Kontrollverlust hatte ihr nichts ausgemacht. Was war anders als sonst?

»Ist leger okay?« Dianas Frage unterbrach ihre Gedanken.

Leger? Nichts von alledem fühlte sich leger an. Oh, sie sprach vermutlich über ihre Kleidung und die Pläne für den Abend.

Emily nutzte die Gelegenheit, um Diana zu betrachten. Ihr dunkelbraunes Haar war noch feucht von der Dusche und viel welliger als sonst. Sie hatte ein paar ausgewaschene Jeans angezogen und ein grünes T-Shirt mit einem V-Ausschnitt. Bis auf den Druck einer hellgrünen Ranke auf der Seite war es ein einfaches T-Shirt, aber der enge Schnitt betonte Dianas Kurven.

Emily hob schnell ihren Kopf, als sie merkte, wo ihr Blick und ihre Gedanken hängen geblieben waren.

Lachfältchen zeigten sich um Dianas Augen, die in einem brillanten Grün leuchteten, statt dem üblichen Grünbraun, und sie fragend ansahen.

Was war die Frage noch mal? Emily wiederholte die letzte Minute in ihren Gedanken. »Leger ist gut.« Sie knabbert an ihrer Unterlippe, während sie überlegte, ob sie ihre Gedanken mitteilen sollte. Sie war es nicht gewohnt, Frauen Komplimente zu machen. Oder überhaupt jemandem. »Die Farbe steht dir gut.«

Dianas strahlendes Lächeln ließ einen Schwarm Schmetterlinge in Emilys Mitte frei. Sie mussten auf jeden Fall einen Teil des Abends in der Öffentlichkeit verbringen, damit sie gezwungen war, ihre Hände bei sich zu behalten.

Diana fuhr sie beide zu Emilys Apartment und wartete, bis sie sich geduscht und umgezogen hatte. Danach schlenderten sie, sich an den Händen haltend, die Straße entlang zu dem Restaurant in ihrer Nachbarschaft, das sie schon einmal besucht hatten.

Der Kellner führte sie zu einem Tisch, der von der nachmittäglichen Sonne gewärmt wurde. Diana öffnete den Mund, um Einspruch zu erheben.

Den Kopf schüttelnd, drückte Emily ihre Hand und setzte sich. Sie bestellten Getränke und Emily studierte die Speisekarte, als ob nichts gewesen wäre.

Diana legte ihre Karte zur Seite. »Willst du heute nicht im Schatten sitzen?«

»Ich versuche, alte Angewohnheiten abzulegen.« Emily zuckte mit den Schultern.

»Ich hoffe, du tust das nicht für mich.« Diana wollte sie unterstützen, aber sie war sich nicht sicher, ob sie die schmale Grenze zum Überreden überschritten hatte. Das Letzte, was sie wollte, war, Emily in eine Richtung zu drängen, die nicht die ihre war.

»Nein, ganz sicher für mich.« Emily schloss die Karte und fuhr die Prägung des Restaurantnamens mit einem Finger nach. »Du hast vielleicht in letzter Zeit ein paar Veränderungen angestoßen, aber sie waren schon lange im Kommen. Ich steckte in der immer gleichen Routine fest. Ich war nicht wirklich unglücklich, aber irgendetwas fehlte. Am Anfang wollte ich nichts anders machen. Du weißt schon: *Never change a winning team* und so was. Aber mein Leben führte nirgendwo hin und ich rannte in unendlichen Kreisen herum. Und nachdem ich das einmal gesehen hatte, konnte ich es nicht mehr ignorieren.«

Der Kellner kam mit den Getränken. Diana warf einen Blick auf die Karte und bestellte das erste, was ihr ins Auge fiel. Sie war nicht wählerisch und sie wollte ihre Unterhaltung fortsetzen.

Emily schien dieselbe Idee zu haben.

Diana legte ihre Hand auf den Tisch, eine unausgesprochene Einladung für Emily, sie zu nehmen. Ein angenehmes Kribbeln breitete sich von den verschlungenen Händen aus. »Auch wenn das Sehen dich jetzt schlechter fühlen lässt, ist es vermutlich am besten. Du kannst ja keine korrekte Behandlung starten, bis du die Diagnose kennst.«

Emily schüttelte den Kopf. »Das ist nicht wirklich mit der Arbeit vergleichbar. Wenn ich eine Diagnose kenne, habe ich den Behandlungsplan schon parat. Oder kann ihn nachschlagen. Hier versuche ich, meinen Weg alleine in der Dunkelheit zu finden. Am Anfang dachte ich, es sei ausreichend, meine Routine etwas abzuändern. Deswegen habe ich im Regenbogenhaus mit der ehrenamtlichen Arbeit angefangen.«

»Hilft es?« Diana wollte sie in den Arm nehmen, um ihre Unterstützung zu zeigen. Aber das Wissen, dass Emily ihre Gefühle nicht auf diese Weise zeigte, hielt sie auf ihrer Seite des Tisches.

»Ein wenig. Aber es war nicht genug. Ich habe darüber nachgedacht, als Nächstes meine Aufgaben auf der Arbeit etwas zurückzufahren. Ich weiß nur nicht, wie ich Dr. Wallace sagen soll, dass ich jetzt auch ein Leben außerhalb der Notaufnahme habe.«

Ein bitterer Geschmack breitete sich in Dianas Mund aus. Sie versuchte, ihn mit einem Schluck Wasser runterzuschlucken. »Die Belastung mit einer weiteren Assistenzärztin kam zur falschen Zeit.«

Emily verzog das Gesicht. »Tut mir leid. Nur weil ich beschlossen habe, mich zu ändern, bedeutet das nicht, dass andere zu kurz kommen sollten.« Sie drückte Dianas Hand. »Und es war meine Schuld. Ich habe mit Dr. Wallace nicht klar kommuniziert und ihm nicht gesagt, dass ich das nicht mehr machen will. Er war immer ein guter Vorgesetzter für mich, mehr wie ein Mentor. Seine Meinung ist mir wichtig und ich hatte Angst, ihn zu enttäuschen.«

»Kein Wunder, dass du so kurz angebunden mit mir warst.« Diana rollte mit den Augen und grinste, um die Schärfe aus ihren Worten zu nehmen.

»Nö, das war nur, weil ich zu allen auf der Arbeit so bin.« Auch wenn Emily versuchte, einen Witz zu machen, spürte Diana die Frustration über ihr Verhalten, die kurz unter der Oberfläche köchelte.

Diana wünschte, sie könnte eine einfache Lösung anbieten, stattdessen drückte sie ihre Finger. »Musst du aber nicht.«

Emily quittierte die Rückkehr vom Witz zu ernster Unterhaltung mit einem Lächeln. »Das merke ich so langsam auch. Es hat mich überrascht, dass Liz mir dabei hilft.«

»Ich nehme an, es ist nicht einfach für dich, Hilfe anzunehmen.« Diana konnte das verstehen.

»Nein.« Emily lachte und schüttelte ihren Kopf vehement. »Ich habe nicht nur ein Angebot angenommen; ich habe sie tatsächlich aktiv darum gebeten.« Sie rollte ihre Augen. »Und es hat gar nicht wehgetan«, fügte sie in einer übertrieben kindlichen Stimme hinzu.

Sie mussten einander loslassen, als der Kellner zwei große Teller mit ihren Salaten und einen Korb handgemachtes Brot brachte. Diana bot Emily das Brot an, dann nahm sie selbst ein Stück. Es war noch warm und das köstliche Kräuteraroma brachte ihren Magen erneut zum Knurren. Sie musste sich zurückhalten, um nicht sofort den Rest des Brotes zu verschlingen. Das Schlagzeugspielen hatte sie hungrig gemacht.

Nach der Hälfte des Salates legte Emily ihre Gabel ab und biss sich auf die Lippe. Zweimal fing sie an, etwas zu sagen, nahm aber stattdessen einen Schluck Wasser. »Warum hast du beschlossen, dein Leben zu verändern?« Ihre Stimme verlor sich fast in den Hintergrundgeräuschen aus Lachen und Gesprächen der anderen Gäste.

Diana hatte schon zu oft die Richtung gewechselt, um die Frage einfach beantworten zu können. Sie konzentrierte sich auf das letzte Mal. »Du meinst, warum ich zur Medizin zurückgekehrt bin?«

Emily nickte. »Du hast einen Zwischenfall erwähnt, der den Wandel ausgelöst hat.«

Flackerndes Blaulicht am Horizont füllte ihr Blickfeld und ließ sie einsam in der Nacht zurück, nur begleitet von Hilflosigkeit und Schuldgefühlen. Sie schüttelte den Kopf und blinzelte mehrmals, um die Bilder aus ihrem Kopf zu vertreiben. »Ich habe noch nie mit jemandem darüber gesprochen.«

»Du musst nicht darüber sprechen.« Emily nahm die Gabel wieder auf und durchsuchte ihren Salat, bis sie eine Kirschtomate aufspießte.

Diana sah sich um. Niemand schien zuzuhören. »Nur sehr wenige Menschen kennen die wahre Geschichte. Mel, Katie, unsere Manager. Und sie kennen auch nur Teile davon. Ich würde es dir erzählen, aber ich kann das nicht hier, in der Öffentlichkeit.«

Emily nahm Dianas Hand. »Das kann warten.«

Wärme breitete sich von den verbundenen Händen aus und die Zuneigung in Emilys Stimme half Diana, sich auf die positiven Konsequenzen der Nacht zu konzentrieren. »Die kurze Version ist, es gab einen medizinischen Notfall und ich war die Einzige, die helfen konnte. Ich hatte all das Wissen und Training, aber keine Ausrüstung, und ich fühlte mich so nutzlos. Ich glaube, dieses Gefühl hat den Wechsel zurück zur Medizin angestoßen. Ich habe mich immer wieder gefragt, ob ich mit mehr Erfahrung oder anderen Hilfsmitteln, außer meinen bloßen Händen, für einen besseren Ausgang hätte sorgen können.«

Emily drückte ihre Hand und schien sich nicht an der Feuchtigkeit zu stören, die sich auf Dianas Handflächen ausbreitete. »Also hast du die Band verlassen, um besser anderen helfen zu können?«

»Nein, nicht wirklich. Ich habe die Band verlassen, um das zu tun, was ich schon immer tun wollte. Ich war nur zu bescheuert gewesen, um mir selbst schon vor Jahren die Wahrheit einzugestehen, dass ich nur Angst hatte, es zu wollen.« Diana stoppte und wiederholte in Gedanken, was sie gerade gesagt hatte. Warum war es so schwierig, auszudrücken, was sie wirklich meinte? »Ergibt das einen Sinn?«

Emily neigte ihren Kopf zur Seite und runzelte die Stirn, als sie sich konzentrierte. »Ein wenig. Willst du sagen, dass du während deiner ersten Assistenzarztzeit Angst hattest?«

»Genau. Die Vorstellung, Verantwortung zu tragen, hat mir Angst gemacht.« Diana zögerte. Sollte sie ihr den Rest sagen? Ehrlichkeit war ihr wichtig und sie war nicht mehr die Person, die ernsten Diskussionen aus dem Weg ging. »Ich war keine gute Studentin und die Löcher in meinem Wissen zeigten sich langsam. Anstatt mich auf meine Ausbildung zu konzentrieren und mehr zu lernen, um das aufzuholen, habe ich aufgegeben. Ich bin den einfachen Weg gegangen, ohne darüber nachzudenken, ob es wirklich das ist, was ich mit meinem Leben anfangen will.«

Emily zuckte nur mit den Schultern und zeigte keine Geringschätzung, wie Diana es befürchtet hatte. »Ich glaube, die meisten von uns waren einmal an dem Punkt, aufhören zu wollen und einfach irgendwo neu anzufangen. Nur die meisten von uns hatten keine wirklich gute Alternative, also blieben wir und kämpften uns durch. Zumindest ging es mir so.«

Wow. Diana hatte nie in Betracht gezogen, dass ihr Weglaufen eine normale Reaktion war. Eine Last, von der sie nicht wusste, dass sie sie mit sich herumtrug, hob sich von ihren Schultern. Sie lächelte erleichtert und drückte Emilys Hand kurz, bevor sie nach ihrem Glas griff. Das kühle Wasser half ihr, ihre Stimme wiederzufinden. »Danke, dass du das zugegeben hast.«

Sie aßen weiter und Diana schätzte das Schweigen, da sie so die Gelegenheit hatte, ihre Gedanken und Gefühle zu entwirren. Die neue Perspektive, dass sie nicht die Einzige gewesen war, die damit gekämpft hatte, in ihre Arztrolle hineinzuwachsen, erleichterte ihr Gewissen. Sie hatte sich all die Jahre über gesagt, dass sie ihre Assistenzarztausbildung wegen der einmaligen Chance auf einen professionellen Plattendeal abgebrochen hatte. Aber tief innen drin hatte sie immer befürchtet, dass sie keine gute Ärztin geworden wäre, auch wenn sie die Ausbildung beendet hätte. Sie würde nie wissen, wie sie sich entwickelt hätte, wenn sie geblieben wäre. Sie wusste nur, dass sie ihre zweite Chance nicht verschwenden würde.

Diana schluckte das letzte Stück Hühnchen hinunter und schaute Emily an. Während sie in ihren Gedanken versunken war, hatte Emily ihren Salat bereits aufgegessen und schien zufrieden damit zu sein, auf sie zu warten. Sie hatte sich in ihrem Stuhl zurückgelehnt, die Augen geschlossen und das Gesicht leicht nach oben gedreht, um die letzten Sonnenstrahlen einzufangen, die zwischen den Gebäuden hindurchschienen. Sie sah entspannter aus, als Diana sie bislang gesehen hatte. Ihre Sommersprossen hatten sich in den letzten Tagen ausgebreitet und bedeckten Nase und Wangenknochen mit einer Prise Zimt. Diana wollte jede einzelne küssen, aber hier war nicht der richtige Ort. »Wie wäre es, wenn wir jetzt den Film anschauen?«

Emily öffnete ihre Augen und lächelte. »Wir können zu mir gehen. Jenn hat mir vor ein paar Wochen eine DVD gegeben, von der sie dachte, ich sollte sie ansehen.«

Beim Zahlen griffen beide gleichzeitig nach der Rechnung. Diana gab nach, als Emily sie darauf hinwies, dass die Einladung ihr Vorschlag gewesen war. Es war nicht wichtig, wer zahlte, aber es war ein angenehmes Gefühl, dass sie nicht mit jemandem zusammen war, die sie für den vermeintlichen Ruhm oder das Geld wollte, das Leute bei einem Plattendeal erwarteten.

Emily goss kochendes Wasser über die Teebeutel in zwei große Tassen. Sie hatte die Ingwer-Orangen-Mischung ausgesucht, weil Diana sie das letzte Mal mochte. Während sie darauf wartete, dass der Tee zog, räumte sie die sauberen Teller in den Schrank, die neben der Spüle getrocknet waren, und wischte die bereits saubere Arbeitsfläche ab. Sie war nervös, aber nicht wie beim ersten Mal, als Diana sie besucht hatte. So viel hatte sich im letzten Monat geändert. Gespannte Erwartung hatte die Befürchtungen abgelöst. Es störte sie nicht mehr, dass Diana in ihren privaten Rückzugsort eindrang, sondern sie genoss es, ihn mit ihr zu teilen.

Diana hatte es sich schon auf dem Sofa bequem gemacht, das viel kleiner als sonst wirkte. Die Schmetterlinge, die anscheinend eine permanente Heimat in ihrem Inneren gefunden hatten, flatterten wie wild bei dem Gedanken daran, so nah zusammenzusitzen. Neben dem Fernseher lieferte nur eine kleine Lampe auf der Fensterbank eine minimale Beleuchtung und erschuf eine romantische Atmosphäre.

Emily stellte den Tee auf den Abstelltisch, um ihn abkühlen zu lassen, und setzte sich neben Diana. Ihre Beine berührten sich kaum, aber ihre Körperwärme schien durch die Kleidung zu dringen. Emily nahm die Fernbedienung und startete den Film.

»*Das erstaunliche Leben des Walter Mitty*«, las Emily, als der Titel auf U-Bahn-Schildern eingeblendet wurde. »Hast du gelesen, was auf der Hülle steht? Ich habe vergessen, worum es geht.« In den ersten Szenen wurde eine depressive graue Betonwüste mit bedrückender Schönheit gezeigt und betonte die Einsamkeit der Hauptfigur, die versuchte, online ein Date zu finden. Wollte Jenn sie daran erinnern, dass sie mehr ausgehen und daten sollte?

»Ich habe es nur überflogen. Ich glaube, es geht darum, sein Leben zu ändern.« Diana legte ihre Hand auf Emilys Oberschenkel und drückte sanft zu. »Denkst du, es wird dir heute zu viel?«

Emily legte ihre eigene Hand über Dianas und verflocht ihre Finger. »Nein, ich sollte vermutlich akzeptieren, dass das Universum für mich Leuchtreklamen aufstellt, anstatt mir subtile Zeichen zu senden.«

Diana stupste ihre Schulter gegen Emilys und lehnte sich zurück. Jetzt berührten sich ihre Körper von den Schultern bis zu den Zehen und die Schmetterlinge flogen wieder aus. Emily zwang ihren Blick zurück auf den Fernseher, damit sie nicht ihr Gesicht in Dianas Schulter vergrub.

Der Film war eine gute Ablenkung und Emily konzentrierte sich auf die Reise des Protagonisten, dessen Suche nach einem verlorenen Negativ einer wichtigen Fotografie ihn zu verschiedenen exotischen Orten führte und seine unterdrückte Kreativität und versteckte Talente befreite. Am Ende wurde er mehr er selbst, als er es je gewesen war, und gewann die Liebe einer Kollegin, die er schon lange aus der Ferne bewundert hatte. Jenns Botschaft für sie war ziemlich eindeutig.

Als der Abspann lief, griff Emily nach ihrem kalten Tee, um ihren trockenen Hals zu beruhigen. Sie hatte während des Films fast geweint, was sehr unüblich für sie war, und sie befürchtete, ihre Stimme würde sie verraten. »Jenn hatte recht. Das war ein guter Film für mich.«

Diana drehte sich auf dem Sitz zu ihr um und zog ein Bein unter sich. »Nicht nur für dich. Ich habe in der letzten Zeit auch viel über Veränderungen nachgedacht. Auch wenn ich mein Ziel erreicht habe, wieder als Ärztin zu arbeiten, bin ich noch nicht am Ende meines Weges angelangt. Persönliche Entwicklung ist ja ein dauerhafter Prozess.«

Diana hatte ihre Hand nicht losgelassen und Emily hielt sie fest, wie eine Rettungsleine. Sie brauchte die beruhigende Berührung, um auf dem Boden zu bleiben. »Ich will mich so sehr verändern, ich fühle mich völlig überwältigt. Ich weiß nicht, wo ich anfangen soll. Meine Arbeit? Mein Liebesleben? Meine Persönlichkeit? Ich habe widersprüchliche Gefühle wegen meiner Mutter. Zum einen denke ich, sie hat mein Leben kaum beeinflusst, weil sie so emotional abwesend war, zum anderen hat sie mir viele Dinge eingeprägt, die wichtig waren, um von ihr … ich weiß nicht … gesehen zu werden oder ihr zu gefallen. Ich muss einige Schritte zurückgehen und herausfinden, welche meiner Einstellungen, Überzeugungen und Angewohnheiten meine sind und welche von ihr stammen. Und was ich davon behalten will.« Emily merkte, dass sie plapperte. Was dachte Diana jetzt? Ihr Gesicht war von der Dunkelheit verschluckt, seitdem die DVD geendet hatte.

»Ich glaube, dass du auf dem richtigen Weg bist. Du musst nicht alles auf einmal ändern.« Dianas Stimme wärmte und beruhigte Emily mehr, als der Ingwer-Orangen-Tee es konnte. »Ich habe mein Leben auch nicht über Nacht verändert. Ich habe Pläne gemacht und sie mit jedem besprochen, den sie betrafen. Ich wollte kein zweites Mal alles hinwerfen und abhauen; ich wollte mir meiner Motive sicher sein. Mit einem Therapeuten zu sprechen, hat mir geholfen, die richtige Perspektive zu finden.«

Angst durchfuhr Emily. *Nur die Kaputten und Schwachen brauchen Therapeuten*, zischte die Stimme ihrer Mutter. Aber das stimmte nicht. Das war nur ein weiteres Vorurteil, das sie von ihr übernommen hatte. »Denkst du, dass die Therapie geholfen hat? War sie notwendig?«

»Nicht notwendig, aber auf jeden Fall hilfreich. Ich denke, ich hätte es auch ohne geschafft, aber warum sollte ich? Wenn ich mein Bein brechen würde, würde ich doch auch Gehhilfen benutzen, solange ich einen Gips trage.«

Emily kicherte, sie konnte nicht anders. Das Argument war so einfach, es kroch durch all ihre Barrieren, die durch jahrelange Vorhaltungen ihrer Mutter errichtet worden waren. »Danke. Das musste ich einmal hören.«

»Jederzeit.« Dianas Lächeln schwang in ihrem Tonfall mit. »Ich bin noch nicht müde, und du? Willst du einen weiteren Film schauen?«

Gut, die ernste Unterhaltung hatte Diana nicht vergrault. Emily lehnte sich auf dem Sofa zurück. »Ich bin auch nicht müde. Lass uns noch einen schauen, aber ich muss dich warnen. Ich habe kein Netflix und meine DVD-Sammlung ist auch nicht sehr groß. Meistens leiht mir Jenn neue Filme.«

Diana drückte Emilys Hand, dann stand sie auf und ging zum Schrank, auf dem der Fernseher stand. Sie entfernte die DVD aus dem Laufwerk. »Sind die Filme hier drin?« Anhand der Bewegung der dunklen Silhouette vermutete Emily, dass Diana auf die Schubladen zeigte.

»Ja.« Sie schaltete eine Stehlampe neben dem Sofa an. Das Licht war grell und sie musste ihre Augen für eine Sekunde schließen. »Warum suchst du nicht einen aus, und ich mache uns noch einen Tee? Oder willst du was anderes? Wasser? Wein?«

»Tee klingt gut. Überrasch mich mit einem neuen Geschmack und ich überrasche dich mit einem Film.«

»Okay.«

Als Emily mit zwei Karamell-Vanille-Rooibos-Tees zurückkehrte, war Diana schon wieder auf dem Sofa. Sie saß an einem Ende und hatte sich mit dem Rücken gegen die Seite gelehnt und ihre Beine über alle Sitze ausgestreckt.

Emily zögerte. Wollte Diana, dass sie auf dem Sessel Platz nahm?

»Ich dachte, wir könnten für diesen Film etwas anderes ausprobieren. Du weißt schon, nur aus wissenschaftlichen Gründen.« Diana sah zu ihr auf und tätschelte lächelnd das Sofa zwischen ihren Beinen.

Das Lächeln lockte wieder die Schmetterlinge hervor und Emily entspannte sich. Sie löschte das Licht und kuschelte sich zwischen Dianas Beine. Vorsichtig lehnte sie sich zurück, bis sie komplett von Dianas Armen umschlossen war.

»Okay?«, flüsterte Diana und ihr warmer Atem kitzelte die empfindsame Haut hinter ihrem Ohr.

Emily seufzte. »Mehr als okay.«

Diana drückte auf den Startknopf. Sie hatte *Sinn und Sinnlichkeit* gewählt.

»Oh, toll. Ich liebe Jane Austen.« Emily nahm ihren Tee und blies über die Oberfläche, um ihn abzukühlen.

Diana lachte leise. »Ich liebe Emma Thompson.« Sie griff um Emily herum nach ihrer Tasse und nahm einen Schluck. »Und ich liebe deinen Tee. Er schmeckt nach Nachtisch.«

Sie schauten den Film in gemütlichem Schweigen an. Als Emily beim Anblick der durchnässten und frierenden Marianne Dashwood mitfröstelte, zog Diana den großen Quilt von der Rücklehne des Sofas und breitete die Decke über sie beide aus.

Emily hatte sich noch nie so geborgen gefühlt. Sie schloss ihre Augen, um die rhythmische Auf- und Abwärtsbewegung von Dianas Brust und die streichelnde Hand in ihrem Haar uneingeschränkt zu genießen. Das vertraute Geplänkel der Dashwood-Schwerstern floss über sie hinweg. Sie würde ihre Augen gleich wieder öffnen. Bald. In einer Minute oder so.

Kapitel 16

Das Letzte, woran sich Diana erinnerte, war, dass Emily auf ihr eingeschlafen war. Sie hatte bis zum Ende des Films warten wollen, um sie zu wecken. Jetzt war das Zimmer dunkel und still. Der Fernseher musste sich automatisch ausgeschaltet haben und beide lagen auf dem nun viel zu kleinen Sofa. Emily hatte sich im Schlaf gedreht und presste ein Bein unromantisch gegen ihre Blase. Auf gar keinen Fall konnte sie so wieder einschlafen. Vorsichtig versuchte sie, sich zu befreien, ohne Emily zu wecken, aber diese bewegte sich sofort.

»Was …? Diana?«, murmelte Emily.

»Autsch! Warte …« Diana robbte rückwärts, bis die Gefahr, die Kontrolle über ihre Blase zu verlieren, für den Augenblick gebannt war. »Wir müssen eingeschlafen sein. Ich muss nur schnell das Badezimmer benutzen, dann kann ich gehen.«

»Nein.« Emily hielt sie am Arm fest.

Diana rieb ihre Augen. »Kein Badezimmer?«

»Nein!« Emily lachte. »Geh nicht nach Hause. Bleib heute Nacht bei mir? Aber nicht auf dem Sofa. Mein Bett ist viel bequemer.«

Die Vorstellung, die Nacht mit Emily zu verbringen, weckte Diana schlagartig auf. Da ihr eine schlagfertige Antwort fehlte, küsste sie Emily stattdessen. Sie schmeckte nach Karamell, Vanille und nach ihr selbst. Köstlich. Bald raste ihr Herz und sie musste aufhören, um nach Luft zu schnappen. Gestern hatte Emily noch gezögert, bei ihr zu übernachten, war sie bereit dazu?

Emily fuhr mit einem Finger über Dianas Lippen. »Badezimmerpause? Dann treffen wir uns in meinem Schafzimmer.«

Der Tonfall, in dem die Einladung ausgesprochen wurde, fegte Dianas Zweifel davon.

Gleichzeitig versuchten Emily und sie aufzustehen. Ihre Beine verhakten sich und Diana fiel fast vom Sofa.

Diana stöhnte. »Es tut mir leid, ich bin normalerweise nicht so ungeschickt wie ein Teenager.« Sie stand zuerst und bot Emily ihre Hand an, um zu helfen.

Emily ließ ihre Hand nicht mehr los, als sie Diana durch die dunkle Wohnung zum Gästebad führte. »Bis gleich.«

Der warme Schein einer Lampe leitete Diana zum Schafzimmer, nachdem sie im Bad fertig war.

Emily wartete unter der schlichten blaugrünen Bettdecke. Ihre nackten Schultern wirkten cremig weiß mit einem Hauch Goldstaub besprenkelt.

Ihrem Beispiel folgend, zog sich Diana aus und legte ihre gefaltete Kleidung auf die Kommode neben der Tür. Sie ließ ihre Unterhose an, da sie Emily nicht bedrängen wollte.

Emily hielt die Decke hoch und Diana schlüpfte darunter. Beide lagen auf der Seite, so nah, dass sie sich fast berührten.

»Hi.« Emilys warmer Atem kitzelte Dianas Haut.

Sich nach vorne lehnend, streifte Diana Emilys Nase mehrmals mit ihrer eigenen, bevor sie sich wieder zurückzog. »Hi.«

Emily schluckte ein paar Mal, sagte aber nichts, während Röte langsam über ihre Wangen kroch. Ihre Augen flackerten schnell von einer Seite zur anderen, als ob sie sich nicht entscheiden konnte, auf was sie fokussieren sollte.

Sie nervös und ohne das übliche Selbstvertrauen zu sehen, ermunterte Diana, die Führung zu übernehmen. Vielleicht würde es helfen, wenn sie wieder auf ihre Codesprache zurückfielen. »Hast du den Bequemlichkeitsgrad des Bettes schon wissenschaftlich getestet?«

»Ah, du willst unsere Untersuchung zu einer Multicenterstudie ausweiten?« Emilys Lächeln war dankbar.

Diana wackelte mit den Beinen und streckte ihre Zehen aus, dabei übertrieb sie ihre Bewegungen. »Dieses Möbelstück hat den besten Fußraum von allen bisherigen Testobjekten.«

Emily grinste und klopfte auf ihr Kopfkissen. »Und eine komfortable Kopfstütze.«

»Vielleicht sollten wir damit eine Testfahrt machen.«

»Testfahrt?« Emily stupste sie in die Seite. »Vermischst du jetzt die Metaphern?«

»Sei still und küss mich.«

Beide lachten und Diana entspannte sich. Ihre Schultern wurden lockerer. Sie war sich der Anspannung nicht bewusst gewesen, bis sie jetzt von ihr wich. Sex, sogar Sex mit Fremden, hatte sie nie nervös gemacht, aber mit Emily zusammen zu sein, war anders.

Emilys Hand folgte der Kontur von Dianas Hüfte abwärts zum Po. Das war unerwartet, und Diana lehnte sich gegen die Hand, um es besser genießen zu können. Emilys Berührung wurde forscher und Diana stöhnte, als ihre Hand die Wirbelsäule auf und ab wanderte.

Diana verband die köstlichen Sommersprossen auf Emilys Schulter mit ihrem Finger, dann folgte sie mit den Lippen, entlang des Schlüsselbeins über den immer schneller werdenden Puls ihrer Halsschlagader zum Kinn. Sie genoss jeden Zentimeter und ließ sich Zeit. Als sie den Mund erreichte, versuchte sie, ihre ganze Leidenschaft in den Kuss fließen zu lassen.

Die Botschaft schien anzukommen. Emilys Antwort war genauso intensiv.

Eine Zeit lang konzentrierte sich Diana ganz auf das Gefühl sanfter Lippen, die knabberten und neckten und Zungen, die streichelten, bis sie beide atemlos waren. Sie vergrub ihren Kopf an Emilys Hals und holte tief Luft. Ihre Haut war heiß und ihr Puls raste genauso sehr wie Dianas.

Die Wahrnehmung ihres restlichen Körpers kehrte langsam zurück. Beim Küssen waren beide enger aneinandergerückt und ihre nackten Brüste berührten sich. Dianas Finger hatten sich in Emilys Haar verfangen. Es war wunderschön und floss über ihre Schultern, wie ein Cape aus brauner Seide. Sie versuchte, Emily auf den Rücken zu drehen, um mehr von ihr zu entdecken.

»Oh nein.« Emily stoppte ihre Bewegung mit einer Hand auf der Schulter, ein sanfter aber unmissverständlicher Druck, der Diana langsam rückwärts aufs Bett presste.

Das Laken kühlte ihre überhitzte Haut.

Emily fuhr das Tattoo nach, das sich über Dianas Schulter und ihren Bizeps wandte. Die Berührung brachte ihre Haut zum Schmelzen, als ob das Feuer des Drachen wirklich brannte.

Über sie gebeugt, mit gerötetem Gesicht, geweiteten Pupillen und geschwollenen Lippen war Emily so schön, dass es fast schmerzte.

Sie zog Emilys Kopf herunter, um sie erneut zu küssen. Diese Lippen machten sie wahnsinnig. Diana konnte nicht widerstehen, ihre Hand seitlich an Emily hochgleiten zu lassen, bis sie die Außenseite ihrer Brust streifte. So sanft. Emily erhob sich leicht und Diana nutzte die Gelegenheit, um mehr von der weichen Rundung zu liebkosen. Ihr Daumen strich über einen Nippel und sie bewunderte, wie die rosafarbene Haut sich zusammenzog und sich zu einer einladenden Spitze festigte. Ein erneutes Streicheln mit dem Daumen verursachte ein genussvolles Stöhnen. Diana wollte dieses Geräusch wieder und wieder hören. Sie schob sich nach unten, um die Brust zu küssen, und arbeitete sich von der einen Seite zur Mitte vor. Sie fuhr mit ihrer Zunge über die unebene Oberfläche der Brustwarze und ließ sich danach Zeit, um die verschiedenen Texturen der Haut drumherum zu erkunden.

Emily presste sich an sie und versuchte, Diana wieder zu ihrer Brustwarze zu dirigieren.

Diana tat ihr nur zu gern den Gefallen und küsste sie dort. Und leckte. Und saugte. Das Gefühl, wie sich Emily über ihr drehte und sich wand, war unbeschreiblich. Als die Unruhe sich in einen zielgerichteten Rhythmus verwandelte, verließ sie den Nippel, um das Tempo wieder etwas zu verlangsamen. Sie platzierte federleichte Küsse auf der zarten Haut zwischen Emilys Brüsten und bewegte sich nach oben, erneut dem unwiderstehlichen Pfad der Sommersprossen folgend, wie ein Goldgräber auf der Suche nach dem Aufblitzen von seltenen Nuggets im Fluss.

»Hör nicht auf«, flüsterte Emily.

»Ich höre nicht auf, ich erforsche nur, suche meinen Weg.« Diana grinste und kehrte zurück zu den Küssen, die in einer Linie von den Brüsten zur Schulter führten. »Wohin soll ich als Nächstes?« Sie hatte Emilys Hals erreicht und verlor sich in ihrem Duft.

»Äh, was meinst du? Ist das nicht okay?« Emily lehnte sich zurück und sah Diana mit weit geöffneten Augen an.

Der plötzliche Verlust des Hautkontaktes traf Diana wie ein eisiger Schauer. Überall hatte sie plötzlich Gänsehaut. Was war passiert? »Es ist sehr okay. Ich habe nur … du weißt schon … gefragt. Was du willst. Was du magst.«

Emily spielte mit dem Tattoo des Eröffnungsakkordes von Dianas erstem aufgenommenen Song, das die dünne Narbe ihrer Blinddarmoperation überdeckte. Sie hielt ihren Blick darauf gerichtet, als sei es das faszinierendste Stück Haut, dass sie je gesehen hatte. »Oh. Okay. Es tut mir leid.« Sie nahm vorsichtig den Blickkontakt wieder auf, fast schon schüchtern. »Also, wo waren wir?«

Vielleicht würde etwas Humor Emilys Anspannung lösen. »Ich habe deinen Hals bewundert. Beißen Vampire eigentlich in die Jugularis oder die Carotis?«

Das schien zu helfen. Emily schlug ihr spielerisch auf die Schulter und lachte. »Lass es uns rausfinden.«

Emily knabberte jetzt an Dianas Hals und wischte damit alle Gedanken an Anatomie aus Dianas Verstand. Sie imitierte die Route, die Diana vor einem Moment bei ihr genommen hatte, in umgekehrter Richtung. Als sie Dianas Brust erreichte und ihre Brustwarze in den Mund saugte, schoss die Erregung direkt in Dianas Klitoris.

Diana hielt sich mit beiden Händen an Emilys Hüfte fest. Die Reibung, die Emilys Bein in ihrem Schritt verursachte, brachte sie fast um den Verstand. Sie brauchte mehr, musste näher kommen. Als sich Emily erneut von ihr wegbewegte, stöhnte Diana. Wo ging sie hin?

Aber dann zog Emily an Dianas Unterhose. Als sie an ihren Knöcheln hängen blieb, trat Diana sie den Rest des Weges nach unten und kickte sie aus dem Bett.

Endlich berührten feste, warme Finger sie dort, wo sie sie am dringendsten brauchte. Emily streichelte sie zunächst langsam. Zögerte sie? Erforschte sie? Jedes Mal, wenn sie ihre Klitoris streifte, versuchte Diana, näher an die Finger zu kommen.

Sie konnte es nicht mehr aushalten. »Emily, ich brauche dich jetzt.«

Emily hörte auf und sah sie an. Ihre Haut strahlte im warmen Licht und ihre grauen Augen funkelten vor Leidenschaft. Ihre Antwort war ein Kuss, sanfte Lippen und eine heiße Zunge, die Dianas Atem raubte. Emilys Finger kehrten zu ihrer Folter zurück, aber jetzt bewegten sie sich mit einem gewollten Rhythmus. Sie drangen in Diana ein und ihr Daumen glitt über ihre Klitoris, schneller und schneller.

»Hör nicht auf.« Das Crescendo ihrer Erregung erreichte fast schon schmerzhafte Höhen. Alles andere hörte auf zu existieren. Diana lebte nur für Emilys Mund auf ihrem und der Bewegung ihrer Hand. Der Höhepunkt traf sie wie ein Paukenschlag und ließ sie mit klingenden Ohren zurück, taub für den Rest der Welt.

Emily kuschelte sich an Dianas Schulter, beließ aber ihre Finger in ihr. »Ich kann dich immer noch spüren«, flüsterte sie erstaunt.

Zu atemlos, um zu antworten, legte Diana ihre Arme um Emily und küsste sie dankbar auf die Stirn.

Nach einer Minute zog Emily ihre Finger vorsichtig wieder aus Diana und breitete die Bettdecke über sie beide aus. Sie nutzte die Zeit, um sich zu sammeln und Diana zu betrachten.

Ihr Gesicht war gerötet, ihr Atem kam schnell und schwer und ihre Pupillen waren erweitert. Die Diagnose war einfach, Erregung. Zu wissen, dass sie diejenige war, die Diana in diesen Zustand versetzt hatte, ließ ihr Herz noch schneller schlagen.

Bis jetzt hatte sie den Grund für Sex immer im eigenen Orgasmus gesehen. Und da sie das viel einfacher alleine erreichte, hatte sie nie nach einer Partnerin gesucht, um ihre langweiligen Erlebnisse zu wiederholen.

Was für eine egoistische Idiotin sie doch war. Zu sehen, wie Diana die Kontrolle aufgab, wie sie auf jede Berührung und jedes Streicheln reagierte, wie sie ihren Namen rief, wie ihre Erregung ihre Finger benetzte, all das befriedigte sie auf einer tieferen Ebene.

»Danke.«

Diana lachte leise. »Ich denke, ich sollte dir danken.« Sie streichelte mit ihrer Hand entlang Emilys Seite auf und ab, berührte aber nie ihre Brust. Mit sanftem Druck ermunterte sie Emily, sich auf den Rücken zu drehen, was sie bereitwillig tat.

Erneut küsste Diana sie wieder überall; an Schulter, Hals und am Brustansatz. Diese Küsse hatten sie vorhin fast um den Verstand gebracht.

Sie klammerte sich an Dianas Schultern, um einen festen Ankerpunkt zu haben. Ihr Blick fiel auf die roten Flammen, die sich über Dianas linken Bizeps schlängelten. Ihre Finger folgten dem Feuer. Es war dasselbe Bild, das schon so lange in ihrer Fantasie gelebt hatte, aber die Berührung machte es real und verband es unwiderruflich mit Diana.

»Du magst mein Tattoo«, murmelte Diana gegen ihren Hals.

Das Erste, was Emily in den Sinn kam, sprach sie aus. »Es ist sexy.« Hitze stieg ihr in die Wangen, aber sie tat nichts, um das zu verhindern. Sie würde vermutlich noch viel mehr erröten, bis die Nacht zu Ende war.

»Ich–denke–du–bist–sexy.« Diana betonte jedes Wort mit einem Kuss.

Der Nachdruck von Dianas Worten ließ Emilys Haut regelrecht erglühen. Sie glaubte ihr.

Diana fuhr fort, sie zu küssen, als ob sie sich jeden Zentimeter ihrer Haut ins Gedächtnis einprägen wollte. Langsam führte sie ihr Weg abwärts. Ihr heißer Atem brannte wie das Drachenfeuer, als sie über Emilys Schamhaare blies.

Emily zuckte zusammen. Würde sie …? Ihr Atem wurde immer schneller und ihre Bauchmuskeln spannten sich an. Sie wusste nicht, ob sie wollte, dass Diana weitermachte oder aufhörte.

Diana küsste schnell in einer direkten Linie wieder nach oben und stoppte erst, als sie ihre Lippen einmal zart berührt hatte. Ihr Blick suchte nach Emilys. »Entspann dich. Ich werde nichts tun, was dir unangenehm ist.«

Ihr Blut pochte in ihren Ohren und machte es fast unmöglich, zu denken. Sie war so weit von ihrem Komfortbereich entfernt, dass frühere Erfahrungen ihr nicht helfen konnten. Vielleicht wäre die vertraute Berührung von Fingern einfacher zu genießen. »Ich weiß. Vielleicht können wir später darauf zurückkommen?«

Dianas Lächeln füllte sie mit Wärme und löste ihre Anspannung. »Wir haben alle Zeit der Welt.« Langsam ließ sie ihre Hand dorthin wandern, wo ihr Mund gewesen war. »Ist das okay?«

Die Worte blieben in Emilys Hals stecken, und sie konnte nur nicken. Enthusiastisch nicken.

Diana liebkoste die Innenseite ihrer Schenkel, strich durch ihre Haare und schließlich tauchte sie in die wartende Feuchtigkeit ein. Das war weit mehr als nur okay.

Ihr letzter zusammenhängender Gedanke war, dass *vertraut* so eine falsche Beschreibung für Dianas Berührung war. Hitze sammelte sich in ihr in einem Feuerball, breitete sich aus wie brodelnde Lava, die versuchte, auszubrechen. Sie wollte es zurückhalten, sie wollte das Vergnügen verlängern, aber allzu bald explodierte sie.

Emily fand sich eingekuschelt in Dianas Armen wieder, halb auf ihr liegend, die Bettdecke um sie beide herumgewickelt. Sie hatte keine Erinnerung daran, wie sie dort hingekommen war, aber jetzt wollte sie sich nie wieder bewegen. Eine Mattigkeit senkte sich über sie und sie kämpfte darum, die Augen offen zu halten. Sie wollte etwas sagen, irgendetwas, aber die Sprache entglitt ihr.

»Schlaf jetzt«, flüsterte Diana.

Das war eine perfekte Idee.

Sonnenlicht und zwitschernde Vögel rissen Emily aus dem Schlaf und füllten sie mit Energie. Ihr Kopf ruhte wieder auf Dianas Schulter und sie hatte ein Bein über sie gelegt. Die rhythmische Bewegung von Dianas Brust wirkte, als ob sie noch schlafen würde. Aber als Emily ihre Augen öffnete und den Kopf drehte, um sie anzusehen, war Diana schon wach.

Ihre Augen funkelten heute Morgen deutlich mehr grün als braun, und die feinen Linien um ihre Augen vertieften sich vor Freude. »Guten Morgen, Dornröschen.«

Hitze stieg in ihre Wangen, aber nach letzter Nacht war es Emily egal, dass sie ständig errötete. »Morgen.«

Emily fuhr mit ihrer Hand über Dianas Bauch, bis zur leichten Rundung ihrer Hüften und zurück. Sie kostete das Gefühl von Haut auf Haut genüsslich aus, während sie den angeregten Gesprächen der Vögel vor dem Fenster lauschte. Waren sie so glücklich wie sie oder vermenschlichte sie die Tiere und projizierte nur ihre eigenen Gefühle? Zum ersten Mal verstand sie die Geräusche und den Anblick des Frühlings, als Symbol für neues Leben und Liebe. Liebe? Ihr Herzschlag flog in ungeahnte Höhen. Sie erstarrte. War es zu früh, dieses neue und berauschende Gefühl Liebe zu nennen?

»Alles in Ordnung?« Diana legte ihre Hand auf Emilys.

Sie hatte ihre Finger in Dianas Seite gepresst und lockerte ihren Griff. War alles in Ordnung? Sie betrachtete sich selbst gründlich und suchte nach Zweifeln oder Reue. Sie konnte keine finden, nur dieses leicht furchteinflößende Gefühl von Glückseligkeit. Unfähig, ihre Gedanken in Worte zu fassen, erhob sie sich auf ihre Unterarme und küsste Diana, ließ alles in diese eine Berührung fließen.

Als ihre butterweichen Muskeln sie nicht mehr tragen konnten, ließ sich Emily auf den Rücken fallen. Angesichts von Dianas Antwort war der Kuss, der eine Ewigkeit gedauert hatte, die richtige Art gewesen, um ihre Emotionen auszudrücken.

Diana rollte sich auf die Seite, legte ihre Hand an Emilys Wange und streichelte ihre Lippen mit ihrem Daumen. Ihr Lächeln war anders, intensiver. Ihr Blick schien Emilys Emotionen widerzuspiegeln und hypnotisierte sie, bis Diana die Augen schloss, um sie zu küssen.

Emily hörte auf, alles zu überdenken und zu analysieren. Sie tauchte in eine Welt aus Gefühlen ein, als sie ihre Liebe ohne Worte ausdrückte.

Diana kämpfte mit schweren Augenlidern. *Schlaf nicht wieder ein!* Sie platzierte einen letzten Kuss neben Emilys Bauchnabel, bevor sie sich an die Bettkante setzte und sich streckte. »So verführerisch das auch ist, ich glaube, es ist nicht die beste Idee, den ganzen Tag im Bett zu verbringen.«

»Angst vor Druckstellen? Lass mich schauen.« Emily inspizierte Dianas Rückseite mit übertriebenem Ernst. Dann kitzelten ihre sanften Küsse. »Nö, die Haut ist intakt.« Sie lehnte sich gegen das Kopfteil des Bettes und grinste.

Diana lachte. Wer hätte gedacht, dass Emily einen Sinn für Humor hat? »Nein, aber ich habe Angst, dass meine Kräfte schwinden, wenn wir nicht bald frühstücken.«

Emily sah auf den Wecker auf dem Nachttisch und schüttelte den Kopf. »Eher Mittagessen als Frühstück. Ich kann mich nicht daran erinnern, wann ich das letzte Mal so viel Zeit im Bett verbracht habe. Du hast einen schlechten Einfluss auf mich.«

»Ich glaube nicht, dass du die letzte Stunde auf mich schieben kannst.« Diana hatte die Überraschung noch nicht überwunden, dass Emily die Initiative ergriffen hatte und dabei so viel Leidenschaft gezeigt hatte. Für einen Moment hatte sie ausgesehen, als ob sie weglaufen wollte und Dianas Herz hatte sich schmerzhaft zusammengezogen, voller Angst, Emily wollte die Beziehung beenden, bevor sie überhaupt begonnen hatte.

»Vielleicht ist der Drache daran schuld.« Emily küsste die Spitze des Drachenschwanzes auf Dianas rechtem Oberarm, bevor sie an ihr vorbei aus dem

Bett kroch. »Ich dusche nur schnell, dann schaue ich, was ich in der Küche zu Essen finde. Ich fürchte, Einkaufen stand die letzte Woche nicht auf meiner Prioritätenliste. Eier? Vielleicht Toast?«

»Alles klingt gut. Kann ich helfen?«

»Nein, entspann dich. Du kannst gerne nach mir duschen, wenn du willst. Ich lege dir frische Handtücher raus.«

In der Dusche entdeckte Diana das Shampoo als die Quelle für den leichten Rosmarinduft, der Emily umgab.

Das Frühstück verging viel zu schnell und keine sprach Themen an, die ernster waren als ihre Pläne für den Tag. Beide mussten zu Hause einiges erledigen, bevor sie morgen eine Serie von sechs Tagschichten beginnen würden. Diana wollte das Gefühl der Zweisamkeit verlängern, aber sie musste auch etwas Luft holen, um den rasch eskalierenden Fortschritt ihrer Beziehung zu verarbeiten.

»Ich sollte gehen und zu Hause klar Schiff machen.« Aber die Vorstellung, Emily nicht mehr zu sehen, bis sie beide ihre professionellen Masken für die Arbeit anlegten, war deprimierend. »Komm zum Abendessen. Ich koche für dich.«

Emily lächelte. »Ich freue mich.«

Diana hatte die Routine für ihren freien Tag doppelt so schnell wie sonst abgearbeitet. Wäsche waschen, sauber machen, Rechnungen bezahlen, Einkaufen und das absolute Minimum an Gartenarbeit, damit ihr kleines Grundstück sich nicht in eine Wildnis verwandelte. Sie hatte gerade genug Zeit gehabt, um das Essen vorzubereiten.

Das Gemüse war geschnitten, die Hähnchenbruststreifen lagen in der Marinade aus indischen Gewürzen und der Safranreis wurde im Reiskocher warmgehalten. Ein romantischer Musikmix spielte leise im Hintergrund über die versteckt eingebauten Lautsprecher im Erdgeschoss. Sie schaute den Tisch an. Sollten sie auf gegenüberliegenden Seiten sitzen oder über Eck, näher aneinander? Sollte sie die Kerze gegen ein Teelicht austauschen?

Die Türklingel unterbrach ihre übertriebene Aufmerksamkeit auf die Tischdekoration. Seit wann war das für sie jemals wichtig gewesen? Sie schüttelte den Kopf über ihre Albernheit und ging zur Tür.

Emily hielt eine Flasche Wein hoch, begleitet von einem schüchternen Lächeln. »Ich weiß nicht, ob du wolltest, dass ich etwas mitbringe.«

»Nur dich.« Diana nahm die Flasche mit einer Hand und zog Emily mit der anderen an sich.

Ihre Wangen glühten rosig, entweder vom Nieselregen oder der Freude, Diana wieder zu sehen … oder von beidem.

Sie konnte nicht widerstehen, Emily sofort zu küssen.

Emilys Hände fuhren über ihren Rücken. Als die eisigen Finger ihren Nacken erreichten, zuckte Diana zusammen.

Sie standen immer noch in der offenen Eingangstür und ließen die kalte Abendluft herein. Diana nahm Emilys Jacke, hängte sie neben die Tür zum Trocknen und führte sie zu den Barhockern an der Kücheninsel.

»Wir könnten etwas Wein trinken, während ich koche. Willst du ein Glas? Oder lieber einen Tee? Ich habe heute ein paar deiner Lieblingssorten gekauft.« *Sehr lässig.* Sie schloss ihren Mund und sah Emily aus dem Augenwinkel an, während sie einen Flaschenöffner suchte.

Emilys Lippen zuckten, als sie offensichtlich versuchte, nicht zu lachen. »Wein wäre toll. Danke.«

Diana öffnete die Flasche und goss die dunkelrote Flüssigkeit in zwei Gläser. Sie reichte eines Emily und hob ihres. »Wir sollten ihn vermutlich erst atmen lassen, aber lass uns anstoßen.«

»Auf was?« Emilys Blick hielt ihren und Diana vergaß fast, zu antworten.

»Auf unser Date?«

»Auf unser Date!« Emily stieß ihr Glas an Dianas und der helle Ton schwebte fast so lange zwischen ihnen, wie der Augenkontakt hielt.

Der Wein war kräftig und trocken und Diana konnte sofort spüren, wie er ihr zu Kopf stieg. Oder vielleicht machte Emilys Lächeln sie schwindelig. Über sich selbst lachend, stellte sie ihr Glas neben Emilys und wandte sich wieder dem Herd zu. »Ich hatte vergessen, dich zu fragen: Magst du indisches Essen?«

»Ich liebe es. Aber ich habe es noch nie außerhalb eines Restaurants gegessen. Ist es nicht kompliziert zu kochen?«

»Nicht wirklich. Du brauchst viele verschiedene Gewürze und man muss etwas üben, bis man die richtige Mischung hat, aber du kannst keine schweren Fehler machen. Ich nehme an, es gibt so viele Variationen, wie es Familien in Indien gibt. Ich habe ursprünglich nach Rezept gekocht, aber jetzt würze ich nur noch, bis es gut schmeckt.« Sie briet Zwiebeln mit den Gewürzen an, die sie in ihrem großen Granitmörser pulverisiert hatte. Sich auf das Kochen zu konzentrieren, verringerte die Nervosität.

Emily kam näher und zuckte auf niedliche Art und Weise mit der Nase. »Es riecht zumindest authentisch.«

»Ich habe die Rezepte im Laufe der Jahre vermutlich verwestlicht. Aber es ist immer noch besser als alles, was du in einem Supermarkt finden kannst.« Sie gab die Hähnchenstreifen und das Gemüse dazu, briet alles leicht an und goss zuletzt die gehackten Tomaten über alles. »Jetzt muss es nur noch etwas unter geschlossenem Deckel köcheln.«

»Ich hoffe, es ist scharf?«

»Nicht zu scharf. Ich wollte keine frischen Chilis benutzen.« Sie grinste.

Emily runzelte die Stirn. »Warum?«

»Ich wollte keine Spuren an den Händen haben.« Sie wackelte übertrieben mit den Augenbrauen. »Oder an der Zunge.«

Die plötzliche Röte ihrer Wangen verriet Diana, dass Emily die Andeutung verstanden hatte. Um ihr einen Moment zum Abkühlen zu lassen, schaute sie nach, ob der Reis noch warm war, und nahm die Papadams aus der Verpackung. Es dauerte nur eine Minute, die dünnen, würzigen Linsenmehlfladen in der Mikrowelle zu erwärmen. Sie stapelte ein paar auf eine ovale Platte und stellte eine kleine silberfarbene Schüssel mit Mangochutney daneben.

Sie trug die Vorspeise zu Emily. Ihre Wangen glühten noch immer und Diana beugte sich vor, um sie zu küssen.

Emily drehte ihren Kopf im letzten Moment und fing Dianas Mund in einem heißen Kuss, der ihre Knie in Pudding verwandelte.

Als sie sich neben Emily setzte, bemerkte Diana, dass diese ihren Wein kaum angerührt hatte. »Willst du etwas Wasser?«

Emily legte ihre Hand auf Dianas Arm und lächelte. »Du brauchst mich nicht zu betüddeln. Mir geht es gut.«

»Okay. Wir können einfach einen Moment hier sitzen, während das Hühnchen Jalfrezi kocht. Was hast du heute gemacht?«

Sie knabberten die Papadams und tauschten die Details ihres Tages aus. Die angenehme Wärme, die sich in Diana ausbreitete, konnte von dem würzigen Chutney oder dem Wein stammen, aber sie vermutete, die Ursache war in der Frau zu finden, die neben ihr saß. Bald füllte der aromatische Duft von Kardamom, Cumin und Tomaten die Küche und Dianas Magen grummelte. Als sie aufstand, um die Soße zu kontrollieren, hatte sie sich zu der perfekten Konsistenz reduziert. Sie stapelte gelben Reis, rotes Hühnchen und Tomatensoße auf die Teller und streute etwas gehackten frischen Koriander darüber.

Der Tisch war mit bunt gewebten Matten gedeckt, die sie in einem indischen Geschäft in London gekauft hatte. Die dicke weiße Kerze brannte und das Fenster neben dem Tisch reflektierte das flackernde Licht. Regentropfen trafen auf die Oberfläche, liefen in unregelmäßigen Bächen nach unten und verwischten den Ausblick in den Garten. Das trübe Wetter draußen verstärkte nur die Gemütlichkeit, die sie mit Emily hier drinnen spürte.

Emily war ihr mit den Weingläsern gefolgt. »Es sieht großartig aus.«

»Danke. Wo willst du sitzen?«

Als sich Emily nach links wandte, rückte Diana den Stuhl für sie zurecht.

»Danke.« Emily konzentrierte sich auf das Essen und machte anerkennende Geräusche. »Das schmeckt sogar besser, als es aussieht und duftet. Vielen Dank. Nicht nur für das Essen. Niemand hat jemals so etwas Schönes für mich getan.« Sie wies auf die Kerze und die Dekoration.

»Nichts zu danken. Ich würde es gerne jederzeit wiederholen.« Emilys zufriedenes Lächeln war Belohnung genug.

Nachdem sie fertig waren und Emily einen Nachschlag abgelehnt hatte, goss Diana Wein nach und trug die Gläser zum Sofa.

Als ob beide der gleichen Anziehungskraft folgten, lehnten sie sich aneinander und verknüpften ihre Finger. Woher kam das Bedürfnis nach körperlicher Nähe? Diana hatte sich in ihrer bisherigen Beziehung und den kurzen Affären nie als Kuschlerin gesehen. Und niemand, der Emilys furchteinflößende Fassade auf der Arbeit kannte, würde sie jetzt wiedererkennen.

Der Gedanke an die Arbeit ernüchterte Diana. Sie sollten über ihre Beziehung sprechen, bevor sie morgen zur Tagschicht zurückkehrten.

Sie nahm einen tiefen Atemzug. Es war besser, es schnell hinter sich zu bringen. »Was denkst du, wird auf der Arbeit passieren?«

Emily versteifte sich neben ihr. »Du meinst, wegen unserer Beziehung?«

»Ich weiß, dass es nicht verboten ist, aber ich denke über die Reaktionen nach. Wir werden einige Neckereien erdulden müssen und im schlimmsten Fall wird mir jemand vorwerfen, ich schlafe mit dir, um eine bevorzugte Behandlung zu bekommen.« Der Gedanke war so absurd, dass sie lachen musste.

Emilys Kiefer knirschte und sie schloss für einen Moment die Augen. Als sie sie wieder öffnete, hatte sich das warme Grau in kalten Stahl verwandelt. »Ich habe noch nie jemandem Grund gegeben, meine Motive anzuzweifeln und ich habe nicht vor, jetzt damit anzufangen. Ich war schon immer sehr privat. Ich glaube nicht, dass es irgendjemanden etwas angeht, was ich … wir außerhalb der Arbeit tun.«

Diana nahm sich einen Moment Zeit, um den Strom der Gefühle tief in ihrem Inneren zu untersuchen. »Ich fühle mich nicht wie vorher, und ich bin mir nicht sicher, ob ich so gut schauspielern kann. Ich bin hin und her gerissen. Am liebsten würde ich allen sagen, wie glücklich ich bin, aber …«

Eine gerade Linie erschien zwischen Emilys Augenbrauen bei der Erwähnung, es allen zu sagen.

Bevor sie antworten konnte, fuhr Diana fort. »Versteh mich nicht falsch, ich bin sehr für professionelles Verhalten am Arbeitsplatz. Katie hat es immer geliebt, mit den Erwartungen der Leute zu spielen, und hat unsere Beziehung für Marketingzwecke missbraucht, ohne mich zu fragen. Sogar, nachdem wir uns getrennt hatten.«

»Es gibt keinen Vorteil, wenn wir unsere Beziehung im Krankenhaus öffentlich machen. Wir arbeiten schließlich nicht bei einer Fernsehserie mit all dem Drama. Unser Verhalten spiegelt den Ruf der Notaufnahme und des Krankenhauses wider. Das sollte unsere oberste Priorität sein.« Emilys Stimme war härter geworden.

Sie schmerzte Diana wie ein verstimmtes Instrument. Sollte ihre Beziehung nicht die oberste Priorität haben? Der Gedanke daran, ein weiteres Geheimnis zu bewahren, fühlte sich an, wie eine Melodie, die aus dem Takt geraten war. Das konnte sie für ein paar Akkorde ignorieren, aber nicht für das gesamte Konzert – oder den verdammten Rest ihres Lebens.

Sie zog ihre Hand zurück, aber Emily wollte sie nicht loslassen.

»Es ist nur … Du bist mir wichtig. Ich will dich nicht verleugnen. Aber … das ist neu für mich.« Emilys Lippen zitterten und ein Hauch Feuchtigkeit glitzerte in ihren Augen.

Dianas Ärger verflog so schnell, wie er gekommen war. Sie drückte die Hand, die sie immer noch umklammert hielt. »Du bist mir auch wichtig. Wir finden eine Lösung.«

Emilys steife Haltung entspannte sich und ihr Blick wurde weicher. »Ich will das Richtige machen, aber es gibt keine Gebrauchsanweisung.«

»Ich glaube, wir bekommen das hin, solange wir weiter miteinander reden.« Diana fühlte sich schon leichter, nachdem sie Emilys aufrichtige Reaktion gesehen hatte. »Wir können auf der Arbeit so weiter machen wie zuvor. Liz wird uns bestimmt helfen. Ich bin mir ziemlich sicher, dass sie schon über uns Bescheid weiß. Denkst du, das wird ein Problem?«

»Mit Liz als deiner ersten Ansprechpartnerin können wir unsere Interaktionen reduzieren. Das macht es einfacher. Und ich glaube, du hast recht. Sie hat zumindest den Verdacht, was mein Interesse für dich anbelangt.« Emily grinste und rollte ihre Augen. »Aber sie war dabei ziemlich diskret.«

Diana nickte. »Clevere Frau. Ich weiß schon, warum ich sie mag. Mit ihr zusammenzuarbeiten, ist einfach. Aber es macht mir nichts aus, dir wieder Bericht zu erstatten, wenn es sein muss. Ich vertraue dir, Arbeit und Vergnügen nicht zu vermischen.«

»Wir sind keine Teenager. Wir sollten fähig sein, uns professionell zu verhalten und die Finger voneinander zu lassen.«

»Auf der Arbeit.« Diana beschloss, wieder etwas Leichtigkeit in ihr Gespräch zu bringen. »Ich glaube nicht, dass ich heute meine Finger von dir lassen kann.« Mit wackelnden Fingern näherte sie sich Emilys Seiten.

»Du.« Lachend versuchte Emily, ihre Hände wegzustoßen. Als es nichts nutzte, schlug sie mit ihrer eigenen Kitzelattacke zurück.

Sie wanden sich und kämpften auf dem Sofa, bis Diana nach Luft schnappen musste. »Friede, bitte.« Sie hatte vor lauter Lachen Seitenstiche bekommen.

Emily lehnte sich gegen sie und streichelte Dianas Oberschenkel. Das warme Kribbeln, das ihren Fingern folgte, hypnotisierte Diana und half ganz und gar nicht dabei, wieder zu Atem zu kommen.

»So, Dr. Petrell, wie sieht es mit weiteren Forschungsprojekten in der Freizeit aus? Ich glaube, wir haben noch nicht alle Möglichkeiten in diesem Haus evaluiert.«

Kapitel 17

Mit halb-geschlossenen Augen inhalierte Emily das Aroma ihres extragroßen, extrastarken Macchiatos, der nur mit einem Haufen Zucker erträglich war, während der Rest der Tagschicht einer nach dem anderen eintrudelte. Normalerweise beobachtete sie den Uhrzeiger wie ein Geier, aber heute konnte sie sich nicht dazu aufraffen. Wenn die anderen wüssten warum, wäre ihr strenger Ruf sofort ruiniert. Ein Lächeln umspielte ihre Lippen.

»Großartig, Kaffee! Dafür könnte ich töten.« Dianas Gesicht strahlte, als sie knapp eine Minute vor Sieben in den Aufenthaltsraum stürmte. Sie griff nach einem der Pappbecher in der Mitte des Tisches und setzte sich zwischen Courtney und Liz.

Hin- und hergerissen zwischen dem Impuls, wie verrückt beim Anblick ihrer Geliebten zu grinsen und sie dafür zu tadeln, dass sie fast zu spät kam, trank Emily stattdessen aus ihrer eigenen Tasse. *Auf jeden Fall ein Kaffeemorgen.*

Die Kollegen der Nachtschicht begannen die Übergabe, sobald der Letzte den Raum betreten hatte, erpicht darauf, ihre Arbeit zu beenden. Normalerweise half ihr das Ritual, sich zu fokussieren, aber heute hatte sie Schwierigkeiten, sich auf die Arbeit zu konzentrieren.

John machte eine Pause und sah sie an. Hatte sie eine Frage verpasst? Sie nahm einen großen Schluck, um etwas Zeit zu gewinnen, und wiederholte die Unterhaltung in ihrem Kopf. Nein, keine Frage. Er hatte einen prägnanten Bericht abgeliefert.

»Okay, wenn du nichts hinzuzufügen hast, dann gehe ich jetzt.« Er nahm sich einen der Becher vom Tisch und winkte zum Abschied. »Danke für den Kaffee, Liz.«

»Ich habe heute nichts mitgebracht. Du darfst Dr. Schlafmütze hier danken.« Liz nickte in Emilys Richtung.

Alle Blicke richteten sich auf sie.

Emily zwang sich, still sitzen zu bleiben, und versuchte, nonchalant mit den Schultern zu zucken. »Ich war an der Reihe.« Nicht, dass sie sich vorher an diese ungeschriebene Regel des sozialen Miteinanders gehalten hatte.

Um ehrlich zu sein, wenn sie heute Morgen nicht so einen Schlafmangel gehabt hätte, wäre ihr die Idee auch nicht gekommen. Aber sie war eine Stunde eher als sonst aufgestanden und von Dianas Haus zu ihrer Wohnung gefahren, um dort zu duschen und sich umzuziehen. Nachdem sie schon nur die Hälfte ihres normalen Schlafes bekommen hatte, brauchte sie mehr Hilfe beim Aufwachen, als ihre übliche Tasse Darjeeling leisten konnte. Sie hatte Diana aus dem Kaffeeladen auch etwas mitbringen wollen, aber sie konnte sie nicht als Einzige bevorzugen.

Konzentrier dich! Emily schüttelte den Kopf, um ihn frei zu bekommen, und griff nach ihrem Laptop. Sie teilte die übergebliebenen Patienten schnell zwischen den drei Assistenzärzten auf und wiederholte, was John an Aufgaben für heute Morgen bereits aufgeführt hatte. »Courtney, Alec, ihr arbeitet mit mir. Diana, du wendest dich an Liz. Ich bin erst mal in meinem Büro.«

Emily stand auf und ging in Richtung ihres Büros, wo sie in Ruhe aufwachen konnte, ohne der Versuchung widerstehen zu müssen, Diana wie eine Idiotin anzustarren. Auf halbem Weg dahin erreichte das Koffein endlich ihr Gehirn, und sie erinnerte sich daran, dass sie mit Liz über den Assistenzarztunterricht nächste Woche sprechen wollte. Sie brachte es besser sofort hinter sich, bevor der Patientenansturm ihnen keine Gelegenheit mehr ließ.

Lachen drang durch die halb geöffnete Tür des Aufenthaltsraumes. Vielleicht sollte sie öfter Kaffee mitbringen, wenn es die Laune so hob.

»Ich frage mich, wer die Hexe gezähmt hat? Ich würde mich ihr nicht mal mit einem Stock nähern. Armer Typ. Oder Tussi?«

Emily erstarrte. Der Kaffee in ihrem Magen verwandelte sich in Blei und das Gewicht fesselte sie an ihren Platz.

»Alec, sag so was nicht!«

Wow, Courtney war auf ihrer Seite.

»Was? Stimmt doch.«

»Ja, schon.« Courtney kicherte. »Aber sie hat vermutlich den Raum verwanzt. Du weißt doch, dass sie uns nicht traut. Paranoide Spinnerin.«

»Hört auf!« Liz sprach im selben Moment wie Diana: »Haltet die Klappe!«

Emily hielt den Atem an. Sie sollte jetzt gehen. Es war nichts, was sie noch nicht vorher gehört und ignoriert hatte. Aber heute schmerzte es wie ein Messer, das langsam tief in ihr herumgedreht wurde.

»Hört auf, euch wie Teenager in der High School zu benehmen.« Das war Ian. Emily hatte vergessen, dass der andere Facharzt der Nachtschicht noch im Raum war. »Ich weiß, dass sie normalerweise eher zurückhaltend ist …«

»Du meinst verklemmt«, sagte Alec.

»Ich meine, was ich gesagt habe. Sie ist zurückhaltend. Aber das ist kein Grund, so über sie zu sprechen. Du hast vor zehn Minuten noch gerne ihren Kaffee angenommen. Anscheinend hatte sie ein nettes Wochenende und das hat dazu geführt, dass sie etwas Nettes für uns alle gemacht hat. Anstatt dich zu bedanken und deine Gedanken für dich zu behalten, wie jeder zivilisierte Erwachsene, gibst du hier hasserfüllten Schwachsinn von dir.«

Verlegenheit brachte Emilys Wangen zum Glühen und sie biss sich auf die Lippe, um ein Stöhnen zu unterdrücken. Ihr Zustand war für alle offensichtlich gewesen. Vielleicht war das nicht so überraschend, schließlich hatte sie das Gefühl, während der ganzen Übergabe gegrinst zu haben. Was sie jedoch überraschte, war, dass der normalerweise so stille Ian sich für sie einsetzte. Nicht, dass sie einen edlen Ritter brauchte. Sie konnte sich sehr gut selbst verteidigen. Sie trat einen Schritt nach vorne, um die Tür zu öffnen und genau das zu tun, aber das Geräusch sich bewegender Stühle stoppte sie.

»Ich gehe jetzt besser arbeiten, bevor ich noch etwas sage, das ich bereue.« Dianas Stimme war voller Verachtung.

Schritte näherten sich. Diana würde den Raum jeden Moment verlassen.

Emily floh um die Ecke, in den ersten Lagerraum, an dem sie vorbeikam. Auf einmal war es ihr nicht mehr so wichtig, Courtney und Alec ihre Meinung zu sagen.

Es musste für Diana auch schwierig gewesen sein, das zu hören. Vielleicht sogar noch mehr, weil sie zwischen den Stühlen stand. Emily machte ihr keinen Vorwurf, weil sie so wenig gesagt hatte. Sie wusste nicht, wie sie selbst an ihrer Stelle reagiert hätte.

»Autsch, Liz. Danke, dass du mich zurückgehalten hast, aber musstest du deine Nägel so in meinen Arm kneifen?« Dianas Stimme war immer noch angespannt.

Emilys Herz schlug so laut in ihren Ohren, dass sie fast Liz Antwort verpasste.

»Ich dachte, du explodierst jede Sekunde. Es tut mir leid, dass ich dir wehgetan habe, aber ich vermute, du wolltest nicht, dass alle auf diese Weise herausfinden, auf wen du stehst.« Liz lachte sanft.

Die Fußstapfen wurden leiser, als sie Emilys Versteck passierten und sich entfernten. Langsam legte sich ihre Anspannung und sie rieb sich die brennenden Augen. Hier war sie, versteckt in einem Lagerraum, als ob ihr Leben eine dieser Krankenhaus-Seifenopern war. Sie wusste nicht, ob sie lachen oder weinen sollte.

Emily streckte die Beine unter ihrem Schreibtisch aus. Sie war gerade erst in ihr Büro zurückgekehrt, nachdem sie den ganzen Tag voller Schadenfreude die schlimmsten Fälle für Alec und Courtney herausgesucht hatte. Vielleicht war es kleinlich, aber irgendjemand musste sich um die dauerhaft verstopfte zweihundert Kilo schwere Frau und den stinkenden Mann mit dem perianalen Abszess kümmern, oder? Der Nachteil dieser Strategie war, dass sie die beiden dabei beaufsichtigen musste, aber sie hatte eine langjährige Erfahrung im Ignorieren ihres Geruchssinnes.

Ein Klopfen an der Tür motivierte sie dazu, sich wieder gerade hinzusetzen. »Herein.«

Diana trat ein und hob ihre Augenbrauen. »Schlimmer Tag?«

Emily ließ sich wieder in ihren Bürostuhl zurückfallen. »Nicht schlimm, nur das Übliche. Aber heute wäre ich lieber gar nicht hier.«

Diana setzte sich in den Besucherstuhl und streckte ebenfalls ihre Beine aus. »Ich könnte mir jetzt auch was Besseres vorstellen.« Ihre Stimme hatte sich gesenkt und die sexy Neckerei führte zu einem warmen und kribbelnden Gefühl überall.

»Nein, nein, das ist nicht fair. Ich dachte, wir bleiben professionell auf der Arbeit.« Emilys Protest war nur schwach und wenn sie Dianas Lächeln richtig interpretierte, wusste sie das. Diana hier in ihrem Büro zu haben, alleine, war das Highlight ihrer Schicht, aber sie durfte der Versuchung, sie anzufassen, nicht nachgeben. Sie klammerte sich an die Armlehnen, um sich davon abzuhalten, auf die andere Seite des Schreibtisches zu gehen. Sie wollte sie aus dem Besucherstuhl zerren und zum Sofa in der Ecke des Raumes schleifen, auf dem sie manchmal im Dienst schlief. Nicht, dass ihr jetzt besonders nach Schlafen war.

»Ich habe nur vom Abendessen gesprochen, was hast du denn gedacht?« Diana tippte ihren Fuß spielerisch gegen Emilys unter dem Schreibtisch. »Aber jetzt, da du es erwähnt hast …«

Lachend löste Emily den Todesgriff um ihre Armlehnen. »Willst du was Schnelles auf dem Weg nach Hause essen?«

»Oder wir können was zum Mitnehmen bestellen und bei dir essen.« Diana zwirbelte die Kordel, die ihre OP-Hose zusammenhielt, zwischen ihren Fingern.

Das kleine Zeichen ihrer Nervosität entspannte Emily. Sie war nicht die Einzige, der die Beziehung etwas bedeutete. »Sehr gerne. Treffen wir uns an meinem Auto?«

»Super. Ich muss wieder los. Die Laborergebnisse sollten mittlerweile fertig sein.« Diana stand auf und blickte zur geschlossenen Tür, dann zu Emily. Den Kopf schüttelnd, drehte sie sich um und ging.

»Warte.« Emily sprang auf, einem Impuls folgend, den sie lieber nicht näher betrachten wollte. Sie eilte um den Schreibtisch herum und küsste Diana leicht auf die Lippen.

Diana zwinkerte und verließ den Raum mit einem Grinsen.

Emily lehnte sich mit dem Rücken gegen die geschlossene Tür und presste eine Hand auf ihre kribbelnden Lippen. Professionelles Verhalten, ja klar. Sie hatte es noch nicht einmal eine Schicht ausgehalten, trotz ihrer guten Absichten.

Sonntagnachmittag kämpfte Diana mit ihren schweren Augenlidern, als sie versuchte, das neueste *Journal für Notfallmedizin* zu lesen. Nicht, dass es uninteressant war, aber nach dieser Woche, bestehend aus zu viel Arbeit kombiniert mit zu wenig Schlaf, half ihr keine noch so hohe Kaffeedosis, sich zu konzentrieren. Auf der Arbeit die Füße auf dem Sofa hochzulegen, war auch nicht hilfreich. Aber ein paar Minuten Entspannung, jetzt da die Notaufnahme ausnahmsweise ruhig war, war einfach zu verlockend.

»Was denkst du?« Emily sah von ihrer eigenen Zeitschrift auf. Sie saß auf dem gegenüberliegenden Sofa und hatte den Kopf zurückgelehnt und die Beine von sich gestreckt. Jeder, der sie auf der Arbeit kannte, wäre überrascht, sie so relaxt zu sehen, aber Diana fand, dass es ihr gut stand.

»Karma ist wirklich mies.« Diana setzte sich auf und streckte sich. »Wenn Courtney gestern hier gewesen wäre, würden meine Füße nicht so wehtun vom ganzen Hin-und-her-Rennen.«

Courtney hatte sich vor zwei Tagen krankgemeldet, nachdem ihr Antrag auf ein paar freie Tage abgelehnt worden war. Ihr neuer Freund wollte mit ihr übers Wochenende wegfahren und es war ihr anscheinend egal, dass sie auf die Schnelle keinen Ersatz finden konnten.

»Und was hat Karma damit zu tun?«, fragte Emily.

Diana hielt ihren Blick auf Emily gerichtet. Sie war nicht stolz auf das, was sie getan hatte, aber sie würde es nicht vor ihr verbergen. »Während meiner ersten Assistenzarztzeit habe ich das meinen Kollegen mehr als einmal angetan. Jetzt weiß ich, warum ich bei allen unbeliebt war.«

Emilys Lippen verschmälerten sich zu der harten Linie, die Diana nur zu gut aus den ersten Wochen kannte. »Ich muss noch mal mit Courtney sprechen, wenn sie zurückkommt.«

Diana schüttelte den Kopf. »Nicht wegen mir. Ich weiß nicht, was los ist. Vielleicht ist sie ja wirklich krank.«

»Ja, klar.« Emily rollte mit den Augen. »Keine Sorge, es ist nicht wegen dem, was du gesagt hast. Das ist nicht das erste Mal, dass sie so etwas macht. Wir können es nur nie beweisen. Aber ihre gesamte Einstellung ist nicht wirklich motiviert.«

Eine tiefe Furche bildete sich auf Emilys Stirn und Diana wollte sie am liebsten mit ihren Fingern wegstreicheln. Oder wegküssen. Aber das durfte sie auf der Arbeit nicht.

»Vergiss sie. Lass uns über unsere Pläne für unseren freien Tag morgen sprechen. Ich bin für Ausschlafen.«

Eine sanfte Röte überzog Emilys Wangen. »Ich wünschte, ich könnte das. Aber morgen ist Montag und ich muss den Weiterbildungsvortrag für die Assistenzärzte halten.«

Diana stöhnte. »Das habe ich fast vergessen. Ich vermute, da sollte ich auftauchen. Meine Chefin ist ganz schön streng, weißt du?« Sie zwinkerte und freute sich zu sehen, dass Emilys Falten verschwanden, als sie lachte.

»Wie wäre es, wenn wir nach dem Vortrag Frühstücken gehen und dann schauen, was uns der Tag so bringt?«

Diana legte sich wieder auf das Sofa. »Guter Plan. Aber dann muss ich mich jetzt etwas ausruhen. Weck mich, wenn etwas zu tun ist.«

»Faule Assistentin.« Emily lachte leise und konzentrierte sich wieder auf ihre Lektüre.

Diana musterte sie durch halb-geschlossene Augenlider. Ein kleines Lächeln umspielte ihre Lippen, auch wenn sich ihre Aufmerksamkeit wieder der Zeitschrift zugewandt hatte. Ihr Haar war wellig und ließ sie sanfter und jünger aussehen. Diana wurde es heiß, als sie sich daran erinnerte, was Emily heute Morgen von ihrer üblichen Routine mit dem Glätteisen abgehalten hatte. Der Schlafmangel würde sie vielleicht bald umbringen, aber das war es wert.

Kapitel 18

Emily saß auf dem abgewetzten Sofa im Aufenthaltsraum, hielt ihren neuen Thermobecher in beiden Händen und atmete den herben Duft ein. Ihr Lieblingsdarjeeling. Diana hatte vor drei Nächten in die Nachtschicht wechseln müssen und ihr die weinrote Metalltasse geschenkt, damit Emily an sie denken würde. Nicht, dass sie eine Erinnerungshilfe brauchte.

Heute war sie eine Stunde früher als sonst zur Arbeit gekommen, unter dem Vorwand, an einem Artikel arbeiten zu wollen. Sie hatte diesen Plan gefasst, als sie schlaflos im Bett lag und Diana wie verrückt vermisste. Sie hatte ihr ganzes Erwachsenenleben alleine gelebt, aber nun waren drei Tage zu lang. »Hallo« und »Tschüss« bei den Übergaben morgens und abends war einfach nicht genug. Die Hoffnung, sie in der Stunde zu erwischen, bevor ihre Schicht startete, hatte sich nicht erfüllt, weil Diana zu beschäftigt war, um zu reden. Die Sommergrippe hielt Seattle immer noch in ihrem Bann und verstopfte die Notaufnahme. Jedes Bett im Krankenhaus war belegt und einige Patienten blieben in der Notaufnahme, bis sie entweder nach Hause gehen konnten oder auf eine andere Station verlegt wurden. Das Virus hatte sich auch bei dem überarbeiteten Personal ausgebreitet. Mehrere Mitarbeiter aus allen Bereichen, Pflegepersonal, Assistenzärzte und Arztassistenten und sogar ein Facharzt hatten sich krankgemeldet und jetzt war Diana in der Nachtschicht gefangen, mit der doppelten Arbeitsbelastung bei halbierter Mitarbeiterzahl.

Die Tür öffnete sich und Liz und Diana traten zusammen ein. Beide sahen aus, als ob sie nur die Willenskraft wach und in Bewegung hielt.

Diana ließ sich auf das Sofa neben sie fallen und versuchte, ein Gähnen zu unterdrücken. »Hi, gut, dich zu sehen.« Sie drückte Emilys Hand in einer Geste, die platonisch hätte sein können, aber ihre Augen sprachen eine andere Sprache. Ein schmutziges Braun überwog heute deutlich das Grün, und die dunklen Schatten zeichneten sich von ihrem zu blassen Teint ab, aber der Funken in ihnen sprang direkt in Emilys Herz.

»Hi.« Emily wünschte, sie könnte sie halten und küssen, oder zumindest umarmen.

»Ich gehe einfach hier rüber, nehme mir etwas Kaffee und starre die Wand für mindestens dreißig Sekunden an. Macht nichts, was ich nicht auch tun würde.« Liz grinste, stand auf und tat, was sie gerade angekündigt hatte.

Sofort breitete sich Hitze auf Emilys Wangen aus. War sie so leicht zu durchschauen?

»Hi.« Diana beugte sich vor. Ihr Tonfall war intimer und Emily zitterte vor Erwartung.

»Hi«, flüsterte Emily. Sie krallte ihre Hände in die Sitzkissen, aber der Schmerz verhinderte nicht, dass sie die Verbindung zu Diana wieder aufnehmen wollte.

Bescheuerte Regeln! Sie küsste Diana, bevor sie die Nerven verlor. Ihre Lippen waren warm und so, so weich. Sie berührten einander langsam, machten sich wieder vertraut mit dem Geruch und Geschmack der anderen.

Sich zu trennen war das Schlimmste, das Emily bislang erlebt hatte. Sie lehnte sich zurück und grummelte frustriert.

Liz lachte leise. »Ihr beide seid ja so süß. Du hättest sie hier heute Nacht beim Rumjammern sehen sollen.«

Diana warf ihren Stift nach Liz. »Sei still!«

Lachend fing diese ihn mit einer Hand und warf ihn zurück.

Als der erste Kollege der Tagschicht kam, griff Emily wieder nach ihrem Tee, in der Hoffnung, die anderen würden glauben, das heiße Getränk habe ihre Wangen gerötet.

Die Tür flog auf und Tony streckte seinen Kopf rein. »Ich brauche einen Arzt, sofort. Der Rettungsdienst hat gerade eine nicht-ansprechbare Frau gebracht. Wohl Überdosis. Die Idioten haben sich nicht angemeldet.«

Diana stand auf, bevor Emily entscheiden konnte, ob die Nachtschicht noch verantwortlich war oder die Tagschicht den Fall übernehmen sollte. »Ich gehe. Lös mich nach der Übergabe ab.«

Emily wollte protestieren. Die letzten drei Nächte hatten ihren Tribut gefordert und Diana sah fertig aus. Aber Emily war nicht dafür bekannt, Assistenzärzte zu verhätscheln, und sie würde jetzt nicht damit anfangen.

Adrenalin fegte die Müdigkeit aus Dianas Knochen. Überdosis, das magische Wort, um sie aufzuwecken, besser als ein doppelter Espresso.

Diana hastete an den offenen Türen der Liegendeinfahrt vorbei zum Behandlungsraum Eins. Für eine Sekunde katapultierte sie das blinkende Blaulicht zurück in die kalte Nacht, die ihr Leben verändert hatte. Sie schüttelte den Kopf. *Reiß dich zusammen! Das war vor über einem Jahr.*

Sie betrat den Raum und ließ ihre Vergangenheit bewusst vor der Tür, als sie die Schutzkleidung und Handschuhe überzog. »Was haben wir hier?«

Eine der Rettungsassistentinnen trat näher und zog ihre schmutzigen Handschuhe aus. »Weiblich, Mitte Dreißig, bewusstlos im Hotelzimmer gefunden, als sie sich nicht mit dem bestellten Fahrer getroffen hat. GCS fünf, RR neunzig zu sechzig, Herzfrequenz einhundertvierzig. Wir haben ihr einen Liter Volumen angehängt, ohne Besserung. Wir konnten keine anständige Sättigung bekommen, die Beste war einundneunzig. Sie hat sich gerade übergeben, als wir sie umgelagert haben, möglicherweise aspiriert.« Sie schüttelte den Kopf mit einem angeekelten Gesichtsausdruck. »Vermutlich Überdosis. Wir haben eine leere Packung Oxycodon auf dem Nachttisch gefunden.«

Diana dankte ihr und eilte zur Patiententrage, wo die Pflege beschäftigt war, die Patientin an den Monitor anzuschließen und sie aus der beschmutzten Kleidung zu schneiden.

Tony saugte fluchend ihren Mund aus. »Diana, ich glaube, du musst intubieren, kein Würgereflex.«

Ein kurzer Blick zum Monitor bestätigte, dass sie auch keine zuverlässige Sauerstoffsättigung messen konnten. Die graue Gesichtsfarbe und die zu seltenen Atemzüge mit Rasselgeräuschen waren ein sicheres Zeichen, dass die Sauerstoffversorgung ungenügend war. »Tony, bereite alles vor.«

Diana trat an den Kopf des Tisches. Der saure Geruch von Erbrochenem verursachte ein flaues Gefühl in ihrem eigenen Magen. Sie wischte der Frau die feuchten schwarzen Haare aus dem Gesicht und öffnete die Augenlider mit sanftem Druck. Der fehlende Widerstand war kein gutes Zeichen. Die Pupillen waren winzige Flecken in einem blauen Meer und machten die Theorie einer Überdosis deutlich plausibler. Diana sah hoch und sprach Madison an, die andere Pflegekraft. »Gib ihr 0,4 Naloxon.« Vielleicht würde das Gegenmittel reichen, um sie aufzuwecken, und Diana würde sie nicht intubieren müssen. »Ich bebeutel sie, bis es wirkt.«

Tony reichte ihr den starren Plastikbeutel, der mit einer Maske auf der einen Seite und einer Sauerstoffleitung auf der anderen verbunden war.

Mit einer Hand rückte Diana den Kiefer der Patientin zurecht, damit die Zunge nicht den Atemweg versperrte, und drückte mit der anderen die Maske dicht über Nase und Mund. Sie presste den Beutel regelmäßig zusammen, aber die Wangen der Frau verloren nicht ihren aschfarbenen Teint. Zum ersten Mal, seit Diana den Raum betreten hatte, hatte sie einen Moment, um ihre Patientin richtig zu betrachten. Sie war relativ jung, etwa in Dianas Alter und die Form ihrer Augen erinnerte sie an jemanden.

Oh fuck, Katie! Mit einem lauten Quietschen rutschten die Maske und der Beatmungsbeutel aus ihren Händen.

Sie korrigierte schnell ihren Griff. Bildete sie sich das ein, nach zwölf Stunden ununterbrochener Arbeit? Sie musterte sie noch einmal. Die Haarfarbe war ganz falsch, sie war noch dünner als früher und die Falten um ihre Augen waren noch ausgeprägter als beim letzten Mal, an dem Diana sie gesehen hatte. Aber es war zweifellos Katie. Dianas Herzschlag raste und konnte fast mit dem hektischen Piepen des Monitors mithalten. Ein scharfer Schmerz schoss durch ihre Hand, die mit jeder Bewegung mehr verkrampfte, als sie versuchte, die Maske ohne zu zittern an der richtigen Stelle zu halten. *Sie hat es versprochen. Was ist passiert?*

Der schrille Alarm des Monitors unterbrach ihre Gedanken. Endlich wurde ein klares Signal der Sauerstoffsättigung aufgezeichnet und es war nicht gut. Fünfundsechzig und fallend.

Diana schob alles andere aus ihren Gedanken und überließ sich ihrem Training. »Intubation, jetzt.« Sie legte die nutzlose Maske zur Seite.

Während Diana Katies Mund mit ihrer rechten Hand weit öffnete, streckte sie die linke blind aus und verließ sich darauf, dass Tony ihr das Laryngoskop reichen würde. Sie führte es ein und zog, um eine gute Sicht zu bekommen. Diesmal griff sie mit der rechten Hand nach dem Tubus, ohne die Augen von ihrem Ziel zu nehmen. Mit einer leichten Drehung schob sie ihn zwischen die Stimmbänder und war erleichtert, dass sie es beim ersten Versuch schaffte. »Blocken.«

Diana wechselte den Beutel von der Maske auf den Tubus und reichte ihn Tony, damit er ihn drückte. Sie hantierte linkisch mit ihrem Stethoskop und ließ es fast fallen, bis sie es richtig herum in ihre Ohren steckte. »Lunge klingt gut. Fixier den Tubus.«

Sie sah von Katie zum Monitor und wieder zurück. Mit jedem Druck des Beatmungsbeutels kehrte langsam die Farbe wieder zurück in Katies Gesicht und die Sauerstoffsättigung stieg stetig. Sowohl Katies, als auch ihr eigener Herzschlag beruhigten sich, jetzt, da die unmittelbare Lebensbedrohung gemeistert war. *Was hast du getan, Katie?*

»Entschuldigung.« Jemand quetschte sich an ihr vorbei und Diana trat einen Schritt zurück, als sie merkte, dass sie dem Atmungstherapeuten, der Katie an die Beatmungsmaschine anschließen wollte, im Weg stand.

Sie sollte sie untersuchen, Anordnungen treffen, Anrufe erledigen, aber sie steckte in einer Zeitlupen-Blase fest, während der Rest des Teams durch die Routine raste. Ihre Hände zitterten und sie schälte sich aus den Handschuhen und ließ sie auf den Boden fallen. Katies Speichel klebte an ihnen. Sie ballte die Fäuste, bis die Nägel in die Handfläche schnitten, um die Kontrolle wiederzuerlangen. Der Schmerz ließ die Blase um sie herum zerplatzen, sie schnappte sich ein frisches Paar Handschuhe und stürzte sich wieder in die Arbeit.

Sie arbeitet weiter, als ob Katie irgendeine andere Patientin wäre, bis Stacy vom Empfang ihren Kopf durch die Tür streckte und nach den Personalien fragte. Diana erstarrte.

»Sie hatte keinen Ausweis bei sich, frag das Hotel.« Tony reichte Stacy die Papiere, die die Rettungsassistenten hinterlassen hatten.

»Katie … Kathrine Dawn, geboren am 25. Januar 1979«, hörte sich Diana sagen.

Großartig, da geht meine Chance dahin, das diskret zu regeln. Diana zuckte mit den Schultern. Sie konnte es nicht zurücknehmen; sie würde sich später darum kümmern. Sie sah sich im Raum um. Es schien, als ob alle mitten in der Bewegung aufgehört hatten, um sie anzustarren. Sie zuckte zusammen, als sie Emily gegen eine Wand neben der Tür gelehnt sah.

Ihre Lippen formten eine stumme Frage. »Deine Katie?«

Diana verzog das Gesicht und nickte. Katie war schon für eine sehr lange Zeit nicht mehr *ihre* gewesen.

Emilys Gesichtsausdruck verhärtete sich. »Achtung, ihr müsst alle vorsichtig sein, mit wem ihr sprecht. Es kann sein, dass die Presse anruft oder versucht, hier reinzukommen. Nichts verlässt diesen Raum.« Ihre Stimme wurde weicher, als sie mit Diana sprach. »Hat sie direkte Familienangehörige?«

»Nur ihre Mutter. Ich rufe sie an und sie wird Papiere mitbringen.« Diana freute sich nicht auf diesen Anruf, aber immerhin würde diesmal die schlechte Nachricht von ihr und nicht von einem Fremden kommen. Katies Mutter hatte genug dieser Schreckensnachrichten ertragen müssen.

»Okay, Leute. Lasst uns sie transportfertig machen.« Emily trat näher und führte Diana in eine Ecke des Raumes.

Diana spürte Emilys Berührung intensiv, trotz der vielen Lagen Schutzkleidung.

»Bist du okay? Ich hätte nie erwartet, dass du sie kennst, bei der Art und Weise, wie du deine Arbeit gemacht hast.«

»Ich weiß nicht. Ich bin wie betäubt. Ich glaube, ich werde es erst später wirklich begreifen.« Diana konnte jetzt nicht darüber sprechen, ohne zusammenzubrechen.

»Du rufst ihre Mutter an, und ich kümmere mich jetzt weiter um sie, okay? Du hast jetzt offiziell Dienstschluss.« Emilys Stimme tröstete sie wie eine Umarmung, sie entsprach nicht ihrem sonst unpersönlichen Ton auf der Arbeit.

»Okay, danke.« Diana riss sich den Schutzkittel und die Handschuhe vom Körper und bündelte alles zusammen. Zu müde, um überhaupt einen präzisen Wurf zu versuchen, schleppte sie sich quer durch den Raum zu einem Mülleimer.

Sie holte ihr Telefon aus der Tasche des OP-Oberteils. Glücklicherweise hatte sie nie ihre Kontaktliste bereinigt, als sie ihr neues Leben gestartet hatte.

Diana versuchte, sich nicht zu winden, als eine der jüngeren Krankenschwestern sie anstarrte, bis Tony sie anstieß, und sie zurück an die Arbeit schickte.

So wird es von nun an laufen. Sie seufzte und ging, um etwas Privatsphäre für den schwierigen Anruf zu finden. Der zweite Schockraum nebenan war leer.

Katies Mutter antwortete nach dem ersten Klingelton.

»Olivia? Hier ist Diana.«

»Hi, Liebes. Schön, von dir zu hören. Wie geht es dir?« Ihr Tonfall war aufrichtig froh. Diana hasste, dass sie das ändern musste.

»Mir geht es gut. Weißt du, dass ich wieder in einem Krankenhaus arbeite? In Seattle?«

»Katie hat mir so etwas erzählt, aber sie wusste nicht genau, wo. Ihr redet nicht mehr viel, oder?« Olivia seufzte.

»Nein, nicht in letzter Zeit. Ich glaube, wir brauchten beide etwas Abstand. Aber ich rufe wegen ihr an. Wusstest du, dass sie im Moment in Seattle ist?«

»Ja, wir haben uns vorgestern getroffen, aber sie wollte heute nach LA zurückfliegen. Habt ihr euch gesehen?«

»Nein, oder eher ja. Aber nicht so, wie ich sie wiedersehen wollte. Ich rufe gerade aus dem Krankenhaus an, in dem ich arbeite, dem Seattle General.«

Olivia antwortete nicht. Verschiedene Szenarien mussten ihr durch den Kopf gehen, jedes schlimmer als das vorherige. Und die Wahrheit würde nicht weniger wehtun.

»Sie war bewusstlos, als die Rettungsassistenten sie eingeliefert haben.«

Olive schnappte nach Luft. »Geht es ihr gut?«

»Sie ist stabil, aber immer noch bewusstlos. Sie wird jeden Moment auf die Intensivstation verlegt.«

»Aber geht es ihr gut? Diana? Bitte?«

Diana schluckte den Klumpen in ihrem Hals hinunter. Ihre medizinische Erfahrung sagte ihr, dass es zu früh war, um eine Prognose abzugeben. Während des Sauerstoffmangels konnte alles Mögliche mit Katies Gehirn passiert sein und ihr Kampf mit der Drogenabhängigkeit war auch noch lange nicht vorbei. Aber sie sprach mit ihrer früheren Fast-Schwiegermutter. Sie hatte Diana immer wie ein Familienmitglied behandelt, auch in den Jahren, in denen sie und Katie nur Kollegen und kaum Freunde waren.

»Ich hoffe, es wird ihr gut gehen, sie ... wir haben alles getan, was wir konnten. Aber es wäre gut, wenn du hier wärst, wenn sie aufwacht.«

»Ich komme, so schnell wie ich kann.«

»Olivia, fahr nicht selbst. Nimm ein Taxi.«

»Gute Idee. Danke, Liebes. Wirst du da sein?«

»Ja, ich gehe mit ihr auf die Intensivstation und warte dort auf dich.«

Nachdem sie aufgelegt hatte, lehnte sich Diana an die Wand und schloss ihre Augen. Gedanken rasten chaotisch in ihrem Verstand herum und sie hatte Schwierigkeiten, auch nur einen davon klar zu fassen. Was sollte sie zuerst tun? Wieder reingehen, sich den Blicken und möglicherweise auch Fragen der Kollegen stellen? Mit Emily sprechen? Katies Manager, ihren Ex-Manager, anrufen?

Eine sanfte Berührung ihres Gesichts erschreckte Diana. Sie öffnete die Augen und sah direkt in Emilys. Sie waren dunkelgrau und voller Sorge. Erst als Emily mit den Fingern über ihre Wangenknochen streichelte, merkte Diana, dass sie weinte. Emily strich ihre Haare zurück und zog sie an sich. Ihre Umarmung erdete Diana. Ruhe und Kraft breitete sich von ihrer Umarmung bis in Dianas Mitte aus. Sie endete viel zu schnell, aber die kurze Bestätigung ihrer Verbindung stärkte Diana für die kommenden Stunden.

»Danke. Das habe ich wirklich gebraucht.«

»Ich wollte dir nur sagen, dass sie jetzt auf dem Weg auf die Intensivstation ist. Bevor sie abgeholt wurde, hat sie ein wenig grimassiert und gegen die Beatmung gepresst.«

Das waren gute Zeichen, die zeigten, dass die Wirkung der Opiate nachließ. Aber nur Zeit konnte zeigen, ob eine Gehirnschädigung eingetreten war und in welchem Ausmaß.

»Ich habe ihrer Mutter versprochen, sie auf der Intensiv zu treffen. Sie ist ein guter Mensch und sorgt sich ernsthaft. Katies Drogenprobleme haben ihr Herz gebrochen.«

»Und deines auch?« Emilys Blick glitt suchend über sie.

»Das war einer der Gründe, warum wir Schluss gemacht haben, aber nicht der einzige.« Diana zuckte mit den Schultern. Damals hatte es ihr Herz gebrochen, aber jetzt war der Schmerz nur noch eine schwache Erinnerung. »Wir sind schon mehr Jahre getrennt, als wir überhaupt zusammen waren, und ich habe die Trennung überwunden. Aber sie ist immer noch eine Freundin und es tut weh, sie so zu sehen.«

»Was kann ich für dich tun?« Die Unterstützung in Emilys Stimme war wie ein heißes Bad am Ende eines langen Tages.

»Du tust schon was. Du bist hier, mit mir. Ich wünschte, ich könnte dich halten … oder eher, du könntest mich halten, heute Nacht.« Diana wusste, dass sie bedürftig klang, aber sie vertraute Emily.

»Ich komme nach der Arbeit zu dir. Ich regele ein paar Dinge, damit du heute Nacht frei hast.«

»Nein, das kannst du nicht tun. Wir haben vereinbart, dass es keine Sonderbehandlung gibt, erinnerst du dich?«

»Ich hoffe, ich würde das für jeden meiner Assistenzärzte tun. Du bist ohnehin schon überarbeitet und wirst nicht fit genug sein, um heute Abend die Nachtschicht zu machen, wenn du den ganzen Tag auf der Intensiv verbringst.«

Dianas Verstand raste in dem Versuch, alles zu verarbeiten. Emilys Vorschlag klang vernünftig, aber sie wollte nicht so wirken, als ob sie mit dem Stress nicht umgehen konnte. »Aber …«

»Kein Aber. Bitte. Ich will nicht mit dir streiten. Geh und triff dich mit ihrer Mutter, sieh zu, dass sie aufwacht, dann geh nach Hause und schlaf. Ärztliche Anweisung. Ich mache einen Hausbesuch und schau nach dir. Wenn du willst, kannst du morgen zur Tagschicht zurückkommen.« Emilys Tonfall spiegelte ihre sachliche Haltung wider, aber die Wärme verschwand nie aus ihren Augen und ihrem Lächeln.

Diana hatte keine Kraft mehr zum Argumentieren. »Okay, Dr. Barnes. Ich will auch nicht streiten. Bis später.«

»Ruf mich an, wenn du mich brauchst – jederzeit. Bis heute Abend.« Emily sah sich um, dann umarmte sie Diana wieder. Allzu bald trat sie zurück.

»Diana«, flüsterte eine weibliche Stimme.

Diana öffnete ihre Augen und setzte sich auf. Mist, sie war im Besucherstuhl neben Katies Bett eingeschlafen. Sie hätte nicht gedacht, dass es möglich war, sich auf dem harten Plastik genug zu entspannen.

Olivia, Katies Mutter, stand im Türrahmen und winkte, damit sie zu ihr kam. War sie nicht gerade erst gegangen, um sich etwas zu essen zu holen?

Diana schaute kurz nach Katie, bevor sie auf Zehenspitzen aus dem Raum schlich und sanft die Tür hinter sich schloss. Nichts in den entspannten Gesichtszügen der schlafenden Frau deutete an, was sie in den letzten Stunden durchlebt hatte. Olivia schien heute um zehn Jahre gealtert zu sein.

»Du musst nach Hause gehen.« Olivia benutzte ihre beste Muttistimme, eine Mischung aus sorgend und scheltend.

Diana hatte den Tonfall immer heimlich geliebt, auch wenn er manchmal den pubertären Impuls auslöste, zu protestieren. »Mir geht es gut. Ich will für dich da sein.« Das war die Wahrheit. An diesem Punkt in ihrem Leben war ihr Olivias Wohlbefinden wichtiger als Katies.

»Du hast heute enorm geholfen. Katie zu sehen, wie sie sich innerhalb von Sekunden von bewusstlos zu durchgedreht verwandelt hat, war erschreckend. Ich war froh, dass du da warst. Es muss schwierig für dich gewesen sein.« Sie umarmte Diana.

Diana hielt sie einen Moment fest. Katie war delirant gewesen und hatte erste Entzugssymptome gezeigt, als sie aufwachte, und hatte sich ihren Tubus selbst rausgerissen, bevor Diana sie aufhalten konnte. Sie musste fixierte werden, und Diana hatte ihre Hände festgehalten, bis die Schwester ein Beruhigungsmittel spritzen konnte. Als Dank hatte sie einen Tritt in die Seite erhalten. Sie war sich sicher, dass Katie sie nicht einmal erkannt hatte. Merkwürdigerweise hatte Diana das nicht so viel ausgemacht, wie sie gedacht hatte. Sie hatte Mitleid mit Katie, aber weiter empfand sie nichts. Die Wut und der Schmerz, die sie während Katies früheren Kämpfen mit der Abhängigkeit gefühlt hatte, waren verschwunden, wie die Liebe, die sie einst geteilt hatten.

Olivia küsste ihre Wange und trat zurück. »Diana, Liebes, du siehst beschissen aus. Geh nach Hause, schlaf dich aus und versuch, uns für eine Weile zu vergessen.« Die Muttistimme war zurück, aber ein Lächeln milderte ihre Worte ab.

»Danke für das Kompliment.« Diana rollte mit den Augen und küsste sie auch. »Lass mich wissen, wenn du etwas brauchst, okay?«

Diana schlich durch das Treppenhaus an der Hinterseite des Gebäudes in die Umkleide. Ihr war nicht danach, Fragen zu beantworten und sie befürchtete, wenn sie Emily sah, würde sie etwas Unangemessenes tun, wie sie in aller Öffentlichkeit zu umarmen. Das Glück war auf ihrer Seite und sie blieb alleine, bis sie die Anmeldung passierte, um zum Hauptausgang zu gelangen.

»Dr. Petrell, warten Sie«, rief Stacy ihr nach.

Diana wartete nicht, und tat so, als ob sie nichts gehört hätte. Nicht sehr nett, aber sie konnte sich morgen entschuldigen.

Sie trat durch die Eingangstür und durchsuchte ihren Rucksack nach ihrer Sonnenbrille. Anstatt des grellen Sonnenlichtes blendeten sie mehrere Kamerablitze. *Scheiße!* Sie hielt eine Hand hoch, um ihr Gesicht zu verstecken, und lief los. Sie hörte nicht auf zu rennen, bis sie den Park erreicht hatte.

Nach Luft schnappend, drehte sie sich in die Richtung um, aus der sie gekommen war. Niemand folgte ihr. Weder zu Fuß, noch fuhr ein Auto verdächtig langsam. Gut. Vielleicht hatten sie sie nicht erkannt. Vielleicht fotografierten sie einfach jeden, der das Krankenhaus verließ, in der Hoffnung, einen Treffer zu landen. Sie lehnte sich an einen Baum und wartete, bis sich ihr Puls wieder beruhigte.

Menschen, auf ihrem Weg in und aus dem Park, gingen vorbei, ohne sie eines zweiten Blickes zu würdigen. Mütter mit Kindern, eine Gruppe Studenten, mehrere Jogger und Skater. Alle sahen glücklich aus, an diesem schönen Juni-Tag draußen sein zu dürfen, alle sahen so verdammt normal aus.

Warum konnte sie das nicht haben? Letzte Woche dachte sie, sie sei auf dem richtigen Weg. Ihre Arbeit lief gut und sie war glücklich in einer neuen Beziehung. Sie brauchte dieses Drama nicht in ihrem Leben.

Diana nahm die Sonnenbrille aus ihrem immer noch offenen Rucksack und schloss den Reißverschluss. Die braunen Gläser färbten ihre Umgebung in warme und fröhliche Farben, die ganz und gar nicht ihrer Stimmung entsprachen.

Sie straffte ihre Schultern und setzte den Rucksack auf. *Reiß dich zusammen! Du hast dir dein Leben ausgesucht und jetzt musst du mit den Konsequenzen leben.*

Emily wechselte die Tüte mit dem warmen Essen in die andere Hand, klingelte noch einmal und wartete auf Bewegung im Haus. Nichts. Sie fischte ihr Telefon aus der Tasche und blätterte durch die Kontakte, bis sie Diana fand. Sie sollte sie wirklich als Favorit markieren. Der Anruf ging direkt zur Mailbox. Vielleicht war sie in der Garage und spielte Schlagzeug? Oder draußen?

Emily ging zuerst zur Garage. Sie war verschlossen und das kleine rote Alarmlicht blinkte. Der Garten war leer, aber die Terrassentür stand offen. Sollte sie noch mal klopfen? Das Haus war still und dunkel, daher entschied sie sich dagegen und betrat das Wohnzimmer. Sie stellte die Tüte auf die Kücheninsel und ging direkt zum Schafzimmer.

Diana lag auf dem Bauch auf dem Bett und ihre nackten Kurven waren nur teilweise mit einem Handtuch bedeckt. Das sanfte Licht der Flurbeleuchtung schien auf sie und betonte ihre Schulterblätter und den Drachen. Ihr dunkles Haar war verwuschelt und glänzte feucht.

Emily stockte der Atem. Diana war so natürlich sexy. Tief schlafend reagierte sie nicht einmal, als sich Emily neben sie setzte. Sollte sie sie schlafen lassen? Aber ohne Dianas Wissen in ihrem Haus zu sein, ließ sie sich wie eine Stalkerin fühlen. Außerdem wäre es nur vernünftig, sie aufzuwecken. Emily vermutete, dass Diana den ganzen Tag über nicht zum Essen gekommen war und wenn sie weiterschlief, würde sie vermutlich mitten in der Nacht aufwachen, unfähig wieder einzuschlafen. Die letzten Nachtschichten hatten sicherlich wieder ihren Tag-Nacht-Rhythmus durcheinandergebracht.

»Diana.« Keine Reaktion. Sie versuchte es noch mal, lauter. »Diana, wach auf.«

Ein grummelnder Protest war die Antwort, aber Diana bewegte sich nicht.

Emily wollte sie eigentlich nur leicht anstupsen, aber die weiche Haut unter ihren Fingern war zu verführerisch. Sie streichelte ihren Arm, verfolgte die Flammen um ihren Bizeps herum über ihre Schulter auf den Rücken, bis sie auf harte Knoten unter der Haut traf. Unter ihrer sanften Massage verwandelten sich die Protestlaute in ein genüssliches Seufzen.

Nach ein paar Minuten drehte sich Diana herum, fing Emilys Hand ein und küsste sie. »Vielen Dank. Was für eine angenehme Art aufzuwachen.«

»Gern geschehen.« Emily küsste Diana leicht auf die Lippen und stand dann sofort auf, um der Versuchung zu entgehen, den Kuss zu vertiefen. Ihr wäre nichts lieber, als zu Diana ins Bett zu kriechen, aber dann würden sie nicht mehr aufstehen und würden auf gar keinen Fall die Zeit mit Gesprächen verbringen. Und das war vermutlich nicht das, was Diana jetzt brauchte. »Komm in die Küche. Ich habe Abendessen mitgebracht.«

»Ich weiß nicht, ob ich irgendetwas essen kann.« Dianas Magen knurrte laut und sie lachte. »Okay. Mein Körper gibt dir recht.« Sie setzte sich auf und ignorierte das Handtuch, das zur Seite rutschte.

Emily trat wieder näher an das Bett. Dann hielt sie mitten in der Bewegung inne und schluckte. *Erst essen, dann reden.* Sie drehte sich um und floh in die Küche, wo sie sich damit beschäftigte, Reisnudeln, dünne Rindfleischstreifen, Gemüse und frische Kräuter aus Plastikschüsseln auf zwei richtige Suppenschüsseln zu verteilen.

»Das duftet köstlich.« Diana hatte eine Jogginghose und ein altes T-Shirt angezogen. Sie hatte offensichtlich versucht, ihr schlafzerzaustes Haar zu zähmen, und versagt.

»Pho ist mein Lieblings-Wohlfühl-Essen an meinen mauligen Tagen.« Emily goss die immer noch warme Brühe über die anderen Zutaten und trug die Schüsseln zum Tisch.

Diana folgte ihr mit Essstäbchen und Löffeln. »Maulige Tage? Ist das ein Euphemismus für deine Periode?«

Lachend schüttelte Emily den Kopf. »So nenne ich den ersten Tag nach einer Serie Nachtdienste.«

»Das ist eine gute Bezeichnung. Die muss ich vielleicht klauen.« Diana nahm einen großen Löffel voll Brühe und seufzte. »Ooh, bist du zum Ginger Cat gefahren? Danke!«

»Mhm.« Emily war zu beschäftigt mit Kauen, um zu antworten. Sie hatte auf der Arbeit auch keine Zeit zum Essen gehabt.

Sie machte sich immer noch Sorgen um Diana. Einige der Fältchen um die Augen waren nach dem Schlafen verschwunden, aber die Schatten unter ihnen waren noch immer zu sehen.

Diana spielte mit der letzten Reisnudel in ihrer Schüssel. »Mein Gehirn wacht so langsam auf. Wie bist du reingekommen?«

»Die Terrassentür war offen. Vielleicht nicht die beste Idee, wenn du am Schlafen bist.« Emily lächelte, um zu zeigen, dass sie Diana aufzog. Sie wollte jetzt keine Diskussion über Sicherheitsmaßnahmen starten.

»Ich wollte auch nicht schlafen. Ich wollte mich nur ausruhen und meine Gedanken für eine Minute sammeln, bevor ich meinen Manager … Fuck! Ich habe Vic nicht angerufen.« Diana sprang auf und verließ den Raum.

Sekunden später kam sie mit ihrem Telefon zurück, das sie an das Ladegerät in der Küche anschloss. »Komm schon, geh an.«

Emily nahm die Schüsseln und das Besteck und trug sie in die Küche. Sie stellte sie in den Geschirrspüler, während sie auf eine Erklärung wartete. Als keine kam, ging sie zu Diana. »Warum musst du mit deinem Manager reden? Und warum hast du überhaupt noch einen Manager?«

Diana legte das Telefon hin und rieb sich die Augen mit beiden Händen. »Er ist hauptsächlich die Kontaktperson für alle, die Dee Dragon erreichen wollen. Er kümmert sich auch um die Tantiemen der alten Aufnahmen für mich. Ich muss ihn warnen.« Sie sah Emily an und ein Muskel zuckte in ihrer Wange.

Warum war sie so besessen, ihren Manager anzurufen? Ihr Blick enthielt ein Gefühl, das Emily noch nicht an ihr gesehen hatte, es wirkte fast wie Verzweiflung. Unmittelbar nachdem sie Katie behandelt hatte, hatte sie nicht so erschüttert ausgesehen. »Was ist sonst noch passiert?«

»Ich habe etwas Dummes getan. Ich habe nicht nachgedacht, als ich das Krankenhaus verließ und bin direkt durch den Haupteingang gegangen. Jemand hat Bilder gemacht. Ich weiß nicht, ob sie mich erkannt haben oder nicht.« Diana nahm ihr Telefon wieder hoch, als das Logo auf dem schwarzen Bildschirm erschien.

Emilys Gedanken kreisten wie ein gewaltiger Meeresstrudel. Die Krankenhausverwaltung würde verärgert sein, wenn Diana den guten Namen des Krankenhauses durch den Schmutz zog. Sie würden sie, ohne zu zögern, feuern.

Was würde mit ihrer Beziehung passieren, wenn Diana die Notaufnahme verlassen müsste? Zu viele Variablen waren im Spiel, um einen Plan zu formulieren. Sie würde keine andere Anstellung in Seattle bekommen, das war sicher. Würde sie einfach ihre Sachen packen und gehen? Der letzte Gedanke versetzte Emily einen Schlag in die Magengrube und stahl ihr den Atem.

Aber vielleicht hatte sie niemand erkannt. Oder wenn es jemand getan hatte, hätte die Anwesenheit eines früheren Bandmitgliedes überhaupt Nachrichtenwert? Ein kleiner Funken Hoffnung glimmte in ihr.

Das Telefon erwachte mit einer Serie von Piepstönen wieder zum Leben. Mit jedem wurde die Flamme der Zuversicht mit kaltem Wasser übergossen, bis sie ausgelöscht und die letzte Hoffnung auf Kontrolle der Situation den Abfluss hinuntergespült war. Die Anzahl der verpassten Anrufe und Nachrichten ließ keinen Zweifel daran, dass die Fotos veröffentlicht waren.

Diana verzog das Gesicht, als sie die Nachrichten öffnete. »Sie haben die Bilder an mehrere Klatschseiten im Internet verkauft. Vic hat versucht, den Schaden etwas einzudämmen, als er mich nicht erreicht hat.« Sie runzelte die Stirn, als sie eine Mailboxnachricht abhörte, vermutlich von Vic.

Schließlich legte sie das Telefon mit zitternder Hand ab. »Vic sagt, sie wissen noch nicht, dass ich dort arbeite. Das ist gut. Aber die Scheiße, die sie schreiben …« Sie schüttelte den Kopf. »Sie haben korrekt geraten, dass Katie mit einer Überdosis aufgenommen wurde und dann dazu die Geschichte erfunden, dass ich mit ihr zusammen Drogen genommen hätte. Eine Seite schreibt sogar, wir hätten gestritten und sie habe sich wegen des Liebeskummers umbringen wollen. Und um all das zu beweisen, zeigen sie das verfickte Foto, auf dem ich aussehe wie der Tod.«

Emily war hin- und hergerissen. Zum einen wollte sie um den Küchentresen gehen und Diana in den Arm nehmen, zum anderen brauchte sie die Distanz, um rational über das Problem nachzudenken. »Du musst morgen früh vorsichtig sein und durch den Hintereingang gehen. Wir müssen die Notaufnahme schützen.«

»Ich will nicht vorsichtig sein, ich will nur meine Arbeit machen. Scheiße!« Diana schlug mit der Faust auf die Arbeitsplatte. »Autsch. Alle Mitarbeiter können die Bilder im Internet sehen und dann ihre fünfzehn Minuten Ruhm und schnelles Geld verdienen, indem sie mich verraten. Ich weiß nicht, ob es überhaupt Sinn macht, morgen zur Arbeit zu gehen. Dr. Wallace hat beim Einstellungsgespräch klargestellt, dass ich keine Zukunft in seiner Notaufnahme habe, wenn ich negative Presse auf das Krankenhaus ziehe.«

Emily schluckte mehrere wütende Antworten runter. Wollte Diana einfach aufgeben? Die Beziehung beenden? Wollte sie noch mal neu anfangen? Woanders? Sie verbannte die brodelnden Emotionen in eine dunkle Ecke tief in ihrem Innersten. Stattdessen brachte sie den Teil von ihr zum Vorschein, der ihr erlaubte, sich menschlichen Katastrophen zu stellen, ohne sich von Gefühlen beeinflussen zu lassen. »Wenn du den einfachen Weg nehmen willst, gut, bleib zu Hause. Oder renn weg, das hast du ja schon einmal getan. Wenn nicht, dann sehe ich dich morgen um Punkt sieben Uhr.«

Mit Tränen kämpfend, schnappte sich Emily ihre Tasche auf dem Weg nach draußen. Das hier war überhaupt nicht, wie auf der Arbeit. Sie hatte keine Kontrolle, sie war schon zu sehr emotional verwickelt. Es ängstigte und ärgerte sie zugleich. Sie wusste nicht, ob sie auf Diana wütend war oder auf sich selbst. Die Tür zu knallen half ein wenig, aber es hielt nur an, bis sie die Straßenecke erreicht hatte.

Diana war sich nicht sicher, was gerade passiert war. Sie hatte ihre Frustration über die Situation in Worte gefasst und in der nächsten Minute war Emily plötzlich eiskalt geworden. Ihr schneidender Tonfall erinnerte Diana an die ersten Wochen auf der Arbeit, nachdem Emily sie im Club gesehen hatte, bevor sie sich angefreundet hatten. War es so einfach für sie, ihre Verbindung abzustreifen, als sei sie ein schmutziger Arztkittel? Für sie war es nicht möglich, die Liebe, die sie empfand, einfach abzuschalten.

Liebe? Ihr Herz stolperte, als sie die Idee näher untersuchte. Die Erkenntnis, wieder verliebt zu sein, sollte sie mit Glück und Freude füllen, nicht mit diesem verknoteten Knäuel aus Frustration und Unsicherheit. Aber sie bezweifelte nicht, dass es stimmte.

Mit einem Seufzen ging sie zur Tür, um sie abzuschließen. Im Wohnzimmer auf- und abgehend, sammelte sie Zeitschriften, Bücher und Krimskrams ein, die sich von ihren zugewiesenen Plätzen entfernt hatten.

Egal, was Emily von ihr dachte, es war nie ihre Absicht gewesen, alles fallenzulassen und wegzulaufen. Der Vorwurf tat weh. Was auch immer mit ihrer Assistenzarztausbildung geschah, Diana hatte nicht die Absicht, die Beziehung aufzugeben.

Die Türklingel läutete gerade, als sie ein paar Turnschuhe in den Schrank neben der Tür packte. War Emily zurückgekommen? Ein Blick durch den Türspion bestätigte es. Hoffnung spross wie Wüstenblumen nach einem Regenschauer.

Diana öffnete sofort die Tür.

»Können wir reden?« Emily knabberte an ihrer Unterlippe. Sie umklammerte den Träger ihrer Handtasche so fest mit einer Hand, dass sich ihre Knöchel weiß färbten. Ihr Gesichtsausdruck war jedoch zu verschlossen, als dass Diana sehen konnte, was unter der Oberfläche vor sich ging.

»Jetzt willst du reden? Ich dachte, das war es, was wir vor zehn Minuten getan haben.« Diana knirschte mit den Zähnen.

Emily zuckte zusammen. Wegen ihrer Worte oder vielleicht wegen des harschen Tonfalles. »Bitte …«

Der echte Schmerz und das Bedauern in ihrer Stimme ließ Dianas Wut verfliegen. Sie trat einen Schritt zurück und bedeutete ihr, einzutreten. »Komm rein.«

Emily stellte ihre Tasche und die Schuhe neben die Tür und ging ins Wohnzimmer. Ihr Nacken leuchtete in einem reizenden Pink.

Sie wusste, dass Emily ihre Neigung zum schnellen Erröten hasste, aber aktuell war Diana dankbar dafür. Die Röte zeigte deutlicher als jedes Wort, dass Emily von ihrem Streit genauso betroffen war wie sie selbst, egal wie gut sie ihre Gesichtszüge unter Kontrolle hielt.

Beide setzten sich auf das Sofa, ohne sich zu berühren, kamen sich aber trotzdem näher als Fremde.

»Ich will mich entschuldigen.« Die Worte strömten aus Emily hinaus, als ob ein Damm gebrochen war. »Bitte.«

»Okay.« Diana wartete, bis sie fortfuhr.

Emilys Ausdruck lockerte sich und Diana konnte die Frau hinter der beherrschten Maske wieder sehen. »Ich war in Panik und bin weggelaufen. Ich dachte, dass du lieber die Arbeit hinschmeißt, als dich den Konsequenzen zu stellen.« Sie sah auf ihre Hände hinab, die sich in das Sitzkissen gruben. »Es tut mir leid, dass ich eine dumme Schlussfolgerung gezogen und dir keine Chance gegeben habe. Da sprach die Angst aus mir. Als ich eine Sekunde nachgedacht habe, wusste ich, dass das gar nicht dir entspricht. Du willst immer über alles reden und ich bin diejenige, die vor ihren Gefühlen davonläuft.«

Diana befreite sanft das Kissen aus Emilys Griff und gab ihr stattdessen ihre Hand zum Festhalten. »Ich nehme deine Entschuldigung an. Es hat wehgetan, dass du mir nicht vertraut hast.« Sie glättete die Falten im Kissen. »Um ehrlich zu sein, mit meiner Vergangenheit war deine Annahme gar nicht so falsch. Vor zehn oder vielleicht auch fünf Jahren hätte das meine Reaktion sein können. Ich habe damals den einfacheren Weg gewählt.«

»Aber du hast dich geändert.« Das war keine Frage. »Ich dachte, das habe ich auch. Aber ich bin einfach zu meinem alten Muster zurückgekehrt, niemandem zu trauen.« Emily wich noch immer Dianas Blick aus und ihre Röte hatte sich nicht gelegt.

»Mach dich nicht verrückt. Niemand ändert sich an einem Tag oder in einem Monat. Nur die Entscheidung alleine setzt das noch nicht um. Man braucht Entschlossenheit, Geduld und Wiederholungen.« Sie berührte Emilys Schulter mit ihrer eigenen. »Und du bist zurückgekommen, als du gemerkt hast, was passiert ist. Das ist das Wichtigste.«

»Danke, aber ich glaube immer noch, dass ich hätte bleiben und reden sollen.« Sie lehnte sich zurück. »Also, was können wir tun, um dich im Seattle General zu behalten?«

Diana hob einen Mundwinkel in einem neckenden Halblächeln. »Wir sind kluge und unabhängige Frauen, die wissen, was sie wollen und wie sie es bekommen, zumindest meistens. Stell dir vor, was wir erreichen könnten, wenn wir als Team zusammenarbeiten würden?«

»Ein Team.« Emilys Lächeln strahlte. »Ich könnte mich an diese Idee gewöhnen. Was ist also der nächste Schritt?«

Diana dachte einen Moment darüber nach. Hilflosigkeit breitete sich aus und in ihrer Mitte entstand eine Leere, die mit jeder Sekunde größer wurde. »Ich muss die Kontrolle über meine Geschichte zurückgewinnen. Ich will nicht mit der Angst leben, jeden Moment als ehemalige Rockmusikerin geoutet zu werden. Aber mein Problem ist, diese Strategie Dr. Wallace zu vermitteln.«

Emily nickte langsam. »Ich kann verstehen, warum er das nicht mögen wird. Ich denke, wir sollten uns darauf konzentrieren, einen Weg zu finden, um den guten Namen des Krankenhauses zu schützen. Wenn es nicht mit deiner Geschichte verknüpft wird, dann müssen sie dich auch nicht feuern.« Sie ließ Dianas Hand los und nahm ihr Telefon aus der Tasche. »Lass uns eine Liste mit Ideen erstellen.«

»Die Wahrscheinlichkeit, das Krankenhaus komplett außen vor zu lassen, ist sehr gering. Ich würde lieber an einem Plan arbeiten, der sie überzeugt, dass eine ehemalige Drummerin als Angestellte zu haben, nicht das Ende der Welt bedeutet. Der Vertrag schreibt nur vor, dass ich negative PR vermeiden muss, und das ist nicht das gleiche, egal was Dr. Wallace sagt.«

»Ich glaube nicht, dass das funktioniert. Was hältst du davon, eine Weile aus dem Blickfeld zu verschwinden? Vielleicht in einem Gesundheitszentrum in den Vororten arbeiten? Oder Forschung an der Universität für ein paar Monate? Ich bin mir sicher, dass Dr. Wallace da etwas arrangieren kann. Wenn du nicht mehr sichtbar bist, können wir den Schaden für die Notaufnahme eindämmen.«

Verzweiflung machte sich in Diana breit, sie sah keinen Ausweg. Falls das Krankenhaus sie als eine Bedrohung seiner Reputation wahrnahm, würde sie rausgeschmissen werden. Emilys Mangel an Unterstützung ihres Planes, egal wie vage er war, tat weh und war bedrohlicher als die Vorstellung, arbeitslos zu sein.

Kapitel 19

Diana schlich sich durch den Lieferanteneingang in das Krankenhaus und warf verstohlene Blicke in Richtung der Notaufnahme. Jeder ihrer Schritte war so schwer, als ob Bleigewichte sie niederdrückten. Es war auch nicht so, als ob sie sich beeilen müsste. Der Plan, den sie gestern entworfen hatten, war, dass sie außer Sicht der Paparazzi bleiben sollte und mit Dr. Wallace sprechen würde. Emily hatte angeboten, ein Treffen mit dem Ärztlichen Direktor zu arrangieren.

Um fünf Uhr morgens, noch vor Sonnenaufgang, zu kommen, hatte ihr geholfen, unentdeckt zu bleiben. Aber nun hatte sie zwei Stunden vor sich, in denen sie nichts zu tun hatte, außer den Kollegen und ihren Fragen aus dem Weg zu gehen.

Augen zu und durch. Auch wenn sie es wissen, du bist immer noch dieselbe Person wie gestern. Diana straffte ihre Schultern und hielt ihren Kopf hoch erhoben, als sie aus dem Treppenhaus die Notaufnahme betrat. Der Korridor war leer und nur spärlich beleuchtet. Das vertraute Hintergrundgeräusch von Gesprächen drang um die Ecke vor dem Pflegetresen. Diana musste an ihnen vorbei gehen, um die Umkleide zu erreichen, daher rüstete sie sich mental.

Nach einem tiefen Atemzug trat sie um die Ecke.

Das lockere Geplänkel hörte augenblicklich auf.

»Oh, ähm, hi, Diana. Dich habe ich heute nicht hier erwartet.« Courtney zeigte wie immer keinerlei diplomatische Fähigkeiten.

»Ich bin zurück in der Tagschicht. Ich habe nur in den Nachtdiensten ausgeholfen, solange du krank warst.« *Oder während du über das Memorial Day Wochenende einen Kurzurlaub mit deinem Freund gemacht hast.* Sie schluckte die Wahrheit hinunter.

»Ich meine wegen des Drogenskandals.« Courtney grinste breit. Was hatte Diana ihr angetan, dass sie das so genoss?

Madison schnappte nach Luft. Mit großen Augen und offenem Mund sah sie von Courtney zu Diana und zurück, als ob sie nicht glauben konnte, dass Courtney die Frechheit besaß, oder, je nach Standpunkt, vielleicht auch den Mut, das zu erwähnen.

Diana setzte ein Lächeln auf und hoffte, dass sie nicht zu sehr klang, als würde sie sich verteidigen. »Ich bin in keinen Drogenskandal verwickelt. Eine

Patientin, die in unsere Notaufnahme kam, und nebenbei gesagt jedes Recht auf Schweigepflicht hat, ist zufälligerweise meine Ex. Und die üblichen Verdächtigen haben, ohne Fakten zu kennen, aus Gerüchten eine Geschichte konstruiert, um Leute auf ihre Seiten zu locken, damit sie online Werbung verkaufen können. Ich bin nur überrascht, dass sie nicht angedeutet haben, ich sei von Aliens entführt worden oder von gierigen Sklavenhändlern geknechtet worden, so fertig wie ich auf den Bildern aussah.«

Madison lachte bei der letzten Bemerkung und Diana wertete es als Mini-Sieg. Sie würde heute vermutlich noch viele dieser Grabenkämpfe austragen müssen, aber sie sah es als einen Schritt in die richtige Richtung. Sie beschloss zu gehen, solange sie in Führung lag. »Ich gehe mich umziehen. Bis später.«

Nach der Umkleide ging Diana direkt zum Aufenthaltsraum. Liz saß auf dem Sofa und sah nach ihrer vierten Nachtschicht so müde aus, wie Diana sich gestern Morgen gefühlt hatte. Ihre Finger flogen schnell über die Tastatur ihres Laptops, vermutlich schrieb sie Notizen in eine Patientenakte.

»Guten Morgen, Liz. Wie war deine Nacht?« Diana setzte sich auf dasselbe Sofa, ließ aber einen Abstand zwischen ihnen, falls Liz nicht mit ihr sprechen wollte.

»Hi. Ich habe dich vermisst. Courtneys konstantes Geplapper geht mir auf die Nerven.« Liz rollte mit den Augen. »Ich sollte das nicht sagen, aber es stimmt.«

Die Normalität der Bemerkung erleichterte Diana und nahm ihr etwas von der Anspannung. Oder hatte Liz es noch nicht gehört?

Liz boxte Diana locker auf die Schulter. »Das hast du also versteckt. Ich bin tatsächlich erleichtert. Ich habe mir was viel Schlimmeres vorgestellt.«

»Was meinst du? Schlimmer?«

»Vielleicht habe ich zu viele Krimis gelesen, aber als du mit einer Lücke von neun Jahren im Lebenslauf aufgetaucht bist, immer lange Ärmel unter deinem OP-Oberteil getragen hast, dich nie vor den anderen umgezogen hast, dachte ich, du versteckst Narben. Entweder von einem Unfall oder von Misshandlungen.« Liz zuckte mit den Schultern. »Ich hätte nie erraten, dass du wunderschöne Tattoos versteckt hast. Und diese faszinierende Vergangenheit.«

Wow. Dass jemand so etwas denken könnte, war ihr gar nicht in den Sinn gekommen, aber Liz hatte nicht unrecht. Sie war nicht so unauffällig gewesen, wie sie gedacht hatte. »Wunderschön, hm? Hast du mich gegoogelt?«

Liz lachte. »Nein, aber Courtney. Und ich fürchte, sie hat es allen gezeigt, bevor ich eine Gelegenheit hatte, mit ihr über professionelles Verhalten zu sprechen. Nicht, dass ich denke, dass es etwas gebracht hätte.«

»Ich habe das erwartet. Und eigentlich macht es mir auch nicht so viel aus, dass alle über meine Vergangenheit Bescheid wissen. Ich schäme mich nicht oder so. Es ist nur, dass Dr. Wallace betont hat, dass ich hier nicht mehr lange arbeite, wenn ich negative Publicity auf die Notaufnahme ziehe.«

»Wirklich? Spießiger, altmodischer Idiot. Er hätte dich nicht einstellen sollen, wenn er nicht dazu bereit ist, hinter dir zu stehen. Keine Sorge, er bellt normalerweise mehr, als dass er beißt.«

Diana war sich bei der letzten Aussage nicht so sicher, aber Liz Empörung entspannte sie ein wenig. Andere Sorgen drängten sich jedoch in den Vordergrund. »Denkst du, unsere Kollegen werden mich weniger ernst nehmen? Oder die Patienten?«

Liz runzelte die Stirn und antwortete nicht sofort.

In dem stillen Raum klang Dianas Herzschlag unnatürlich laut für ihre eigenen Ohren. Sie klopfte mit den Fingern einen Gegenrhythmus auf ihrem Oberschenkel, um sich abzulenken.

»Ich kann nicht für alle hier sprechen, aber ich denke, dass deine Arbeit für sich selbst steht. Krankenhäuser sind immer eine Brutstätte übertriebener Gerüchte und Skandale, als ob sie den Fernsehserien recht geben wollten. Für ein paar Tage oder vielleicht Wochen wirst du das Hauptthema sein, und dann passiert etwas anderes, vielleicht eine Affäre oder eine überraschende Schwangerschaft. Und dann vergessen sie dich. Die gute Nachricht ist, dass sie dich gegen Außenstehende verteidigen werden. Einige mögen dich vielleicht für einen Schandfleck halten, aber du bist *unser* Schandfleck und wir werden nicht zulassen, dass andere schlecht über dich sprechen. Ich bezweifle ernsthaft, dass die Patienten das überhaupt mitbekommen.« Liz hatte mit dem letzten Satz nach ihr gegriffen und drückte ihren Arm freundschaftlich.

Diana verzog das Gesicht. Der letzte Teil war aufmunternd, aber trotzdem unterlag es nicht ihrer Kontrolle. Sie hasste warten. »Also, vorausgesetzt ich habe morgen noch einen Job, sitze ich den Sturm einfach aus? Ich wünschte, ich könnte etwas tun.«

»Sei einfach du selbst. Du bist freundlich, respektvoll und arbeitest hart. Das ist, was die anderen, besonders das Pflegepersonal, an dir wahrnehmen.«

Stöhnend ließ Diana ihren Kopf nach hinten fallen. »Danke. Das hilft, auch wenn ich lieber einen Zauberstab hätte, mit dem alle Probleme einfach verschwinden.«

»Und wenn wir schon dabei sind, könnte ich damit den Krebs besiegen.« Liz lachte.

Diana grinste und das hob ihre Stimmung etwas. Aber die Tatsache blieb, dass ihr Chef diese Situation vermutlich nicht mit Humor betrachten würde. »Wenn du nur Dr. Wallace Einstellung ändern könntest. Aber Danke für die aufmunternden Worte.«

Liz wurde wieder ernst und nickte. »Jederzeit. Lass mich nur wissen, wenn ich noch etwas für dich tun kann.«

»Das bedeutet mir sehr viel.« Diana stand auf. »Ich denke, ich fange meine Schicht früher an und schaue, ob ich was Sinnvolles zu tun finde.«

Am Pflegetresen beeilte sich Diana, ihre Akte noch fertig zu machen, bevor die morgendliche Übergabe stattfand.

Tony beobachtete sie. Sein Gesichtsausdruck war ernst, ohne die übliche Herzlichkeit.

Diana wischte ihre plötzlich feuchten Handflächen an ihrer OP-Hose ab. »Guten Morgen, Tony.«

Er musterte sie von oben bis unten. »Warum bist du hier?«

»Was meinst du, hier? Jetzt? Ich mache gerade eine Akte fertig.«

»Nein, ich meine hier.« Er bewegte seinen Arm in einem weiten Bogen, eine Geste, die die ganze Abteilung umfasste. »Ist das ein Witz für dich? Etwas, was du von deiner Wunschliste streichen willst, bevor du wieder zu deinem Starleben zurückkehrst?«

Diana schüttelte den Kopf. »Nein, auf gar keinen Fall. Diese Arbeit ist das, was ich tun will. Am liebsten für den Rest meines Lebens.«

»Gut. Aber ich hebe mir mein endgültiges Urteil noch auf.« Er lächelte, nicht so offen, wie er es früher getan hatte, aber für den Augenblick war es ausreichend. »Du musst dich beeilen, wenn du es noch pünktlich zur Übergabe schaffen willst. Heute ist kein guter Tag, um Dr. Barnes zu verärgern.«

»Danke.« Diana zögerte für einen Moment. Sie wollte ihm danken, weniger für die Erinnerung an die Zeit, fand aber keine passenden Worte.

Tony nickte, als ob er es verstanden hätte, und zwinkerte.

Sie hatte nie gedacht, dass sie sich an sein ständiges Zwinkern gewöhnen, geschweige denn es zu schätzen wissen würde.

Sie betrat den Aufenthaltsraum eine Minute nach Sieben. Alle hörten auf zu sprechen und starrten sie an. Das wurde langsam lästig. Emily war noch nicht da, also ließ sie sich auf ein Ende des Sofas fallen und fragte sich, was sie aufgehalten hatte.

Alec beugte sich vor und schlug ihr auf die Schulter. »Ein Rockstar? Wow. Ich wette, du hast Massen an heißen Tussis abgegriffen.«

Sie konnte gerade noch der Versuchung widerstehen, sich woanders hinzusetzen, und rieb ihre Schulter. Sie wusste nicht, was sie auf diese absurde Aussage antworten sollte.

»Alec, halt die Klappe. Ignorier ihn einfach. Er ist in einer Höhle aufgewachsen.« Peter lächelte sie kurz an und fuhr mit einer Hand durch seine kurzen schwarzen Locken. »Gibt es etwas, was wir tun können, um zu helfen?«

»Danke. Nicht darüber reden, wäre vermutlich am besten, aber ich hoffe, irgendjemand macht bald etwas Krasses und sorgt für neue Gerüchte.«

»Vielleicht kann dir Alec dabei helfen«, sagte Peter.

Diana lachte und die anderen schlossen sich ihr an. Nach einem Moment lachte auch Alec.

Das Geräusch einer Tür, die mit mehr Gewalt als notwendig geschlossen wurde, stoppte das Lachen. Emily schritt zur kurzen Seite des Tisches und setzte sich auf einen Stuhl, ihren Blick nur auf Liz gerichtet. »Fang deinen Bericht an.«

Sie trug wieder zu viel Make-up, sodass jede Sommersprosse und Falte bedeckt wurde, als ob sie nie existiert hätten. Diana hoffte, dass es mehr Rüstung als Maske war, und die wahre Emily nicht darunter verschwinden würde.

Nachdem Liz fertig war, drehte sich Emily in Dianas Richtung. Ihr Gesichtsausdruck war unlesbar, aber ihre grauen Augen wirkten eine Spur dunkler als sonst und ihr Blick durchschnitt Diana wie ein Laserstrahl, den ganzen Weg bis zu ihrem Herzen.

»Dr. Petrell, wir haben einen Termin bei Dr. Wallace um acht.« Emilys Tonfall war betont neutral.

»Wir? Ich will nicht, dass du Schwierigkeiten wegen mir bekommst.« Diana wollte ihren Arm ausstrecken und ihre Hand nehmen, um sich zu vergewissern, dass alles gut werden würde, aber natürlich tat sie es nicht. »Können wir darüber reden?« Das Letzte, was sie wollte, war, Emily mit ihr auf das sinkende Schiff zu fesseln.

»Keine Zeit.« Emily sprang auf. »Liz, du musst mitkommen.« Sie hastete zur Tür, ohne auf Liz zu warten.

Liz sah von Diana zu Emily und zurück. Sie zuckte entschuldigend mit den Schultern, dann stand sie auf und folgte ihr.

Diana schloss ihre Augen, atmete langsam aus und fiel zurück auf das Sofa. War das ein gutes Zeichen? Zumindest fühlte es sich nicht so an.

Emily hatte gerade ihr Gespräch mit Liz beendet, als ihr Telefon klingelte. Die Anrufanzeige ließ ihr Herz sofort schneller schlagen. Was wollte Dr. Wallace Assistent? Das Treffen verschieben? Sie nahm das Gespräch an. »Barnes.«

»Dr. Barnes, hier ist Brian. Dr. Wallace hat mich gebeten, ein zusätzliches Treffen zu arrangieren. Haben Sie jetzt Zeit?« Die professionelle Höflichkeit verbarg die wahre Intention hinter der Vorladung.

Da die Frage rhetorisch war, stimmte sie zu und legte auf.

Oh, Scheiße! Hat er das von Diana und mir herausgefunden? Wie?

»Emily, alles okay?« Liz fing Emilys zitternde Hand mit ihrer ein.

»Ich weiß es nicht.« Emily arrangierte in Gedanken ihren Ablaufplan neu. »Ich muss jetzt hoch zu Dr. Wallace gehen. Kannst du dich um alles kümmern?«

»Mach dir keine Sorgen, ich erledige das. Lass dich nicht vom alten Geier fertigmachen.« Mit einem ermunternden Lächeln ging Liz.

Während der Fahrt im Aufzug versuchte Emily, eine alternative Erklärung für das bevorstehende Treffen zu finden, aber nichts kam ihr in den Sinn. Sie kontrollierte, ob ihre OP-Kleidung immer noch faltenfrei saß, dann klopfte sie an die Bürotür.

In der Vergangenheit hatte sie zahllose Gespräche mit Dr. Wallace geführt, alle freundlich, fast schon freundschaftlich. Seit er zum Ärztlichen Direktor befördert worden war und sie die Tagesgeschäfte der Notaufnahme von ihm übernommen hatte, hatten sie sich regelmäßig besprochen und sie genoss ihre Unterhaltungen. Sie hatte viel von ihm gelernt und schätzte seine informelle Art, sie zu fördern.

»Dr. Barnes. Guten Morgen. Wie geht es Ihnen?« Dr. Wallace sah von dem Dokument auf, das er gelesen hatte, und zeigte auf die Stühle vor seinem Mahagonischreibtisch, der eine Seite seines großen Eckbüros dominierte.

»Mir geht es gut, Sir.« Das war eine komplette Lüge, aber Höflichkeit war tief verwurzelt in ihr. Emily nahm Platz und hielt sich zurück, über die glänzende Oberfläche zu fahren, die sie an den Schreibtisch ihres Vaters erinnerte. Als Brian eine Tasse Tee vor ihr platzierte, dankte sie ihm. *Siehst du, kein Grund, sich Sorgen zu machen. Alles ist wie immer.* Aber sie traute sich nicht, den Tee zu trinken, da ihr Magen sich verknotet hatte und keine noch so starke Verleugnung ihre Übelkeit wegspülen konnte.

»Dr. Barnes, ich wollte mit Ihnen alleine sprechen, vor … der anderen Sache. Ich habe ein Angebot für Sie. Wie Sie wissen, schätze ich Ihre hervorragende Arbeit in der Notaufnahme sehr und ich denke, es ist längst an der Zeit, das auch offiziell zu honorieren.« Mit einem stolzen Lächeln überreichte er ihr die Papiere, die vor ihm lagen.

Emily blinzelte. Worum ging es hier? Eine Lohnerhöhung?

Ein paar Worte sprangen ihr ins Auge. Ihr Name. *Mitarbeitervertrag. Leitung der Notaufnahme.* Ihr Blickfeld verschmälerte sich, bis alles verschwommen war, bis auf die letzten Worte. *Leitung der Notaufnahme.* Eine Hitzewelle raste durch ihren Körper, wie eine Rakete, die außer Kontrolle geraten war, und raubte ihr den Atem. Ihr Blut rauschte in ihren Ohren und eine gedämpfte Stimme drang langsam durch das Tosen. Sie blickte auf und sah, wie Dr. Wallaces Mund sich bewegte. Emily schüttelte ihren Kopf, um ihre Sinne freizubekommen, und nahm einen tiefen Atemzug.

»Dr. Barnes? Alles in Ordnung?« Die Sorge in seiner Stimme beruhigte sie.

»Ich bin nur … überwältigt. Ich hatte das nicht erwartet.« Ihre Hände zitterten, als sie schnell die Seiten des Vertrages überflog, bis sie zu den Zahlen kam, die ihr neues Gehalt darstellten. Wow. Sie legte den Vertrag auf den Schreibtisch, um sich auf Dr. Wallace zu konzentrieren.

Er lachte leise. »Sie haben es verdient, keine Frage. Wir waren immer auf derselben Wellenlänge und ich weiß, dass ich Ihnen vertrauen kann, dieselben Prioritäten zu setzen. Ich garantiere Ihnen, Sie werden kein besseres Angebot bekommen. Lassen Sie sich ein paar Tage Zeit, den Vertrag zu lesen und darüber nachzudenken.

»Danke, das mache ich.« Die verrückte Rakete hatte sie auf eine Wolke aus Glücksgefühlen katapultiert und sie konnte nicht aufhören zu grinsen. Er wusste nichts von ihrer Beziehung und jetzt war sie in der perfekten Position, um Diana helfen zu können.

Das Telefon klingelte und Dr. Wallace verzog das Gesicht. »Es tut mir leid, das hier abkürzen zu müssen, aber das Gespräch ist wichtig. Ich sehe Sie nachher, um acht. Ich hoffe, ich kann auf Sie zählen.«

Emily presste den Vertrag gegen ihre Brust und nickte. »Natürlich, Sir, bis später.« Mit leichterem Schritt als auf dem Hinweg verließ sie das Büro auf der Suche nach Liz. Alles würde gut werden.

Fünf vor acht zögerte Diana, das Büro des Ärztlichen Direktors zu betreten. Sie versuchte zu entscheiden, ob sie sich alleine der Höhle des Löwen stellen oder auf

Emily warten sollte. Sie richtete den Kragen ihres makellos reinen Arztkittels, den sie noch nie auf der Arbeit getragen hatte, straffte ihre Schultern und stand gerade. Als sie ihre Hand zum Klopfen hob, lenkte sie eine sanfte Berührung an ihrem Rücken ab und sie drehte sich herum.

Emily trug dieselbe ungewohnte Arztuniform, für die sie keinen Nutzen in der Notaufnahme hatten, und stand direkt hinter ihr. Ihr Blick war selbstbewusst und strahlte eine Leidenschaft aus, die Diana an eine Raubkatze erinnerte, bevor sie sich auf ihre Beute stürzte. Sie schien in einer Löwenhöhle zu Hause zu sein. Emily drückte kurz ihre Hand.

Die Berührung war warm und fest und sie schmolz den Eisklumpen, der sich in Dianas Inneren gebildet hatte.

»Vertrau mir«, flüsterte Emily. »Alles wird gut.«

Diana nickte. Sie vertraute ihr.

Emily hielt ihren Blick für einen Augenblick und ein kleines Lächeln spielte um ihre Lippen. Sie hatten ihre harte Linie verloren und Diana wollte sie küssen, auch wenn sie mit einem falschen Rosaton gefärbt waren, der ihre natürliche Schönheit verdeckte.

Emily ließ ihre Hand los und trat an ihr vorbei, um an die Bürotür zu klopfen. Brian antwortete und winkte sie durch in Dr. Wallaces Büro. Der Ärztliche Direktor saß hinter seinem riesigen Schreibtisch, der fast dieselbe Farbe hatte wie seine Haut. Mit breiten Schultern in einem modernen dunkelblauen Anzug sah er fit aus für sein Alter. Diana schätzte ihn auf Ende fünfzig.

»Dr. Barnes, Dr. Petrell, kommen Sie rein. Setzen wir uns hier drüben hin.« Er zeigte auf einen großen runden Tisch. Fenster bedeckten eine Seite des Raumes. Der Ausblick über Seattle aus dem obersten Stockwerk war beeindruckend. Diana konnte, an der Space Needle vorbei, Mount Rainier im Hintergrund sehen. Zumindest die Teile, die aktuell sichtbar waren. Wolken, so düster wie ihre Stimmung, verdeckten den Himmel und ließen nur einen schmalen Streifen leuchtendes Blau frei.

Sie wählte einen Stuhl mit dem Rücken zum Fenster, um Ablenkungen zu vermeiden. Und vielleicht würde ein wenig Sonnenschein herauskommen und Dr. Wallace blenden.

Wie ein Bodyguard setze sich Emily auf den Stuhl neben Diana, während Dr. Wallace auf der anderen Seite des Tisches saß.

Der Assistent war ihnen gefolgt und bot Wasser, Kaffee und Tee an. Er reichte Dr. Wallace eine dünne Akte, ohne Zweifel Dianas, und einen Stapel Ausdrucke. Der oberste zeigte deutlich das verdammte Foto.

Dr. Wallace verschob die Akte, bis sie in einer perfekten Linie mit den anderen Papieren lag. »Dr. Petrell, ich bin mir sicher, Sie erinnern sich noch gut an unser letztes Gespräch, aber lassen Sie es mich für die andere Teilnehmerin dieses Treffens zusammenfassen. Sie haben mich über Ihre vorherige Beschäftigung informiert und mir versichert, dass dieser Teil Ihres Lebens vorbei wäre. Ich habe Ihnen diese Stelle in unserer Assistenzarztausbildung als eine zweite Chance gegeben und darauf gezählt, dass Sie unser Krankenhaus nicht gefährden.«

Emily setzte sich gerader auf. »Dr. Wallace, sie hat nicht …«

»Dr. Barnes, lassen Sie mich bitte ausreden.« Er unterbrach sie ohne Wut und ließ seinen Blick über beide schweifen, als ob er darauf wartete, dass ein weiterer Kommentar kam.

Diana schluckte und kämpfte darum, ihren Gesichtsausdruck so neutral zu halten wie Emily es tat. *Wie ein Haufen verdammter Roboter.* Sie unterdrückte ein unangemessenes Kichern, das mehr aus Verzweiflung und weniger aus Humor geboren war.

Als beide still blieben, fuhr er fort. »Wie ich bereits sagte, Sie haben das Vertrauen missbraucht, das ich in Sie gesetzt habe. Der Ruf des Krankenhauses steht auf dem Spiel und ich bin mir sicher, Dr. Barnes wird zustimmen, dass wir alles tun müssen, um negative PR zu verhindern. Sie haben diesen Teil ihres Vertrages gebrochen. Ich sollte Sie sofort feuern, aber auf Dr. Barnes' Bitte hin, haben wir jetzt dieses Treffen.«

Diana schluckte und setzte an zu antworten.

Emilys Hand unter dem Tisch stoppte sie. Sie drückte Dianas Oberschenkel, aber ihr Blick wich nie von Dr. Wallace. »Sir, lassen Sie mich die Umstände erläutern, die zu dem Foto geführt haben. Sie wissen vielleicht nicht, dass Dr. Petrell an ihrem freien Tag in der Nachtschicht ausgeholfen hat. An diesem Morgen hat sie während der Übergabe eine Patientin übernommen, ist also freiwillig länger geblieben, um die unterbesetzte Notaufnahme zu unterstützen. Nachdem sie erkannte, dass sie eine persönliche Beziehung zu der Patientin hatte, hat sie trotzdem ihre Arbeit beendet und ist während des gesamten Zwischenfalls professionell geblieben. Ich habe unterschriebene Berichte über Dr. Petrells exzellente Arbeit von Mr. Rodriguez, dem pflegerischen Leiter der Tagschicht, und von mir selbst.«

Emily nahm mehrere Seiten aus einer Mappe, die Diana noch nicht einmal bemerkt hatte, und schob sie zu Dr. Wallace. Bevor er sie lesen konnte, sprach sie weiter. »Nachdem die Patientin stabilisiert wurde, blieb Dr. Petrell noch länger, um die Familie zu kontaktieren und ihre Freundin zu unterstützen. Als sie schließlich das Gebäude verließ, war sie über vierundzwanzig Stunden wach, unter sehr stressigen Umständen. Dann wurde das Foto aufgenommen. Dr. Petrell hatte in keiner Weise Kontakt mit der Presse gehabt oder über ihre Verbindung zum Krankenhaus gesprochen. Korrigieren Sie mich, wenn ich mich irre, aber bislang ist nur ihr Künstlername veröffentlicht worden. Im Moment haben wir keinen öffentlichen Skandal, der einen Mitarbeiter dieses Krankenhauses betrifft.« Sie lehnte sich zurück und betrachtete Dr. Wallace.

Seine Kiefer arbeiteten und ein Muskel in seiner linken Wange zuckte. »Noch nicht.«

Emily gestand dies mit einem Nicken ein.

Dianas Herz raste, als sie von ihm zu Emily und zurück blickte. Wann war der richtige Zeitpunkt, um für sich selbst zu sprechen? Unter dem Tisch trommelten ihre Finger lautlos auf ihrem Oberschenkel, bis Emily sie mit ihrer Hand bedeckte. Es war nur eine kurze Berührung, aber Emilys Unterstützung schoss durch ihren Kreislauf wie ein Angstlöser und stärkte ihre Entschlossenheit.

Emily beugte sich in ihrem Stuhl vor. »Dr. Wallace, für einen Großteil der letzten zwei Monate war ich Dr. Petrells Vorgesetzte und Mentorin, nicht dass sie viel Unterstützung brauchte. Sie arbeitet hart, ist sehr gewissenhaft und reifer als die meisten Assistenzärzte. Sie ist natürlich vor allem daher reifer, da sie eine Lebenserfahrung hat, die über College und Medizinstudium hinausgeht. Sie ist eine exzellente Ergänzung für unsere Notaufnahme, nicht nur professionell, sondern auch persönlich.« Sie reichte Dr. Wallace weitere Blätter aus ihrer Mappe. »Hier habe ich Aussagen von allen Fachärzten, die bislang mit Dr. Petrell gearbeitet haben, und die Mehrheit der restlichen Mitarbeiter, die ich in so einer kurzen Zeit erreichen konnte. Sie alle unterstützen die Weiterbeschäftigung von Dr. Petrell.«

Das war das erste Mal, dass Diana davon hörte. Emily musste sie heute Morgen gesammelt haben und die Unterstützung ihrer Kollegen ließ Diana ein wenig aufrechter sitzen.

Seine buschigen Augenbrauen formten eine bedrohliche Linie, als Dr. Wallace die Seiten überflog. »Das ist ja alles sehr nett, aber ich habe nie an Dr. Petrells Qualifikation als Ärztin oder an ihrer Arbeitsmoral gezweifelt. Dr. Barnes, ich dachte, wir haben dieselben Prioritäten. Das hier hilft nicht dem Ruf des Krankenhauses.« Er schmiss die Papiere auf den Tisch und sah Diana direkt an. Seine dunkelbraunen Augen zeigten keine Gnade.

Diana straffte ihre Schultern. »Sir, es tut mir leid, dass ein Foto von mir gemacht und veröffentlicht wurde. Sie haben recht, einige Klatschseiten werden vermutlich herausfinden, dass ich hier arbeite. Aber ich glaube nicht, dass es automatisch zu einem Skandal kommen wird oder der Ruf des Krankenhauses geschädigt wird. Vielleicht können wir unsere Optionen diskutieren und einen Kompromiss …«

»Nein. Keine Diskussion. Keine Kompromisse.« Seine Stimme donnerte und erstickte den Rest ihrer Argumentation. »Sie sind gefeuert.«

Die direkte Aussage traf sie wie ein Schlag auf den Kopf mit ihrem eigenen Schlagzeugbecken. Das Klingeln in ihren Ohren übertönte ihre sich überschlagenden Gedanken. *Das war's*. Ihr Traum war vorbei, zumindest für jetzt. Sie würde warten, bis der Presserummel abgeklungen war und dann eine andere Assistenzarztstelle suchen. Aber sobald sie dort in die engere Auswahl kam, würde jemand ihren früheren Arbeitgeber kontaktieren und Dr. Wallace würde genau sagen, warum er sie gefeuert hatte. Vielleicht bekam sie in den nächsten Jahren eine dritte Chance, irgendwo so weit abgelegen, dass sie verzweifelt waren und jeden nahmen, zum Beispiel in Alaska.

Tränen brannten in ihren Augen und sie musste mehrfach schlucken, bevor sie ohne zu weinen sprechen konnte. Ihr blieb nur noch ihre Würde und sie wollte sie mitnehmen, wenn sie ging. »Ich verstehe, Sir. Danke für die Gelegenheit, hier zu arbeiten. Auf Wiedersehen.«

Emily ballte ihre Fäuste auf ihrem Schoß, bis die Knöchel weiß wurden. Der Schmerz ihrer Fingernägel, die in ihre Handfläche schnitten, war nichts im Vergleich zu dem sengenden Schmerz, der in ihrer Brust brannte. Dr. Wallace Worte rollten über sie wie ein Gewittersturm und ihre Bedeutung traf sie wie ein Blitz.

Er hatte zweimal *selbe Prioritäten* erwähnt, jetzt und in ihrem vorherigen Gespräch. Sie hatte die Relevanz nicht verstanden, aber jetzt war es offensichtlich. Das Angebot, die Leitung der Notaufnahme zu übernehmen, war an ihre Unterstützung geknüpft, Diana zu feuern.

Nein, nein, nein. Ihre eigene Abteilung zu führen, war immer ihr Ziel gewesen, aber die Wahl zwischen der Beförderung und dem Kampf für Diana, war gar keine Wahl.

Er hatte noch nicht einmal Dianas Vorschlag, die Optionen zu besprechen. angehört und sie ohne Zögern abgewürgt. Wut über diese Ungerechtigkeit flammte in ihr auf wie ein Waldbrand und verwandelte ihre Zurückhaltung in Schutt und Asche. »Nein!«

Diana und Dr. Wallace hielten mitten in ihrer Bewegung inne. Diana war mit ausgestreckter Hand um den Tisch herum gegangen und Dr. Wallace war halb aus seinem Sitz aufgestanden.

»Schwachsinn!« Emily schlug mit der Faust auf den Tisch. »Wir wissen noch nicht einmal, was passieren wird. Und Sie wollen ihre Karriere ruinieren, ihr Leben, wegen der vagen Möglichkeit einer Rufschädigung? Und besitzen nicht einmal den Anstand, ihr zuzuhören?«

Beide starrten sie mit offenem Mund an.

Dr. Wallace fing sich zuerst. »Dr. Barnes, es ist nicht notwendig, dass Sie darin verwickelt werden. Dr. Petrell scheint die Situation zu verstehen und …«

»Nein! Das ist genauso meine Notaufnahme wie Ihre; das haben Sie vorhin selbst zugegeben. Ich habe ohne Bezahlung extra Schichten gearbeitet, mich um die Dienstpläne gekümmert, jeden größeren und kleineren Zwischenfall aus der Welt geschafft, ohne Beschwerde, ohne jemals um einen Gefallen zu bitten. Über all die Jahre habe ich mein Leben für die Notaufnahme gegeben. Ich bin schon darin verwickelt. Wenn Sie Dr. Petrell entlassen, verlieren Sie mich auch.« Emilys Stimme brach bei den letzten Worten.

Was hatte sie getan? Würde sie wirklich ihre Arbeit aufgeben?

Ja! Das Feuer in ihrem Herzen hatte ihre Entschlossenheit zu Stahl geschmiedet. Sie lockerte ihre Faust, die immer noch auf dem Tisch lag, und griff mit zitternden Fingern nach der Wasserflasche. Die kühle Flüssigkeit linderte das Brennen in ihrer Kehle. Hatte sie geschrien? Und wann war sie aufgestanden?

Diana sah sie mit weit aufgerissenen Augen an und machte einen Schritt zurück in ihre Richtung.

Bewusst langsam stellte Emily die Wasserflasche auf den Tisch und setzte sich. »Dr. Wallace, lassen Sie uns bitte diese Unterhaltung von vorne anfangen. Ich kann Ihre Entscheidung nicht unterstützen. Sie ist nicht richtig und auch nicht das Beste für das Krankenhaus und unsere Patienten.«

Er fiel mit einem dumpfen Klatschen auf seinen Stuhl zurück. »Gut. Was schlagen Sie vor?« Er winkte mit der Hand in Dianas Richtung. »Dr. Petrell, nehmen Sie Platz.«

Diana eilte zurück an Emilys Seite und schüttelte den Kopf. »Du brauchst meinetwegen nicht zu gehen. Ich weiß, wie viel die Notaufnahme dir bedeutet.« Die feinen Linien um ihre Augen vertieften sich vor Sorge.

Du bedeutest mir mehr. Emily konnte es hier nicht sagen, aber sie hoffte, dass Diana es in ihren Augen las. Der Gedanke, dass sie als Leiterin der Notaufnahme tatsächlich Dianas Chefin wäre, kam ihr in den Sinn. Plötzlich hatte die Position jeden Anreiz verloren.

Sie drehte sich zu Dr. Wallace und stählte ihren Blick. »Ich denke, wir können uns darauf einigen, dass das Bild und die damit verbundene Berichterstattung ein Problem darstellen. Warum sprechen wir nicht über Dinge, die wir tun können, um einen Skandal zu vermeiden, außer erfolgreiche Assistenzärztinnen zu feuern, die nichts Falsches getan haben und ihren Vertrag nicht verletzt haben? Vielleicht können wir die Situation sogar so hinbiegen, dass wir dadurch positive PR gewinnen.«

Dr. Wallace erwiderte ihren Blick mit einer Ernsthaftigkeit, die sie noch nie an ihm gesehen hatte. Nach einer Minute glättete sich die tiefe Falte zwischen seinen Augenbrauen. Er nickte nachdenklich, als er die Papiere, die er auf den Tisch geworfen hatte, in einen ordentlichen Stapel sortierte. »Wie können wir das positiv darstellen?«

Endlich! Er hörte zu. Emily hielt ein Seufzen zurück, als sie sich zu ihrer Linken drehte. »Hast du Erfahrung mit dieser Art von Aufmerksamkeit durch die Medien?«

Diana hob eine Augenbraue, als sie offensichtlich eines der Gesprächsthemen erkannte, die sie am Abend vorgeschlagen und die Emily verworfen hatte. »Nicht als Einzelperson, aber ja, das ist der Band schon passiert.«

»Perfekt. Was habt ihr in der Vergangenheit getan?« Emily drückte wieder ihren Oberschenkel, diesmal etwas länger. Sie hatte keine andere Möglichkeit, sich in der Gegenwart ihres Chefs bei Diana zu entschuldigen, dass sie am Vortag ihre Ideen so abgetan hatte.

»Wir haben normalerweise eine PR-Agentur engagiert, die sich auf Schadensbegrenzung spezialisiert hatte. Oft wollen die Medien nur eine interessante Geschichte veröffentlichen, die die Verkäufe in die Höhe schnellen lässt. Dabei bevorzugen sie eine vollständigere Version von einer PR-Agentur, statt unsichere Halbwahrheiten mit einem unscharfen Foto zu verbreiten.«

Dr. Wallace musterte Diana für einen Moment, während sein Gesichtsausdruck sich von misstrauisch zu neugierig wandelte. »Kennen Sie eine solche PR-Agentur? Können Sie Kontakt aufnehmen?«

Emily spürte, wie die Anspannung in Dianas Oberschenkel unter ihrer Hand nachließ. Ihr Plan hatte funktioniert. Nein, Dianas Plan hatte funktioniert. Sie hätte von Anfang an auf sie hören sollen.

Das erste echte Lächeln des Tages umspielte Dianas Lippen. »Das ist eine gute Idee. Ich kann meinen Manager anrufen. Ich bin mir sicher, er hat jemanden hervorragenden auf der Kurzwahl gespeichert. Wollen Sie mit ihm sprechen, Sir?«

»Nein, nein. Sie sprechen mit ihm und Sie engagieren und bezahlen diese Agentur. Wenn Sie etwas positive PR für das Krankenhaus aus dem Schlamassel herausquetschen können, können sie bleiben, auch wenn ihr Name an die Öffentlichkeit kommt. Das ist das einzige Angebot, das Sie bekommen werden. Nehmen oder lassen Sie es.« Dr. Wallace stand auf und beendete so die Diskussion.

Diana ging zu ihm und schüttelte seine Hand. »Ich nehme es an. Danke, Dr. Wallace.«

Obwohl sie befürchtete, ihre Beine würden sie nicht tragen, folgte Emily ihr. Dr. Wallace Zugeständnis war nicht viel, aber immerhin war es eine Chance. Sie ging um den Tisch herum und streckte ihre Hand aus, überrascht, dass sie nicht mehr zitterte.

Er zögerte eine gefühlte Ewigkeit lang, bevor er sie drückte. »Halten Sie mich wegen Ihrer Pläne auf dem Laufenden.«

Welche Pläne? Zog er sie immer noch für eine Beförderung in Betracht? Sie nickte und verließ den Raum wie in einem Nebel und nahm Diana kaum neben sich wahr.

Kapitel 20

Emily hielt auf den Aufzug zu, aber bevor sie ihn erreichte, öffnete Diana die Tür zum Treppenhaus. Sie zog an Emilys Hand und führte sie die Treppen hinunter.

Sie hatten kein Wort gesprochen, seit sie Dr. Wallace Büro verlassen hatten. Emily vermutete, dass nach ihrer Kehrtwende Dianas Gedanken genauso herumwirbelten wie ihre eigenen.

Auf dem ersten Absatz stoppte Diana. »Was …«

»Lass uns in meinem Büro sprechen.« Emilys Stimme zitterte noch immer.

Diana nickte und Emily hastete die Stufen hinab, bevor sie noch etwas anderes sagen konnte.

Liz wartete vor Emilys Büro. »Wie geht es dir? Wie ist es gelaufen?«

»Es war überraschend okay.« Diana zuckte mit den Schultern. »Ich bin noch nicht gefeuert, aber ich muss auch einiges tun, damit es so bleibt.«

»Da bin ich froh.« Liz umarmte sie.

Liz und Diana so zu sehen, war verwirrend. Emily bohrte in das Gefühl, wie sie die Tiefe einer Wunde untersuchen würde. Es war keine Eifersucht, nein, mehr Neid auf die schnelle Freundschaft, die sie geschlossen hatten, etwas, womit sie immer Schwierigkeiten gehabt hatte.

Liz trat zurück. »Ich gehe jetzt nach Hause. Ruft mich jederzeit an, wenn ihr mich braucht, okay?« Sie sah von Diana zu Emily und zurück, bis beide nickten.

Überraschenderweise umarmte Liz sie auch. Emily war nie eine Umarmerin gewesen, noch nicht einmal mit Jenn, aber sie musste zugeben, dass es sich gut anfühlte. Vorsichtig erwiderte sie den Druck.

»Mach dir nicht so viele Sorgen«, flüsterte Liz, bevor sie losließ.

Das war einfacher gesagt als getan, aber Emily nickte trotzdem. Sie würde es zumindest versuchen.

Sie betraten das Büro und Emily schloss die Tür hinter Diana ab. Sie wollte nicht riskieren, dass jemand in ihre Unterhaltung platzte.

Sie zog den Arztkittel aus und hängte ihn an einen Haken an der Tür. »Ich hasse diese Dinger. Willst du hier sitzen?« Sie wies auf das Sofa. Sie wollte keine Barrieren zwischen ihnen haben, weder reale wie ihren Schreibtisch, noch unsichtbare wie die Hierarchie auf der Arbeit.

Diana betrachtete sie für einen Moment mit einem undeutbaren Gesichtsausdruck, aber dann spielte ein Lächeln um ihre Lippen. Sie zog ihren Kittel aus, legte ihn über die Stuhllehne und setzte sich auf das Sofa. Als sie sich halb zu Emily drehte und ihr Bein anwinkelte, war sie nicht so locker, wie Emily es gewohnt war, aber auch nicht so angespannt wie in Dr. Wallace Büro.

»Das lief super, denkst du nicht auch?« Emily zuckte bei dem Klang der falschen Fröhlichkeit in ihrer eigenen Stimme zusammen.

»Ja. Ich kann nicht glauben, dass er zuletzt alles so ruhig geschluckt hat. Nach dem ersten Teil der Unterhaltung dachte ich, es sei vorbei.« Diana griff nach Emilys Hand und verflocht ihre Finger miteinander. »Danke. Aber ich meinte, was ich gesagt habe. Du musst deine Karriere nicht wegen mir riskieren.«

»Aber ich will«, platzte es aus Emily heraus. »Ich will nicht irgendwo arbeiten, wo du noch nicht einmal eine faire Chance erhältst. Ich will nicht die Notaufnahme leiten, wenn es bedeutet, dich zu verlieren.«

»Notaufnahme leiten? Was meinst du damit?« Dianas Blick bohrte sich in ihre Augen und suchte nach Antworten.

»Nichts.« Emily sah nach unten.

»Hey.« Diana schob Emilys Kinn mit einem Finger nach oben. »Was meinst du damit?«

»Er hat mir die Leitung angeboten, wenn ich ihm helfe, dich loszuwerden. Er hat es nicht ganz so formuliert, aber darauf läuft es hinaus. Aber ich werde es nicht tun. Ich kann nicht.« In der Eile, alles loszuwerden, hatte sie keine Luft geholt. Jetzt rang sie nach Sauerstoff und klammerte sich an Dianas Hand wie eine Ertrinkende.

Dianas Augen verdunkelten sich zu einem warmen Braungrün und sie rückte näher auf dem Sofa. Die Berührung an Emilys Kinn verwandelte sich in eine Liebkosung entlang ihres Halses.

Das war völlig unangemessen auf der Arbeit, aber sie wollte nicht, dass Diana aufhörte. Emily schluckte.

Diana lehnte sich noch näher und Wärme strahlte von ihr aus. »Danke.« Ihr Kuss war sanft und fast schon züchtig, aber er versprach mehr, Leidenschaft und Liebe, wenn Emily das wollte.

»Ich liebe dich.« Emily erstarrte. Hatte sie das laut gesagt? Hier? Jetzt? Ihr Herz raste, aber bevor sie in Panik ausbrechen konnte, küsste Diana sie erneut. Diesmal brach die unterschwellige Leidenschaft durch und vertrieb jeden Zweifel aus ihren Gedanken.

Diana beendete den Kuss und holte tief Luft. »Ich liebe dich auch.« Sie grinste. »Aber dein Timing lässt zu wünschen übrig, weil ich dir hier und jetzt nicht zeigen kann wie sehr.«

Eine Million Schmetterlinge stiegen auf. Emily grinste zurück. »Heute Abend?«

»Heute Abend. Ich gehe besser wieder an die Arbeit, bevor ich etwas tue, was wir lieber lassen sollten.« Diana zwinkerte, stand auf und nahm ihren Arztkittel.

»Warte. Was ist der nächste Schritt?« Emily glättete ihr OP-Oberteil und sah Diana nicht an. Sie befürchtete, sie würde sich nicht beherrschen können, wenn sie ihr Lächeln sah.

»Meinst du wegen der PR? Ich muss Vic anrufen und ein Treffen mit einem PR-Agenten organisieren. Dann brauchen wir als Nächstes einen vertrauenswürdigen Journalisten.« Diana stöhnte. »Ich hasse Interviews.«

Eine Idee schoss durch Emilys Gedanken. Sie sprang auf. »Wie wäre es mit Jenn? Sie könnte dich interviewen.«

»Das könnte funktionieren. Gute Idee.« Diana drückte ihre Schulter. »Und, Emily, lass uns nachher noch mal über die Beförderung reden.«

»Das ist nicht notwendig. Auch wenn die Erpressung das Angebot nicht verdorben hätte, würde ich nicht deine Chefin sein wollen. Und ich glaube auch nicht, dass es wirklich sehr gesund für mich wäre, die Notaufnahme zu leiten. Ich würde nie wieder nach Hause gehen.« Mit jedem Grund, den sie aufzählte, öffnete sich ein weiteres Glied der Ketten, die sie an ihre eigenen Erwartungen fesselten.

»Sicher?« Diana fuhr sich mit der Hand durch die Haare.

Emily war sich in ihrem Leben noch nie so sicher gewesen. Sie nickte und küsste Diana kurz auf die Lippen. Der verwuschelte Anblick war einfach unwiderstehlich. »Bleib hier und erledige deine Anrufe. Ich gehe und schaue, dass die Arbeit erledigt wird, und wir hier so schnell wie möglich rauskommen. Oh, und ich rufe Jenn jetzt direkt an und sage ihr, dass sie deinen Anruf erwarten soll. Ich schicke dir ihre Nummer.«

Bevor die Versuchung zu groß wurde, verließ Emily rasch den Raum und musste sich bemühen, ihr Lächeln zu unterdrücken. Bis sie den Aufenthaltsraum erreicht hatte, hatte sie einen einigermaßen strengen Gesichtsausdruck aufgesetzt. Sie musste zumindest ihren Ruf aufrechterhalten.

Die Türklingel läutete, als Diana gerade die Nudeln abgoss. Sie schüttete sie in den Topf zurück und ignorierte die Spritzer heißen, salzigen Wassers auf ihrer Arbeitsfläche, dann eilte sie zum Eingang.

Vierundzwanzig Stunden nach ihrem letzten Besuch stand Emily wieder vor der Tür, diesmal mit einer Tasche für das Wochenende in der Hand. Sie sah großartig aus in einer beige-grauen Bluse und Jeans.

»Es tut mir leid, dass du warten musstest.« Diana nahm ihr die Reisetasche ab.

Sobald sie drinnen war, presste Emily sie gegen die geschlossene Tür. Sie hatte geduscht und das Haar, das auf Dianas Gesicht fiel, war immer noch feucht.

Sie erwiderte den Kuss und ließ dabei die Tasche fallen. Sie landete mit einem dumpfen Schlag auf dem Holzfußboden. »Ups, sorry noch mal.« Sie lachte, nahm sie auf und platzierte sie neben der Schlafzimmertür. »Willst du mit mir in die Küche kommen?«

»Gerne, es duftet göttlich.« Emily nahm einen tiefen Atemzug durch die Nase und ihr Magen grummelte.

»Willst du etwas zu trinken? Diana öffnete den Hängeschrank mit den Gläsern. »Wasser? Wein? Ich habe einen Roten für die Soße geöffnet, aber noch nicht davon getrunken.«

»Beides? Ich hätte gerne ein Glas Wein zum Essen, aber ich muss mich vorher rehydrieren, sonst bin ich sofort betrunken.«

Diana füllte ein Wasserglas aus der Karaffe, die auf der Arbeitsfläche stand, und stelle sich auf die Zehenspitzen, um das obere Regalbrett mit den guten Weingläsern zu erreichen. Als sie sich umdrehte, um das Wasser anzubieten, riss Emily ihren Blick ruckartig nach oben, aber es war zu spät.

Nach all den Jahren in der Musikindustrie kannte Diana sehr gut das Gefühl, Objekt der sexuellen Anziehung zu sein. Aber noch nie hatte es sie angemacht. »Gefällt dir, was du siehst?«

Emily griff nach dem Wasserglas und leerte es in fast einem Zug. Es schien sie aber nicht abzukühlen und ihre Wangen leuchteten in einem entzückenden Dunkelrot.

Lachend füllte Diana das Glas wieder auf. »Ich bin dann hier drüben und rühre einfach die Soße, bis du wieder sprechen kannst.« Sie drehte sich zum Herd und stellte sich wieder auf die Zehenspitzen.

»Du bist unfair.« Aber ihr spielerischer Tonfall zeigte, dass es Emily nichts ausmachte. »Kann ich dir mit etwas helfen?«

»Nein, es ist fast fertig.« Sie rührte die Soße noch einmal um und legte den Deckel auf den Topf. »Es muss nur noch etwas durchziehen.«

»Willst du zuerst essen oder reden?« Emily nahm ein Schwammtuch von der Spüle und wischte die Wasserspritzer von der Arbeitsfläche.

Diana zuckte mit den Schultern. Sie würde lieber den potenziell unangenehmen Teil des Abends aus dem Weg schaffen. »Alles läuft wie geplant. Ich habe mit Vic und einer PR-Agentin gesprochen und sie sind sich einig, dass einige gezielte Artikel eine gute Idee wären. Jenn war nett am Telefon. Sie hat mir angeboten, einen anderen Journalisten zu finden, wenn ich ihr aufgrund unserer ersten Begegnung nicht traue.«

»Oh, daran habe ich gar nicht gedacht. Hast du dich für jemand anderen entschieden?« Sie legte den Schwamm zurück zur Spüle und wusch ihre Hände.

Diana reichte ihr ein sauberes Handtuch und lächelte. Kein Wunder, dass Emilys Küche immer aussah, als ob sie sie nie benutzte. »Nein, ich denke, es ist eine gute Idee, uns besser kennenzulernen. Wir treffen uns morgen früh am Regenbogenhaus. Ich hatte eine Stunde geplant und sie wollte es sehen. Willst du mitkommen?«

»Sehr gerne.« Emily trat näher und nahm Dianas Hand. Ihre Finger waren kühl, aber ihr Griff war fest und unterstützend.

Diana hob ihre verknüpften Hände und küsste Emilys Knöchel, bevor sie losließ. Sie ging zurück zum Herd, um die Soße umzurühren und mit den Nudeln zu vermischen. Thymian und Rosmarin füllten den Raum. Die ganze Atmosphäre, die stille Häuslichkeit, mit der Emily ihr in der Küche half, gab Diana das wohlige Gefühl von Zuhause und Zusammengehörigkeit. Sie wünschte, sie könnte diese Empfindung mit Emily teilen.

Oh, aber das konnte sie. Sie schaltete das Gas aus, deckte die Soße zu und öffnete ihre Küchenschublade. Sie war voll mit Zeug, das keinen anderen Platz hatte, wie ein Ball Gummibänder, hölzerne Grillspieße und der hässliche Weihnachtsbaumflaschenöffner. Sie würde ihr Schlagzeug darauf wetten, dass es Emily in den Fingern juckte, den Inhalt der Schublade nach Funktion, Größe und vielleicht sogar Farbe zu sortieren.

Hier war er. Bevor sie ihren Mut verlor, nahm Diana eine von Emilys Händen und drückte ihr das kalte Metall in die Handfläche.

Emilys Augen weiteten sich, als sie die Hand öffnete und den Schlüssel sah. »Ist das …?«

»Ich will nicht, dass du wieder einbrechen oder auf mich warten musst. Komm, wann immer du willst, egal ob ich hier bin oder nicht. Ich zeig dir später, wie man die Alarmanlage benutzt.« Nachdem sie mit fünf Brüdern aufgewachsen war und so lange in einem Haus mit Mel, Katie und Katies wechselnden Affären gelebt hatte, hätte Diana nie gedacht, dass sie ihre neugefundene Selbstständigkeit so schnell aufgeben würde. Aber Emilys Gegenwart war keine Einschränkung.

Emily hatte immer noch nichts gesagt.

»Zu viel, zu früh?« Das Letzte, was Diana wollte, war, sie zu etwas zu drängen, für das sie noch nicht bereit war.

Ein Lächeln ersetzte langsam Emilys überraschten Gesichtsausdruck. Anstatt zu antworten, schlang sie ihre Arme um Diana und verbarg ihr Gesicht an ihrem Hals. Nach einer Minute murmelte sie in Dianas Haar, »Nein, es ist perfekt. Danke.«

Ihr warmer Atem kitzelte Diana, aber ihr Kichern verwandelte sich rasch in Stöhnen, als Emily an ihrem Hals knabberte und den Konturen ihres Trägertops entlang zum Ansatz ihrer Brüste folgte. Ihre Hände strichen nach unten, bis sie ihren Hintern drückten.

Der Schlüssel traf mit einem hohen metallischen Klang auf den Schieferboden. Emily ließ sie sofort los und bückte sich, um ihn aufzuheben.

Lachend trat Diana zur Seite, um ihr Platz zu machen. »Ich kann dir auch einen Anhänger geben, wenn du willst.«

Emily schüttelte den Kopf, ging zu ihrer Tasche und nahm den schlichten Ring heraus, der ihre Schlüssel hielt. Sie schob sie einen nach dem anderen zur Seite, zögerte aber beim letzten mit einem nachdenklichen Gesichtsausdruck.

Diana erkannte den Schlüssel zum Strandhaus, aber bevor sie es ansprechen konnte, befestigte Emily Dianas Schlüssel am Ring und verstaute ihn wieder.

Anstatt zurück zu ihr zu gehen, streckte Emily ihre Hand aus und wackelte einladend mit den Fingern. Der Funke in ihren Augen ließ keinen Zweifel daran, dass sie keine Absicht hatte, bald wieder zur Küche und zum Abendessen zurückzukehren.

Plötzlich war Diana nicht mehr hungrig, zumindest nicht auf das Essen.

Das Funkeln in Dianas Augen hypnotisierte Emily. Sie ging rückwärts, bis ihre Waden die Bettkante berührten. Sie hakte einen Finger in eine Gürtelschlaufe und zog Diana die letzten paar Zentimeter zu sich. Der Duft von Vanille, Mandeln und Diana machte ihre Knie weich. Mit einem tiefen Seufzer sank sie auf die Matratze.

Gänsehaut bildete sich auf Dianas Haut, als Emily entlang der Grenze zwischen ihrem Trägertop und der Jeans blies. Sie schob ihre Finger unter den Saum des dunkelgrünen Shirts, um die Lücke zu erweitern und die weiche Haut zu küssen.

Diana stöhnte und lehnte sich in die Liebkosung. Ihre Hände ruhten auf Emilys Schultern, ein leichter Kontakt, der zu einem festen Griff wurde, als Emily den Knopf der Jeans öffnete und den Reißverschluss ganz langsam nach unten zog.

Die Macht, die mit dem Wissen einherging, dass sie für Dianas Stöhnen verantwortlich war, für den Ausdruck ihrer Leidenschaft, schoss direkt in Emilys Kopf und machte sie schwindelig.

Die Jeans musste weg, so gerne Emily den Anblick des festen Hinterns in ihnen genossen hatte. Sie zog sie nach unten, und nahm den Slip gleich mit zum Fußboden. Auf ihrem Rückweg nach oben küsste sie die Innenseite von Dianas linkem Bein und spiegelte den Weg auf dem anderen Bein mit ihrer Fingerspitze. Kurz bevor sie den Schritt erreichte, bog sie nach außen ab, zur Kurve ihrer Hüften.

Der Griff an Emilys Schulter wurde fester, als Diana schnell aus der Kleidung trat, die sich auf dem Boden sammelte. Mit einem sanften Druck schupste sie Emily mit dem Rücken auf das Bett, während ihre Füße noch auf dem Boden ruhten.

Schnell folgte ihr Diana und setzte sich rittlings auf sie.

Perfekt, genau wo Emily sie wollte: Jeder Körperteil war einfach zu erreichen.

In einer aufreizend langsamen Bewegung zog Diana ihr Trägertop nach oben und deckte ihre perfekt geformten Brüste auf.

Emilys Blick wurde sofort von ihren Nippeln angezogen, die sich schon erwartungsvoll gehärtet hatten. Sie trug keinen BH und Emily setzte sich auf, um erst die eine und dann die andere Brust zu küssen. Sie genoss die sanften Kurven und das Stöhnen, das sie Diana entlockte. Ihre Bauchmuskeln zitterten, aber die Anstrengung war es wert.

Diana zog Emilys Bluse an ihrem Rücken nach oben und schob beide Hände darunter. Der Kontrast zwischen ihren sanften Fingerspitzen und den Schwielen auf ihren Handflächen schickte Schauer über Emilys Wirbelsäule.

Stöhnend grub Emily ihr Gesicht in Dianas weiche Haut. Sie konnte sich in dem Duft verlieren und in dem immer schnelleren Herzschlag unter ihren Lippen.

Während sie Emily immer noch mit einer Hand auf dem Rücken unterstützte, schlich Diana mit der anderen zwischen sie beide, um Emilys Bluse aufzuknöpfen.

Emily lehnte sich nach hinten, um ihr Raum zum Arbeiten zu geben. Die Stütze durch die starke Umarmung vermittelte Sicherheit. Jede leichte Berührung prickelte und weckte den Wunsch nach mehr – mehr Haut, mehr Kontakt, mehr Diana.

Als ob sie ihre Not spürte, ließ Diana die Knöpfe los und zog den Saum der Bluse nach oben, über ihren Kopf und über beide Arme.

Aber das umgestülpte Kleidungsstück wollte nicht über ihre Handgelenke gleiten. Emily versuchte, den Weg der Bluse umzukehren, um die Ärmel zu befreien, damit Diana sie aufknöpfen konnte. Aber ein fester Griff presste sie enger an Diana und hielt ihre Arme und die Bluse zwischen ihnen gefangen.

»Oh nein«, flüsterte Diana mit rauer Stimme direkt in ihr Ohr. »Warum lassen wir das nicht so für eine Weile?«

Ihr Adrenalin schoss nach oben und Emily dachte, ihr Herz würde explodieren. Sie vertraute Diana wirklich, aber so die Kontrolle aufzugeben, war noch nie eine Fantasie von ihr gewesen. Die Angst vor dem Unbekannten ließ sie wie in Eis gegossen erstarren und machte es unmöglich zu antworten.

Diana knabberte an ihrem Ohrläppchen. »Ist das in Ordnung?«

Ihr Blick fiel auf die Flammen, die sich über Dianas Schulter hinweg erstreckten und sich um ihren Bizeps wanden. Glühend-heiße Leidenschaft versengte ihren Verstand und ihre Zurückhaltung schmolz wie Eis in der Wüste.

Unfähig zu sprechen, nickte Emily und wurde mit federleichten Küssen auf Kinn und Mund belohnt.

Ihre Lippen trafen sich zu einem tiefen Kuss und Emily versuchte, ihre Erregung auszudrücken. Diana antworte genauso und jede Bewegung ihrer Zunge sandte Flammen durch Emily.

Als sie beide auftauchten, um Luft zu holen, atmete Diana so schnell wie sie. Nach einem Moment lehnte sich Diana langsam nach vorne und legte Emily auf das Bett. Sie ermunterte sie, zum Kopfende hochzurutschen. Ihr Blick hielt Emilys und ohne zu blinzeln, glitten ihre Hände nach vorne, entlang der Konturen des BHs, den Emily immer noch trug, und hinunter zu den Händen, die in den Ärmeln gefangen waren.

Emilys Herzschlag beschleunigte sich, als sie ihre Absicht erriet. Sie protestierte nicht.

Diana umklammerte beide Handgelenke, hob ihre Arme und die zerknitterte Bluse nach oben und legte sie hinter ihrem Kopf auf dem Kissen ab. »Kannst du so bleiben?«

Emilys Mund war trocken und sie brauchte zwei Versuche, um zu antworten. »Ja.« Alle Flüssigkeit in ihrem Körper schien sich zwischen ihren Beinen versammelt zu haben. Warum hatte sie nicht gewusst, dass so etwas so heiß war?

Die Erlaubnis brach den Bann von Dianas Blick und sie küsste sie erneut auf den Mund. Diesmal hielt sie sich nicht lange damit auf, sondern folgte einem Pfad den Hals entlang zu den Brüsten, begleitet von ihren starken Händen, die jeden Zentimeter von Emily streichelten, den sie erreichen konnten.

Aus Emilys Blickwinkel konnte sie nur das dunkle verwuschelte Haar sehen und flüchtige Blicke auf die leuchtend rote und grüne Tinte des Tattoos erhaschen. Ihre

Finger schmerzten fast durch das Bedürfnis, Diana zu lenken und zu ermuntern, aber sie zwang sich, still zu halten und die sinnliche Erkundung zu genießen.

Diana entfernte ihren BH nicht, sondern liebkoste ihre Brüste und die festen Nippel durch die dünne Seide.

Jede Berührung schoss wie ein Stromschlag von ihren Brustwarzen zu ihrer Klitoris. Emily fürchtete, sie würde schon von dieser Stimulation alleine kommen und war dem feuchten Stoff dankbar, der ihre Haut schützte und beruhigte.

Dianas Hände wanderten weiter nach unten und brachten ihre Haut zum Schmelzen. Das Aufspringen ihres Hosenknopfes und das Nachgeben ihres Reißverschlusses war eine Erleichterung. Kühle Luft liebkoste sie, als Diana Jeans und Slip nach unten zog und zur Seite warf. Wie Emily es getan hatte, küsste sie auf dem Rückweg ein Bein nach oben und streichelte das andere. Nur bog sie nicht nach außen ab, sondern schwebte über ihr. Ihr warmer Atem kitzelte Emilys Locken.

Emily hob mit Schwierigkeiten ihren Kopf und erwiderte Dianas fragenden Blick. Nur noch ein schmaler Rand leuchtenden Grüns umgab ihre weiten Pupillen. Die Mischung aus Zärtlichkeit und Verlangen, die sich in ihnen spiegelte, füllte sie mit einer Welle der Liebe, die sie noch nie empfunden hatte. Jede Unsicherheit wurde durch das Vertrauen in Diana hinweggefegt. Sie schloss die Augen und öffnete die Beine, als sie ihren Kopf wieder ablegte.

Vor Aufregung war Emily so angespannt, dass sie die erste Berührung von Dianas Zunge kaum spürte, aber mit jedem Streichen und Wirbeln, verengte sich ihr Fokus auf die berauschende Empfindung. Als ihre Finger dazu kamen, stöhnte Emily laut.

Zunächst versuchte sie, die verschiedenen Stimulationen noch zu unterscheiden, dann verwandelte die Flut der Leidenschaft ihren Verstand in ein zitterndes Chaos. Sie konnte nicht mehr länger nachdenken, was Diana tat oder wie sie es tat.

Ihr Körper gehörte Diana, die damit spielte wie auf einem Instrument, und ihr Konzert trieb sie in Höhen, die sie nie zuvor erreicht hatte. Der Höhepunkt überraschte und überwältigte sie völlig. Emily kam mit einem Schrei und quetsche Diana fast zwischen ihren Beinen ein.

Nach einer Weile zog Diana ihre Finger aus ihr und kroch im Bett nach oben. Sie leckte sie mit einem neckischen Grinsen sauber und wackelte dabei mit den Augenbrauen. »Ich will keine Flecken auf deiner Bluse hinterlassen.« Sie entwirrte das Kleidungsstück, knöpfte die Ärmel auf und küsste jedes Handgelenk, sobald sie es befreit hatte.

Endlich konnte Emily mit ihren Händen durch Dianas Haare fahren. »Es war eine Folter, dich nicht zu berühren. Ich liebe deine Haare.« Sie massierte die Kopfhaut und provozierte leises Stöhnen. Ihre Muskeln hatten sich in Brei verwandelt und sie war noch nicht zu mehr bereit, aber sie wollte Diana nahe sein.

»Mmh. Ich deine auch.« Diana ruhte mit ihrem Kopf auf ihrer Schulter und wickelte eine Strähne von Emilys Haaren um ihren Finger. »Warum färbst du es?«

»Was? Woher weißt du das?« Sie hatte es schon so lange getan, dass sie Braun fast für ihre normale Haarfarbe hielt.

»Nun, es passt nicht zu den anderen Körperhaaren und den Sommersprossen. Du bist eigentlich rothaarig, oder?« Diana kitzelte ihr Kinn mit der Spitze der Strähne.

Hitze, die nicht mehr durch Erregung verursacht wurde, stieg in ihre Wangen. »Ich habe immer gedacht … Mir wurde gesagt, es sähe unprofessionell aus. Niemand würde mich ernst nehmen.« Sie wollte ihre Mutter nicht ins Schlafzimmer bringen, aber sie vermutete, dass Diana sie mittlerweile gut genug kannte, um zu erraten, wer das gesagt hatte.

Diana schüttelte den Kopf. »Das glaube ich nicht. Aber es ist dein Haar und du kannst damit machen, was du willst.« Sie stützte sich auf einen Ellenbogen, um in Emilys Augen zu schauen. »Egal was du mit deinen Haaren machst, ich denke, du bist professionell und wunderschön und seriös und perfekt.« Sie betonte jedes Wort mit einem Kuss und arbeitete sich dabei von ihrem Schlüsselbein zu ihrem Mund vor.

Sie war weit von perfekt entfernt, aber hier und jetzt glaubte sie Diana fast. Der Kuss munterte sie genug auf, um ihre Kräfte zu sammeln und Diana auf den Rücken zu rollen. Jetzt war sie an der Reihe zu spielen.

Diana musterte Jenn, als sie eine Aufnahme-App auf ihrem Telefon öffnete und es dann auf der hölzernen Kiste zwischen den Liegestühlen ablegte. Mit ihrem glatten blonden Haar, das zum Pferdeschwanz gebunden war, in verwaschener Jeans und T-Shirt einer so obskuren Band gekleidet, dass Diana sie noch nicht einmal kannte, sah sie täuschend jung und unschuldig aus. Vielleicht half ihr das beim Ausschnüffeln der Geschichten. *Hör auf.* Die wenigen Fragen, die Jenn bislang gestellt hatte, waren alle professionell und respektvoll gewesen. Und Diana hatte Emily und Mel versprochen, ihr einen Vertrauensbonus zu geben. Jenn hatte Diana zu ihrer Stunde im Regenbogenhaus begleitet, aber vorgeschlagen, das Interview mit mehr Privatsphäre zu führen.

Emily brachte eine große Kanne Eistee, den sie in einem Anfall von Häuslichkeit selbst gemacht hatte. Vielleicht war das ihre Art, mit der Spannung zwischen ihnen umzugehen.

Diana seufzte. An einem warmen Juninachmittag im Garten mit ihrer Freundin und deren besten Freundin zu sitzen, sollte eigentlich ein nettes soziales Ereignis sein. Stattdessen verursachte es ihr Beklemmung.

Jenn nahm das Glas, das Emily ihr anbot und trank einen Schluck. »Danke, das ist perfekt.« Sie lächelte Emily an, dann drehte sie sich mit einem deutlich ernsteren Gesichtsausdruck zu Diana um. »Bevor wir mit dem offiziellen Teil anfangen, würde ich gerne etwas sagen.«

»Klar.« Den ganzen Tag über hatte Diana auf einen Blick hinter die Fassade des netten Mädchens von nebenan gewartet.

»Wir haben uns am Anfang auf dem völlig falschen Fuß erwischt. Du hast nach unserem ersten Treffen vermutlich gedacht, ich sei eine total unprofessionelle Schlampe, die sich ihren Weg zu einer Geschichte erschläft. Und nach unserem zweiten Treffen dachte ich auf jeden Fall, du wärst eine Aufreißerin, die Emilys beschränkte Erfahrung mit Frauen ausnutzen will.« Jenn hielt ihre Hand hoch, um die Proteste von Diana und Emily abzuwehren. »Ich weiß, ich weiß. Es tut mir leid.«

Sie streckte ihre Hand aus und Diana schüttelte sie. »Es tut mir auch leid. Mel hat mir versichert, dass ich dir vertrauen kann.«

»Großartig. Lass uns mit dem Interview loslegen. Was ich dir jetzt vorschlage, entspricht nicht meinem normalen journalistischen Verhalten, aber ich glaube, dass spezielle Umstände spezielle Methoden erfordern. Halte nichts zurück. Zensier nicht jedes Wort und rede einfach mit mir. Vertrau mir, die Story zu finden, die erzählt werden muss, ohne deinen Ruf als Ärztin zu kompromittieren. Ich werde dich die Artikel lesen und genehmigen lassen. Das habe ich noch nie jemandem angeboten.«

War das ihr Ernst? Das widersprach allem, was Diana während ihrer Musikkarriere über die Zusammenarbeit mit der Presse gelernt hatte. Sie wollte ihr vertrauen wie Emily es tat, aber ein kleiner Rest Zweifel blieb. »Was hast du davon?«

Jenn lächelte und schien durch die Frage nicht beleidigt. »Eine Exklusivgeschichte?«

Diana hob ihre Augenbrauen und wartete. Die Antwort kratzte nur an der Oberfläche.

»Ich mache es für Emily. Sie hat mich immer unterstützt und auf den Boden der Tatsachen zurückgeholt, sogar während meiner abgedrehtesten Partyzeit an der Uni.« Jenn nahm Emilys Hand und drückte sie.

In Jenns Gesichtsausdruck zeigte sich die aufrichtige Zuneigung zu ihrer besten Freundin, aber hier ging es nicht nur um Diana selbst. Ihre Lebensgeschichte war mit Katies verknüpft und Katies Drogenabhängigkeit. »Was ist mit Katie?«

»Ich könnte vermutlich eine Menge Geld machen, wenn ich die Hintergrundgeschichte verkaufe, jetzt wo sie wieder einen Entzug macht, aber dann verliere ich zwei Freunde und eine Geliebte. Glaub mir, das ist es nicht wert.«

Diana konnte nur Aufrichtigkeit in Jenns Blick entdecken. »Okay. Lass es uns auf deine Art machen. Wo soll ich anfangen?«

Jenn startete die Aufnahme.

Während sie sprachen, war es dunkel geworden, und Emily hatte Kerzen angezündet. Dianas grummelnder Magen war dankbar, dass Emily den Eistee durch Pizza und Bier ersetzt hatte. Sie kaute, ohne viel zu schmecken. Ihre Gedanken trieben planlos durch die Vergangenheit und Jenns und Emilys leise Unterhaltung wurde zu einem Hintergrundgeräusch.

Jenn öffnete ein zweites Bier und stellte es vor Diana. »Wollen wir für heute Schluss machen?«

Diana schüttelte den Kopf. Sie wollte es hinter sich bringen, und je schneller Jenn alle Informationen hatte, desto schneller konnte sie die Artikel schreiben. Sie nahm einen großen Schluck Bier und genoss die erfrischende Bitterkeit. »Was kommt als Nächstes?«

Jenn startete die Aufnahme erneut. »Warum hast du die Band verlassen?«

Die Frage kam nicht überraschend, aber die emotionale Unruhe, die diese Erinnerungen immer noch begleitete, hatte sie nicht erwartet. »Kurz gefasst: Jemand ist fast gestorben und ich habe eine Wiederbelebung durchgeführt. Dabei habe ich erkannt, dass ich zur Medizin zurückkehren will.«

»Okay, wenn du denkst, dass das ausreichend ist, können wir es dabei belassen.« Jenns Stimme war ruhig und Diana konnte in der Dämmerung ihre Gesichtszüge nicht gut genug ausmachen, ob sie dem Tonfall entsprachen.

Wenn Diana ehrlich zu sich selbst war, war es nicht genug. Sie wollte die Geschichte erzählen, besonders Emily. Jenn hatte bewiesen, dass sie eine gute Zuhörerin war, die Fragen mit Tiefgang stellte. Sie nahm einen weiteren Schluck

Bier, um ihren trockenen Gaumen zu befeuchten, dann schob sie es weg. Sie brauchte keinen Alkohol, um sich schwindelig zu fühlen.

»Es war im Februar, an Katies Geburtstag, und sie feierte eine Party in unserem Haus. Sie brauchte eigentlich keinen Anlass, um zu feiern, aber es waren mehr Leute da als sonst. Ich versuchte, mich in meinem Zimmer zu verstecken, aber Mel hat mich rausgeschleppt, damit ich unter Leute komme. Ich hatte eigentlich keine Lust auf Small Talk, habe aber eine fröhliche Maske aufgesetzt.«

Diana schloss ihre Augen und versuchte, sich auf ihre Verfassung von damals zu konzentrieren. Jenn und Emily sollten verstehen, dass sie bereits an der Grenze zur Veränderung gestanden hatte, bevor das Ereignis sie über den Abgrund gestoßen hatte. »Ich war nicht wirklich unglücklich mit der Band und meinem Leben, aber ich mochte die Richtung, in die wir steuerten, nicht. Wir steuerten auch nicht wirklich, trieben eher, wiederholten denselben Zyklus jedes Jahr. Wir schrieben Songs, nahmen sie auf, gingen auf eine Tournee, wurden gestresst und unglücklich, kamen zur Farm zurück, um uns zu erholen, und dann fingen wir wieder von vorne an. Dazwischen waren ein paar Partys und Preisverleihungen eingestreut, das wars. Nichts Bedeutsames. Noch nicht mal Songs zu schreiben hatte noch Bedeutung, da wir unsere Lieder dem Geschmack der Fans anpassten, anstatt unsere Gefühle auszudrücken. Nichts Wichtiges geschah, über das wir ehrlich schreiben wollten.«

Diana nahm doch noch einen großen Schluck Bier. Es war warm geworden und schmeckte schal. »An dem Abend sah ich Katie mit einer neuen Geliebten. Das war mir egal, aber sie nahmen Drogen und das machte mich wütend. Wir hatten deswegen fast unseren ersten Vertrag verloren, und ich dachte, Katie hätte sich geändert. Anstatt sie damit zu konfrontieren, verkroch ich mich in mein Zimmer und ignorierte die Party.« Sie kratzte mit ihren Fingernägeln das Label von der Bierflasche und atmete ein paarmal tief durch, bevor sie weitersprach. »Mitten in der Nacht rannte Katie nackt in mein Zimmer und weckte mich auf. Zunächst dachte ich, sie hätte einen schlechten Trip, aber dann verstand ich, dass etwas wirklich nicht stimmte. Ich folgte ihr und fand ihre Geliebte bewusstlos in ihrem Bett. Sie hatte sich offensichtlich übergeben und bestimmt auch einiges davon aspiriert, also in die Lunge verschluckt. Ich tat alles nach Vorschrift, rief den Notruf und begann eine Wiederbelebung, als ihre Atmung aussetzte. Aber ohne Ausrüstung konnte ich kaum etwas tun. Es fühlte sich wie eine Ewigkeit an, bis der Rettungsdienst kam. Sie wurde intubiert und der Kreislauf kam zurück, aber es war zu spät.« Dianas Stimme schwankte. »Ich habe die Details nie erfahren. Ihre Familie schirmt sie ab, aber ich weiß, dass sie einen schweren Hirnschaden hat. Ich hätte schneller sein sollen.« Die Schuldgefühle aus dieser Nacht hatten im Hintergrund gelauert, bis ihre Barrikaden fielen, und drängten jetzt nach vorne. Diana kämpfte darum, nicht von ihnen verschlungen zu werden, und presste ihre Fingernägel in ihre Handflächen. Der Schmerz verankerte sie im Hier und Jetzt.

Emily öffnete Dianas Faust und nahm ihre Hand. Sie hatte sich unbemerkt auf Dianas Armlehne gesetzt, während sie geredet hatte. »Du kannst nicht wissen, wie lange sie schon in dem Zustand war, als Katie dich geholt hat. Und auch wenn du übermenschlich schnell gewesen wärst, der Zustand nach einer Wiederbelebung ist nie vorhersehbar.«

»Ich weiß. Danke.« Diana stellte das Bier mit dem kaputten Label auf den Tisch und sah Jenn an. »Diese Nacht hat etwas in mir verändert. Ich konnte nicht einfach in mein Leben als Drummerin zurückkehren und habe ernsthaft über einen Wiedereinstieg in die Medizin nachgedacht.«

»Du hast das getan, weil du dich schuldig gefühlt hast«, sagte Jenn.

»Es gibt keinen Grund, sich schuldig zu fühlen!« Emilys Stimme war schneidend.

Diana wog beide Aussagen für einen Moment ab. »Schuld hat mich vielleicht auf den richtigen Pfad geschickt, das war aber nicht alles. Was ich während der Wiederbelebung gelernt habe, war, dass ich genug gewachsen war, um die Verantwortung für ein anderes Leben zu übernehmen. Während meiner ersten Assistenzarztausbildung hatte ich mich immer vor meiner eigenen Reaktion in einer solchen Situation gefürchtet und kritische Patienten möglichst gemieden. In einer Band zu spielen, hat nicht nur mehr Spaß gemacht, es war auch emotional einfacher. Niemand starb, wenn ich einen falschen Schlag gespielt habe. Ich glaube, ich bin endlich reif genug, um auch eine gute Ärztin zu sein. Ich hätte nicht unbedingt einen Umweg von neun Jahren gebraucht, vielleicht hätte ein anständiger Tritt in den Hintern zum selben Ergebnis geführt.«

Emily verflocht ihre Finger mit Dianas. »Du hast recht. Du hast jetzt dieses Verantwortungsbewusstsein. Ich sehe es bei dir ausgeprägter als bei den anderen Assistenzärzten. Ich dachte immer, es liegt an deinem Alter, aber das ist nur ein Teil der Wahrheit.«

»Und Katie? Wenn die Gerüchte stimmen, hat sie eine Überdosis genommen. Ich weiß, dass du nicht die Schweigepflicht brechen kannst. Kannst du mir sagen, wie es für dich war, sie wiederzusehen, als Ärztin?«

»Am Anfang habe ich sie gar nicht erkannt. Ich habe nur getan, was getan werden musste, aber es erinnerte mich an das Ereignis mit ihrer Geliebten. Das hat mich kurz aus der Bahn geworfen, aber letztendlich war es eine Erleichterung, dass ich alles tun konnte, was ich letztes Jahr nicht konnte.« Diana sah von Emily zu Jenn. Beide nickten und es half, das Verständnis in ihren Gesichtern zu sehen. »Als ich realisierte, wer sie war, hat mich das wie ein Blitzschlag getroffen, aber es hat mich nicht gelähmt. Es hat wehgetan, sie so zu sehen. Intellektuell weiß ich, dass sie immer mit der Sucht kämpfen wird. Egal was ihre Mutter versucht hat, ihre Freunde gemacht haben, was ich getan habe, keiner konnte ihr helfen, lange clean zu bleiben. Nach dem, was letztes Jahr passierte, dachte ich, sie hätte diesmal die Kurve gekriegt, aber offensichtlich habe ich mich geirrt.«

Überraschenderweise war der Schmerz nur noch eine blasse Erinnerung. Diana war es leid, über Katie und die emotionale Achterbahnfahrt der letzten neun Jahre nachzudenken. Sie massierte ihren Nacken mit einer Hand. Die Verspannung drohte zu einem Kopfschmerz zu werden.

»Ich habe eine letzte Frage. Hast du jemals Drogen genommen? Harte Sachen, wie Katie. Nicht nur ein bisschen Kiffen?« Jenn sah sie mit einem ruhigen Blick an und ihr Tonfall war vorwurfsfrei.

»Jenn!« Emilys Stimme stieg in schmerzhafte Höhen.

Diana hatte die Frage erwartet und ihr Respekt für Jenn stieg. Sie fragte, was alle wissen wollten: War sie sicher in der Anwesenheit von verschreibungspflichtigen Medikamenten? Diana zögerte. Vertraute sie Jenn? Sie hielt Jenns Blick und entschied, dass die Wahrheit der einzig richtige Weg war. »Ja. Ich habe so ziemlich alles probiert. Ich weiß nicht, wie sich mein Elternhaus oder meine genetischen Voraussetzungen von Katies unterschieden, aber ich hatte Glück und war nie süchtig. Ich war neugierig, habe die Sachen ein- oder zweimal probiert, und das wars dann. Nach dem College habe ich noch nicht mal mehr einen Joint angefasst.« Sie zuckte mit den Schultern und grinste. »Ich würde es vorziehen, wenn das nicht alles in den Artikel kommt.«

Jenn nickte und erwiderte das Grinsen. »Wird es nicht. Danke für die Ehrlichkeit.«

Diana sah Emily an, nervös, wie ihr Urteil ausfallen würde. Sie konnte ihren Gesichtsausdruck in der Dunkelheit nicht genau deuten, aber ihr Händedruck ließ nie locker.

Emily beugte sich zu ihr nach unten und küsste sie auf die Lippen. »Ich liebe dich.«

Kapitel 21

Dianas einziger Trost war, dass sich der betrunkene Student, der bescheuert genug war, durch eine Glastür zu rennen, bestimmt schlimmer fühlte, als sie selbst.

Sie war todmüde und es war erst der Anfang ihrer ersten Nachtschicht von vielen. Sie war für unbestimmte Zeit in die Nachtschicht verbannt worden, damit ihr Kontakt mit der Öffentlichkeit minimiert wurde. Es war ein Kompromiss, um ihren Job zu behalten. Sie konnte sich schlechtere Kompromisse vorstellen.

Der Vorteil war, dass sie Gelegenheit hatte, das schöne Juniwetter auszunutzen, um ihren kleinen Garten auf Vordermann zu bringen und Blumen und Sträucher zu pflanzen. Mel hatte sie mit einem Besuch überrascht, um sie auf andere Gedanken zu bringen. Der Tag war großartig gewesen, aber jetzt schmerzten Rücken und Gelenke.

Ein schneller Blick auf die elektronische Patiententafel bestätigte, dass im Augenblick alle Patienten versorgt waren. Zeit genug, um schnell Kaffee zu holen. Ohne würde sich die Nacht endlos ziehen. Sie hatte noch keine drei Schritte in Richtung des Kaffeeladens gemacht, als jemand ihren Namen rief. Diana drehte sich um.

Stacy von der Aufnahme rannte ihr nach. »Dr. Petrell, warten Sie!«

Diana musste lächeln, als der riesige Haarknoten auf ihrem Kopf mit jedem Schritt hin und her wackelte. »Was kann ich für dich tun, Stacy? Und ich habe dir doch gesagt, dass du mich Diana nennen kannst.«

»Ich würde da an Ihrer, äh, deiner Stelle nicht durchgehen. Da warten noch ein paar Fans, die so tun, als ob sie krank seien. Peter hat sich freiwillig gemeldet und kümmert sich. Sie haben gefragt, ob du eine Freundin hast.« Stacy errötete und sah sie neugierig an.

»Es tut mir leid, dass du dich mit ihnen herumschlagen musst. Danke für die Warnung.« Diana seufzte. »Ich hatte gehofft, etwas frischen Kaffee zu bekommen.«

Stacy strahlte. »Ich kann welchen holen! Wie magst du ihn?«

»Nein, aber vielen Dank. Ich komm schon mit dem Gebräu aus dem Aufenthaltsraum zurecht.« Diana schätzte das Angebot, aber seitdem vor zwei Wochen bekannt geworden war, dass sie ein ehemaliger Rockstar war, hatte sich

Stacys normale Freundlichkeit in eine Schwärmerei verwandelt. Sie wollte keine falschen Signale senden und ihr Verhalten ermutigen.

Auf ihrem Rückweg zog wütendes Geschrei ihre Aufmerksamkeit auf einen Behandlungsraum. Eine Frau schimpfte jemanden aus. Anhand der wenigen Worte, die sie verstehen konnte, traf es vermutlich einen ihrer Kollegen. »Hirnloser Assistenzarzt« wurde mehrfach wiederholt.

Die Tür zu Raum Zwei schwang auf und traf sie fast.

Dr. Riley, die Kardiologin, stürmte raus.

Diana sprang zurück, aber es war zu spät.

Die Kardiologin rannte direkt in Diana und traf sie in ihrer Mitte, wie ein Medizinball. Beide schwankten und Diana kämpfte darum, auf den Füßen zu bleiben und gleichzeitig die sehr schwangere Frau zu stützen.

»Nimm deine Hände von mir. Was stehst du hier im Weg rum?« Dr. Riley fixierte sie mit kalten blauen Augen.

Diana hob ihre Hände in einer, wie sie hoffte, versöhnlichen Geste, und trat einen Schritt zur Seite. Die Launen der Kardiologin waren legendär und sie wollte keinen Streit anfangen.

Dr. Riley schob sich ohne ein weiteres Wort an ihr vorbei, aber nach ein paar Schritten hielt sie an und umklammerte ihren Bauch. Ihre Atmung war flach und schnell.

Hatte Diana sie verletzt? Oder hatte sie Wehen?

Diana mochte die Frau nicht, aber es war auch kein Grund, ihre offensichtlichen Schmerzen zu ignorieren. »Dr. Riley, geht es Ihnen gut? Kann ich Ihnen helfen?«

»Gut? Mir geht es seit neun verdammten Monaten nicht mehr gut.« Ihre Stimme schwankte und sie griff sich wieder an ihren Bauch. »Ich habe heute keine Zeit für so was.«

»Wollen Sie sich hinlegen? Soll ich Ihren Gynäkologen anrufen?« Diana sah sich nach jemandem um, der ihr helfen konnte, aber ausnahmsweise war der Flur komplett leer.

Dr. Riley schüttelte den Kopf. »Das sind nur Vorwehen. Kein Grund, jemanden anzurufen. Ich habe noch Arbeit zu erledigen.« Sie hatte die Kontrolle über ihre Stimme wiedererlangt und die war so kalt wie ihre Augen. Nur der Schweiß, der auf ihren Schläfen perlte, und der verkniffene Mund verrieten ihr Unbehagen. Sie griff sich erneut an den Bauch.

Aufgrund der Stärke und Frequenz zweifelte Diana daran, dass es lediglich Vorwehen waren. Aber die eigentliche Frage war, ob sie sich einmischen sollte?

Dr. Riley war eine Kollegin und konnte die Zeichen genauso gut interpretieren wie Diana. Wenn sie diese ignorieren wollte, war es nicht gefährlich, sie in einen anderen Teil des Krankenhauses gehen zu lassen. Wo auch immer sie hinging, war sie von medizinischem Personal umgeben. Sobald die Schmerzen nicht mehr tragbar waren oder ihr Fruchtwasser abging, konnte Dr. Riley überall schnell Hilfe bekommen. Sie würde einen Versuch machen, sie zu überzeugen, und sie dann gehen lassen. »Wir können Sie ganz kurz durchchecken, ohne Sie anzumelden. Wenn Sie recht haben, können Sie danach sofort wieder an die Arbeit gehen.«

»Du bist die Rockerbraut, oder?« Dr. Riley zeigte mit ihrem Finger auf Diana. »Was weißt du schon?«

Diana unterdrückte ein Zusammenzucken. Sie hatte etwas in der Art schon von mehreren Patienten in den letzten Tagen gehört, aber bislang hatte noch keiner ihrer Kollegen an ihr gezweifelt. Diana sah ihr nach, als sie ohne einen weiteren Blick wegging. Sie war zu frustriert, um zu antworten. Und was sollte sie auch sagen?

Moment, wo ging Dr. Riley hin? Das war nicht der Weg zur Kardiologieabteilung. In dieser Richtung lag nur der Hintereingang zum kleinen Garten. Sollte sie ihr folgen und eine weitere Konfrontation riskieren? Sie sollte in ihrem Zustand nicht alleine bleiben. Diana straffte ihre Schultern und eilte ihr nach.

Sie holte Dr. Riley an der Bank ein, auf der sie und Emily ihren ersten Kuss geteilt hatten. Es kam ihr wie eine Szene aus einem anderen Leben vor, war aber nur zwei Monate her. »Dr. Riley, es tut mir leid, dass ich Sie hier draußen störe, aber Sie sollten jetzt nicht alleine sein.«

Dr. Riley drehte sich um und runzelte die Stirn. Sie öffnete ihren Mund, aber die schneidende Erwiderung, die Diana erwartete, blieb aus. Stattdessen wurde Dr. Riley blass und ihre Augen rollten nach oben. Schwankend breitete sie ihre Arme aus, um das Gleichgewicht zu halten. Es war zu spät. Sie polterte auf den Boden wie eine überreife Birne vom Baum.

»Dr. Riley?« Diana kniete neben ihr und versuchte, sie aufzuwecken. Als Schütteln nichts half, rieb sie ihre Fingerknöchel über den oberen Teil des Sternums, der aus dem OP-Oberteil herausschaute. Keine Reaktion. Sie tastete den Carotispuls am Hals. Er war unregelmäßig und rasend, aber kräftig genug. Sie suchte ihr Telefon in den Taschen, bis sie sich erinnerte, dass sie es in ihrem Spind gelassen hatte, weil eine sogenannte Nachrichtenwebseite ihre Nummer herausgefunden und sie mit Anrufen bombardiert hatte. Sie tastete Dr. Rileys Taschen ab, bis sie ihr Telefon fand, aber es war mit einem Passwort geschützt. Toll. Sollte sie den Notruf wählen?

Ein leises Stöhnen kam von Dr. Riley. »Was … was ist passiert? Warum liege ich auf dem Boden?« Sie umklammerte ihren Bauch und stöhnte. Nach einem Augenblick schien der Schmerz vorbei zu sein und sie sah langsam von einer Seite zur anderen, bis ihr Blick an Diana hängen blieb. »Hey, Rockerbraut! Ich habe gesagt, ich brauche keine Hilfe!«

Diana hatte genug. »Das war, bevor Sie in Ohnmacht gefallen sind. Jetzt halten Sie die Klappe und lassen mich helfen. Außerdem heißt das für Sie immer noch Dr. Rockerbraut.«

Zu Dianas Verwunderung tat Dr. Riley, was ihr gesagt wurde. Diana wusste nicht, ob sie auf ihre Worte oder ihren autoritären Tonfall reagierte, oder ob sie zu schwach war zu protestieren. Hauptsache es funktionierte. »Können Sie sich aufsetzen?«

»Ich bin nicht ohnmächtig geworden«, murmelte Dr. Riley. Sie hob eine Hand, um ihr schweißnasses Haar aus den Augen zu streichen, und setzte sich umständlich auf.

»Ohnmächtig, kollabiert, nennen Sie es wie Sie wollen. Sie hatten eine Synkope und eine Tachyarrhythmie. Jetzt lassen Sie mich mal schauen.« Diana zog Handschuhe und Stethoskop aus ihrer Tasche und führte eine schnelle körperliche Untersuchung durch, bevor Dr. Riley wieder protestieren konnte. Als Diana ihren Bauch berührte, verhärtete er sich mit einer Wehe, die von einer Seite zur anderen lief.

Dr. Riley griff nach ihrer Hand und Diana musste mit ihr zusammen Stöhnen, als sie fest zudrückte. Als die Wehe vorüber war, befreite sie ihre Finger aus der Umklammerung.

Die grüne OP-Hose waren jetzt feucht und verfärbt. Ihr Fruchtwasser musste abgegangen sein.

Mist. »Schaffen Sie es bis zur Bank, wenn ich helfe?«

Es war nicht einfach, aber es gelang ihr, Dr. Riley nach oben zu stemmen. Beide rangen nach Luft, als sie endlich auf der Bank angekommen waren.

»Auf keinen Fall können Sie wieder rein gehen.«

»Lass mir zehn Minuten Zeit, Rockerbraut, und mir geht's gut.«

»Was soll das werden? Hören Sie auf, die Realität zu verdrängen. Sie stecken mitten in der Geburt und ich weiß nicht, ob wir zehn Minuten haben. Können Sie ihr Telefon entsperren, damit ich Bescheid sagen kann und jemand eine Trage bringt?«

Wortlos tippte Dr. Riley den Code ein.

Diana rief am Pflegetresen an und erklärte schnell die Situation. Madison versprach, Hilfe zu schicken. Sie drehte sich zurück zu der Frau auf der Bank.

Sie war immer noch blass um Mund und Augen, aber rote Flecken färbten ihre Wangen. Hechelnd presste sie wieder die Hände auf den Bauch.

»Dr. Riley, ich muss Sie ausziehen und schauen, wie weit Sie sind.«

Sie ließ ihren Kopf nach hinten fallen und nickte.

Die stumme Mitarbeit war ein schlechtes Zeichen. Die nassen OP-Hosen zu entfernen, war umständlich, aber mit Dr. Rileys Hilfe schaffte Diana es, sie bis zu den Knöcheln zu ziehen. Diese waren geschwollen und wenn man die Hautverfärbung betrachtete, waren sie schon seit einiger Zeit in diesem Zustand. *Kein Wunder, dass sie so schlechte Laune hat. Das muss wahnsinnig wehtun.* Vorsichtig entfernte sie Hose und Unterhose komplett.

Eine erneute Wehe begann. Dr. Riley winkelte ihre Beine an und stöhnte.

Diana sah zum Krankenhausgebäude. *Wo bleiben die anderen?* Als sie ihren Blick wieder nach unten richtete, sah sie bereits den Kopf des Babys. *Oh, Scheiße.* »Sie müssen pressen.«

»Ich kann nicht. Nicht jetzt. Das ist nicht der Plan.« Dr. Rileys Augen waren groß und voller Angst.

Warum war sie so stur? »Wollen Sie mich verarschen? Scheiß auf den Plan. Wir haben jetzt keine Zeit dafür. Der Kopf kommt schon und Sie müssen pressen. Jetzt!« Diana drückte vorsichtig ihre Beine auseinander, während sie Blickkontakt mit Dr. Riley hielt, die keinen Widerstand leistete, aber immer noch so wirkte, als ob sie den Ernst der Situation noch nicht verstanden hatte. »Hören Sie, es tut mir leid, dass die Geburt nicht so abläuft, wie Sie geplant haben, aber Ihr Kind scheint genauso stur zu sein wie Sie. Wir schaffen das, aber nur mit Ihrer Hilfe. Also, wenn die nächste Wehe kommt, pressen Sie. Okay?«

»Scheiße!«, schrie Dr. Riley und presste.

»Oh, ja, Scheiße.« Diana stimmte voll und ganz zu.

Emily brauchte eine Minute, um zu verstehen, was Madison ihr sagte. Diana brachte Dr. Rileys Kind zu Welt? Im Garten? War das ein Witz? Aber die Krankenschwester war keine so gute Schauspielerin, als dass sie die Mischung aus Ungläubigkeit und Aufregung überzeugend nachahmen konnte.

Als sie um die Ecke hastete, traute Emily ihren Augen nicht. Sie stoppte abrupt und Madison, Tony und Courtney liefen auf sie auf.

Dr. Riley lag auf der Bank mit einem winzigen Baby im Arm, das in dunkelblauen Stoff eingewickelt war, der verdächtig nach einem OP-Oberteil aussah. Sie grinste wie ein Honigkuchenpferd, so, wie es nur frisch gebackene Mütter im Rausch der Endorphine konnten. Es war das erste Mal, dass Emily sie ohne ein Stirnrunzeln sah.

»Da ist die Kavallerie.« Dr. Riley zeigte auf Emily.

Diana drehte sich um. Sie sah aus wie vor den Kopf geschlagen, spiegelte aber Dr. Rileys breites Grinsen. Blut bedeckte ihre Handschuhe und sie trug nichts außer OP-Hosen, ein Stethoskop um den Hals und einen schwarzen Sport-BH. Der Inhalt ihrer Kitteltaschen war über den Boden verteilt. Sie musste einfach alles rausgeschmissen haben, als sie das Oberteil in eine improvisierte Decke für das Neugeborene verwandelt hatte.

Emily öffnete ihren Mund, schloss ihn, und öffnete ihn wieder. Sie wusste nicht, was sie sagen sollte.

»Oh mein Gott!« Madison hatte das Problem nicht.

Diana zog sich die Handschuhe aus, drehte sie von innen nach außen und stopfte sie in ihre Hosentasche. Sie tauschte einen Blick mit Dr. Riley aus und beide fingen an zu lachen.

Emily schüttelte den Kopf, konnte aber nicht aufhören zu lächeln. Sie winkte den anderen, damit sie die Trage näher schoben. »Lasst uns die beiden nach drinnen bringen, bevor uns Besucher finden und denken, sie wären in den Dreh einer neuen Seifenoper gestolpert.«

Tony und Madison erwachten aus ihrer Starre und halfen Dr. Riley sich aufzusetzen, während Courtney einen Schritt entfernt stehen blieb. Sie formulierte vermutlich bereits die Geschichte, die sie so schnell wie möglich weitererzählen wollte.

Nachdem sie auf die Trage transferiert wurde, griff Dr. Riley nach Dianas Hand. »Danke, Rockerbraut. Sorry, ich meine *Dr.* Rockerbraut.«

Diana rollte mit den Augen. »Nein, ich muss danken. Ich vermute, meine Geschichte ist nicht mehr länger die Nummer Eins der Klatsch-Charts des Krankenhauses.

»Ja, wie ich mitten in der Wildnis ein Kind bekomme, toppt eine ehemalige Drummerin.« Hinter der Fassade der schlechten Laune versteckte Dr. Riley einen überraschenden Sinn für Humor.

Emily war sich da nicht so sicher, insbesondere angesichts Dianas halb bekleidetem Zustand, aber immerhin würde sie nicht mehr alleine im Mittelpunkt des Klatsches stehen. Sie trat neben Diana und legte ihr die Hand auf den Rücken, um sie wortlos zu unterstützen.

Dr. Riley betrachtete Emilys Hand mit hochgezogenen Augenbrauen. »Oder vielleicht werden Sie beide demnächst die Charts anführen.«

Emily erstarrte, als die Bedeutung der Worte ankam, und Diana spannte sich unter ihrer Hand an. *Oh, Mist.* Emily hatte nicht daran gedacht, was ihre automatische Geste aussagen würde. Hitze stieg ihr in die Wangen und sie trat einen Schritt zur Seite.

Was passieren würde, konnte keiner voraussagen. Multiple Szenarien von Gleichgültigkeit bis hin zu Entsetzen schossen ihr durch den Kopf.

Dianas Blick fand Emilys Augen, suchte eine Antwort auf eine unausgesprochene Frage. Noch war es möglich, es abzustreiten.

Ihr Herzschlag hallte schmerzhaft laut in ihren Ohren. Nein, sie konnte es nicht verleugnen. Dianas Geschichte hatte sie gelehrt, dass sie niemals kontrollieren konnte, was andere dachten und taten. Man konnte nur versuchen, sich selbst treu zu bleiben.

Entschlossen, diesmal ihrem Herzen zu folgen, stellte sie sich wieder nah an Dianas Seite. »Sollen sie doch reden.«

Gelassenheit breitete sich in Emily aus, als Diana strahlend lächelte. Wenn jemand vorher noch Zweifel gehegt hatte, wurden sie durch die Zuneigung in Dianas Blick beseitigt, der ihre Liebe lauter hinausschrie, als Worte es konnten.

»Ich glaube, der heutige Tag wird die Kapazität des Klatschnetzwerks an seine Grenzen bringen. Will jemand eine Wette annehmen, welche Story zuerst verbreitet wird?« Tony trat an den Kopf der Trage und fing an zu schieben.

Madison stolperte fast, als sie zum anderen Ende rannte, um zu ziehen. Courtney folgte ihnen, sah aber alle paar Schritte zu Emily und Diana zurück.

Als die Prozession um die Ecke verschwunden war, breitete Diana ihre Arme aus und Emily trat willig in ihre Umarmung. »Alles in Ordnung?«

»Sollte ich das nicht dich fragen? Du hast gerade Hebamme auf einer Parkbank gespielt.« Emily vergrub ihre Nase an Dianas Hals. Ihr schwacher Duft nach Schweiß, Mandeln und etwas, das ganz eigen für Diana war, bekräftigte ihre Entscheidung, zu ihrer Beziehung zu stehen. Es gab nichts, wofür sie sich schämen musste.

»Ich kann nicht glauben, dass ich das getan habe. Gut, dass Dr. Riley und ich alleine waren. Wir haben beide geschrien und geflucht. Und die ganzen Flüssigkeiten und das Blut …« Sie schüttelte sich. »Du hast Glück, dass keine von uns beiden ein Mann ist. Eine Geburt so nah zu erleben, ist eine ziemlich wirkungsvolle Verhütungsmethode.«

»Ich muss mir also keine Sorgen machen, dass ich dich für zehn Minuten alleine lasse und eine andere Frau dich auszieht?« Emily küsste ihren Hals, um zu zeigen, dass sie sie aufzog.

»Kaum. Und fürs Protokoll, ich habe sie zuerst ausgezogen.« Diana neigte Emilys Gesicht nach oben und legte ihre Hand auf ihre Wange.

Emily überwand die letzten Zentimeter selbst, um Diana zu küssen. Wie immer verblasste der Rest der Welt, bis nur noch die Berührung der weichen Lippen übrig blieb. Diana knabberte an ihrer Unterlippe, bis Emily ihren Mund öffnete. Das Gleiten von Dianas Zunge über ihre verursachte ein Prickeln, das schnell durch ihren Körper schoss. Emily konnte nicht genug von dem aufregenden Gefühl der Zusammengehörigkeit bekommen. Sie grub ihre Hände in Dianas Haare, um den Kuss zu vertiefen.

Ein schriller Schrei riss sie auseinander.

Das Baby schien den Transport nicht so zu genießen oder vielleicht war er oder sie hungrig.

Emily lehnte ihre Stirn an Dianas, um den Atem wieder zu erlangen. Es war gut, dass das Neugeborene sie an ihre Umgebung erinnert hatte. Sie waren immer noch auf der Arbeit, auch wenn Diana sich in ihren Armen weder so anfühlte noch so aussah.

Mit einem glücklichen Seufzen verließ Diana die Umarmung. »Ich weiß, wir haben das nicht so geplant, aber ich denke, es ist besser, alles aufgedeckt zu haben. Ich hasse Geheimnisse.«

Emily stimmte voll und ganz zu. »Pläne über Bord zu werfen, scheint das Thema für den heutigen Tag zu sein.«

Und nicht nur heute, fügte sie innerlich hinzu. Diana hatte Emilys Pläne für ihr Leben komplett über den Haufen geworfen. Nicht, dass es die besten Pläne gewesen wären, aber sie waren sicher und vertraut. Aber ihnen fehlte die wichtigste Zutat zum Glück. Mit der Liebe, die sie jetzt teilten, würde jeder Pfad, den sie zusammen für ihre Zukunft wählten, der richtige sein.

Epilog

Emily leerte die Tüte Marshmallows in die große Schüssel, die ihre Mutter immer nur für Salat benutzt hatte.

Als sich die Küchentür öffnete, drangen der Geruch des Lagerfeuers und das Gelächter in das Strandhaus, gefolgt von Jenn. »Bist du fertig? Ich verhungere hier.«

Sie griff nach einem der süßen Leckerbissen, aber Emily schubste ihre Hand weg. »Du bist immer am Verhungern. Wir hatten gerade riesige Burger.«

»Wer hätte gedacht, dass Mel wie ein Profi grillen kann?« Jenns Stimme war verträumt.

»Neben einer Köchin ist sie vermutlich die beste Partnerin, die du finden konntest. Ich mag sie.« Mels stiller Humor war eine gute Ergänzung zu Jenns Überschwänglichkeit.

Diana kam mittlerweile ohne Probleme mit Emilys bester Freundin aus. Alle vier hatten das letzte Wochenende damit verbracht, das Strandhaus ihrer Eltern zu renovieren und zu streichen. Die Küche war jetzt knallrot und kleine Treibholzstücke hatten die Griffe der Schranktüren ersetzt. Emily konnte kaum glauben, dass es derselbe Raum war, in dem ihre Mutter regiert hatte. Sie drückte eine weitere Flasche Wein in Jenns Hände und nahm die Schüssel, um zurück nach draußen zu gehen.

Auf der Veranda musste sie beim Anblick der Sammlung von Muscheln und Strandglas auf dem hölzernen Geländer lächeln. Diana kam nie mit leeren Taschen von ihren Spaziergängen zurück.

Diana und Mel saßen auf einem alten Baumstamm, den sie den halben Morgen lang zur neuen Feuerstelle geschleift hatten. Eine hohe Trommel stand auf einer Seite, neben Mels Gitarrenkoffer. Das offene Feuer färbte die Umgebung golden und warf lange Schatten.

Emilys Herz zog sich zusammen bei dem Anblick von Dianas Rücken und dem smaragdgrünen Drachen, der mit jeder Bewegung auf ihrer Haut tanzte. Aber im Gegensatz zu der Drummerin in ihrem Traum, drehte sich Diana um und ihr strahlendes Lächeln lud sie in den Kreis ein, näher ans Feuer.

Mel nahm ihr die Schüssel ab und spießte ein Marshmallow auf einen der Stöcke, die sie am Nachmittag geschnitzt hatte. Liz hatte sich ihnen angeschlossen, um den vierten Juli zu feiern. Sie nahm die Flasche Wein und füllte die Gläser auf, bevor sie es sich in dem Liegestuhl bequem machte, den sie vorher zum Feuer geschleppt hatte.

»Komm her.« Diana zog sie auf ein Kissen, das sie auf dem Boden zwischen ihren Beinen platziert hatte.

Emily nahm Platz und lehnte sich zurück, sicher umschlossen von Dianas Beinen. »Möchtest du nicht deine Trommel spielen? Wie heißt sie noch mal?«

»Djembe. Und ich kann später immer noch spielen.« Diana verwuschelte Emilys Haare und massierte ihre Kopfhaut. »Ich liebe deine neue Frisur.«

»Ich habe mich noch nicht so ganz daran gewöhnt.« Seufzend entspannte sich Emily unter den hypnotisierenden Bewegungen von Dianas Fingerspitzen. Letzte Woche hatte sie ihre Haare radikal kurz schneiden lassen, weil es der einzige Weg war, das Mausbraun rauswachsen zu lassen. Sie hatte sich viel zu lange dahinter versteckt. Der Plan war, sie zu ihrer ursprünglichen Länge wachsen zu lassen, aber im Moment konnte sie Dianas Faszination mit der Berührung ihrer kurzen Strähnen genießen.

Die Flammen flackerten und Funken stoben nach oben. Das Rauschen des Meeres verwob sich mit den sanften Stimmen von Jenn und Liz und mit der Melodie, die Mel auf der Gitarre spielte. Glück durchströmte sie und das neue Gefühl, zu einer Familie zu gehören. Emily neigte den Kopf nach hinten und ihr Herz schwoll bei dem Anblick von Dianas Lächeln an.

Diana beugte sich nach unten und erfüllte Emilys unausgesprochenen Wunsch nach einem Kuss. Sie schmeckte nach Zuhause.

Über Chris Zett

Chris Zett lebt mit ihrer Frau in Berlin. Das Fernsehen inspirierte sie zum Medizinstudium. Der Alltag im Krankenhaus unterscheidet sich leider deutlich vom TV: weniger Heldentaten, mehr Papierkram. Der Teil mit einer Arbeitsplatz-Romanze erwies sich jedoch als wahr.

Dem Alltag entflieht sie am liebsten durch Lesen, Schreiben oder Reisen. Die schönsten Reiseziele der letzten Jahre waren Steinkreise in Schottland und Pinguinkolonien in Patagonien.

KONTAKT:

Webseite: www.chris-zett.com
E-Mail: chris-zett@web.de

Ebenfalls im Ylva Verlag erschienen

www.ylva-verlag.de

Letzte Zutat Liebe

Ina Steg

ISBN: 978-3-96324-176-5
Umfang: 253 Seiten (68.000 Wörter)

Die Astronautin Laura Benedikt ist wild entschlossen, bei der letzten Mission zur Internationalen Raumstation mit an Bord zu sein. Als sie die geheimnisvolle Chefköchin June kennenlernt, gerät Laura in einen Strudel der Gefühle und stellt ihre Einstellung zur bevorstehenden Mission in Frage.

Welchen Weg wird Laura einschlagen, um ihr Glück zu finden?

Liebe im Trinkgeld inbegriffen

Alison Grey

ISBN: 978-3-95533-459-8
Umfang: 334 Seiten (95.000 Wörter)

Sherry lebt mit ihrem Sohn in einem Trailerpark. Mit Aushilfsjobs versucht sie, sich über Wasser zu halten.

Madison hingegen führt ein sorgenfreies Leben als Partygirl – bis ihre reiche Großmutter sie zu enterben droht, falls Madison nicht endlich erwachsen wird.

Als Madison auf Kellnerin Sherry trifft, kommt ihr eine Idee, die beider Leben auf den Kopf stellen wird.

Hängematte für zwei

Jae

ISBN: 978-3-95533-841-1
Umfang: 384 Seiten (120.000 Wörter)

Dr. Jordan Williams verbringt ihre Tage im OP und ihre Nächte in den Betten ständig wechselnder Frauen.

Ihre neue Nachbarin, die alleinerziehende Emma, ist das komplette Gegenteil. Familie und Treue gehen ihr über alles.

Als Jordan sich bei einer Rettungsaktion den Arm bricht, fühlt Emma sich verpflichtet, ihre Hilfe anzubieten.

Könnten die sechs Wochen im Gips der Anfang eines Happy Ends sein?

Küsse in Amsterdam

Hazel Yeats

ISBN: 978-3-95533-938-8
Umfang: 198 Seiten (55.000 Wörter)

Als Cara auf einen Weihnachtsmann trifft, wird ihr schnell klar, dass unter dem Kostüm eine attraktive Frau steckt, die, wie sich später herausstellt, eine erfolgreiche Kinderbuchautorin ist. Das zweite Treffen zwischen den beiden endet in einem heißen Kuss. Bis Cara Panik bekommt und Judes Herz bricht.

Ist das das Ende der Beziehung oder wird es für die beiden noch mehr Küsse in Amsterdam geben?

Bibliografische Information der Deutschen Bibliothek
Die Deutsche Bibliothek verzeichnet diese Publikation in der Deutschen Nationalbibliografie; detaillierte bibliografische Daten sind im Internet über www.dnb.de abrufbar.

1. Auflage
Taschenbuchausgabe April 2019 bei Ylva Verlag, e.Kfr.

ISBN: 978-3-96324-172-7

Dieser Titel ist auch als E-Book erschienen.

Übersetzung: Chris Zett
Korrektorat: Andrea Fries
Coverdesign: Streetlight Graphics

Kontakt:
Ylva Verlag, e.Kfr.
Inhaberin: Astrid Ohletz
Am Kirschgarten 2
65830 Kriftel
Tel: 06192/9615540
Fax: 06192/8076010
www.ylva-verlag.de
info@ylva-verlag.de
Amtsgericht Frankfurt am Main HRA 46713

41845772R00167

Printed in Poland
by Amazon Fulfillment
Poland Sp. z o.o., Wrocław